CW01288049

LES GOUVERNANTES

Alex Hay a passé sa jeunesse à Cambridge et à Cardiff. Après des études d'histoire à l'université de York, il a consacré sa thèse au pouvoir des femmes dans les tribunaux de la Couronne. Il a travaillé dans la presse et pour des associations caritatives. *Les Gouvernantes* est son premier roman et a remporté le Caledonian Novel Award 2022.

ALEX HAY

Les Gouvernantes

TRADUIT DE L'ANGLAIS PAR HÉLÈNE AMALRIC

MARABOUT

Titre original :

THE HOUSEKEEPERS

Publié par Headline Review, une marque de Headline Publishing Group, en Grande-Bretagne en 2023.

© Alex Hay, 2023.
ISBN : 978-2-253-24983-2 – 1re publication LGF

1

Vendredi 2 juin 1905

Park Lane, Londres

Mrs King étala tous les couteaux sur la table de la cuisine. Non pas pour effrayer Mr Shepherd, même si elle savait qu'il en concevrait de l'effroi, mais simplement pour marquer le coup. Elle entretenait bien les couteaux. Elle en prenait un soin extrême. La cuisine lui appartenait.

Ils avaient récuré la pièce jusque dans le moindre recoin, comme pour empêcher toute contamination. Le plateau de la table était encore humide. Elle sentait la maison, une montagne de marbre, d'acier et de verre, travailler sous la pression, la tuyauterie vibrer au-dessus de sa tête.

Il devait lui rester vingt minutes avant qu'ils ne la mettent à la porte, avait-elle calculé. Madame était réveillée, en train de tournicoter sur le parquet dans l'immense quiétude ivoire de sa chambre, et ils étaient déjà en retard pour le petit déjeuner. Il était important que Mrs King ne perde pas de temps. Ni ne mette en danger qui que ce soit d'autre. Ce qu'ils pouvaient lui faire à elle, elle s'en fichait – il y avait longtemps qu'elle n'en avait plus rien à faire –, mais les ennuis avaient l'art de se multiplier, d'étendre leurs tentacules pour s'emparer d'autres personnes. Elle faisait vite, allant de tiroir en tiroir, à vérifier, à fouiller. Elle cherchait quelque chose d'imprévu, un objet manquant, pas à sa place. Mais tout était dans un ordre parfait.

« Trop parfait », se dit-elle avec un picotement de la peau.

Une ombre se dessina sur le mur.

— Vous allez devoir me donner vos clés, s'il vous plaît, Mrs King.

Elle sentait l'odeur émanant de Mr Shepherd debout derrière elle, mélange de graisse de friture et de musc masculin.

« Respire », se dit-elle. Elle se retourna pour lui faire face.

Il faisait un excellent maître d'hôtel. Mais il aurait été encore meilleur en prêtre. Il dégageait le même air terriblement dévot. Il la fixa, se repaissant de son examen, en profitant jusqu'à la dernière minute.

— Bonjour, Mr Shepherd, répondit-elle d'une voix douce, comme tous les matins.

Mrs King avait un principe : si l'on jouait le premier coup de la partie judicieusement, on pouvait piloter la situation suivant son bon vouloir. En revanche, si l'on ratait son coup, on se retrouvait acculé, réduit en bouillie. Mr Shepherd serra les lèvres en cul-de-poule. Il avait une bouche curieuse, comme un méchant petit bouton de rose.

— Les clés, répéta-t-il en tendant la main.

Droit au but, donc. Elle tourna autour de lui, effectuant son approche. Elle voulait saisir dans son esprit une image de son visage. Cela lui serait très utile plus tard, une fois que tout serait convenablement lancé. Cela lui donnerait tous les encouragements nécessaires.

— Je n'ai pas terminé ma ronde, Mr Shepherd, objecta-t-elle.

Il recula d'un tout petit pas, pour préserver la distance entre eux.

— C'est inutile maintenant, Mrs King, dit-il en jetant un œil vers la porte.

Au-delà, dans le couloir de la cuisine, les autres domestiques les espionnaient. Elle sentait leur présence, repliés juste hors de portée, dissimulés dans l'obscurité. Elle les disposa dans son esprit comme des pièces d'échiquier. Le chauffeur et le garçon d'écurie dans la cour, les femmes de chambre dans l'escalier de service. La cuisinière dans l'office, en pleine agitation, tortillant son mouchoir en nœuds indignés. William, séquestré dans le bureau de Mr Shepherd, sous étroite surveillance. Alice Parker à l'étage, prenant bien soin de se tenir à l'écart des ennuis. Chacun d'entre eux scrutant la pendule. La maison tout entière attendait, tout mouvement suspendu.

— Je ne fais jamais mon travail à moitié, Mr Shepherd, déclara-t-elle en glissant autour de lui. Vous le savez.

Et elle se dirigea vers la porte.

Elle entrevit des silhouettes qui s'éparpillaient, plongeant à l'abri dans bureaux et offices. Ses bottines résonnaient avec force sur les dalles. Elle sentit le courant d'air froid et humide qui descendait de l'escalier de service et se demanda : «Cela me manquera-t-il?» Ce frisson. Ce relent de désinfectant flottant dans l'air en permanence, qui n'était pas agréable, pas du tout, mais familier. C'était drôle, à quel point on s'habituait aux choses après si longtemps. C'en était même effrayant.

Mr Shepherd la suivit, semblable à une anguille, à la fois lourd et mauvais, mais vif comme l'éclair quand il le voulait.

— Mrs King, la héla-t-il, on vous a vue la nuit dernière dans le quartier des messieurs.

— Je sais, répondit-elle par-dessus son épaule.

Un escalier abrupt grimpait du couloir de la cuisine jusqu'au hall d'entrée. Elle gardait les yeux fixés sur la porte capitonnée au sommet, la frontière entre deux mondes. De l'autre côté, l'air était plus léger et la lumière plus translucide.

— Ne montez pas, l'avertit Shepherd.

Mrs King s'en fichait. Ses narines en frémissaient, de recevoir des ordres de Shepherd.

— J'ai des choses à vérifier, répondit-elle.

Il continua de la suivre, faisant trembler les marches.

« Vas-y, pensa Mrs King, cours-moi après. »

— Vous allez rester ici! lança-t-il en tendant la main pour la retenir.

Elle s'arrêta dans l'escalier. Elle n'allait pas fuir devant Shepherd.

Il la saisit par le poignet, ses doigts boudinés pressés sur ses veines. Sa mauvaise haleine ne la fit pas reculer. Elle fit ce qu'il détestait le plus : elle le regarda droit dans les yeux.

— *Que faisiez-vous* la nuit dernière, Mrs King ?

Au fil des ans, Shepherd était devenu chauve, et il ne lui restait que quelques petits cheveux minables ramenés sur son front. Pourtant, il continuait de les gominer.

Il devait sûrement les passer à la brillantine tous les matins, un par un.

— J'ai peut-être eu une crise de somnambulisme.

— Peut-être ?

— Oui, peut-être.

Mr Shepherd relâcha légèrement sa prise. Elle le vit réfléchir.

— Bien. Voilà qui pourrait changer la situation. Je pourrais expliquer cela à Madame.

— Cela dit, remarqua-t-elle, peut-être étais-je tout à fait réveillée.

Mr Shepherd lui pressa le poignet sur la rampe.

— *Les clés*, Mrs King.

Elle leva les yeux sur la porte capitonnée. Vaste et inatteignable, la demeure planait au-dessus d'elle de façon menaçante. La réponse dont elle avait besoin se trouvait là-haut. Elle le savait. Cachée, ou bien découpée en morceaux, mais là-haut. Quelque part. Attendant qu'on la découvre.

« Je n'aurai qu'à revenir la chercher », pensa-t-elle.

*

Elle le mena jusqu'à la chambre de la gouvernante, sa propre chambre, et il monta la garde sur le seuil, bloquant la lumière. La pièce semblait déjà ne plus appartenir qu'à son passé. Elle n'était pas confortable, simplement exiguë. Sur la table reposait le cadeau du maître. Quatre semaines auparavant, elle avait fêté son anniversaire, ses trente-cinq ans tout ronds. Le maître lui avait offert un missel. Il leur donnait à tous des missels à la tranche dorée avec signets de satin.

Tête haute, elle tendit les clés à Mr Shepherd.
— Pas d'autres?
Elle eut un signe de dénégation.
— Nous nous occuperons de vos effets personnels. Vous pouvez venir les rechercher dans... en temps voulu, rectifia-t-il après réflexion.

Mrs King haussa les épaules. Ils pouvaient bien inspecter sa chambre, renifler les draps et lécher la cuvette tout leur soûl. Et même donner ses uniformes, si cela leur chantait. Robes de serge, cols serrés, rubans unis. Avec ça, on pouvait forger n'importe quelle personnalité. « Il est préférable d'adopter un nouveau nom », lui avait-on dit lorsqu'elle était arrivée, et elle avait choisi King. On avait pris un air réprobateur, n'appréciant guère – mais elle avait tenu bon : ce choix lui donnait l'impression d'être forte, inattaquable. Le *Mrs* était venu après, lorsqu'elle avait été nommée gouvernante. Évidemment, il n'y avait pas de Mr King.

Elle garda son manteau bleu marine et ses épingles à chapeau, et plia tout le reste dans son sac de voyage Gladstone en cuir noir. Il ne lui restait plus qu'une chose à faire disparaître. Elle ouvrit un tiroir du secrétaire, fouilla à la recherche d'une liasse de papiers.

Qu'elle jeta au feu d'un seul geste précis.

Mr Shepherd avança d'un pas.

— Qu'est-ce que c'est?
— Les menus, répondit-elle, la poitrine serrée.

La liasse était maintenue par un ruban, qu'elle regarda s'assombrir dans les flammes. Le rouge tournant au marron, puis au noir.

— Les quoi?

Elle se retourna, le regarda fixement. Inquiet, il

parcourait rapidement la pièce des yeux, comme à la recherche de quelque chose qui lui aurait échappé, de secrets dissimulés dans les murs.

— Pour le bal de Miss de Vries, expliqua-t-elle.

Mr Shepherd la fixa.

— Madame n'appréciera pas ce que vous venez de faire.

— J'ai réglé tous les préparatifs, répondit Mrs King avec un sourire décontracté. Elle peut prendre la relève.

Elle scruta le ruban sur la grille du foyer. Il ne restait plus du satin que de la poussière et des cendres. C'était sidérant, la vitesse à laquelle il avait changé, s'était dématérialisé. À quel point il s'était métamorphosé.

Shepherd lui fit traverser le hall des domestiques jusqu'à la cour des écuries, mais sans porter la main sur elle, cette fois-ci. Ils passèrent devant le portrait du maître, suspendu au-dessus de la longue table. Le cadre avait été drapé d'une étoffe noire. Elle se demanda quand Shepherd remplacerait le portrait, maintenant que les funérailles avaient eu lieu, maintenant qu'il était enterré. Allait-il y substituer un portrait de Madame, une huile aux tons doux, couleur lavande ? Ça ficherait la trouille à tout le monde. Les yeux de cette fille, on aurait dit des tenailles. Elle se doutait que Shepherd retarderait autant que possible ce moment. Il avait porté le deuil de son maître plus longtemps que n'importe qui.

« J'espère que tu observes depuis les cieux, songea-t-elle en levant les yeux sur le portrait. Ou de là où tu as atterri. J'espère que tu vas assister à tout ce qui va se dérouler. J'espère qu'ils t'ouvriront les yeux de force, que tu sois obligé de voir ce que je fais à cette maison. »

La maison. Il y avait eu un temps où elle l'avait admirée. Elle était plus grande que n'importe quelle autre demeure de Park Lane. Une vaste masse de colonnades et de baies vitrées, sept étages du sous-sol aux combles. Une construction toute neuve, bâtie avec l'argent des diamants, d'un blanc étincelant. Elle oblitérait la lumière, flétrissait tout ce qui l'entourait. Les voisins la détestaient.

Quelle maison de Londres avait jamais été décorée dans un style aussi somptueux et aussi prodigieux ? Des kilomètres de marbre glacé et de parquets rutilants. Des murs ornés de soieries françaises, de colonnes et de lambris rococo. Entièrement électrifiée, les murs palpitants de tension, des lustres aussi grands que des moulins à vent. D'énormes appareils de chauffage au gaz. Des kilomètres de vitres, répandant toutes une furieuse odeur de vinaigre.

Et partout, dans chaque pièce, du sol au plafond, des *trésors* sans compter : de fabuleux Van Dyck, de gigantesques coupes en cristal remplies d'œillets. Des *objets d'art* d'argent, d'or et de jade, des chérubins dont les yeux étaient des rubis et les ongles des orteils des émeraudes. Les canapés tapissés de zèbre dans le grand salon, les tables de baccara en ivoire et en noyer, et les flamants en onyx rose à l'extérieur des salles de bains. Cette bibliothèque, abritant la collection privée la plus coûteuse de Mayfair. Le petit salon rouge, le salon ovale, la salle de bal : tous parés de plumes de paon, de lapis-lazuli, et d'une réserve infinie de lys.

Mais tout cela n'impressionnait plus du tout Mrs King.

Elle n'échangea pas de poignée de main avec Mr Shepherd.

— Je vous garderai dans mes prières, Mrs King, déclara-t-il.

— Faites donc.

Les domestiques à l'étage devaient déjà être occupés à vider sa chambre. Les filles devaient récurer le parquet à l'eau bouillante et aux cristaux de soude, ôter la literie pour la laver, éliminer toute trace de sa personne.

Il était important qu'elle ne se retourne pas en partant. Un mauvais regard à la mauvaise personne pouvait la trahir, compromettre les événements alors qu'ils commençaient à peine à se mettre en place. Un pigeon atterrit sur le portique du colossal mausolée de marbre alors qu'elle traversait la cour. Elle ne lui accorda pas un seul regard, ne courba pas la tête par respect pour le vieux maître. Au lieu de cela, elle passa devant d'un pas ferme.

Elle déboucha dans la ruelle derrière les écuries, toute seule. Perçut le grondement distant des automobiles, avisa une touffe de coquelicots sauvages qui perçait à travers les joints des pavés. Ils étaient négligés, piétinés, mais se dressaient vers le ciel. Elle en cueillit un, pressa dans sa paume un fragile pétale ponceau qu'elle tint bien au chaud. Elle l'emporta avec elle.

Son premier vol.

Ou plus exactement : la première réparation d'un tort. Il ne s'agissait pas simplement de *vol*, pas du tout.

2

À l'intérieur, dans le silence de forteresse à l'étage des salons, Miss de Vries inspectait la liste des invités à son bal.

Les préparatifs étaient en cours depuis des semaines. La date avait été fixée : le 26 juin. Plus que trois semaines et trois jours, dont elle comptait chaque instant.

Bien entendu, à dire vrai, le bal avait été conçu des mois auparavant, au moment même où Papa s'était embarqué pour le continent à la recherche de cures thermales et des meilleures tables de jeu, totalement distrait des affaires domestiques. *Lui* n'aurait jamais organisé une quelconque réception. Aucun petit déjeuner, déjeuner, thé ou dîner n'était autorisé à Park Lane. Ce genre d'événement n'aurait fait qu'exhiber Miss de Vries, la mettre aux enchères, sur le marché. Il se refusait à accepter une chose pareille.

Papa, lui, *sortait* dans le monde : aux régates royales, aux dîners diplomatiques, au salon de la reine, au gymkhana. Il arborait ses tours de cou à pois jaunes et ses gilets les plus vulgaires, et dépensait sans compter dans les bals de bienfaisance – et les gens l'acclamaient. Ils se régalaient d'anecdotes sur son extravagance, ses manières roturières et ses boutons brillants.

Elle, restait à la maison : préservée, maîtrisée, à s'ennuyer à cent sous de l'heure.

Après les obsèques de Papa, Miss de Vries avait convoqué Mrs King. La gouvernante avait pénétré dans la pièce en silence, doucement, portant déjà un brassard noir. À cette vue, un frisson avait parcouru la poitrine de Miss de Vries.

« J'ai l'intention de donner un bal costumé », avait-elle déclaré.

Elle attendait de la stupéfaction, des objections, des doutes sur le respect des convenances. Ou, mieux encore, une réfutation. Les loyautés à l'égard de Papa étaient fluctuantes et mouvantes : une certaine fébrilité régnait. Certains membres de la maison étaient peut-être en train de reconsidérer complètement leurs options. Miss de Vries se réjouissait d'un peu d'agressivité, ou même d'insolence. Cela lui offrirait une raison de congédier certaines personnes.

« Avez-vous envisagé une date en particulier, Madame ? » avait demandé Mrs King, imperturbable.

La saison était déjà bien entamée : Miss de Vries avait raté le vernissage de la Royal Academy, et n'avait pas de costume pour la semaine d'Ascot.

« Avant la fin juin. Pas plus tard », avait-elle répondu, consciente des efforts que cela allait exiger de la maisonnée.

Un bal était une *entrée* : il devait être énorme, gargantuesque, le plus beau du calendrier.

« Tout à fait d'accord », avait acquiescé Mrs King d'un ton obligeant.

Elle avait pris en charge toute l'opération, presque comme si elle en était à l'origine, surprenant Miss de Vries par son efficacité. Elle avait conçu les menus et géré les pires négociations avec la cuisinière. Commandé les fleurs, du linge de maison neuf, de nouveaux verres en cristal, des serveurs, des tentes et des bâches, des attractions. Établi la liste du personnel nécessaire : de nouvelles femmes de chambre, des employées à la journée, et même une couturière pour aider au costume. Elle avait fermé la moitié des pièces, en avait ouvert d'autres, réarrangé le mobilier, vidé les tiroirs, rangé les bibelots dans des caisses.

« Vous pouvez laisser tout cela aux filles, Mrs King, avait remarqué Miss de Vries avec gêne en la voyant fouiller dans un des placards. Vous ne devriez pas vous épuiser. »

Mrs King lui avait retourné un regard assuré :

« Je ne suis jamais épuisée, Madame. »

C'était Mr Shepherd qui avait apporté la nouvelle. Il était venu ce matin à l'aube, agité, affichant une expression éminemment déplaisante.

« Il m'a semblé que je devais vous prévenir sur-le-champ, Madame. Le petit lampiste a surpris Mrs King en train de pénétrer dans le quartier des messieurs. Nous pensons qu'elle se rendait à un *rendez-vous clandestin*. »

Miss de Vries portait le deuil le plus strict, sans aucun bijou, la chevelure dissimulée sous une dentelle de Chantilly. Parfaitement modeste et vertueuse.

« Quel valet de pied allait-elle voir ? » avait-elle demandé.

Il avait hésité une demi-seconde.

« William.

— Répugnant, avait commenté Miss de Vries sans aucune émotion. Les autres domestiques sont-ils au courant ?

— J'en ai peur, Madame.

— Alors, nous devons faire un exemple. Elle doit partir aujourd'hui même. »

Un fourmillement de plaisir lui avait parcouru les veines. « Un par un, avait-elle pensé. Je m'en débarrasserai *un par un*. »

Shepherd l'avait regardée un long moment en clignant des paupières. Du moment où elle avait quitté la salle de classe et où Papa l'avait mise en charge de l'intendance de la maison, Shepherd n'avait cessé de quêter ses décisions. Rendez-vous, dépenses, plaintes, approbations. Il passait la porte à tout bout de champ, chargé de cartes de visite, de notes, de thé, de messages, de livraisons. On aurait dit qu'il s'était mis en laisse, attaché à sa jambe pour l'espionner. Miss de Vries se demandait quelquefois comment il réagirait si elle s'emparait d'un tisonnier porté au rouge pour le lui appliquer sur la chair. Tomberait-il à genoux, hurlerait-il, la supplierait-il de recommencer ?

Tous ces gens, les gens de Papa – Mrs King, Mr Shepherd, les avocats, tous les autres – ne lui conviendraient tout simplement plus. Bien sûr, Papa avait fait de son mieux. Lui avait fourni nounous, ayahs, tout ce pour quoi on pouvait payer. Mais qui ne vous amenait que jusqu'à un certain point dans la vie. Elle, elle voulait évoluer au sommet de l'échelle, dans les hauteurs célestes de la société : parmi les ministres du gouvernement, les comtes, les ducs, les princes. Il lui suffisait de se hisser correctement. De se débarrasser du bois mort, de bâtir sur un terrain propre, vierge.

À l'heure du petit déjeuner, Mrs King avait quitté les lieux. Miss de Vries descendit à midi pour le déjeuner, étudia la liste des invitations, procédant à des modifications. Les avocats arrivèrent pour le rendez-vous convenu, à 2 heures. Mr Lockwood menait la meute, tiré à quatre épingles avec sa chevelure argentée, toujours aussi concis. Elle lui ordonna de rester ensuite pour le thé.

— Je souhaiterais que vous ouvriez des négociations pour un contrat de mariage, déclara-t-elle en servant le breuvage, dans un semblant de comportement maternel.

Il plissa les yeux en lui prenant la soucoupe des mains.

— Mr de Vries éludait toujours ce genre de discussions. À ma connaissance, nous n'avons aucun prétendant en tête.

Voilà qui ne semblait pas une réponse particulièrement plaisante.

— Peut-être pourrions-nous présenter des conditions attractives, rétorqua Miss de Vries.

Il réfléchit.

— Quel est votre objectif?

Elle eut un sourire, baissa la voix d'un ton:

— L'amour, répondit-elle. Quoi d'autre?

Que ne pourrait-elle accomplir, une fois qu'elle aurait liquidé les positions de Papa? Une alliance de premier choix, un titre, l'installation dans une demeure de Berkeley Square, ou toute autre adresse équivalente. Elle détestait cette maison, la puanteur d'huile de voiture qui y régnait, sa brillance flambant neuve. Elle voulait résider dans un lieu ancestral. Établir ses racines dans une belle et vieille terre. Le carnet d'adresses de Papa la révulsait. Des négociants en acier, des propriétaires de journaux et des *Américains*. Elle était à la poursuite d'hommes de haut rang. D'aristocrates.

Mr Lockwood résuma leur position financière. Son estimation exaspéra Miss de Vries. « Trop risqué », affirma-t-il. Comme si l'empire de Vries avait les yeux plus gros que le ventre.

— Je ne suis pas certain que les comptes puissent résister à un examen approfondi. Mieux vaut attendre un an ou deux.

Un an ? Une autre saison ? Six d'entre elles étaient déjà passées. Et à l'évidence, il racontait n'importe quoi. Les factures de la maison étaient toujours payées à temps, n'est-ce pas ? Les prêts rentraient, les règlements sortaient. Une fortune aussi colossale que la sienne ne pouvait que fluctuer.

« De l'assurance, pensa-t-elle. Nous devons projeter une image de richesse. De faste. »

Après tout, elle était la fille de son père.

— J'organise un bal costumé, Mr Lockwood. Vous l'avais-je dit ?

L'avocat offrait une image lisse, mais ce n'était qu'une façade. En réalité, il était comme une lame crantée, en dents de scie du haut en bas. Si l'on s'approchait de trop près, il fallait prendre garde à ne pas se blesser.

— Je ne suis pas sûr que ce soit… cela paraît peu convenable.

— Je suis en deuil, Mr Lockwood. Les dispositions prises refléteront naturellement cette situation. Inutile de vous alarmer. Je n'aurai pas l'air d'une *chorus girl*.

— Mais *vous*, n'êtes-vous pas inquiète ? répondit-il en lui lançant son regard habituel, déterminé et implacable. Le risque ne vous préoccupe-t-il pas ?

Un moteur de voiture toussota dans la rue.

Elle lui rendit son regard.

— Quel risque, Mr Lockwood ? On attend depuis longtemps un bal dans cette demeure. Nuit et jour, on me presse d'en donner un.

— Qui ça ? demanda-t-il d'un ton dubitatif.

— J'ai déjà entamé les préparatifs. L'annuler maintenant serait un grand désagrément.

— Vous savez qu'il est de mon devoir de vous donner de bons conseils, Miss de Vries, déclara-t-il doucement.

— Des conseils *juridiques*, Mr Lockwood, rectifia-t-elle. Je ne vous voyais pas en chaperon.

— La réputation d'une jeune demoiselle est une chose belle et délicate, déclara-t-il en étirant son sourire de poisson.

— Incommensurablement précieuse, convint-elle. D'une valeur quasiment incalculable. On doit la polir, la faire rayonner, l'exposer convenablement.

Quelque chose brilla dans les yeux de Lockwood, un éclair de... quoi donc ? De compréhension ? Papa aurait dit : « Faites comme vous voulez – mais débrouillez-vous pour le faire. » Il accentuait particulièrement sa vulgarité à l'égard de Lockwood, enfilait ses plus grosses bagues en or, arborait des fuchsias démesurés à sa boutonnière. Il aimait en rajouter des tonnes avec lui.

— La modestie est la plus enchanteresse des vertus au monde. Elle a énormément de valeur dans ce genre d'affaires.

— Ce genre d'affaires ?

— Les négociations pour un mariage.

Il l'étudia avec bienveillance, une main dans son gilet.

Dehors, le moteur claqua puis vrombit en se mettant en route.

Évidemment, ce n'était pas *convenable* d'organiser un bal maintenant. Qu'il croie qu'elle ait pu ne pas y penser, que cela ne lui soit pas venu à l'esprit, lui retournait l'estomac de colère. *C'était* déplacé. Et c'était justement là le *but* : elle devait tenir bon, ne pas dévier d'un iota. Tout pari impliquait des risques, qui donnaient au jeu ses dimensions, son oxygène. Elle avait besoin d'attirer l'attention du monde. Et c'était le moment, maintenant plus que jamais, tant que son pouvoir était encore tout frais, tout neuf.

Mrs King n'avait pas dit autre chose lorsqu'elles avaient discuté des préparatifs au début :

« Vous n'avez qu'une vie, Madame. Ne regardez pas à la dépense. Il vaut mieux offrir le meilleur des spectacles. »

Une fois Lockwood parti, Miss de Vries monta dans ses appartements. Ils avaient autrefois été ceux de Maman, mais n'abritaient plus aucun vestige d'elle, ne réveillaient aucun souvenir : elle était morte avant même que Miss de Vries soit en âge d'étudier. Cette suite était parfumée de la façon dont Miss de Vries l'appréciait : une fragrance d'orchidée unique et capiteuse. Elle s'y baignait pour trouver le réconfort et la sécurité. Il n'était pas facile de maintenir cette senteur. La puanteur montait de partout, des trottoirs, des sous-sols, de la ville, s'insinuait dans cette demeure.

Et lui rappelait qu'elle prenait plus que jamais les bonnes décisions.

3

Plus que vingt-quatre jours

Petticoat Lane. Mrs King sentait le soleil lui brûler la nuque. Elle avait fait à pied tout le trajet de Mayfair à Aldgate pour économiser les deux pennies du métro. Elle devait jouer des coudes dans la foule, mais cela en valait la peine, l'investissement était nécessaire. Elle avait besoin de voir une personne. Une personne pas facile à gérer. Quelqu'un qui n'aimait pas les surprises. On ne déboulait pas sur le territoire de Mrs Bone sans la préparation qui s'imposait, et avec une bonne raison. Mais Mrs King était plus que préparée, avec la meilleure proposition de la ville.

La chaleur infusait Petticoat Lane d'une énergie nerveuse pleine de bruissements. La rue dégageait des relents de vieilleries, de fumier, de fruits tapés et d'égouts. Tout le monde paraissait désorganisé, grouillait en meute, dans un océan de casquettes. Mrs King perçut le *dandle-dandle-rum-tum-tum* d'un refrain, aperçut un violoniste perché sur un tabouret. Elle en ressentit un étrange nœud à la poitrine. Revenir à la maison lui donnait toujours cette sensation.

« Concentre-toi, Dinah », se dit-elle.

Elle sortit son porte-monnaie, fit sauter une pièce entre ses doigts. Examina les étals du marché, restant à l'écart de la foule. Les marchands de quatre-saisons la repérèrent. Des narines se dilatèrent, on lui coula des regards de côté.

Mrs King leva la main, s'abritant du soleil. Elle savait qu'à leurs yeux, elle détonnait. Ni lady, ni maîtresse d'école. Ni infirmière, ni cuisinière. Une anomalie. Tirée à quatre épingles, le chapeau incliné bien bas sur les yeux. Une touche de couleur sur les lèvres – un rouge grenat. Cuirassée.

Elle croisa les bras.

Et attendit.

Ce ne fut pas long. Le message avait dû se répandre à travers les murs, avait dû ricocher tout au long des ruelles en retrait. La porte de la boutique de prêteur sur gages s'ouvrit avec fracas. La clochette qui tinta dans les airs fit sursauter les marchands. Une femme en tenue de deuil émergea en plissant les yeux dans la lumière.

Mrs King se redressa.

— Mrs Bone ! lança-t-elle.

Mrs Bone était solide, compacte, agréablement bâtie. Probablement âgée d'une cinquantaine d'années. Le soleil ne la flattait pas. Il la drainait de toute couleur, lui donnait l'air d'avoir vécu cachée dans une cave. Si on n'y prenait pas garde, on pouvait purement et simplement l'ignorer. Ce qui lui convenait parfaitement.

Ses yeux s'étrécirent, et Mrs King vit les rouages de son cerveau se mettre en branle : *clic-clic-clic*.

— Tiens, tiens, tiens, répondit Mrs Bone d'une voix rauque. Voilà-t-il pas qu'on nous fait un grand honneur ?

Les marchands des quatre-saisons reprirent leurs positions respectives, désinvoltes, têtes en l'air, regardant le ciel comme fascinés.

Mrs King traversa la rue. Respecta les vieilles règles. Baissa le menton d'un centimètre, essuya ses bottines l'une derrière l'autre. Un baiser sur la joue, un baiser sur la main.

— Bonjour, Mrs Bone.

De près, ses cheveux dégageaient toujours la même odeur de sciure de bois, et elle sentait toujours l'eau de rose.

— Comment puis-je t'aider, ma chère ? murmura-t-elle à l'oreille de Mrs King.

Celle-ci ne tomba pas dans le panneau. Quels que soient vos ennuis, le pétrin dans lequel vous vous trouviez, vous ne demandiez pas l'aide de Mrs Bone. L'aide, c'était pour les gonzesses. On lui présentait une offre, soigneusement emballée, et rien d'autre. Mrs King se redressa, évalua les alentours. Un type maigrichon était appuyé contre un réverbère, la tête plongée dans un journal. Manchettes effilochées, chevilles nues. Pas un policier. Un guetteur, un éclaireur. Et pas employé par Mrs Bone. Ses hommes à elle ne s'habillaient pas comme des épouvantails. Mrs King balaya la rue du regard. Un autre type au coin, à côté du pub. Un troisième sous la gouttière.

Elle pesa tout cela avec intérêt. Les étals appartenaient à Mrs Bone, ainsi que la maison. Elle avait repéré, investi et marqué comme son domaine cette portion de la rue. Son territoire, soigneusement délimité, s'étendait d'ici aux Docklands, en une ligne sinueuse d'entreprises légitimes et pas si légitimes que ça. Si on ne tenait pas à s'attirer des ennuis, on ne venait pas jouer sur les terres de Mrs Bone.

Et pourtant, là, beaucoup d'hommes jouaient dessus.

— C'est très animé, ici, aujourd'hui, remarqua Mrs King.

Mrs Bone émit un *tut-tut* irrité :

— Entre.

Mais elle jeta un coup d'œil par-dessus son épaule en refermant la porte.

La boutique de prêteur sur gages de Mrs Bone était une entreprise tout à fait légitime. Et tout à fait modeste. Un endroit parfaitement convenable pour un rendez-vous. Les yeux de Mrs King s'adaptèrent au chatoiement respectable des objets de cuivre, d'or et d'argent.

Mrs Bone retourna le panneau «Fermé» et s'évanouit dans l'obscurité, détalant derrière un bureau gigantesque, où elle s'empara d'une pile de reçus embrochés sur un clou.

— C'est ton après-midi de congé ?

— Non.

— Tu es venue faire des courses, alors.

— Pas exactement.

Mrs Bone fouilla dans ses reçus.

— Tu as des problèmes.

— Pas de problème. Je suis en congé.

— Oh, charmant.

— Oui.

— Ce doit être merveilleux.

— Oui.

— Pour ma part, je ne prends pas de vacances. Pas le temps.

Mrs King sourit.

27

— Vous devriez vous accorder ce plaisir.

— Je pourrais aussi me baptiser Princesse «Comme ça me chante», mais on ne peut pas toujours faire ce qu'on veut, n'est-ce pas?

Mrs King haussa un sourcil et défit la boucle de son sac Gladstone. Elle en sortit un exemplaire de *The Illustrated London News*, présenta la photo du vieux maître. Le cliché brilla, comme un clin d'œil. Le fameux foulard à pois. Les dents découvertes, étincelantes. Des volutes noires au sommet de la page: *Wilhelm de Vries, né en 1850. Mort en 1905.*

— Oui, oui, je suis au courant, assura Mrs Bone d'un ton ferme.

— Et? fit Mrs King en inclinant la tête.

— Je suis une bonne chrétienne. Je ne me réjouis pas de la mort de mon prochain. Dans les journaux, ils l'appellent de *ce nom*, ajouta-t-elle tandis que son regard s'assombrissait.

— Le «de Vries» ne vous plaît toujours pas?

Mrs Bone se mit à déchiqueter des reçus.

— Il est né Danny O'Flynn. Il est mort Danny O'Flynn. S'il est bien mort, ajouta-t-elle en reniflant. Si tout ça n'est pas qu'une vaste plaisanterie, une mystification du diable.

Mrs King connaissait bien les sentiments intimes de Mrs Bone à l'égard de Danny O'Flynn, l'homme qui s'était transformé en *Wilhelm de Vries*. Ils entraient dans la catégorie des sujets sensibles, à éviter.

— Non, il est bien mort, Mrs Bone.

— Et que laisse-t-il derrière lui?

Mrs King baissa les yeux sur le journal. Ils avaient également imprimé une photo de Madame. *Fleur délicate en pleine éclosion, Miss de Vries dans son jardin d'hiver…* Elle apparaissait dans un nuage de mousseline de soie, floue, difficile à qualifier. L'air innocent.

Mrs King était présente lorsque la photo avait été prise. Dans le jardin d'hiver, la serre qui dominait le parc. Ils avaient obligé le photographe à rester toute la journée, bien longtemps après que le jour s'était évanoui. Madame faisait face à la fenêtre, le regard fixe et impénétrable, télégraphiant dans les airs un ordre silencieux : *Ne vous trompez pas. Que ce soit parfait.*

— La fille.

Mrs Bone se contracta.

— Et ?

— Et rien.

— *Ses affaires étaient-elles en ordre ?* Voilà ce que je veux savoir.

Mrs King soupira.

— Je n'en ai aucune idée, Mrs Bone.

— Alors, pourquoi es-tu là ? répliqua celle-ci en claquant des doigts. Je suis une femme occupée, je n'ai pas de temps à consacrer à des conversations absurdes.

Elle était secouée, aujourd'hui, songea Mrs King. À éplucher les journaux, à chicaner sur le passé.

— Je suis peut-être simplement passée dire bonjour, répondit-elle avec calme.

Mrs Bone leva vivement les yeux.

— Tu as une idée derrière la tête.

— Vraiment ?

— Ça mouline, là-dedans, dit Mrs Bone en se tapotant la tempe. Et pas un truc bien. Jamais.

— Seigneur ! répliqua Mrs King. C'est *vous* qui m'avez appris tout ce que je sais.

Mrs Bone serra les lèvres. De toute évidence, elle n'appréciait pas : elle voyait ça comme un dénigrement de sa personnalité. Et Mrs Bone prenait grand soin des apparences. Donnait généreusement à la quête à l'église, veillait à ce que son petit salon de réception soit le plus terne possible, portait encore le deuil d'un Mr Bone jadis époux et quincaillier, depuis longtemps décédé. Ses colifichets en jais cliquetaient au moindre de ses mouvements.

— Ils t'ont fichue dehors, n'est-ce pas ?

Mrs King inclina la tête.

— Pour une indiscrétion mineure.

— Qu'est-ce que tu as fait ?

Mrs King le lui confia, et Mrs Bone haussa un sourcil :

— Tu rendais visite à ton jules ?

— Ce n'était qu'un énorme malentendu, expliqua Mrs King avec aisance.

— Tu as une idée derrière la tête, je le sens ! Viens dans l'arrière-boutique, conclut Mrs Bone avec un soupir.

Le bureau privé de Mrs Bone était installé derrière le magasin, bien éloigné de la rue. Les fenêtres donnaient sur une autre cour sale où fumaient des jeunes gens. Mrs Bone cogna à la vitre.

— J'ai de la compagnie ! cria-t-elle, et ils s'éparpillèrent comme une volée de pigeons, disparaissant dans l'ombre.

La boutique sur la rue était lugubre, miteuse, pleine de bagues et de montres bon marché. Ce bureau-là était totalement différent. Ici, Mrs Bone conservait ses articles chics, brillants. Inventions bizarres, bibelots, curiosités. Mrs King savait qu'elle disposait d'autres maisons clandestines, éparpillées jusque dans l'Essex, regorgeant de machines, de portraits, de fourrures et de miroirs. D'artefacts exotiques, payés à crédit et importés des quatre coins de l'Empire. Mrs Bone s'activait en évitant tabourets et guéridons, armoires et écritoires.

— Les affaires vont bien ? s'enquit courtoisement Mrs King.

— Elles sont excellentes.

Cela n'en avait pas l'air. Mrs King ramassa une coupe en argent, l'examina rapidement. Du fer-blanc peint. Elle aurait pu écailler la peinture de ses dents.

— C'étaient les types de Mr Murphy, là-bas, dans la rue ?

Mrs Bone eut une grimace.

— *Murphy*. Ne me parle pas de lui.

— Il n'avait jamais essayé l'intimidation, Mrs Bone. Qu'est-ce qui a changé ?

— De l'intimidation ? Qui est intimidé ? Il peut bien expédier ses petits gobelins me reluquer méchamment tout autant qu'il veut. Je suis rarement là. Je suis tout le temps en vadrouille.

Mrs King sourit. Ce n'était pas faux : elle-même avait de la chance d'avoir mis la main sur Mrs Bone, car celle-ci ne restait jamais longtemps à la boutique de prêt sur gages. Elle possédait la fabrique près des docks. Des entrepôts tout le long de la côte. Plus une ribambelle de bureaux de tabac, de barbiers, de quincailleries, et tout le reste. Sans compter les petits métiers de la rue. Mais Mrs Bone ne vendait pas de daguerréotypes cochons, ni ne tenait de maison close. Elle se consacrait à des affaires *utiles*, élégantes. Un petit peu de cambriolages. Quelques échauffourées bien calculées. Elle avait presque tout appris à Mrs King. Elle avait toujours veillé sur elle. « Il faut bien que quelqu'un le fasse, assurait-elle avec force. Ta mère ne t'a même jamais brossé les cheveux. »

— Alors, qu'est-ce que tu as à m'offrir ? demanda Mrs Bone. Un peu de business ?

— Toujours.

Il régnait dans l'air une odeur aigrelette, comme si la maison tout entière était sur le point de tourner. Mrs Bone regarda par la fenêtre.

— Tu as repéré un endroit ?

— Oui.

— Où ça ?

— Park Lane.

— Quoi ? fit Mrs Bone en changeant de tête.

— Intéressée ?

Mrs Bone se propulsa hors de son siège, alla ramasser une cage à colombes qu'elle se mit à balancer d'avant en arrière.

— Ne me dis pas...

— Quoi donc ?

— ... que tu es assez bête pour ça.

Mrs King demeura silencieuse.

— Park Lane... Tss, Dinah. On n'exécute jamais, *jamais* de braquage quand c'est personnel. Je t'ai appris ça moi-même. Park Lane ? répéta-t-elle en se frottant de nouveau le menton.

— Oui.

— Tu es invraisemblable. Tu débarques ici sans même demander la permission, sans prévenir... (Elle se redressa.) Je connais mon territoire. On ne fait rien à l'ouest de Gracechurch Street, bon sang! Je ne me trimbale pas jusqu'en ville pour de la bimbeloterie à *Park Lane*.

Une douzaine de pendules entassées sur le manteau de la cheminée émettaient des tic-tac furieux, toutes à contretemps.

— Il est peut-être temps de vous diversifier, Mrs Bone.

— Je n'ai pas besoin de me diversifier!

Mrs King poursuivit d'un ton plus doux:

— C'est une grande demeure. Plus grande que n'importe quelle autre. Vous n'avez jamais vu autant de marbre. Des fauteuils qui viennent tout droit de Versailles. Des soieries. Des bijoux gros comme des œufs d'oie.

— Tu crois que je ne sais pas tout ça? Tu crois que je ne sais pas quelle sorte de palais Danny s'est construit?

Évidemment qu'elle le savait. Les diamants avaient fait Danny O'Flynn. Lui avaient offert une fortune qui dépassait l'entendement: des capitaux, des monopoles, des prêts que même les gouvernements ne pouvaient se payer. Grâce à eux, il s'était bâti une existence entièrement nouvelle, créé un nom tout neuf. *Mr de Vries* affichait une sorte de richesse incandescente, insoutenable, du genre à vous couper le souffle. On le disait millionnaire. *Millionnaire*.

Mrs Bone ne le lui avait jamais pardonné.

— Bon... dit Mrs King en écartant les mains.

Les pendules chatoyaient, toujours aussi endiablées et lumineuses.

Plongeant dans sa poche, Mrs King en tira un objet

enveloppé dans un mouchoir. Elle souleva une montre de gousset en argent, qu'elle agita en l'air par sa chaîne. L'objet pivota dans la lumière, révélant une inscription gravée : *WdV*.

— Une petite avance ? suggéra-t-elle. Contre services rendus ?

Mrs Bone jeta un regard furtif à la montre. L'argent se refléta dans ses yeux.

— Je te l'ai déjà dit. Je ne pratique pas de cambriolages quand il s'agit d'une affaire *personnelle*.

Mrs King en doutait beaucoup. Tout le système de Mrs Bone était personnel. Il s'était construit à partir de centaines de milliers de minuscules maillons, toute une chaîne de cadeaux donnés et reçus, de faveurs recherchées et rendues, d'inimitiés nées et réglées. Mrs King avait compté là-dessus. Ses motifs à elle étaient également personnels, mais avec leurs propres ressorts secrets. Ils guidaient son cerveau, son sang, le moindre de ses muscles. Il lui avait fallu presque un mois pour concevoir ce plan, mais en fait, il était en gestation depuis des années. Et il devait également planer dans l'esprit de Mrs Bone. C'était le genre de coup qu'on rêvait d'accomplir, qui coupait le souffle à tout le monde. Tous ces trésors endormis là dans cette maison. Mrs King avait l'intention de s'en emparer dans leur totalité.

— Si vous n'êtes pas intéressée, je peux m'adresser ailleurs, déclara-t-elle calmement.

Les traits de Mrs Bone se modifièrent alors curieusement, sa bouche se contracta. Pas vraiment de l'agacement, plutôt un éclair d'appétit.

Elle renifla, étudia la montre.

— De quels services as-tu besoin ?

— Essentiellement des fonds.

— Tout le monde veut toujours mes fonds. Mais as-tu des *gens* ?

— Les principaux protagonistes, oui. Naturellement, nous aurons besoin de davantage. Alice Parker est déjà en résidence là-bas.

— Alice *Parker* ? Cette drôle de petite bonne femme ? Alors là, je n'aime pas ça du tout. Qui te sert d'aide de camp ?

— Winnie Smith.

— Jamais entendu parler d'elle. Un nom un peu gnangnan. Tu ne me feras pas parier sur des inconnues.

Mrs King lui tendit la montre.

— J'organise une réunion dimanche pour passer les détails en revue. Venez inspecter tout le monde.

— Dimanche ? Ce dimanche-ci ?

— Inutile de traînasser.

Mrs Bone écarquilla les yeux, et elle se mit à rire.

— J'ai besoin de voir tes chiffres.

— Naturellement.

Mrs King plongea la main dans la poche de son manteau, en tira une mince enveloppe, dont Mrs Bone s'empara.

— Et en résumé ?

— Le sept gagnant[1], répondit Mrs King. Mon partage favori.

---

1. Dans de nombreuses cultures et religions, le chiffre sept est très souvent associé à la chance. Au jeu de craps, le joueur qui obtient un sept au lancer de dés remporte la mise, d'où le « Lucky Seven », le « sept gagnant ». *(Toutes les notes sont de la traductrice.)*

— *Par sept ?*

Mrs Bone brandit la montre dans la lumière, la laissa tournoyer lentement sur sa chaîne.

— Tu as sept pigeons pour ce boulot ?

Mrs King se rapprocha et embrassa gentiment Mrs Bone sur la joue.

— J'en ai trois, en plus de moi, si vous êtes dans le coup. Pourquoi ne nous recevez-vous pas dimanche, en prévenant deux ou trois de vos meilleures filles – j'ai besoin d'une paire bien solide pour la reconnaissance à l'intérieur.

Mrs Bone se hérissa.

— Oh, je vois ! Tu crois pouvoir débarquer ici comme ça, me porter sur les nerfs, me gâcher mon après-midi, me donner des ordres, *à moi*…

Mrs King se recula. Elle ajusta son manteau, son chapeau.

— Dimanche, Mrs Bone. Vous dites où et quand.

Mrs Bone plia l'enveloppe dans sa manche, faisant tournoyer la montre en argent.

— Je ne suis pas dans le coup, affirma-t-elle, les yeux étincelants. Pas encore. Même pas un peu.

4

À Spitalfields, un nuage de poussière s'élevait haut dans les airs au-dessus de Commercial Street. Perchée sur le rebord d'une brouette à fruits, Mrs King grignotait une pomme en attendant son aide de camp, les yeux fixés sur la boutique de l'autre côté de la rue. L'enseigne brillait dans le soleil : *Mr Champion, chapelier*. En temps normal, elle aurait trouvé fort désagréable de perdre son temps ainsi. Mais bien sûr, elle n'avait plus de corvées. Son objectif pour la journée était devenu tout à fait intéressant. Elle avait besoin de quelque chose de *très particulier*.

Personne n'avait remarqué sa présence, à l'exception d'une petite fille vêtue d'une robe chasuble constellée de boue qui la fixait d'un air affamé. Mrs King lui lança une pièce de six pence.

— Pour récompenser ton sens de l'observation ! lança-t-elle.

La gamine se jeta dessus, à quatre pattes sur les pavés, puis se carapata.

Inutile de consulter sa montre de gousset, Mrs King savait exactement l'heure qu'il était. Elle écrasa les pépins de pomme entre ses dents, comptant intérieurement les secondes.

Il s'écoula encore cinq minutes avant que sa cible ne fasse son apparition. Winnie Smith déboucha au coin de la rue en titubant avec son énorme landau, se dirigeant vers le magasin de Mr Champion. La poussette ne contenait pas de bébé, mais des cartons à chapeau entassés en piles dangereusement chancelantes. Mrs King éprouva un élan d'affection familier. Winnie : saucissonnée dans une robe violette affreusement rapiécée, le chapeau épinglé n'importe comment, manœuvrant le landau comme s'il s'agissait d'un cuirassé. Quelque chose claqua, la suspension, ou bien un rayon, et elle chancela. « Seigneur », pensa Mrs King en fermant les yeux.

Elle acheva sa pomme, se lécha les doigts puis traversa tranquillement la rue.

Winnie se débattait pour monter le landau sur le trottoir lorsqu'elle aperçut Mrs King.

— *Aujourd'hui ?* fit-elle, incrédule.

— Autant faire ça tout de suite, répondit Mrs King avec un sourire en coin.

Winnie inspira profondément, rectifia son chapeau.

— J'ai un rendez-vous, annonça-t-elle avec un regard noir.

Mrs King se souvenait de leur première rencontre, vingt ans auparavant, dans la cuisine de la maison de Park Lane. Elle s'était alors convaincue que Winnie, de cinq ans son aînée, ferait une grande sœur parfaite. Quelqu'un de féroce, sur qui on pouvait compter, en qui on pouvait avoir une confiance absolue – même lorsqu'elle était extrêmement angoissée, comme aujourd'hui.

Mrs King la houspilla :

— Au diable ton rendez-vous, Win! On a d'autres chats à fouetter.

Winnie hissa la poussette sur le trottoir et secoua la tête, têtue.

— Laisse-moi dix minutes. Ensuite, je suis tout à toi.

Winnie avait reçu une excellente éducation, très convenable, et avait toujours tellement d'*énormes* scrupules! Mrs King en eut un claquement de langue impatient. Elle regarda dans le landau, ouvrit un des cartons à chapeau. Elle découvrit un objet écrasé qui donnait un peu mal au cœur, avec une forme et une couleur de blanc-manger, décoré d'affreux rubans marron.

— Charmant, remarqua-t-elle.

— N'y touche pas! Je l'appelle « Le Savoy », expliqua son amie en caressant la chose. Satin champagne, velours chocolat. Et une tresse satinée, tu vois? Qui va juste sous le bord.

— Ce sont des cheveux?

— Une *tresse*.

— Et à qui appartenaient les cheveux?

Winnie la repoussa d'un geste, renfonça le couvercle sur le carton.

— C'est ce qui se fait à New York.

Mrs King joignit les mains dans son dos.

— Tu en demandes combien?

Winnie hésita.

Mrs King sourit:

— Je vais t'aider à négocier.

Winnie était stoïque, solide, la personne la plus travailleuse qu'elle connaisse. Mais certaines affaires devaient être réglées rapidement.

— Dinah… supplia Winnie, contrariée.

— Ne t'inquiète pas, je vais accélérer les choses.

— Je n'ai pas besoin que tu accélères les choses !

Mrs King se contenta de répliquer d'un haussement de sourcils. Elle ouvrit vivement la porte du magasin, faisant carillonner la sonnette, et Winnie soupira en se débattant avec le landau.

— Dinah, *vas-y doucement...*

À l'intérieur, l'éclairage était propre, les étagères garnies de rubans coquille d'œuf et de rouleaux de satin. Mrs King n'aimait pas les choses délicates. La mousseline la faisait grincer des dents.

Une voix s'éleva dans l'arrière-boutique :

— Je fais ma pause. Revenez plus tard.

— Pourtant, c'est votre jour de chance, remarqua Mrs King.

— Ce n'est que Winnie Smith, Mr Champion, lança celle-ci en se cognant partout. Nous avons un rendez-vous ! dit-elle en jetant à Mrs King un coup d'œil d'avertissement : *Pas un mot de plus.*

Mr Champion était assis dans son bureau comme un jambon fourré dans un panier de pique-nique, les joues roses et luisantes, entouré de formes à chapeau en osier et en fil de fer. L'air sentait les fruits séchés et le vinaigre. Ses lunettes tremblant sur le bout de son nez, il attaqua :

— Non, non, *non* ! Pas vous. Je vous ai déjà dit que je n'achetais plus de *camelote* !

Winnie s'empara d'un des cartons à chapeau, fit tomber le couvercle par terre.

— Juste un petit peu de votre temps, Mr Champion, insista-t-elle en se plantant fermement sur le sol, pieds écartés. Regardez celui-là. Je l'ai baptisé « The Navy ».

Vous voyez, avec des cocardes bleues ? Je l'ai orné de fleurs d'héliotrope mais, bien entendu, je pourrais en mettre des blanches, aussi...

Mr Champion, dont la nuque avait viré au rouge brique, désigna le landau :

— Sortez-moi d'ici cette grande chose dégoûtante ! Et qui êtes-vous ? demanda-t-il en s'adressant à Mrs King.

Celle-ci sourit, fit craquer ses articulations.

— Son agent.

— Une offre d'essai, Mr Champion, intervint vivement Winnie. Qu'en pensez-vous ? Vos clientes pourraient avoir envie d'essayer quelque chose de nouveau.

— Mes clientes achètent de la *qualité*, rétorqua Mr Champion.

Il examina Winnie de haut en bas – et Mrs King savait ce qu'il voyait. Une robe fanée, la peau grise et tombante sous le menton. Rien à respecter, rien dont il doive se soucier.

— Maintenant, dégagez !

— Aviez-vous pris sa dernière livraison, Mr Champion ? s'enquit Mrs King.

Il tourna les yeux vers elle. Un ricanement.

— J'en doute.

Winnie parut troublée.

— Ce n'est pas exact, Mr Champion. Je vous ai donné mes meilleurs articles.

— Je suppose que vous m'avez peut-être refourgué quelques vieux mouchoirs. Je ne m'en souviens vraiment pas.

— Vous devez avoir les reçus, j'en suis certaine, affirma Mrs King.

— Je suis bien certain que non.

41

Il avait un teint de cire, songea Mrs King, une couleur qui donnait la nausée.

— Je peux vérifier ?

— Si vous… ?

Il s'interrompit, reprenant sa respiration, de plus en plus congestionné.

— Non, vous ne pouvez pas ! Vous pouvez quitter les lieux.

Ses yeux allaient de l'une à l'autre.

— Dites donc, qu'est-ce que c'est que ça ? Une escroquerie que vous avez mise au point toutes les deux ? Je vous ai demandé de dégager !

Winnie leva les mains, inquiète.

— Mr Champion…

— Cinq guinées, Mr Champion, intervint Mrs King.

Il la fixa :

— Quoi ?

— Cinq guinées pour « The Navy ». Ou bien je veux voir votre carnet de commandes.

Il émit un rire méprisant.

— Vous voulez que j'appelle l'agent de police ?

— Je vous en prie, répondit Mrs King d'un ton agréable. Je lui rendrai compte exactement de ce qui se passe ici. Vous volez leur dû aux dames.

— Répétez cela, dit-il en baissant la voix, et vous n'aurez plus jamais le loisir de vendre un seul chiffon à qui que ce soit en ville.

— Votre carnet de commandes, répéta Mrs King, les mains à plat sur la table.

Il y eut un long silence. Winnie retenait sa respiration.

— Trois guinées, souffla enfin Mr Champion.

Quelquefois, Mrs King se demandait comment elle

faisait. Comment parvenait-elle à faire capituler les gens, leur faire baisser les bras? Elle n'aimait pas vraiment ça. Elle en retirait un sentiment de mépris glacial pour le monde. Mais c'était nécessaire, bien entendu. Dans la vie, il fallait bien que quelqu'un rétablisse l'ordre des choses.

— Marché conclu, répondit-elle en gardant ses distances.

Mr Champion s'agita beaucoup, fit beaucoup de tapage en comptant la monnaie:

— Vous n'êtes qu'une voleuse! Vous ne remettrez plus jamais les pieds ici. Ils vous jetteront en prison toutes les deux, je peux vous certifier...

Mais elles eurent leurs trois guinées.

Winnie poussa le landau dans la rue.

— Je ne peux pas y croire!

Mrs King ferma la porte du magasin avec fracas.

— Voilà, fit-elle avec gravité en comptant les shillings.

Winnie lui lança un long regard, comme hésitant à dire merci. Elle serra les lèvres.

— J'ai besoin d'un sherry, déclara-t-elle.

— Après toi, lança Mrs King en tendant la main vers la poussette. Je m'occupe de Bébé.

Elles marchèrent au pas cadencé jusqu'à Bethnal Green, le landau tanguant et oscillant tout du long, les hommes leur jetant des regards peu amènes lorsqu'ils se faisaient écraser les orteils. Mrs King regarda le ciel changer petit à petit. Le soleil s'estompa, comme s'il rendait les armes. Le crépuscule la stimulait, éveillait son instinct de chasseuse. Et elle était avide d'un objet bien spécifique. Mrs King n'était pas la seule gouvernante à avoir été employée dans la résidence de Park Lane. Winnie avait elle-même été parée de ce titre illustre, à peine trois ans auparavant. Et elle conservait toujours par-devers elle un article très utile.

Winnie vivait dans une chambre morne au sommet d'un immeuble humide et étroit, exigu, aux plafonds bas, et désespérément bien récuré. «Ainsi, voilà la liberté», songea Mrs King en contemplant les planchers tachés d'eau de Javel. Elle les compara au parquet étincelant du salon de Park Lane, et un bref éclair de colère la traversa. Elle refusait de finir comme ça.

Winnie remit le bouchon de la bouteille de sherry. Elles trinquèrent, burent.

— Tu l'as? demanda Mrs King.

Winnie soupira.

— Une seconde.

Elle s'éclipsa de la chambre, puis revint porteuse d'un objet assez grand enveloppé dans du papier de soie.

— Voilà.

Mrs King sentit son cœur se mettre à battre. Enfin, il était là. Ce merveilleux album relié de cuir, cette couverture gris-vert incrustée d'or, ces feuilles épaisses qui craquaient quand on les tournait.

L'Inventaire.

— Alors, c'est *toi*, la méchante voleuse, déclara Mrs King en tendant la main.

— Je ne l'ai pas *volé*, affirma Winnie avec fermeté. C'est moi qui l'ai rédigé, non? Il est à moi tout autant qu'à quiconque. J'avais parfaitement le droit de l'emporter.

Absolument tout était porté dans l'Inventaire. Le moindre tableau, le moindre siège, le moindre cure-dent de cette maison. Il émanait des pages une odeur d'avoine et d'eau, comme du gruau. Le salon ovale. Les boiseries. Le grand salon de réception. La salle de bal. Ligne après ligne après ligne sur toutes les pages. Jusqu'au plus petit des offices. *Un ensemble d'éteignoirs, étain. Un ensemble de moules à bougie, étain. Deux paires de lampes à pétrole, bleues. Deux paires de lampes à pétrole, jaunes.* Mrs King les revoyait, marbrées de violet, l'étain jaunâtre. *Briquet à amadou. Trois ensembles de bougeoirs en cuivre. Trois ensembles de boîtes à bougies – au séchoir.*

Elle sentit sa gorge se serrer, posa la main sur la feuille, masquant les mots. « Je peux faire disparaître tout cela », pensa-t-elle.

— Bien, énonça-t-elle d'un ton plat. Merci.

Elle referma l'album avec un énorme bruit sourd, pressa les mains sur la couverture d'un air possessif.

— Pas de quoi ! répliqua Winnie en lui lançant un regard vif.

Puis ses traits se durcirent :

— Et maintenant ? Ta bonne femme va nous payer ?

— Tu n'as pas intérêt à ce que Mrs Bone t'entende l'appeler « ma bonne femme ». Elle ne ferait qu'une bouchée de toi.

— Mais elle a payé ? On ne peut rien faire sans financement, Dinah.

Mrs King se mit à rire.

— Écoutez-moi ça ! Ne t'inquiète pas des fonds – c'est mon problème. Occupe-toi simplement d'embarquer dans l'affaire notre ultime connaissance. Tout le monde doit être en place d'ici dimanche, pas un jour de plus.

Winnie attrapa son carnet et le feuilleta. Elle s'était déjà fait des centaines de recommandations : Mrs King distinguait des flèches, des ratures et des gribouillis dans tous les sens.

— J'espère que tu brûleras ce truc quand on en aura terminé, déclara-t-elle.

— Ça ne peut pas nous trahir. J'ai concocté un code.

— Bien entendu, répondit Mrs King avec affection.

Elle avait pour la première fois fait allusion au plan quatre semaines auparavant – d'abord de façon embrouillée, tournant autour du sujet, cherchant le moyen le plus subtil de l'aborder.

« Tu es en train de me dire que tu veux commettre un *cambriolage* ? » avait demandé Winnie, incrédule.

Mrs King avait battu en retraite en hochant la tête : « Mon Dieu, du calme, attends une seconde, Win... », mais le front de Winnie s'était plissé de plus en plus profondément, ses réflexions s'étaient frayé un chemin loin, loin, loin, au plus profond de son esprit.

« Qu'est-ce que tu en penses ? » avait fini par demander Mrs King.

Winnie avait besoin de l'argent. Ça, c'était clair. Mrs King se souvenait des paroles de Winnie lorsqu'elle avait quitté Park Lane : *Je dois tracer ma propre route. Je dois faire quelque chose de ma vie.* Il y avait là-dedans quelque chose de désespéré, de pressant, d'inexplicable. Winnie approchait rapidement de la quarantaine. Elle avait travaillé à Park Lane presque toute sa vie. Mais elle n'avait pas pour autant de grandes perspectives à l'extérieur. Pas de projet grandiose. Elle gagnait à peine de quoi subsister en vendant ses chapeaux à la criée dans l'East End.

« Si quelqu'un en est capable, c'est bien toi, avait-elle répondu en regardant Mrs King. Tu connais toutes les personnes adéquates. »

Les yeux de Winnie s'étaient mis à pétiller, et elle avait esquissé un sourire.

Parce que ce cambriolage était fou, bien sûr. Mais cette folie était la marque même des meilleurs jeux. Semblables aux artifices pyrotechniques de la pantomime, fabriqués avec des cordons de magnésium et des blocs de chaux vive, qui crépitaient et explosaient sous vos yeux, qui attiraient même les gens les plus pondérés, même Winnie.

« Oh, je connais toutes les personnes adéquates », avait acquiescé Mrs King avec un grand sourire et un hochement de tête.

Winnie avait toujours fait semblant de ne rien voir des *intérêts extérieurs* de Mrs King. Ce n'était pas une imbécile : elle partageait une chambre avec Dinah, et elle avait bien compris que celle-ci travaillait en douce pour Mrs Bone – à passer des messages, livrer des paniers. Winnie avait remarqué que des marchandises sortaient en cachette par la porte de service : gants en peau de phoque, ombrelle en écaille, savons les plus délicieusement émollients…

« Qui t'a donné ça ? avait-elle demandé d'un ton sévère en brandissant un rouleau de dentelle fine dissimulée au fond de l'armoire de Dinah.

— Je l'ai acheté moi-même », avait répondu celle-ci sans mentir.

Il y avait un risque à accepter ces travaux d'appoint. Mais les risques payaient toujours bien.

Mrs King n'avait jamais redouté que Winnie puisse la moucharder. Le lien entre elles était absolu.

« Tiens, avait dit Winnie en fourrageant dans l'armoire et en dégageant un panneau à l'arrière avec une grimace. S'il le faut, cache tes trésors là. Mais tu devrais économiser tes sous, avait-elle ajouté après une pause. Tu pourrais en avoir besoin un jour. »

Mrs King avait suivi le conseil. Elle avait cessé d'acheter bracelets et flacons de parfum, et, au lieu de cela, avait fourré son argent dans de vieux bas.

— Dimanche, répéta alors Winnie en griffonnant dans son carnet.

Elle se mordit la lèvre.

— C'est vraiment tôt, Dinah.

— Le plus tôt sera le mieux.

— Je suppose que tu as raison, reconnut-elle d'un air sérieux.

Mrs King tendit la main.

— Win, tu vas faire une voleuse du tonnerre !

Winnie fronça les sourcils :

— Ne te moque pas de moi.

— Loin de moi l'idée de me moquer. Je n'ai jamais rencontré une femme aussi assoiffée de sang que toi, répondit Mrs King, faussement grave.

De son siège, Winnie leva les yeux sur elle, avec une expression qui la fit soudain paraître beaucoup plus âgée.

— Et de ma vie, je n'ai jamais rencontré une femme qui décide de dévaliser entièrement une maison, de la dépouiller de la cave au grenier, simplement parce qu'elle en a envie, sans aucune autre raison.

Elle scruta Mrs King :

— Rappelle-moi de ne jamais te contrarier.
— Je suis bien certaine que tu n'as pas besoin qu'on te le rappelle, répondit celle-ci avec désinvolture, avant de tapoter sa montre. Et maintenant, viens donc. Tu as du travail, ma belle criminelle. L'heure tourne.

5

Winnie pénétra dans le Paragon Theater par l'entrée de Mile End Road. Elle traversa le promenoir et distingua son reflet dans les miroirs géants. La chaleur la rendait toute rouge. Ils avaient remplacé l'éclairage au gaz par des lustres électriques flambant neufs, et orné tous les murs d'estampes chinoises. Tout était verni et croulait sous le velours rouge. Elle aimait bien ça. Elle s'arrêta pour reprendre sa respiration puis se dirigea droit vers la salle de spectacle, ayant repéré une porte près de la scène.

Mrs King avait fourni des instructions très précises :

« Nous avons besoin de quelqu'un qui ait un don pour la supercherie, quelqu'un qui sache tout du jeu d'acteur.

— Qui avais-tu en tête ?

— À ton avis ?

— Tu plaisantes ! avait protesté Winnie en sachant très bien à qui Mrs King faisait allusion. Elle est totalement imprévisible.

— Elle est parfaite. Et c'est toi qui la connais depuis le plus longtemps. Si tu le lui demandes, elle marchera.

— Ce n'est pas une bonne idée, avait insisté Winnie en secouant la tête.

— Sottises. J'ai toute confiance en toi. Allez, vas-y», avait ajouté Dinah alors que Winnie hésitait.

Elle avait été incapable de confier à Mrs King pourquoi elle redoutait cette rencontre. Celle-ci recouvrait des abîmes et des dimensions qu'elle-même commençait tout juste à saisir. Et elle avait juré de les garder secrets. Aussi avait-elle acquiescé stoïquement, d'un signe de tête.

«Très bien. Je ferai de mon mieux.»

Une main se posa sur le bras de Winnie.

— Madame!

C'était un ouvreur, qui lui barrait la route.

— Vous avez un billet?

Winnie vit son regard évaluer son manteau élimé, et elle rebroussa chemin vers le foyer. Elle avait dépensé tout l'argent confié par Mrs King pour se payer une loge. Une dépense nécessaire, s'était-elle dit, s'efforçant de ne pas regarder le prix.

On lui donna un programme gratuit, ce qui était mieux que rien. Il était imprimé en sérigraphie, couleur crème et pêche. Du doigt, elle parcourut les différents numéros de music-hall, à la recherche d'un nom: *Hephzibah Grandcourt*. Sans le trouver.

Elle fronça les sourcils, jeta un regard par-dessus le balcon. Il y avait dans la salle une foule impressionnante de marchands ambulants et de vendeurs de coutellerie. Les hommes portaient des vestes à carreaux aux couleurs criardes et exposaient leurs parapluies pleins d'articles dans l'allée centrale. «Ne sois pas aussi snob», se morigéna-t-elle. Elle-même avait l'air plus extraordinaire qu'eux, semblable à un morceau de charbon au milieu d'une boîte à bijoux, avec ses aiguilles à chapeau de travers.

51

Un autre placeur jeta un coup d'œil dans la loge.

— Vous désirez quelque chose sur le menu ?

— Un brandy, répondit-elle en rassemblant tout son courage.

Elle aurait aussi bien pu demander une chope de bière brune.

Le placeur lui lança un clin d'œil. Winnie fut incapable de déterminer si cela lui remontait le moral, ou bien la déprimait. Elle remarqua que ses jambes tremblaient. La culpabilité.

Puis elle entendit la porte. Le grincement et le bruissement de la soie.

Une voix s'éleva derrière elle :

— Eh bien, ils sont dans tous leurs états, en bas. Voilà qu'une bonniche a raflé les meilleurs sièges de la salle !

Winnie se prépara, puis se retourna.

Sa première impression ne fut pas celle de la personne qui se tenait devant elle, mais de celle *dissimulée* à l'intérieur. En se concentrant, on pouvait deviner la fille qui avait travaillé une vingtaine d'années auparavant dans la cuisine de Park Lane. Un moineau domestique caché au sein d'un magnifique oiseau de paradis. Un sourire découvrait ses dents, des perles lui ceignaient le cou, sa chevelure en pièce montée brillait. Mais les yeux n'avaient pas changé. Couleur de bleuet, écarquillés.

— Bonjour, Hephzibah, l'accueillit Winnie, prenant soin d'utiliser le nouveau prénom.

C'était bien le moins qu'elle pouvait faire.

Hephzibah Grandcourt ne cilla pas. Après tout, elle était actrice. Elle avait une maîtrise extraordinaire de ses traits. Même lorsqu'elle travaillait à Park Lane, à l'époque où ses mains étaient jaunes du savon de la lessive et où elle sentait en permanence l'ammoniaque, elle possédait ce don. Elle avait alors une *présence*, *présence* toujours aussi forte à cet instant où elle irradiait de colère.

— Qui t'a dit que je travaillais ici?

Winnie se redressa.

— Personne. Je l'ai deviné.

Hephzibah répandait un puissant parfum un peu écœurant de fruits confits et d'amandes.

— Bien entendu, *moi*, je t'ai repérée depuis les coulisses, dit-elle en crispant les doigts. Je n'en croyais pas mes yeux, poursuivit-elle en transperçant Winnie du regard. Tu es venue me demander un autographe?

Winnie devait faire attention où elle mettait les pieds, se rappela-t-elle. Elle avait connu Hephzibah la moitié de sa vie. Et lorsque celle-ci avait quitté Park Lane, dix-huit ans auparavant, Winnie était restée en contact avec elle, avec une insistance tenace – par le biais de lettres banales, de billets offerts pour la pantomime de Noël; se montrant parfaitement, totalement et irréprochablement *bonne* à l'égard d'Hephzibah. Winnie en rougissait maintenant de honte en pensant à ses propres manières pompeuses à l'époque, à son aveuglement total.

Habituellement, elles se rencontraient dans des salons de thé, ou bien au bord de la rivière – en terrain sûr et neutre. Mais venir ici, sur le territoire d'Hephzibah, était un acte audacieux, qui modifiait l'équilibre durement gagné entre elles.

— Je voulais te parler, expliqua Winnie.

L'ouvreur apporta un brandy et un verre de sherry pour Hephzibah, sur un plateau accompagné d'un bol de cerises qui paraissaient avoir été plongées dans de l'eau sucrée, luisant de façon indécente.

— Eh bien, je suis là, répliqua Hephzibah.
— Tu n'es pas sur le programme. Tu ne joues pas ?
Hephzibah éplucha une cerise d'un coup de dent.
— Je suis la doublure, expliqua-t-elle sans manifester aucune émotion.
— La quoi ?
— La remplaçante, la pièce de rechange. Mais tu sais, on me paye quand même pour ça, précisa-t-elle.

Il y avait dans l'air comme une aigreur de pomme acide. Les ongles d'Hephzibah ne cessaient de griffer les broderies perlées de sa robe, et Winnie éprouvait de la peine à être témoin de son angoisse.

— Je peux peut-être t'offrir l'équivalent de ton cachet, déclara-t-elle avec empressement. J'ai une commande pour toi.

Hephzibah cracha un noyau de cerise dans le bol.
— Qu'est-ce que ça veut dire, ça ?
— Un boulot.
— Pour faire *quoi* ? demanda Hephzibah, dont le regard s'était assombri.
— Pour... charmer quelqu'un, dit Winnie en cherchant le mot adéquat.

Elle ne pouvait se permettre qu'on surprenne sa conversation. Elle n'était pas du tout habituée à ce genre de tractation.

— *Charmer* quelqu'un ?
— Oui ! De la façon dont toi seule es capable.

Le silence était atroce. Hephzibah prit une nouvelle cerise, l'examina.

— Toutes les actrices ne sont pas des grues, tu sais.

Winnie se sentit devenir glacée.

— Ce n'est pas du tout ce que je veux dire.

Le regard d'Hephzibah étincelait.

— Je n'ai pas à ce point besoin d'argent. J'ai de l'argent.

— Hephzibah...

— Et un certain nombre d'emplois à venir.

Winnie s'avança sur son siège :

— Laisse-moi t'expliquer.

Hephzibah lui arracha le programme, le brandit sous la lumière.

— Ce soir, c'est un mauvais soir. De mauvais numéros, d'un bout à l'autre. Tu aurais dû venir un samedi, là, tu aurais vu de la maestria. Pas ces nullités.

— *Hephzibah...*

— Si je dirigeais cet endroit, ça marcherait comme sur des roulettes. J'écrirais moi-même ces foutus numéros. J'ai beaucoup de talent.

— Je sais.

— Un talent rare, qui nécessite d'être correctement cultivé.

Elle expédia un nouveau noyau de cerise dans le bol. Droit au but.

— Tu ne manques pas de culot, à débarquer ici à l'improviste. Il y a des mois que je n'ai pas de nouvelles de toi.

Winnie ouvrit la bouche. Puis la referma.

— Je t'écris toujours, dit-elle avec gêne.

— Et je réponds !

— Oui, enfin, répliqua Winnie sans pouvoir s'en empêcher, tu m'envoies des photos de toi.

Hephzibah lui lança un regard vif.

— Des portraits sous forme de carte postale.
Winnie se liquéfia.
— Oui.
— Et des portraits tout à fait ravissants.

Quelquefois, le moment se présentait à vous, la fenêtre s'entrouvrait juste assez pour qu'on puisse en profiter. Winnie se força à ne pas être lâche.

— Hephzibah. Je suis tellement... (Les mots lui vinrent précipitamment:) je suis *tellement*... désolée.

Ce visage! Parfait, l'expression redevenue lisse, comme le sable balayé par la marée. Hephzibah demeura muette.

Winnie se souvenait du jour où elle était partie. D'un seul coup, évanouie dans la nuit, avaient-ils dit. Encore une fugueuse. Cela avait exaspéré tout le monde, y compris Winnie, à qui avait échu la tâche de se débarrasser des pauvres affaires d'Hephzibah et de ses uniformes miteux maintes fois raccommodés.

Dinah King avait ri. « Tu sais comment elle est, avait-elle dit. Elle a des *rêves*. Elle veut monter sur les planches. »

Ils n'avaient pas posé de questions.

Hephzibah froissa le programme entre ses mains, le jeta. Attrapa son verre de sherry, en renversant un peu.

— Si tu n'étais pas si sacrément respectueuse et si totalement dénuée d'humour, tu ne m'énerverais pas autant! lança-t-elle enfin. Sincèrement, c'est dommage. Chaque fois que tu t'amènes de ton pas pesant, tu me donnes juste envie d'être infecte. Tout me revient. Tu comprends ça, n'est-ce pas?

Winnie hocha la tête:

— Je ne le fais pas exprès.

Hephzibah tendit son propre verre à Winnie :

— Tiens, ça te donnera un peu de couleurs. Je ne peux pas rester ici à te voir transpirer toute la soirée.

Winnie s'en empara.

— Merci.

— Alors, vas-y, raconte-moi.

Winnie avala une lampée.

— On veut que tu fasses quelque chose de délicat, expliqua-t-elle en sentant la brûlure de l'alcool dans sa gorge.

— On ?

— Dinah King et moi.

Les yeux d'Hephzibah s'arrondirent. Winnie leva la main.

— Elle ne sait pas, Hephzibah. Sur mon honneur, elle ne sait rien du tout !

Hephzibah s'adossa à son siège.

— Tant mieux pour elle. Vas-y, alors.

6

Plus que vingt-trois jours

Alice Parker était en retard. En deux nœuds hâtifs, elle ajusta son tablier. Fourra son crucifix sous son col et s'accorda un regard rapide dans le miroir. Un mois à Park Lane, et elle s'était habituée à porter un uniforme. Elle avait cru détester ça, se sentir coincée au cou et aux poignets. Mais elle s'était glissée dedans tellement facilement. « Un soldat doit éprouver la même chose en enfilant son treillis », pensa-t-elle. Cela la rendait agréablement anonyme. Elle ne se ressemblait pas – elle ressemblait simplement à une femme de chambre.

Elle ajusta son brassard noir. Mrs King le lui avait tendu le jour de son arrivée dans la demeure.

« Nous sommes en deuil du vieux maître », avait-elle expliqué d'un ton égal.

Mais ils n'avaient pas vraiment l'air affligés, de l'avis d'Alice. Mr de Vries était à peine refroidi dans sa tombe que la nouvelle maîtresse faisait des plans pour un bal costumé, le plus beau de la saison, ce qui nécessitait une femme de chambre couturière de façon urgente. Il y avait là quelque chose qui sidérait Alice. Quelque chose de très pervers, ce qui rendait le coup encore plus palpitant. Était-ce bizarre ? Sa sœur le pensait aussi, mais lorsqu'elle lui avait proposé le travail, elle avait prévenu Alice :

« Ne te mets pas martel en tête, d'accord ? J'ai besoin de quelqu'un de sensé qui surveille la maîtresse. Quelqu'un d'invisible. C'est bien clair ? »

Demi-sœur était plutôt le terme exact. D'autant plus approprié qu'elles ne se ressemblaient qu'à moitié. Quatorze ans les séparaient, et la seule chose qu'elles aient jamais partagée, c'était leur mère.

« D'accord, Dinah.

— Pour toi, je suis Mrs King. Pas de traitement de faveur, compris ?

— Bien sûr que non », avait-elle acquiescé avec docilité.

Mrs King avait eu l'air dubitatif.

« Tu comprends ce que je te demande ? Et tu sais comment fonctionne un gros coup ?

— Parfaitement, et j'ai besoin d'un changement. »

Mrs King avait haussé le sourcil.

« Tu as des ennuis ? »

Ennuis, Ennuis, Alice détestait ce mot, qui l'encerclait, la piégeait, la suivait en permanence.

« Des ennuis ? avait-elle répliqué. Et comment pourrais-je m'attirer des ennuis, *moi* ? »

Sa sœur l'avait dévisagée sans un seul battement de paupières, avec une force encore plus formidable que celle d'Alice.

« Très bien. Présente-toi à la maison lundi matin. Je t'aplanirai les choses. Mais souffle un seul mot à quiconque du fait que tu me connais, et je t'écorche vive. »

Mrs King avait tendu une main gainée de cuir de veau couleur ivoire. C'était très joli.

« Marché conclu ? »

Mère avait elle aussi de petites mains. Il revenait à Alice de boutonner les gants de Mère, de veiller à ce qu'elle soit soignée, bien présentable. Mrs King avait abandonné ces tâches bien longtemps auparavant.

Alice s'était félicitée de ne rien laisser transparaître. Car bien entendu elle avait des ennuis, et par-dessus la tête. Au point que parfois la bile lui remontait dans la gorge. Elle n'avait jamais rien désiré d'autre que gagner correctement sa vie. Les vendeuses paraissaient si pimpantes et posées. Elle mourait d'envie de devenir vendeuse. Père l'avait formée derrière le comptoir de la mercerie, et elle savait qu'elle était douée avec une aiguille, mais on n'allait pas la faire trimer pour rien. Elle était capable de dessiner un vêtement en moins de temps qu'il n'en fallait à la plupart des filles pour se brosser les cheveux. Même son travail le plus simple était plus précis, plus raffiné, plus accompli que n'importe quel croquis. Elle piquait tous les journaux illustrés sur lesquels elle pouvait mettre la main, s'imbibait des publicités. Alice étudiait les modes populaires comme sous un microscope, observait les lignes bouger chaque saison : la longueur, l'étroitesse, l'inclinaison du buste, le balayage autour des hanches. En secret, elle mourait d'envie de concevoir ses propres vêtements. Mais elle avait besoin d'entrer en apprentissage, ce qui nécessitait de l'argent.

Obtenir un prêt n'était pas difficile, mais elle avait la tête sur les épaules – elle savait tout des usuriers. Il y avait dans le quartier des femmes qui avaient gagé tout ce qu'elles possédaient et demeuraient pourtant incapables de rembourser leurs dettes. Alice les méprisait. Elle avait rendu visite à une femme du nom de Miss Spring, qui tenait une maison très simple et respectable sur Bell Lane. Miss Spring avait une voix douce, des manières agréables, et ses toiles cirées étaient immaculées. Elle avait écouté la requête d'Alice, pris scrupuleusement des notes, et lui avait offert une avance sur de futurs salaires – sur la base de sept shillings et six pence par semaine, pas besoin de caution, juste une reconnaissance de dette.

Alice avait passé six mois dans un grand magasin comme piqueuse avant d'accéder à l'atelier, et elle ne gagnait que trois shillings par semaine. Même les filles expérimentées ne gagnaient que cinq shillings et six pence. Alice avait vu sa dette monter lentement, et, comme la marée, lui encercler peu à peu les chevilles. Elle s'était rendue chez Miss Spring, pour trouver la maison condamnée. Mais les types qui avaient repris les dettes n'en réapparaissaient pas moins tous les quinze jours, avec des sourires carnassiers. Elle les rejoignait dans la ruelle au bout de la rue, où Père ne pouvait pas les voir.

« La semaine prochaine, disait-elle. Je rattraperai mon retard la semaine prochaine.

— Bien sûr, Miss, répondaient-ils avec une parfaite courtoisie. Prenez votre temps. »

Il aurait mieux valu qu'ils sortent un tuyau de plomb pour lui mettre une raclée, qu'elle prenne ses jambes à son cou en hurlant dans la ruelle. Alors, elle aurait pu courir chercher du secours sans éprouver la moindre honte. Tel que c'était, elle avait le sentiment déprimant

61

de se faire aspirer de plus en plus profondément au fond d'un gouffre sans rien pouvoir maîtriser, une situation qui présageait du désastre – car en cas de mauvaise dette, il ne pouvait y avoir qu'une solution. Elle n'en avait parlé à personne.

Les agents de recouvrement exhalaient une drôle d'odeur de poudre de craie mêlée de gardénia, qui lui restait dans les narines jusqu'à tard dans la nuit. Elle dormait mal. Réciter ses prières ne l'apaisait pas le moins du monde.

Il lui fallait trouver un refuge. Et Park Lane était le lieu idéal. Elle n'aurait pu espérer dénicher plus grand ou plus fortifié. Elle avait quitté le grand magasin sans même donner son congé, avait laissé à Père une adresse de réexpédition erronée. Autant couper complètement les ponts avec le quartier jusqu'au moment où elle aurait en main son argent.

« C'est payé combien ? » avait-elle demandé à Mrs King.

À l'énoncé de la somme, Alice avait senti l'incrédulité lui dilater la poitrine. C'était tout ce dont elle avait besoin – au-delà même de ses rêves les plus fous. En tant que femme de chambre couturière, elle n'avait d'autres tâches que de veiller à se tenir les mains propres, sa boîte à couture rangée, et à surveiller Miss de Vries. Elle disposait même d'une chambre à elle, un réduit dans les hauteurs raréfiées de la maison. Cette première nuit-là, elle s'était agenouillée et avait récité son catéchisme trois fois dans un souffle. Elle se sentait comme un voleur qui aurait demandé asile dans une église. Voilà qui était ironique.

Il n'était pas difficile d'éviter sa sœur en public. Une

immense table s'étendait au milieu de la salle des domestiques, et Alice était toujours placée à l'extrémité la plus éloignée, au bas de la hiérarchie, avant le petit lampiste, les souillons et l'interminable parade des filles de cuisine. Une odeur de viande bouillie et de fruits en train de mijoter régnait en permanence, et la tuyauterie cliquetait sans interruption. Au-dessus d'Alice s'asseyaient toutes les bonnes, puis toutes les femmes de chambre, et ensuite les hommes : les valets de pied, les valets de chambre, le chauffeur, Mr Doggett, et le valet de Mr de Vries. Tout cela sans compter les électriciens, les jardiniers, le médecin de famille, une infirmière, trois charpentiers, une demi-douzaine de garçons d'écurie pour s'occuper des innombrables chevaux de Mr de Vries, les mécaniciens, ou le chef français qui descendait deux fois par semaine et ne cessait de se quereller avec la cuisinière. C'était une armée assez grande pour faire tourner un manoir de campagne, à plus forte raison une adresse de Park Lane. Le majordome, Mr Shepherd, siégeait en haut de la table, en seigneur et maître, avec Mrs King à sa droite.

Profitant de brefs instants volés, elles se retrouvaient en secret. Leurs échanges étaient rapides, pas d'affection, faute de temps. Alice se sentait plutôt seule.

« Voilà, avait dit Mrs King en renversant le contenu d'une boîte. Des étiquettes. »

Alice les avait ramassées, dubitative. Elles étaient couvertes de lettres microscopiques.

« Des étiquettes pour quoi ?

— Ce sont des instructions. Je veux qu'elles soient repassées dans ces jupons. »

Elle avait jeté sur le banc une douzaine de jupons tout neufs faits à la machine.

« Nous avons de nouvelles filles qui arrivent bientôt. Et je ne pourrai pas les entraîner moi-même. Elles vont avoir besoin du plan imprimé. »

Alice l'avait fixée avec stupéfaction :

« Et toi, où seras-tu ? »

Mrs King était demeurée évasive.

« Ne te préoccupe pas de ça. Veille au repassage. »

Elle ne lui avait pas fait ses adieux, ne l'avait même pas avertie du fait qu'elle partait. La nouvelle s'était répandue ce matin-là alors que les femmes de chambre descendaient au compte-gouttes l'escalier de service. Mrs King avait été surprise dans le quartier des messieurs, et Mr Shepherd était en train de s'expliquer avec elle dans la salle des domestiques. William, le valet de pied en chef, était retenu dans le bureau de Mr Shepherd en vue d'un interrogatoire.

William ? avait songé Alice. Dinah pouvait très bien avoir eu un faible pour lui. Il était beau, sans aucun doute – avec des yeux dorés magnifiques. Et capable de soutenir une conversation. Elle avait parlé de la rue dans laquelle elle avait grandi, du comportement odieux des voisins, et il l'avait écoutée attentivement, comme si ce qu'elle racontait était particulièrement intéressant.

La cuisinière s'était repue du scandale :

« Des fornicateurs ! Voilà ce qu'ils sont ! »

Alice repéra William assis dans le fauteuil de Mr Shepherd, tout rouge, avec un regard de défi, le premier valet de pied montant la garde sur le seuil. Il paraissait perplexe, complètement déstabilisé. « Ça y est, *ça commence* », pensa Alice avec un frisson. Les jupons étaient cachés dans son armoire, les étiquettes soigneusement repassées dans les ourlets.

Dès l'instant où Mrs King quitta les lieux, tout se mit à dérailler dans la maisonnée. Le service du petit déjeuner prit du retard, les fleurs fraîches furent abandonnées dans le hall d'entrée, une des étagères de la distillerie s'écroula, le lustre de l'entrée se mit à clignoter et à crachoter, et quelqu'un aperçut deux rats se faufiler dans la cave. Une des bonnes dévala l'escalier à bout de souffle, cramoisie :

— Tu n'as pas entendu la sonnette ? Madame demande la couturière. *Tout de suite !*

Alice leva les yeux.

— Moi ?

Alice prit l'ascenseur électrique, une cage d'acier dont elle n'éprouvait aucun mal à fermer la porte, contrairement aux autres domestiques. Il y avait des gens tout simplement incapables de se débrouiller avec des machines. Alice enfonça un bouton vitré, et une secousse secoua la cage. Elle sentit les rouages s'enclencher, et l'appareil s'éleva lentement à travers la maison avec un bourdonnement désagréable. En contrebas, le hall s'étendit puis disparut. L'atmosphère se modifia, s'adoucit, et Alice glissa vers les hauteurs en direction d'un royaume totalement différent, enveloppé d'un silence ouaté.

L'étage des chambres.

Avant de pénétrer à Park Lane, Alice n'avait jamais senti des tapis comme ça. Tellement épais, tellement neufs, qui semblaient lui aspirer les pieds. Les portes étaient ornées de miroirs, et paraissaient nappées de sirop. Elle adorait cet étage. Elle en éprouvait des picotements dans les gencives, comme si elle avait eu la bouche emplie de sucre. C'était divin, le royaume des anges.

Elle patienta à l'extrémité du couloir, lissa son tablier, écouta les pendules. Redressa sa coiffe. Une tension envahit la machinerie de la maisonnée, chaque aiguille de chaque horloge sous pression, toute prête à se détendre.

« Attends Madame dans le couloir, l'avait avertie la bonne. Surtout, ne va pas frapper. Elle déteste ça. »

Jusqu'à présent, Miss de Vries était demeurée une personnalité totalement distante. Proche, certainement : à peine à quelques mètres si Madame était dans sa chambre et Alice dans le salon d'habillage. Mais d'autres domestiques veillaient à ses besoins. Alice l'avait observée, avait étudié ses mouvements quotidiens, mais ne lui avait pas adressé la parole. Les couturières de Bond Street s'étaient occupées de tous les essayages du costume de Madame, qu'Alice détestait.

La robe était noire, suivant les consignes, appropriée au deuil. Mais les manches étaient lourdes, trop chargées, et le motif de la dentelle presque une antiquité. Les couturières travaillaient section par section, expédiant des morceaux à Park Lane pour qu'Alice achève le travail. Un travail d'amateur, en réalité, le genre de tâche qu'elle pouvait accomplir les yeux fermés. Pourtant, elle s'était surprise à dépiquer leurs points, refaire les lignes, adoucir les bords de la robe. À s'efforcer de rendre le vêtement élégant. À plusieurs reprises, en attendant la livraison suivante, elle avait dessiné des esquisses du costume qu'elle aurait conçu pour Madame, elle. Quelque chose avec un peu de piquant, un peu de dynamisme. Qui retiendrait l'attention.

Bong.

Les pendules marquèrent l'heure, et de doux carillons résonnèrent à travers la demeure.

À l'extrémité du couloir, une fenêtre en éventail laissait passer un vif rayon de soleil. Et dans celui-ci, comme tissée dans la brume, Alice décela une silhouette qui s'avançait telle une volute, un battement d'ailes de phalène, mélange de dentelle noire et de chevelure blonde. Pourtant, une force l'enveloppait, une pression dans l'atmosphère.

— Madame, dit Alice en levant la main.

La silhouette se figea. La lumière se déplaça, se dissolvant doucement, Miss de Vries se retourna et regarda dans sa direction.

La première fois qu'Alice avait vu Madame, elle avait été surprise. Elle ne s'attendait pas à découvrir une femme aussi minuscule. Une personne aussi petite et délicate. Elle avait... combien ? Deux ans de plus qu'elle, tout au plus ? Vingt-trois ans, et rien de plus que ça.

Juste une gamine, en fait.

Miss de Vries portait une tenue de deuil en linon noir ruché, et la dentelle remontait jusque sous son menton. Ses cheveux blond pâle étaient crêpés et bouclés de telle façon qu'une seule mèche retombait sur son front. Elle avait des traits singuliers. Un nez fin et des yeux légèrement protubérants. Comme une fée, ou un lutin. Elle attendit qu'Alice se rapproche.

Ce fut la façon dont elle patientait – parfaitement, prodigieusement immobile – qui fit réfléchir Alice. Et plus elle se rapprochait, plus elle percevait l'électricité qui émanait de ces mains délicates, de ces poignets. Les os de Miss de Vries paraissaient aussi frêles que ceux

67

d'un oiseau, mais il y avait dans sa charpente quelque chose de dense et de féroce.

— Alice, n'est-ce pas ? articula-t-elle d'une voix grave, soigneusement modulée et maîtrisée.

Celle-ci acquiesça d'un hochement de tête.

— Bien. Venez dans le salon d'habillage. J'ai quelque chose à vous demander.

Les portes coulissantes de la chambre s'écartèrent sans un bruit.

Quand on pénétrait dans la pièce, la lumière changeait. C'était une énorme boîte dorée, froide, hautaine et singulière. Les murs étaient recouverts d'un papier peint orné de fleurs rose pâle, et les fenêtres voilées de mousseline épaisse, à travers laquelle on distinguait cependant l'ombre gris-vert de Hyde Park, de l'autre côté de la rue. Il y avait un secrétaire dans lequel Miss de Vries conservait sa correspondance et ses papiers, ainsi que ses fonds personnels – Alice avait glissé un coup d'œil à travers la porte du salon d'habillage pour s'en assurer. Des billets de banque, des mandats postaux et de la petite monnaie dans des bourses de soie.

Le lit était véritablement très imposant, et quelqu'un avait brodé sur le baldaquin : *Si on ne se lève pas tôt, on ne progresse en rien*. Alice avait toujours pensé que les jeunes ladies restaient au lit jusqu'à midi. Pourtant, Miss de Vries se levait à l'aube, avant même le réveil de ses domestiques.

« Mais que fait-elle de son temps, à se lever aussi tôt ? » avait-elle demandé à Mrs King.

Celle-ci avait réfléchi, soupesant la pertinence de la question.

« Elle lit, avait-elle enfin répondu d'un ton pincé.

— Oh ? Et que lit-elle ? »

Alice avait décelé une minuscule note de doute dans la voix de sa sœur.

« Des ouvrages pour se cultiver.

— Sur quelle sorte de sujets ? »

Mrs King avait froncé les sourcils.

« La guerre. La philosophie. L'art de la diplomatie. Les chroniques des grands rois.

— Non, vraiment ? avait ri Alice.

— Quoi d'autre ? » avait répliqué Mrs King tout à fait sérieusement.

Miss de Vries ouvrit la porte qui menait au salon d'habillage, copie en miniature de la chambre, chargé de dorures, plein de miroirs et de soieries. Mais il était beaucoup plus sombre, dépourvu de fenêtres. Il n'abritait que des placards et des paravents peints. Alice passait son temps là, à transporter des rouleaux d'étoffe d'un rangement à l'autre.

— Dites-moi, fit Miss de Vries d'un ton plus léger, comme si elle pouvait parler franchement maintenant qu'elles étaient seules.

Elle marcha jusqu'à un placard, dont elle ouvrit les portes en grand, fouilla rapidement à l'intérieur et en tira une liasse de papiers.

— C'est à vous ?

Alice rougit. Madame tenait les esquisses, celles qu'avait dessinées Alice, et haussa un sourcil lorsque la jeune femme ne répondit pas.

— Eh bien ?

Alice tendit la main.

— Je vous demande pardon, Madame. Je n'aurais pas dû laisser ça là.

69

Un sourire froid étira les lèvres de Miss de Vries. Elle leva les croquis dans les airs, hors de portée.

— Ils sont bons, déclara-t-elle d'un ton bref avant de les étaler sur la table du salon, les traits indéchiffrables. Vous êtes un remarquable dessinateur. Enfin, plutôt dessinatrice, je suppose.

Alice secoua la tête.

— Je ne dirais pas ça, Madame.

Miss de Vries plissa les yeux :

— Sornettes. Je ne supporte pas la fausse modestie. Celle-ci, dit-elle en pointant du doigt. Que faudrait-il pour la réaliser ?

Une légère inquiétude traversa Alice.

— La *réaliser* ?

— Oui, confirma Miss de Vries en tapotant le dessin de l'ongle.

Alice se rapprocha de la table, examina sa propre ébauche. Une robe à la taille sanglée de dentelle, une traîne élaborée en forme de nuages, un léger écheveau de fils en guise d'épaules qui glissaient de la peau. Quelque chose qui onduleraient au moindre mouvement. Quelque chose de complètement inapproprié pour une jeune femme en deuil. Alice tendit la main pour s'emparer de la feuille et la cacher.

— Je n'aurais jamais dû, Madame.

Miss de Vries posa le poing sur la table, clouant le dessin dessus.

— Vous n'auriez pas dû quoi ? Imaginer quelque chose de *beau* que je puisse porter ?

Alice hocha la tête.

— Ce ne sont que des gribouillis, Madame. Des essais stupides.

— Ma robe est affreuse, elle ne convient pas du tout : je le vois bien, maintenant.

Miss de Vries recula. De près, sous cet angle, Alice pouvait tout à fait scruter la peau de Madame, les minuscules taches de rousseur et les boucles à l'arrière de sa nuque. Cela la rendait plus humaine, plus douce.

— Je veux quelque chose comme ça. Pourriez-vous l'exécuter ?

— Moi ? dit Alice, incrédule.

— Je suis certaine qu'ils peuvent vous aider, à Bond Street. Je suis sûre qu'il ne s'agit que de coudre tout ça ensemble. Après tout, vous avez votre modèle, fit-elle avec un signe de tête en désignant l'ébauche.

Le cerveau d'Alice se mit en branle, évaluant les problèmes, les risques. *Il ne s'agit que de coudre tout ça ensemble ?* Une telle robe représentait une montagne de travail, une tâche bien plus importante que tout ce qu'elle avait jamais réalisé jusqu'ici. Elle éprouva le besoin d'aller demander conseil à Mrs King.

— Je ne suis pas sûre que nous ayons le temps, Madame.

Miss de Vries la regarda dans les yeux.

— Vous serez bien entendu généreusement récompensée de vos efforts.

Voilà qui régla le problème.

7

Plus que vingt-deux jours

Une brume flottait sur les quais, semblable à du papier de soie. La Tamise sentait le sel et la fumée de charbon. La fabrique favorite de Mrs Bone se nichait entre la raffinerie de sucre et l'entrepôt de caoutchouc, dans une rue inondée de boue. Les hommes se débattaient à travers ce marécage, transformés en pâtée à cochons. Mrs King se demanda pourquoi ils n'empruntaient pas l'autre accès. « Les gens devraient prendre en considération toutes leurs options », songea-t-elle sèchement.

Une villa était accolée à la fabrique, avec des vitres teintées d'un rouge sang et de hauts murs tout autour du périmètre. Un gardien aux allures fantomatiques verrouilla la porte derrière elle à son entrée. Elle retira ses gants. Mieux valait affronter ce groupe-là à mains nues.

Mrs Bone se tenait dans une pièce faiblement éclairée, volets fermés, rideaux tirés, les mains sur les hanches.

— Vous êtes dans mon salon à inventions, déclarat-elle en agitant un doigt en guise d'avertissement. Pas la peine de mémoriser quoi que ce soit, j'ai des brevets pour tout ce que je collectionne. N'essayez même pas.

Des lampes anciennes répandaient une lueur ambrée couleur de rhum. Partout, des taches de peinture et de vernis, et sur les murs, des fusils dans leurs étuis. Des armes de toutes tailles et de toutes formes. Un choix de décoration tout à fait saisissant, dont Mrs King comprenait parfaitement ce qui le guidait : Mrs Bone tenait à faire passer un message.

Les femmes étaient ponctuelles : un bon début. Hephzibah déboula comme un émeu, pleine de plumes et de perles, la perruque de travers, le regard affolé.

— Ça fait plaisir de te voir, Hephz, déclara Mrs King en allant l'embrasser.

— Un chariot à desserts ? s'exclama Hephzibah avec un claquement de doigts en salivant à la vue des gâteaux. Apportez-le-moi tout de suite !

Winnie la conduisit droit au canapé, tout en lançant à Mrs King une grimace angoissée. *La journée va être longue*, articula-t-elle en silence.

Alice la suivit de près, esquissant une demi-révérence avant d'embrasser Mrs Bone sur les deux joues puis de lui baiser la main.

Mrs Bone avait amené deux servantes aux tabliers dépareillés.

— Tu m'as dit que tu voulais mes meilleures filles. Les voilà. Deux sœurs, ajouta-t-elle. Utile. Elles viennent en tandem. Elles s'appellent Jane.

Mrs King les dévisagea. Elles n'étaient sûrement pas sœurs. Trop intentionnellement semblables, la chevelure en tête de loup aplatie sous leur coiffe. Des filles de la campagne, entraînées à la ville. Elles ne s'appelaient pas non plus Jane. Mrs Bone se réservait toujours le droit de dénomination.

— Vous avez travaillé dans un cirque, n'est-ce pas, les filles ? lança Mrs Bone. J'aime que mes petites fassent preuve d'*aptitudes*, annonça-t-elle en faisant face à l'assemblée. Quand on travaille dans les fêtes foraines, on apprend tout de *la mécanique*. Et elles sont éduquées – c'est un point dont je m'assure toujours. Dans cette maison, nous connaissons toutes notre alphabet.

Mrs King les étudia. Dix-huit ans, peut-être dix-neuf, pas plus. Elle les imagina en lisière d'un champ, perchées sur une barrière, à faire peur aux villageois. Elle devinait sans peine où elles auraient échoué si Mrs Bone n'en avait pas fait l'acquisition. Un appartement loué, quelque part du côté de Charing Cross Road, où elles auraient reçu à la nuit. Des filles comme ça, sans famille proprement dite, ne trouvaient pas de travail dans les magasins, ni de poste de secrétaire, ni même d'emploi dans des maisons décentes. Elles se faisaient rafler. Tout le monde savait ça.

— On doit trouver un moyen de les différencier, Mrs Bone. On ne peut pas les appeler Jane-un et Jane-deux.

— *Moi*, je les appelle comme ça.

Mrs King haussa un sourcil :

— Les filles ?

Elles échangèrent un regard vif et impossible à interpréter.

— Aucune importance, pour nous.

— Bien, nous sommes toutes sur un pied d'égalité, ici, déclara Mrs King. Vous pouvez vous asseoir à côté de Mrs Bone.

Celle-ci plissa les yeux :

— Ma petite, ça n'est pas toi qui dictes les règles, ici.

— À vrai dire, si, répliqua aimablement Mrs King. Et voici la première : nous sommes toutes égales, Mrs Bone.

— Tes règles, tu peux te les mettre où je pense. C'est à moi que tu demandes de payer pour cette entreprise.

— Et je vous en serai infiniment reconnaissante si vous faites l'investissement envisagé, mais j'ai mes propres règles d'engagement, rétorqua Mrs King sans vaciller du regard. Deuxièmement, pour citer Mr Disraeli : ne jamais se plaindre, ne jamais expliquer. Nous n'aurons qu'un but, un seul plan, poursuivit-elle en les regardant tour à tour. Il n'y aura ni récriminations, ni discorde. Si on vous donne un ordre, vous l'exécutez. De plus, toutes vos autres tâches et obligations sont suspendues à compter de cet instant. Jusqu'à ce que ce coup soit mené à son terme, vous n'avez de comptes à rendre qu'aux membres du groupe, et à personne d'autre. Jusqu'au mois de juillet, asséna-t-elle en regardant sa sœur, je suis Dieu.

Mrs Bone émit un grognement.

— Troisièmement, continua Mrs King, parlez avant qu'on ne vous adresse la parole. Vous avez une voix, servez-vous-en. Vous entrevoyez un risque ? Dites-le. Vous avez fait une erreur ? Avouez-le. Si nécessaire, n'hésitez pas à faire du mal à une mouche. Satisfaite, Mrs Bone ?

Celle-ci tira les deux Jane pour les asseoir à côté d'elle sur le canapé.

— Je ne m'engage absolument à rien tant que je n'ai pas entendu la totalité du plan.

75

Winnie se pencha pour dire d'un ton ferme :
— On devrait vraiment s'y mettre.
Une vague d'assentiment parcourut l'assemblée.
Mrs King leur adressa un bref signe de tête.
— Très bien. Mesdames, prêtez-moi l'oreille.

Elles s'étaient installées en cercle. Mrs King les voulait assises pour les voir toutes. Winnie à sa droite, positionnée en tant qu'aide de camp. Mrs Bone, le regard étincelant, soupesant l'éventualité de son investissement. Hephzibah, superbe et en ébullition, en train de concocter sa mise en scène. Les Jane, carnets de notes sur les genoux, passant en revue la technique. Et Alice, yeux écarquillés, mâchoire crispée, le canari déjà descendu dans la mine de charbon.

Mrs King fit signe à Winnie.

— Apporte l'Inventaire, veux-tu ? Mesdames, voici un point crucial. Nous possédons un catalogue de quasiment tous les objets qu'abrite la maison de Vries sur Park Lane. Je dis bien, *quasiment* tous les objets. Vous, les filles, précisa-t-elle avec un signe de tête à l'attention des Jane, vous allez devoir compléter les lacunes.

Jane-un leva un crayon en l'air :

— Dans quel but, madame ?

— Pas besoin de madame. Appelle-moi Mrs King.

— Dans quel but, Mrs King ?

— Parce que nous allons subtiliser des articles de la liste, et nous allons les vendre, déclara Mrs King avec un sourire. Et je n'ai pas l'intention d'en rater un seul.

Jane-deux croisa les bras.

— Combien allez-vous en vendre ?

— Nous allons *tout* vendre, répondit Hephzibah en

tendant la main vers le chariot à desserts pour s'emparer d'un entremets au citron. C'est bien cela ?

— Tout à fait.

Mrs Bone se frotta le menton.

— Hautement fantaisiste.

— Nous aborderons les risques plus tard, poursuivit Mrs King. D'abord, le déroulé. Le coup sera exécuté le 26 juin. Inscrivez la date sur vos agendas, mesdames. Alice, raconte-nous ce qui se passe ce soir-là.

Alice se lança, en dépit de son embarras :

— Il va y avoir un bal.

— Un bal ? répéta Hephzibah en se léchant les lèvres.

Mrs King ouvrit largement les bras.

— Un bal costumé, mesdames ! La réception la plus splendide qui soit. Le genre que vous raconterez à vos petits-enfants. Je peux vous assurer que ce sera une sacrée fête.

Mrs Bone pinça les lèvres.

— Alors que leur cher maître est à peine refroidi ?

— La vie continue, Mrs Bone. Et imaginez simplement la foule que peut attirer la maison de Vries. Des Américains. Des gens pleins aux as. Des membres *de la famille royale*.

Hephzibah lissa sa robe :

— En général, les membres de la famille royale sont plutôt vieux jeu.

— C'est de la folie ! jeta Mrs Bone.

— Non, c'est parfaitement sensé, rétorqua Mrs King. On ne pourrait rêver de conditions plus favorables. J'ai été personnellement intimement mêlée à tous les préparatifs. La moitié des pièces seront fermées, pour leur propre protection. Un quart de la marchandise peut-être mise en lieu sûr avant même l'arrivée des premiers invités. Alice, précisa-t-elle avec un signe de tête en direction de sa sœur, ne sera pas la seule nouvelle arrivée à Park Lane. Ils ont une domesticité conséquente, mais un bal de cette ampleur en requiert encore davantage. J'ai prévu tous les emplois appropriés : bonnes, employées à la journée, etc. Mrs Bone, si nous pouvons compter sur vos ressources, nous serons capables d'accélérer nos affaires à chaque étage de la demeure. Et avec *tes* talents, Hephzibah, dit-elle en se tournant vers celle-ci, nous fournirons la moitié des invités et tout le spectacle. Ils seront véritablement essentiels : il est important de savoir gérer la foule. D'après nos estimations, nous entamerons l'évacuation complète à minuit.

— Nos estimations ? répéta Mrs Bone avec un regard perçant à l'assemblée.

— J'ai tout chronométré, Mrs Bone, offrit Winnie. Dans le moindre détail.

— Personne ne connaît cette demeure mieux que Winnie Smith, intervint Mrs King avec aisance avant que Mrs Bone ait pu répondre. Croyez-moi, fit-elle en tapotant l'Inventaire.

Mrs Bone croisa les bras.

— Et je suppose que tu attends de mes fourgues qu'ils débarrassent tout le bazar ?

— Avec tous les fourgons dont vous disposez, Mrs Bone, acquiesça Mrs King. Jusqu'au moindre cheval de trait, s'il faut en arriver là.

— J'ai des ânes, répliqua Mrs Bone. Et il y en a quelques-uns dans cette pièce !

Elle secoua la tête avec un *tut-tut* de désapprobation.

— On ne cambriole pas un endroit *pendant* une réception. On attend que tout le monde ait quitté les lieux, soit parti en villégiature, et ait expédié le majordome au bord de la mer pour sa semaine de congés. Bon sang, on ne fait pas ça au plus fort de la saison !

Mrs King avait souvent remarqué que les gens ne savaient pas prendre des risques, parier. Cela dénotait un manque d'imagination tout à fait contrariant. Elle se demanda si Mr de Vries avait relevé ce défaut chez Mrs Bone. Après tout, il avait construit son empire sans elle.

Elle étouffa cette pensée : c'était une réflexion déloyale, à ne jamais exprimer à haute voix.

— Ce coup doit avoir un peu de *panache*, Mrs Bone. Un peu d'*allant*. Imaginez donc ça, mesdames : la résidence la plus grandiose de Londres, entièrement nettoyée lors de la plus grande soirée de la saison. Ça empêchera les gens de dormir. Les journaux ne parleront que de ça. Et peut-être aurez-vous envie de quelque chose venant de cette maison ? Peut-être une petite pendule ? Des rideaux ? Un tapis de foyer pour la nursery ? Quelque chose de malicieux, de vilain, quelque chose de volé, juste pour vous[1] ? Vous ne croyez pas que vous le méritez ? (Elle lança un regard dur à Mrs Bone.) On peut ajouter un supplément de cinquante pour cent au prix, peut-être même le double, aucun doute là-dessus. Et les meilleures pièces peuvent partir directement aux enchères.

---

1. Allusion à la comptine «*Something old, something new...* », « Quelque chose de vieux, quelque chose de neuf... », la liste des éléments que doit porter une mariée lors de la cérémonie.

— Des enchères ? Il faut plusieurs semaines à mes agents pour organiser des enchères ! se récria Mrs Bone.

— Eh bien alors, nous les organiserons, répliqua Mrs King sans perdre son sourire. On peut en un rien de temps communiquer les messages aux gros acheteurs. Vous pouvez nous ouvrir la voie, annoncer à tout le monde qu'il y a un gros vendeur en ville.

— Je ne vais certainement pas me servir de mon nom ! Je peux faire passer le mot, préparer mes équipes pour tout ce que je veux, mais je dois pouvoir nier toute intervention, jusqu'à ce que tout se mette en branle. Voilà *mes* règles.

— Alors, nous utiliserons un nom de code, dit Mrs King. Je m'en occupe.

Jane-un leva son crayon.

— Combien y a-t-il de pièces dans la maison, s'il vous plaît ?

Mrs King approuvait les questions pratiques.

— Winnie, apporte-moi la soupière.

Winnie acquiesça et sortit de derrière le canapé un immense récipient en argent. Mrs King souleva le couvercle, et le montra alentour d'un geste ample, la lumière se reflétant dans leurs yeux.

— Mesdames, voici les plans. Plans de niveau du sous-sol, du rez-de-chaussée, de l'étage des pièces de réception, de l'étage des chambres, de l'ancienne nursery et des chambres d'invités, des quartiers des domestiques et des combles.

Hephzibah se pencha, incrédule. La face intérieure du couvercle de la soupière était délicatement gravée, dans le moindre détail.

— Si vous vous perdez, dirigez-vous vers la salle à

manger. Ces dessins vous remettront sur le droit chemin. Winnie a fait des copies sur papier, mais il vous faudra les brûler après les avoir déchiffrées.

— Astucieux, remarqua Jane-un en ôtant son crayon de sa bouche, et examinant la soupière.

Mrs King hocha la tête.

— Et nécessaire. Maintenant, Winnie, parle-nous des issues.

Winnie se redressa :

— La propriété a quatre entrées.

D'un regard, elle s'assura que tout le monde pouvait l'entendre.

— La porte principale. L'entrée des fournisseurs. L'entrée des écuries. L'entrée du jardin. Toutes ces portes sont à double ou triple verrouillage. De même que la porte principale.

— Et qui a les clés, Mrs King ? demanda Jane-deux.

— J'en ai disposé, à une époque, répondit-elle. Mais j'ai rendu mon trousseau le jour où je suis partie. Elles sont à présent entre les mains du majordome, Mr Shepherd. Tout du moins, jusqu'à ce qu'ils aient recruté une nouvelle gouvernante. Et nous allons faire tout ce qui est en notre pouvoir pour entraver ce processus, bien entendu, déclara-t-elle en lançant un regard à Alice.

Le verre d'Hephzibah claqua sur la table.

— Shepherd ? Je m'approche pas de lui ! Un type odieux et répugnant.

Mrs King vit Winnie poser une main sur le bras d'Hephzibah, pour la calmer ou bien la réduire au silence, elle n'aurait su le dire.

— Faut-il quelqu'un pour séduire le majordome ? intervint Mrs Bone. Le mettre de notre côté ?

— Inutile de recruter Mr Shepherd, répondit Mrs King. C'était l'homme de Mr de Vries, d'une loyauté sans faille.

Mrs Bone se gratta le nez.

— Mais si quelqu'un exerçait un peu de persuasion…

Mrs King eut un signe de dénégation.

— Pas de coup-de-poing américain, Mrs Bone, mais merci d'avoir posé la question. Vous nous avez gentiment amenées à un point crucial. Nous n'aurons recours à aucune violence ni contrainte pour immobiliser qui que ce soit dans cette maison. Nous ne briserons ni n'endommagerons la moindre serrure, fenêtre, entrée ou embrasure que ce soit.

— C'est un problème d'assurance, Mrs Bone, intervint Winnie lorsque celle-ci se renfrogna. La maison de Vries dispose d'une énorme police d'assurance contre tout vol ou cambriolage. Les termes du contrat sont très clairs. Si un crime a été commis, il sera prouvé par des marques visibles indiquant une effraction. Ou bien par l'existence de menaces de violence de quelque nature que ce soit contre qui que ce soit dans la maisonnée.

Mrs Bone leva les yeux au ciel.

— Vous voyez quel est notre casse-tête, mesdames, déclara Mrs King en claquant des doigts. Dans l'une ou l'autre de ces circonstances, les assureurs rembourseraient l'entièreté de la prime.

— Et alors ? intervint Alice en se tortillant sur son siège.

— Alors quoi ?

Bien que l'air inquiet, Alice leva le menton :

— Nous serons récompensées par la vente de leurs biens. Ne méritent-ils pas une compensation ?

Une pendule carillonna paisiblement dans l'entrée.

— Ils ? Qui sont ces « Ils » ? demanda Mrs King.

— Eh bien, répondit Alice avec un léger battement de paupières, *Miss* de Vries.

Avant que Mrs King ait pu répondre, Mrs Bone bredouilla :

— Au diable ta morale, ma fille ! Si on ne peut pas les assommer, les entuber, les enfermer, si on ne peut même pas forcer une foutue fenêtre, alors, on ne sortira pas une petite cuillère par la porte d'entrée !

— Laisse-nous donc Miss de Vries, Alice, lui conseilla Mrs King. Tu la surveilles – c'est tout. Le moment venu, on s'occupera d'elle.

Elle jeta un coup d'œil à Winnie, qui ne lui répondit que par un signe de tête. Tout révéler en même temps ne servirait à rien. Les participantes n'avaient besoin que de miettes, pour l'instant.

C'était tout ce qu'elles seraient capables de gérer.

En dépit de son air gêné, Alice n'éleva plus aucune objection.

— Bien, passons à l'aspect financier, poursuivit Mrs King, sachant qu'il fallait faire avancer les choses. Le moindre penny que nous allons en tirer sera inscrit dans un livre de comptes. Mrs Bone, nous vous laisserons inspecter la comptabilité et distribuer les profits. Ainsi que nous en avons discuté, toutes les recettes nettes seront divisées en parts égales.

— Ça se montera à combien ? demanda Hephzibah.

Mrs King annonça la somme.

Les deux Jane se regardèrent d'un air féroce, dévorant l'information.

Mrs King les cibla toutes du regard.

— Ce sera suffisant pour vous offrir un avenir. Ou suffisant pour creuser votre propre tombe, comme ça vous chante. Suffisant pour être libres, conclut-elle avec un geste.

Un frisson parcourut la pièce.

— Attends, une seconde ! jeta Mrs Bone. Ne me joue pas les charmeuses de serpents. J'ai vu des coups qui atteignaient à peine une fraction de celui-là foirer dans les grandes largeurs.

Mrs King éprouva un soupçon d'agacement.

— J'ai dit que nous aborderions les risques plus tard, Mrs Bone.

— Et moi, je dis qu'on en parle maintenant. Les Jane ?

Jane-un hocha la tête, alla jusqu'à un meuble de rangement dont elle sortit un dossier relié de cuir plein de feuilles de papier.

— Nous avons procédé aux vérifications préalables, Mrs King.

— Vérifications préalables ? répéta Winnie avec un froncement de sourcils.

— Les gros coups qui ont mal tourné, répondit Mrs Bone avec un regard farouche. Vous avez toutes besoin d'être *éduquées*.

Elle s'empara du dossier.

— Regardez ça. Harry Jackdaw a tenté une agression à Vauxhall[1]. Il avait loué une montgolfière pour piquer l'argenterie dans les jardins d'amusement. Tout l'endroit a pris feu.

---

1. Vauxhall Gardens, le premier des établissements de divertissements remontant au XVIIIe siècle, comprenant orchestre, bal, pavillon de concert, jardins d'agrément, etc. Devenu ensuite une sorte de parc d'attractions avec fausses ruines et spectacles pyrotechniques. La mode s'en répandit également en France.

Mrs King soupira.

— Nous avons déjà écarté l'utilisation de montgolfières.

— Je vous assure, Mrs Bone! renchérit vivement Winnie.

Hephzibah leur lança un regard perplexe :

— Des *montgolfières* ?

— Et celui-là, poursuivit Mrs Bone en fourrant une feuille sous le nez d'Alice. Old Nanny March avait embauché vingt hommes pour creuser un tunnel qui devait déboucher dans Flatley Hall. Qu'est-ce qui s'est passé ? Ils ont été ensevelis vivants !

— Avons-nous envisagé un tunnel, Winnie ?

— Bien entendu, naturellement. Mais l'argile du sol de Londres peut se révéler tellement imprévisible… Ça ne convient pas du tout, Mrs Bone – vous avez tout à fait raison.

Alice scruta le feuillet dactylographié.

— Qui est Old Nanny March ? demanda-t-elle.

— Qui ça, *vraiment* ! s'exclama Mrs Bone, triomphante. Nanny est en train de pourrir en prison, elle pourrait tout aussi bien être morte, elle est finie !

Mrs King croisa le regard de Winnie. Elles avaient prévu la marche à suivre à ce stade. *Vas-y*, articula-t-elle en silence.

Winnie se lança dans la brèche.

— Mesdames, nous allons devoir procéder à des préparatifs et parer aux éventualités. Certains éléments du plan comportent de plus grands risques que d'autres. Je ne doute pas que nous soyons amenées à changer de cap de temps en temps.

Mrs Bone se réadossa à son siège.

85

— Tu es comme Icare, ma fille, dit-elle en s'adressant à Mrs King. Tu voles un peu trop près du soleil.

— Dans ce cas, je vous en prie, vous pouvez vous retirer, répliqua Mrs King d'un ton égal. Parlez à Mr Murphy. Il sera ravi de s'emparer de votre territoire.

Les femmes se figèrent.

Mrs King regarda Alice :

— Ou bien toi : retourne faire des robes bon marché dans un grand magasin pour le restant de tes jours.

Une rougeur envahit le cou de la jeune femme.

— Ou bien toi, Hephz : retourne au music-hall, que tous tes rêves se réalisent.

Hephzibah posa son verre, qui émit un son cristallin.

— Ne sois pas méchante! dit-elle avant de jeter un coup d'œil aux deux Jane assises dans le coin. Et *vous*, qu'est-ce que vous en pensez, les deux petites curiosités ?

Elles avaient à peine bougé.

— On peut gérer les risques, déclara Jane-un.

— Je vais tenir un carnet de bord, dit Jane-deux. Un relevé des risques. Tout ce à quoi il faut prêter attention.

— Une seconde! fit Mrs Bone. Je veux procéder à des préliminaires. J'ai besoin d'effectuer une expertise complète de cette maison, depuis les canalisations jusqu'à la foutue girouette du toit, s'il le faut! Et je veux voir ça en personne.

— Vous voulez le faire, *vous*, Mrs Bone ? souffla doucement Winnie, s'efforçant visiblement de comprendre comment elles pouvaient se débrouiller pour y parvenir.

— Évidemment! Quoi, vous croyez que je vais rester assise là les pieds sur la table, à fumer une petite cigarette et à me tourner les pouces pendant que vous vous empiffrez chez moi, dit-elle en pointant un doigt sur Hephzibah, qui sursauta – prendre mon fric, mettre la ville à feu et à sang en évaluant des babioles que vous n'avez même jamais vues de toute votre existence, sur *mon crédit, mon compte*? Jamais de la vie! conclut-elle après avoir repris son souffle. Vous me croyez incapable de faire mes propres vérifications préliminaires?

Mrs King poussa un nouveau soupir. Il valait mieux *paraître* énervée: on y gagnait à laisser à Mrs Bone les victoires faciles. Naturellement, elle avait prévu cela.

— Nous avons une opportunité toute prête, si vous voulez la saisir, Mrs Bone. Comme je vous l'ai dit, j'ai établi la liste de tous les nouveaux emplois nécessaires avant de partir. On peut sans problème vous fabriquer de fausses références.

— Des références?

— Oui. Pour l'emploi de femme de journée. Cela vous convient-il?

— Quoi, à récurer les sols? s'exclama Hephzibah, ravie. À vider les pots de chambre? Oh, ça va être le paradis pour vous, Mrs Bone!

Irritée, celle-ci répliqua:

— Toi, tu peux me donner un coup de main!

— J'ai déjà donné en la matière, vous pouvez me croire.

— Mrs Bone, intervint Mrs King. Cela vous paraît-il acceptable?

Mrs Bone croisa les bras.

— Plus qu'acceptable, répondit-elle alors que ses servantes la regardaient avec des yeux ronds. Quoi? ajouta-t-elle. Vous me croyez trop fière pour frotter un sol?

Mrs King sourit.

— Parfait. Alors je pense que tout est réglé.

Le silence tomba. Les femmes – ses femmes – réfléchissaient.

Mrs King leva un doigt et, d'un geste, les engloba toutes.

— Mesdames, il est temps pour nous d'obtenir ce que nous méritons. Mais soyez-en sûres, je surveillerai chacune d'entre vous. Que l'idée de me trahir ne vous traverse même pas l'esprit. Si j'entends un canari chanter faux, je lui tords moi-même le cou.

— Ou bien moi, ajouta Winnie d'une voix douce avant de rougir comme si elle se surprenait elle-même.

— C'est clair ? dit Mrs King.

L'une après l'autre, elles hochèrent la tête.

Elle sortit alors ses bouts de papier, sur lesquels elle avait personnellement inscrit ces mots : *Je prête allégeance à ce plan, et aux engagements définis ci-inclus – avec résolution, de ma propre volonté, sans craindre le moindre doute ni la peur.*

Elles les signèrent toutes, à l'exception de Mrs Bone.

— Je rédige mes propres contrats, ma fille, déclara-t-elle. Tu le sais.

Mrs King attendait avec impatience cette négociation-là.

8

Plus que dix-huit jours

Mrs Bone ne perdit pas de temps à prendre ses dispositions. Elle commença dans sa chambre, son coin secret, le lieu qu'elle appelait sa planque. Les murs en étaient aussi épais que ceux d'une chambre forte. Sur le lit s'empilaient tant de coussins et d'oreillers en plume qu'elle avait besoin d'un marchepied pour y grimper. Le reste du mobilier était provisoire. Transportable. Facile à refourguer. Mais son lit constituait son grand luxe; il était très important, et devait absolument être agréable.

Les volets des fenêtres étaient tirés et verrouillés. Elle n'avait pas besoin de jeter un coup d'œil à l'extérieur pour savoir que des types surveillaient la maison. Ceux de Mr Murphy. Il avait bien failli y avoir une escarmouche avec ses propres hommes derrière la boutique. Elle remerciait le ciel que cela ne soit pas allé plus loin. L'intimidation était une chose, les agressions directes en étaient une autre, car elles exigeaient une riposte. Et Mrs Bone ne disposait pas pour l'instant des ressources nécessaires à des représailles.

Mais cela ne tarderait pas, si le coup envisagé en valait la peine, s'il remportait l'examen qu'elle allait en faire.

Elle retira sa robe noire. Elle avait une belle collection de robes d'intérieur, et en enfila une couleur pêche mûre bordée d'hermine. Elle alluma une cigarette dont elle tira quelques bonnes bouffées. Il était agréable de fumer dans l'intimité. Elle ouvrit sa penderie et se mit à fouiller dans ses robes.

— Ça ne va pas, marmonna-t-elle. Trop jolie... Non, non, non.

Elle dut aller jusqu'au fond du placard. En sortit des bottines et un corset. Trouva un pauvre chemisier propre, maintes fois reprisé. Une longue jupe en tissu grossier, de couleur indéterminée.

— Parfait, remarqua-t-elle avec un soupir ironique. Bien crade.

Avec ça, elle aurait tout à fait l'air d'une femme de journée. Elle écrasa sa cigarette et essaya sa tenue.

Étape suivante: les ressources. Elle convoqua un gamin dépenaillé qui, assis devant elle, la tête dans les mains, se mit à trépigner et à brailler à pleins poumons. Mrs Bone compta sur ses doigts:

— Et ta M'man. Ton P'pa. Ta tante Eilidh. Ton cousin Gerry. Et toi aussi.

Le gamin redoubla de hurlements.

— Pas la peine ! Tu sais ce que vous devez.

— Je sais rien de tout ça !

— Alors, tu ferais mieux de filer chez toi et de demander à ton P'pa, non ? Dis-lui que Mrs Bone a sorti son grand livre.

À ce mot, il leva la tête. Mrs Bone ouvrit son livre de comptes et se lécha l'index, sans le quitter des yeux.

— Voyons voir... où est ton nom, là-dedans ?

Le torrent de larmes du gamin se tarit instantanément. Elle le vit calculer s'il pouvait essayer de prendre ses jambes à son cou, avant de renoncer devant l'impossibilité. Il était raisonnable.

— Qu'est-ce que vous voulez ? demanda-t-il d'un ton rebelle.

— J'aimerais être remboursée – voilà ce que *j'aimerais*. Mais je suis disposée à des arrangements alternatifs. Pour l'instant.

— Quelle sorte d'arrangements ?

— Des hommes, annonça Mrs Bone en le transperçant du regard. Tes frères. Les six. Et toi en plus. Sept est mon chiffre porte-bonheur.

— Vous avez besoin de nous pour quoi ?

Mrs Bone claqua le livre de comptes sur le bureau.

— Ça, ça me regarde, tu le découvriras bien assez tôt.

Le gamin se désentortilla de sa chaise. Il renifla en se frottant les yeux.

— Ils vont me demander si vous pouvez payer.

— *Si je peux payer ?* Tu ne m'as pas écoutée ? jeta-t-elle en s'approchant de son visage. Je viendrai réclamer mon dû à ta M'man, à ton P'pa, et à toi aussi.

Il décolla de son siège.

— J'leur dirai.

Mrs Bone acquiesça. Elle en avait fini avec lui.

— Alors, à plus, mon chou, va te faire voir ailleurs.

*

Le gamin avait demandé *si* elle paierait, pas *ce* qu'elle paierait. Voilà qui ne plaisait pas trop à Mrs Bone. Pour son genre d'activité, il était impératif que tout le monde ait toute confiance dans ses affaires. Elle avait bien entendu fait ses additions, sur ce coup. Calculer combien la demeure de Danny pouvait lui rapporter lui faisait battre le cœur. Et entretenait aussi sa haine.

Quelques années auparavant, elle n'aurait pas touché à cette opération. Elle en aurait évalué les risques, puis aurait rangé tout ça au fond d'un tiroir. Mais les gros coups avaient leur propre élan. Ils permettaient de mettre au pas Mr Murphy, et toute autre famille rivale. Et celui-là, il était gros. Plus gros que gros.

L'obligation suivante – aller chercher une autre paire de bras pour s'occuper de la boutique en son absence – ne lui plaisait pas davantage. Elle retrouva son cousin Archie sur un banc dans le parc. Il avait retroussé ses moustaches en pointes magnifiques, et Mrs Bone n'aimait pas ça. Elle n'appréciait pas le tape-à-l'œil, pas en extérieur. Archie bondit à la vue de son chemisier et de sa jupe miteuse.

— Qu'est-ce que…? s'exclama-t-il sans pouvoir s'en empêcher.

— Tiens-toi bien! le coupa-t-elle en lui pointant un doigt dans la figure.

Il baissa le menton, lui colla un baiser gras sur la joue, puis sur la main.

— Le grand livre est à jour, m'dame?

Mrs Bone répliqua, sans baisser le doigt:

— Ne t'inquiète pas du grand livre. Si jamais il se produit un truc délicat, un des gamins saura où me trouver. Je peux être là en un rien de temps. Crois-moi.

Il se gratta le nez.

— J'envisageais moi-même de partir en vacances.

Mrs Bone lui indiqua combien il serait payé.

— Pourquoi vous n'avez pas dit ça plus tôt? s'exclama-t-il, les yeux lui sortant de la tête. Je croyais que les affaires tournaient au ralenti?

Mrs Bone se pencha et l'agrippa par le bras. Il sentait le sucre et l'huile, la brillantine et l'eau de Cologne. Il avait la peau luisante et veloutée. Il ressemblait à un œuf.

— Les affaires ne tournent jamais au ralenti, répliqua-t-elle.

Une assurance à toute épreuve : voilà l'image qu'elle projetterait toujours.

L'arrivée à Park Lane était impressionnante. La demeure ressemblait à un hôtel, songea Mrs Bone. Des portes qui s'ouvraient et se fermaient, un ballet incessant de paquets et de marchandises. Un lieu aussi monumental exigeait nourriture, blanchisserie, livraisons, réapprovisionnements. De l'argent flanqué par les fenêtres, se dit-elle en essuyant la sueur de son front. Bien entendu, Danny disposait d'une armée de domestiques. C'était caractéristique de ses goûts extravagants. Mrs Bone enfonça son affreux chapeau sur ses oreilles. « Je suis une pauvre créature modeste, se répéta-t-elle fermement. Je suis plus bas que terre. Je suis un rat, un vermisseau. »

Elle tendit la main et actionna la sonnette de l'entrée de service, qui résonna de façon stridente quelque part dans les entrailles de la maison.

Elle leva les yeux sur la façade. Des murs blancs, des colonnes sophistiquées, des baies vitrées larges comme un autobus. Tellement énorme qu'elle pouvait vous écraser. « Je vais te dépecer », souffla-t-elle à l'adresse de la demeure. Elle se reprit. Elle n'avait pas encore pris de décision sur son implication dans ce coup. Elle était là pour vérifier la configuration du terrain, sans plus.

Elle était déjà venue une fois. Lors de sa première visite, la construction n'était qu'à moitié achevée. Elle avait vu le nuage de poussière qui s'élevait depuis l'autre côté de Hyde Park, avait perçu les échos du chantier tout en approchant à travers les arbres. L'échafaudage était immense : une masse monstrueuse et tentaculaire de poutres, de poutrelles, de planches et de grues. Une cinquantaine d'ouvriers devait travailler là. Des charrettes étaient alignées tout le long de la rue. Une bâche blanche flottait dans la brise, donnant au bâtiment des allures de navire avec une centaine de voiles. Quelque part tout au fond d'elle-même, cela l'avait effrayée, lui donnant l'impression d'être méchamment minuscule.

Elle avait aperçu Danny étendu sur une couverture de pique-nique, en train d'observer les hommes au travail. Veste de tweed, canotier blanc orné d'un ruban jaune – d'une soie immaculée. Son majordome avait traversé la pelouse, porteur d'un plateau d'argent avec un pichet de limonade dans lequel dansaient des glaçons.

Elle avait serré les poings.

« Danny », avait-elle articulé d'une voix rauque.

Il avait vieilli. Forcément : dix ans s'étaient écoulés depuis leur dernière rencontre. Mais ce réflexe, ce mouvement de tête meurtrier, elle l'identifiait toujours. Ça, c'était un O'Flynn, jusqu'à la moelle. Et si quelqu'un pouvait le repérer, c'était bien elle. La richesse n'avait pas ramolli Danny, pas du tout.

Elle avait voulu lui faire peur. Elle avait cru être parvenue à ses fins, avait noté son claquement de mâchoire. Mais les lèvres de Danny s'étaient ensuite étirées en un sourire de chat du Cheshire. Cela aussi, elle s'en souvenait. Il adorait ça : le frisson de la victoire, la satisfaction de l'avoir battue, d'avoir quelque chose de plus qu'elle. C'était l'essence même de l'existence. Il était en fait *ravi* de la voir.

« Hello, Miss L'épouvantail ! » l'avait-il saluée, comme autrefois.

Mrs Bone avait adoré son frère, qui avait cinq ans de plus qu'elle. Il l'avait emmenée parier lorsqu'elle était encore gamine, à pas plus de quatorze ou quinze ans. Les courses de chiens, les combats de boxe, quelquefois les courses de chevaux. Elle l'avait regardé liquider des types en leur fracassant les rotules. Elle avait compté avec lui les remboursements. Était allée faire des achats avec lui, l'avait aidé à choisir de belles choses. Danny était un connaisseur en matière de soieries. Il avait une superbe collection de tours de cou. À pois jaunes, bordés de noir, toujours imprimés, jamais unis. Il achetait de la qualité. Tout comme elle.

C'était lui qui avait eu l'idée des diamants, elle était bien obligée de le reconnaître. À travers le monde entier, c'était le tout début de la ruée vers les mines de Kimberley : il fallait se montrer vif comme l'éclair pour se frayer une place tout de suite. Il avait présenté l'opération à tous les voisins avant de finir par sa petite sœur.

« C'est à moi que tu demandes en dernier ? » s'était-elle récriée.

La manœuvre était habile, car cela l'avait mise en colère. Après tout, elle avait l'argent disponible. Elle gagnait déjà bien sa vie, avec ses commissions sur les combats et la protection.

« Tu rentreras entièrement dans tes frais, et plus encore, avait-il assuré.

— C'est toi qui le dis.

— Exactement. Et puis de toute façon, tu ne peux pas me coller aux basques éternellement. Il te faut un mari. Tu auras besoin d'une mise de fonds. »

À cette époque-là, Mrs Bone n'était pas encore Mrs Bone, juste une fille du nom de Ruth O'Flynn, du quartier de Devil's Acre[1], et elle travaillait pour un quincaillier qui avait une boutique à Aldgate, Mr Bone. La vente de clous lui allait comme un gant. Elle ressemblait à un clou. Dur, pointu et luisant. Son frère aîné était le turbulent, celui aux combines et aux estimations échevelées. Il avait vingt et un ans, il connaissait le monde comme sa poche, et il allait le plier à sa volonté.

« Ne te fiche pas de moi », Danny, avait-elle prévenu.

Il avait haussé les épaules.

« C'est toi qui cours le risque. À prendre ou à laisser. »

Danny appelait un chat un chat. Tout du moins quand cela lui chantait. Quand ça convenait à l'histoire qu'il racontait. Mais ça, elle le savait bien aussi, n'est-ce pas ? Pour finir, elle lui avait donné ce dont il avait besoin. Assez pour s'acheter un billet pour traverser toute la terre, jusqu'à la colonie du Cap.

« Je vais me remplir les poches », se disait-elle en

---

1. Bâti sur un marécage près de Westminster Abbey, un des pires quartiers de taudis de Londres et l'un des plus peuplés, abritant mendiants, voleurs et prostituées.

lisant les lettres de son frère, en parcourant les journaux, dans l'attente qu'il achète sa première concession, qu'il fasse l'acquisition de ses premières pierres, et commence à voir les premiers rendements. C'était merveilleux, ce sentiment qui vous coupait le souffle. Cette certitude qu'elle était maintenant parée, que ça y était, elle avait atteint son but, pour la vie. Le sentiment perdura jusqu'à ce que les lettres se tarissent. Jusqu'à ce que Danny la laisse tomber. Et disparaisse totalement.

Dans un premier temps, elle avait été incapable de comprendre ce qui se passait. Elle s'était rendue en ville, avait attendu à l'extérieur des bureaux de la seule compagnie minière qu'elle connaissait, alpagué un commis qui rentrait chez lui pour le déjeuner. Il y avait sur le trottoir une foule de femmes qui agitaient des talons de billets, des photos floues, qui demandaient des nouvelles de maris, de frères et de cousins partis dans les mines.

« C'est à propos de mon frère, avait-elle dit, Daniel O'Flynn. »

Le commis était un jeune homme dont la chevelure abritait néanmoins des mèches argentées, et qu'il avait lissée, l'air irrité.

« Madame, je reçois ce genre de requête pratiquement chaque semaine. Il y a là-bas à peu près *cinquante mille* hommes. Vous comprenez ? Je n'ai – nous n'avons – tout simplement aucun moyen d'être informé de leurs déplacements. »

Elle lui avait fait face, lui fourrant une lettre dans la main.

« Essayez de vous renseigner, c'est tout ce que je demande. »

Le commis avait eu un claquement de langue impatient.

« Je vois qu'il faut que je vous parle avec franchise. La vie est très dure, là-bas. L'été a été long et éprouvant. Même lorsqu'ils font très attention, tous les jours, les hommes remettent leur existence entre les mains de leur Créateur. S'agit-il d'un problème d'assurance ? avait-il ajouté avec un froncement de sourcils. Dans ce cas, je dois vraiment réserver mon conseil. »

Elle n'accordait aucune foi à l'idée que Danny puisse être *mort*. Elle tourna les talons et rentra chez elle d'un pas déterminé. Aucune circonstance au monde ne pouvait faire que Danny se fasse tuer. Il avait la tête trop dure, il était trop malin pour ça. Il aurait été capable de négocier avec un rocher avant que celui-ci ne lui tombe sur la tête. Elle se le représentait quelque part de l'autre côté du globe, derrière un bureau dans une cahute écrasée par la chaleur qui filtrait par les fenêtres à lamelles. À signer des contrats, à réfléchir à sa signature. Il n'avait jamais respecté son nom. Il détestait être un O'Flynn, un parmi une multitude d'autres, des cousins grouillant partout dans le quartier.

« J'aimerais vivre éternellement, L'épouvantail, avait-il l'habitude de répéter, allongé tout éveillé la nuit, à faire rebondir une balle en caoutchouc sur les poutres. *Éternellement*. »

Il reviendrait – elle en avait toujours été certaine. Le reste de la famille avait arboré des brassards noirs, le prêtre était venu et M'man était morte de chagrin, mais *elle* n'avait jamais pris le deuil.

« Attendez, avait-elle dit. Attendez de voir. »

Elle ne tira aucune satisfaction du fait d'avoir eu

raison. On pouvait compter sur Danny pour revenir avec une horde de journalistes à ses trousses, et au bras une mollassonne, fille de négociant: rebaptisé, transformé, plus riche que le diable. Il s'appelait maintenant *Wilhelm de Vries*. Voilà qui avait enflammé tout le quartier. Danny y avait expédié un gentleman, un jeune commis aux cheveux argentés, qui était allé de porte en porte pour conclure des accords. Tout le monde avait besoin d'un petit quelque chose pour tenir sa langue et garder ses opinions par-devers soi. Danny – *Wilhelm* – s'était montré d'une générosité extravagante. Il avait donné beaucoup plus que nécessaire. Bien entendu, il pouvait se le permettre.

Ce jour-là, devant la demeure, elle avait traversé prudemment la pelouse, pour s'arrêter au bord de la couverture de pique-nique. Il ne s'était pas levé.

Elle comprenait pourquoi il souriait. Ce devait être tout ce dont il avait toujours rêvé. Être étendu là, à se prélasser dans la chaleur effroyable d'une après-midi estivale londonienne, son hôtel particulier en train de jaillir de terre derrière lui. Sa propre sœur qui le contemplait, les yeux exorbités. C'était ce qu'il voulait, qu'elle se repaisse de sa vue. Qu'elle voie à quel point il avait réussi. Qu'elle s'émerveille. Elle comprenait cette impulsion, elle la ressentait elle-même. Il n'était pas facile de se faire un nom dans les ruelles de Devil's Acre. Il fallait rugir comme un lion si l'on voulait que qui que ce soit vous prête attention.

Ses boucles s'étaient ternies et ses joues s'étaient creusées, comme si ses molaires étaient en train de pourrir. Mais il avait pris soin de sa peau, l'avait frictionnée de crèmes et d'huiles, lui avait donné un aspect luisant et riche. Il arborait une alliance. Elle s'était souvenue qu'il portait toujours une alliance. Chaque fois qu'il mettait une fille en cloque, il avait l'habitude d'en enfiler une, pour sauver les apparences, pour apaiser les voisins. Bien entendu, il ne tardait pas à s'en débarrasser.

« Alors, il paraît que tu n'es pas mort, lui avait-elle dit sèchement, s'efforçant de dissimuler le tremblement de sa voix.

— Je ne suis pas mort », avait-il répondu avec un grand sourire en s'étirant.

Elle l'en avait détesté.

« Tu devrais avoir honte de toi. »

La remarque lui avait fait hausser un sourcil.

« Pas de morale, L'épouvantail. Tu aurais fait la même chose. Si tu en avais été capable », avait-il ajouté après un silence.

Pour finir, il avait donné deux chèques à Mrs Bone. Le premier représentait le remboursement rubis sur l'ongle de son prêt d'origine, augmenté d'un intérêt tout à fait équitable. Tout le monde dans le quartier avait été mis au courant, il y avait veillé. Le chèque était signé de son nouveau nom, avec une magnifique enjolivure, ce « W » plein d'assurance étalé à travers le papier : *Wilhelm de Vries*.

Elle ne l'avait pas encaissé. Au lieu de cela, pour marquer le coup, elle l'avait cloué au mur.

Le second chèque était plus gros. Personne n'en entendit parler, de celui-là. Il ne s'accompagnait d'aucune condition, d'aucun critère particulier – pas même de mots. Avec une telle somme, il n'y avait pas besoin d'explications. Il signifiait : *je ne veux pas d'ennuis.*

Celui-là, elle s'était attardée dessus, l'avait soupesé pendant de nombreux mois. Bien entendu, elle avait fini par l'encaisser. Il lui avait payé la fabrique, la maison qui y était accolée, sa résidence au bord de la mer à Broadstairs et la maison qui abritait ses trésors favoris, à Deal, dans le Kent. Il lui avait payé la preuve de sa propre importance, de sa propre empreinte sur le monde. Néanmoins, il n'avait pas réduit d'un iota la rage qu'elle éprouvait à l'égard de Danny. Au contraire, celle-ci n'avait fait qu'empirer. Elle rêvait de réduire en poudre des rubis entre ses dents, de boire de l'or liquide, de faire couler le sang...

Tout cela remontait à vingt-quatre ans auparavant. Danny était à présent mort, vraiment mort, et elle se retrouvait encore une fois à l'extérieur, à contempler sa vaste demeure resplendissante.

Personne n'avait répondu à l'entrée de service. Elle frappa sur la porte à coups redoublés.

— Hé! cria-t-elle. Laissez-moi entrer!

Elle ne put s'empêcher d'être impressionnée par la cuisine. Celle-ci grouillait d'agitation. Une chaleur crachée par le fourneau, un carrelage aussi blanc qu'une dentition. La brillance de toutes les surfaces agissait comme une provocation pour Mrs Bone. Elle examina une rangée de gigantesques tisonniers. Mr Bone les aurait appréciés, songea-t-elle avec un petit pincement au cœur.

— C'est drôlement animé, hein? dit-elle à la cuisinière qui lui faisait faire le tour des lieux.

De toute évidence, celle-ci avait déjà formé de nombreuses personnes auparavant, et avait perfectionné son système. Elle décrivait le contenu de chaque placard en prenant son temps. Mrs Bone avait hâte de poursuivre, de monter et de jeter un coup d'œil à ce qui en valait la peine.

« Vous devrez vous montrer patiente, l'avait avertie Mrs King. Ne les laissez pas deviner que vous êtes un petit cheval de course. Ne vous trahissez pas.

— Je sais comment effectuer mes reconnaissances, merci », avait-elle répliqué avec brusquerie.

— Comment dois-je vous appeler, la mère ? demanda Mrs Bone en s'efforçant à l'humilité.

— Madame la cuisinière, répondit celle-ci. Maintenant, voilà où vous devez vider les seaux de cendres. Je suppose que vous savez comment faire ? Vous aurez à préparer les nécessaires des femmes de chambre, les feuilles de thé pour les tapis, et à remplir les seaux d'eau chaude.

Mrs Bone renifla.

— D'accord.

La cuisinière lui lança un regard soupçonneux.

— C'est *vous* qui retirez les housses de protection, pas mes filles. Et *vous* vous occupez de la presse à linge, d'accord ? Mr Shepherd n'aime pas voir traîner les ustensiles dans la cuisine, et *moi non plus*. Compris ? dit-elle en la foudroyant du regard.

« Je suis un vermisseau, se répéta Mrs Bone. Une limace. » Elle courba l'échine.

— Oh oui, la mère. Tout ça m'est tout à fait familier.

La cuisinière aimait bien qu'on se prosterne devant elle. Cela se lisait sur ses traits. Mais c'était contraire aux règles.

— Vous ne m'appelez pas la mère, mais madame la

cuisinière. À présent, est-ce que les brosses vous sont *familières*?

Mrs Bone avait levé les yeux au ciel quand Mrs King lui avait fait la leçon sur ce point. La brosse dure pour la boue, la brosse douce pour le cirage, qui se rangeait dans un flacon à bouchon de liège. Toujours un bouchon de liège.

— Oh oui, dit-elle. J'en connais un rayon sur les brosses!

— Et attention... vous êtes dans le chemin de Mr Shepherd.

Mrs Bone n'avait qu'un vague souvenir du majordome, celui qui avait apporté un pichet de limonade dans le parc, sur son plateau d'argent. Il se dirigeait vers elles d'un pas lourd, suivi d'un cortège de petits cireurs de chaussures, sans leur accorder aucune attention, hochant vaguement la tête. Il sentait l'huile et le camphre, et transpirait. Elle entrevit un éclair de lumière, l'éclat brillant parfait d'une clé fixée à une chaîne autour de sa taille. «Oh, je pourrais la lui subtiliser d'un coup de dents», pensa-t-elle.

— Ici, on n'aime pas les lambins, grinça la cuisinière en agrippant Mrs Bone par le coude.

«Et moi, je pourrais te briser en deux tel un fétu de paille», se dit Mrs Bone tout en souriant comme une idiote en s'adaptant à son allure: lente, lente, lente.

— Et voici votre chambre, déclara la cuisinière en ouvrant la porte à la volée. Vous la partagerez avec Sue.

Mrs Bone découvrit une gamine qui la scrutait dans la pénombre, yeux écarquillés, cramponnée à la cuvette. Elle avait l'air pâle, la peau squameuse, secouée de

soubresauts. La chair de poule envahit Mrs Bone. Elle détestait partager un lit.
— Tout va bien, Sue ? demanda la cuisinière.
— Tout va bien, répondit la petite d'une voix rauque.

Mrs Bone n'aimait pas le nom de Sue, qui la rendait toujours nerveuse, comme si elle avait les cheveux électriques. Sa propre petite fille avait porté le nom de Susan. Elle s'efforça de repousser l'idée dans un souffle.

La cuisinière tripota le pichet à eau et le seau, les redressant, une fois, puis deux.

— L'extinction des feux est à 11 heures, une fois que vous avez rangé les fers à repasser. Ensuite, on verrouille tout.

Mrs Bone fronça les sourcils :
— Verrouille ?

La cuisinière, qui quittait la pièce, répondit d'un ton posé :
— On ferme à clé la porte de votre chambre la nuit.

Mrs Bone balança sur le lit son sac, qui eut un pitoyable petit rebond.

— Personne ne m'enferme où que ce soit ! jeta-t-elle spontanément.

Mrs Bone entendait des gens tout à côté, des jeunes femmes qui entraient et sortaient de leur chambre. La lumière osait à peine franchir la minuscule fenêtre. Elle baissa les yeux sur le plancher taché de rouge, distingua des rainures dans la peinture, le vernis craquelé, entaillé, comme si quelqu'un avait traîné les meubles à travers la pièce, pour barricader la porte.

— Nous avons eu beaucoup de désagréments ce mois-ci, expliqua la cuisinière. Et ce sont les ordres de Madame.

Mrs Bone sentait son cœur battre lentement, régulièrement. *Madame*. Elle se répéta intérieurement le mot, qui lui faisait ressentir la proximité de quelqu'un du même sang, la présence de Danny entre ces murs. Elle regarda la porte et songea : « Il m'a mise dans une cage. »

— Eh bien, finit-elle par répondre en fournissant un effort monumental, si ce sont les règles…

La cuisinière plissa le nez.

— Bien. Maintenant, rangez vos affaires, et présentez-vous en bas. Des questions ?

Mrs Bone pensa à sa récompense, à l'énorme butin miroitant et tintant sous ses pieds. Elle s'imagina au sommet de la caverne d'Ali Baba, remplie de trésors jusqu'à la gueule. Voilà tout ce qui importait : pas ses propres souvenirs ni ses sentiments.

Elle rentra les joues et esquissa pratiquement une révérence.

— Oh, non, madame la cuisinière. Tout est parfait.

9

De l'autre côté de la ville, Mrs King et Hephzibah procédaient à des répétitions. Ou plus précisément, Hephzibah. Mrs King était là pour garder les portes fermées et surveiller les jacasseries. La distraction la soulageait. Savoir que Mrs Bone se trouvait dans la maison de Park Lane, à chercher les failles dans le plan, à se demander si elle allait investir ou non, mettait Mrs King sur les dents. Elle n'aimait pas les questions en suspens.

« Dieu merci, c'est toi qui accompagnes Hephzibah, avait déclaré Winnie.

— Pourquoi? Tu t'amuserais bien. Hephzibah adore frimer devant toi. »

Winnie avait fait la moue.

« Non, elle n'aime pas ça. »

Mrs King n'avait ni le loisir ni le désir de poursuivre sur le sujet. Winnie et Hephzibah avaient de temps en temps leurs querelles : rien d'anormal, pas de quoi se faire du mouron.

Un des hommes de Mrs Bone s'était procuré les clés d'une salle paroissiale, et Hephzibah répétait déjà des dialogues avec une bande hétéroclite d'actrices sur le retour, qui avaient orné les affiches enjolivées et les cartes postales dans la jeunesse de Mrs King. Hephzibah, qui s'était abondamment aspergée de parfum moderne et répandait une senteur extraordinaire de citron et d'épices, les répartissait autour de la salle.

— Là-bas, nous avons les comtesses, expliqua-t-elle en montrant un petit groupe. Par là, des épouses de ministres. Plus quelques vieilles courtisanes horribles, juste pour le plaisir, tu vois. Il en faut d'autres ?

— Je crois que nous allons avoir besoin de quelques Américaines.

— Des parvenues, comme c'est exquis ! Toi ! aboya Hephzibah en désignant une grand-mère tremblotante aux boucles parfaitement conservées. À partir de maintenant, tu viens de Nouvelle-Angleterre, d'accord ? Maintenant, allons-y !

Les comédiennes inspirèrent toutes une énorme goulée d'air, et se mirent à beugler leur discours, bavardes comme des pies : *comment allez-vous, quelle magnifique soirée, avez-vous vu mon mari, ne vous ai-je pas rencontrée à Cowes*[1] *?* Le vacarme devint presque immédiatement insupportable. Mrs King réalisa qu'elle n'avait jamais auparavant piloté autant de gens. Même à Park Lane, le dernier échelon de l'autorité résidait ailleurs. La démesure de son plan miroita dans son esprit, écrasante et intimidante, bien au-delà des capacités de qui que ce soit de sa connaissance. « Mais pas au-delà *des miennes* », se rappela-t-elle avec vigueur. Néanmoins, son expression dut trahir un léger doute.

---

1. Le port de Cowes sur l'île de Wight, célèbre lieu de villégiature et de yachting à l'ère victorienne.

— Ne t'inquiète pas ! cria Hephzibah par-dessus le brouhaha. Je vais te mettre tout ça bien en ordre.

Elle était de bonne humeur, ce qui était un soulagement. Hephzibah était une des personnalités les plus lunatiques que Mrs King ait jamais rencontrées. Fréquenter de trop près les peurs et les angoisses des autres la rendait anxieuse, car ce pouvait être contagieux. Et elle était bien certaine qu'Hephzibah éprouvait la même chose, ce qui expliquait l'accord tranquille qui régnait entre elles. Elle lança un regard aux actrices.

— On peut leur faire confiance ? demanda-t-elle.

— Et est-ce que le ciel est bleu ? Elles ont prêté serment d'une loyauté sans faille à notre cause. Je leur confierais ma vie.

— Je préférerais me les attacher grâce à des honoraires convenables, Hephzibah.

— Avec ça aussi, ma chérie. Je t'enverrai la facture.

Mrs King était obligée d'accepter. Elles avaient besoin de gens dans la place qui déambuleraient, canaliseraient et géreraient la foule d'invités le soir du bal.

— On ferait bien de se dépêcher, dit-elle. On a encore au moins une douzaine de rendez-vous à assurer avant le déjeuner.

Elle devait admettre qu'Hephzibah était plutôt une bonne recrue dans le domaine. Mrs King avait quitté Park Lane en emportant une copie de la liste des invités, une longue liste d'adresses huppées éparpillées dans Kensington, Belgravia, et le bon côté de Piccadilly. À chacune de ces adresses, Hephzibah et Mrs King, soigneusement voilées, allèrent soudoyer un valet de pied.

Hephzibah murmurait en leur caressant le bras :

« Quand un certain carton d'invitation va arriver, vous nous l'apportez immédiatement, d'accord ? »

Un des valets étudia le carton.

— On reçoit une centaine d'invitations par jour, renâcla-t-il en leur jetant un œil soupçonneux.

Hephzibah baissa la voix et agrippa l'homme par le bras :

— Dans ce cas, une toute petite carte de la maison de Vries ne fera guère défaut, n'est-ce pas ? L'argent, s'il te plaît, ma chérie.

Mrs King sortit sa bourse et effectua le paiement nécessaire. Maisonnée après maisonnée, elles se débrouillèrent pour contrôler qui assisterait – ou bien n'assisterait pas – au bal. La plupart des valets se montrèrent parfaitement obligeants, même si, bien entendu, certains essayèrent de pousser le bouchon trop loin.

— Et que suis-je censé faire de ça ? demanda l'un d'eux en regardant leur ordre de virement.

C'était un type particulièrement dégingandé qui administrait la demeure d'un ministre du Cabinet sur Curzon Street.

— Encaissez-le, répondit Mrs King froidement.

— Il me faudrait le double pour envisager de toucher au courrier du ministre.

Mrs King évalua la situation. Dans ces circonstances, elle avait deux options. Accéder à la demande, et gâcher la marge financière. Perspective guère agréable. Ou bien, elle pouvait lui couper l'herbe sous le pied.

— Il suffirait que vous ne preniez que la moitié de ça pour que les journaux viennent frapper à votre porte. Je n'aimerais pas trop le gros titre, pas vous ? *Le valet du ministre pris dans un scandale de corruption.*

— Dans le *tollé* de la corruption, ajouta Hephzibah pour faire bonne mesure. Dans la *clameur* de la corruption !

Le valet de pied les fusilla du regard, mais s'empara de l'argent.

— J'adore les hommes en livrée, souffla Hephzibah d'un ton de conspiratrice tandis qu'elles traversaient Berkeley Square bras dessus, bras dessous.

La circulation automobile était bloquée tout le long du virage, et beaucoup de marchands ambulants s'invectivaient tout en s'efforçant de se frayer un chemin à travers le carrefour en direction de Charles Street, ce qui ravit Mrs King. Elle espérait que les artères de Mayfair seraient entièrement bouchées le soir du 26. Ses propres chauffeurs emprunteraient les rues adjacentes et les allées d'écuries, les itinéraires les plus lents et les moins prévisibles, pour sortir discrètement de la ville.

— Pas toi ? fit Hephzibah en lui donnant un coup de coude.

— Quoi ? Désolée, je n'écoutais pas.

— Tu n'aimes pas les valets en livrée, ma chérie ? Avec leurs bas, et leurs jarretières sacrément impressionnantes. Voilà ce que j'aime chez un homme. Des mollets bien musclés.

— Je préfère les pantalons longs.

La réponse fit frétiller de plaisir Hephzibah.

— C'est vrai ? Raconte ! Tu as en tête un galant à pantalons longs ?

— Un galant ? répondit Mrs King en esquivant le sujet. Je ne suis pas sûre de savoir à quoi ça pourrait ressembler, ça. Et toi ? D'où tires-tu ton goût pour un homme en livrée ? Ça ne vient pas de Park Lane. Je ne me rappelle pas t'avoir vue là-bas te morfondre pour un des cireurs de chaussures ou un des valets de pied.

Hephzibah se raidit sous sa voilette.

— Je ne m'en souviens pas… Et toi, je suppose que tu étais trop occupée à passer en fraude des terrines de viande et à vendre au marché noir des sardines en boîte, ou quels que soient les petits boulots qui t'occupaient toutes les nuits.

Ça se passait toujours comme ça, avec ses femmes. Quand on disait un truc de travers, cela les rendait nerveuses. Partout sur le trajet, des obstacles menaçaient de vous faire trébucher. Mrs King en arrivait presque à regretter de ne pas avoir affaire à quelqu'un de direct. Quelqu'un comme Miss de Vries.

Cette pensée la surprit. Mais c'était vrai. Madame avait toujours pris des décisions rapides. Elle avait des opinions tranchées. Organiser le bal avait presque été… quoi donc ? Non pas agréable, mais *satisfaisant*.

Mrs King se souvenait du moment précis où le plan avait commencé à prendre forme dans son esprit. C'était le lendemain de l'enterrement du maître, une fois le mausolée refermé, le jardin silencieux. Miss de Vries avait reçu Mrs King dans le jardin d'hiver, en tenue de deuil, le visage pâle et brillant. Il émanait d'elle quelque chose d'électrique, qui avait expédié en retour un frisson dans le cœur de Mrs King.

Miss de Vries avait déclaré d'un ton grave et calme :
« J'ai l'intention de donner un bal costumé. »

Elle avait sondé Mrs King du regard, guettant une réaction. Mrs King n'avait tout d'abord pas compris. Un *bal* ?

Puis une idée l'avait traversée en vacillant comme

une flamme, modifiant ombres et lumières. Des bribes de réflexions, éparpillées çà et là, sans lien entre elles, s'emboîtaient maintenant. Un bal était parfait. *Parfait*. De la chaleur, de la lumière, de la foule, de la confusion...

« Avez-vous envisagé une date en particulier, Madame ? » avait-elle demandé d'une voix aussi grave que celle de Miss de Vries.

Madame avait besoin de cette réception pour des raisons tout à fait différentes de celles de Mrs King, bien entendu. Pour se vendre, s'enchaîner, joindre sa destinée à la célébrité qui ferait la meilleure offre. Mrs King se félicitait de sa propre approche : libre, propre, totalement intransigeante. Elles avaient des désirs à la fois identiques et différents, ce qui procurait à Mrs King un étrange sentiment de camaraderie, de délicate collusion. Tirer à pile ou face encore et encore, faire tourner la roulette sur la table de jeu...

Des valets de pied en livrée, songea-t-elle distraitement. Oui, elle les appréciait. Ils lui manquaient. Un en particulier.

Elle faillit presque – *presque* – pousser un soupir.

— Nous devons rentrer, déclara-t-elle d'un ton vif.

10

Mrs Bone passa sa première après-midi à Park Lane à récurer des casseroles en cuivre et à se faire toute petite, ainsi que Mrs King lui en avait donné l'ordre. Elle nettoya le cuivre avec une énergie furieuse, un œil sur la pendule, dans l'attente de sa première pause. Elle n'avait aucune intention de traîner dans les parages. Il lui fallait se dépêtrer de la cuisinière et des autres domestiques, et procéder à un examen immédiat de la demeure. Les quartiers de service formaient un dédale suffisant pour pouvoir se glisser à l'étage sans être repérée. Elle accéda d'abord au hall d'entrée. Pénétrer dans ce lieu interdit était gratifiant.

Il y régnait comme un silence de cathédrale, la lumière tombant d'une coupole vitrée. Des palmiers et des fougères dans de grands pots. Un carrelage de marbre blanc. Des panneaux de portes dorés et des poignées en cristal. Un tas de choses très chères et repoussantes que Mrs Bone appréciait plutôt : des tableaux de femmes nues, des renards empaillés aux yeux exorbités, des trophées de cerfs hurlant en silence depuis leur socle. Ce n'était pas exactement l'ampleur de l'espace qui lui coupait le souffle, mais ses lignes incurvées, la façon dont l'ensemble se dressait vers le ciel, tout de verre, d'acier et de lumière. La maison ressemblait à un dessert givré, glacé, qu'on aurait pu lécher et embrasser.

L'envie lui brûlait la peau.

Un long couloir à colonnades et plusieurs portes vitrées reliaient l'entrée aux jardins, ce dont elle se souvenait grâce au plan gravé dans la soupière. « Bien, pensa-t-elle. Un accès facile. » Mais elle voulait inspecter correctement les issues du jardin. Se souvenant des croquis que lui avait dessinés Winnie, elle se glissa de nouveau discrètement au sous-sol. Elle se faufila dans le couloir de la cuisine, passa devant les arrière-cuisines, les offices, les buanderies, les celliers, les distilleries, les séchoirs, avança tranquillement vers les écuries, se dirigeant droit sur la porte qui donnait à l'extérieur.

Elle essaya la poignée. Ce n'était pas fermé à clé. Elle jeta un coup d'œil en arrière. La voie était dégagée depuis les jardins. Pratique.

Doucement, à l'affût d'éventuels curieux, elle ouvrit, puis sortit dans la ruelle.

— Mrs Bone ?

Son cœur bondit dans sa poitrine.

— Seigneur Dieu !

Winnie Smith se dissimulait dans le lierre du mur.

— Je vous demande pardon. Je vous ai fait peur ?

Sa robe couleur de chou couverte de débris de feuillage, Winnie la regardait.

— Personne ne me fait peur, répliqua Mrs Bone en reprenant son souffle. Qu'est-ce que tu veux ?

— Je viens chercher le rapport quotidien d'Alice. J'ai pensé que vous voudriez peut-être partager vos premières remarques.

— Ah, ce sont des *remarques* que tu veux ? Bon Dieu, laisse-moi aller chercher ma loupe et consulter mes notes ! Je suis là depuis à peine cinq minutes, poursuivit-elle en exprimant sa désapprobation. Laisse-moi au moins une journée entière.

Winnie fronça les sourcils, et Mrs Bone soupira en baissant la voix.

— Écoute, de ce que je vois, je vais être cloîtrée dans les cuisines, expédiée dans l'escalier de service ou enfermée au grenier. Si je dois évaluer la situation, alors, tu dois me fournir un prétexte pour me rendre dans la bonne partie de la maison.

Winnie hésita :

— Je suis sûre que vous trouverez un moyen.

Mrs Bone lui agrippa le poignet.

— Je ne vais pas mijoter comme un paquet de vieux jupons dans la buanderie ! *Toi*, tu vas trouver le moyen.

Winnie se dégagea.

— Très bien, dit-elle d'une voix plus dure avant de réfléchir en silence. Une femme de journée aurait l'autorisation de monter en cas de nécessité d'un nettoyage dont les autres servantes ne pourraient se charger. Quelque chose comme un gros travail physique, vous voyez ?

— Pas question d'un truc qui implique du sang, et pas question de toilettes ! Ce n'est même pas la peine d'y penser.

— Allez voir dans la salle à manger, la pièce où il y a toujours le plus de saleté : les automobiles sont garées juste devant les fenêtres. Dénichez quelque chose de dégoûtant, et dites-leur que vous allez le décrasser.

Mrs Bone rentra les joues.

— Aussi simple que ça ?
— Ça marchera, Mrs Bone.
— Hum. Tu peux me rendre un autre service. Sais-tu comment s'appelle le bobby local ?
— Pour quoi faire ? demanda Winnie d'un air dubitatif.
— Tu le sais, oui ou non ?
Winnie fronça les sourcils.
— Je n'ai pas son nom, mais évidemment, j'ai surveillé sa tournée.

Elle hésita, puis sortit de sa poche un calepin qu'elle feuilleta.
— Voilà ses heures de passage, et il n'y déroge jamais.

Elle déchira la feuille de papier pour Mrs Bone.
Celle-ci eut un grognement d'approbation :
— Tu maîtrises tous les détails, je te l'accorde.
Winnie parut ravie, mais afficha un air grave :
— Vous ne devriez vraiment pas rencontrer un policier de votre propre chef, Mrs Bone. Ça pourrait tourner au vinaigre. Si vous le souhaitez, Alice peut surveiller la cour des écuries. À la minute où vous irez le voir, elle peut descendre à toute vitesse et vous venir en aide. Cela vous conviendrait ?
— Me venir en aide ? Je n'ai pas besoin de l'aide d'une couturière ! (Après réflexion, elle rectifia :) Non, oublie ça, elle pourrait m'être très utile. Dis-lui de faire comme si elle nous croisait par hasard. Maintenant, va-t'en avant qu'ils ne te découvrent, fit-elle avec un geste pour chasser Winnie.

Elle regagna ensuite aussi vite que possible la cour des écuries. Préoccupée, elle ne vit pas un petit visage sournois qui l'épiait depuis l'escalier qui descendait aux celliers.

— Qu'esse vous faites ? Vous avez pas le droit d'êt'là.

Un gamin. Un garçon de courses ou de cuisine, elle ne s'en souvenait plus.

— Tiens donc, répliqua-t-elle. Et toi, *qu'esse* tu fais ?
— Rien.
— Eh bien, moi non plus, et tu peux continuer à rien faire avant que je descende te flanquer une paire de claques.

Il marmonna quelque chose.

— Et pour faire bonne mesure, je te ferai sauter les dents ! lança-t-elle après lui.

« Espèce d'avorton », pensa-t-elle, tout en sachant reconnaître une fripouille quand elle en voyait une. Elle perçut l'écho de son trottinement tout le long des escaliers puis à travers les caves. Elle s'arrêta pour prêter attention à son rythme et à la direction qu'il empruntait dans les profondeurs de la maison, prenant soin de la mémoriser. Les rats avaient toujours des cachettes. Mieux valait ne pas les oublier.

Même en temps normal, Mrs Bone ne dormait jamais profondément. Et ici, elle redoutait de ne pas fermer l'œil de la nuit. Sue était toute petite, mais elle n'en était pas moins une créature bien vivante qui prenait de la place dans le lit. La jambe de Mrs Bone palpitait. Les besognes quotidiennes allaient s'avérer une torture. C'était à elle que revenait tout le travail physique pendant le service du dîner. La cuisinière la surveillait d'un œil d'aigle, lui jetant des ordres à chaque instant.

Le cerveau de Mrs Bone vacillait par intermittence, et elle s'efforçait de ne pas se languir de sa planque. Où Danny avait-il dormi, dans cette maison ? Lorsqu'ils étaient enfants, il avait un matelas étendu en diagonale du sien. Elle se souvenait de son odeur la nuit : sa mauvaise haleine flottait dans l'atmosphère. Chevrons, poutres basses, toile de jute sur les fenêtres...

Elle avait dû s'assoupir, car lorsqu'elle ouvrit les yeux, l'obscurité était devenue plus profonde – et quelqu'un frappait doucement à la porte.

Mrs Bone se redressa.

— Qui est là ? souffla-t-elle, tous les sens en alerte.

Sue était allongée à côté d'elle, immobile, comme dans un sommeil si lourd qu'elle en paraissait avoir sombré dans les ressorts du matelas.

Ici, sous les toits, le courant d'air produisait un léger sifflement. S'il y avait eu davantage de lumière, Mrs Bone se serait levée pour aller à la porte, aurait collé l'œil au trou de serrure et craché : « Allez-vous-en ! »

Mais elle n'en fit rien. Inexplicablement, son corps lui dictait de rester là, de ne pas bouger. Sue ne remuait pas non plus, ne ronflait pas, semblait dépourvue de toute vie. Elle devait retenir son souffle.

Mrs Bone scruta l'obscurité. « Que se passe-t-il donc ? se demanda-t-elle. Une fille de la chambre voisine, à la recherche d'une couverture ? Quelqu'un qui ne se sent pas bien ? »

Elle éprouvait des fourmillements.

Le moment s'éternisa. Il y eut un tout petit bruit, l'écho très léger d'un pas, ou bien d'un souffle – puis le silence.

*

Le lendemain matin, elle dénombra les visages autour de la table, s'efforçant de garder le compte. Cinq filles de cuisine. Sue. Cinq petits valets. Le chauffeur, Mr Doggett. Le gamin à la tête de rongeur avait disparu, et les bonnes s'activaient dans les étages. Il y avait beaucoup trop de personnel dans cette maison. Il était impossible qu'ils aient à s'acquitter d'autant de corvées. Et pourtant, ils ne cessaient d'aller et venir, constamment en mouvement, ce qui rendait quasiment impossible de les suivre à la trace.

— Tu as bien dormi, ma fille ? demanda-t-elle à Sue.

Le regard baissé, celle-ci hocha la tête.

— Oui, merci, Mrs Bone.

Un des petits valets déposa une nouvelle pile de casseroles sur la table dans un fracas métallique.

— Tiens, dépêche-toi !

« Mes pauvres mains », se dit-elle d'un air lugubre en regardant les chiffons à astiquer.

— Écoutez-moi donc ça ! jeta la cuisinière.

— Hein ?

— En train de marmonner entre vos dents.

Mrs Bone s'empourpra. Rendre compte à la cuisinière allait être une expérience très désagréable. « Choisis soigneusement tes mots », songea-t-elle.

— Madame la cuisinière... je voulais vous demander. J'ai vu plein de cadres de tableaux sales à l'étage. Très gras. Quelqu'un devrait y jeter un coup d'œil.

Le valet de pied en chef la regarda :

— Et que faisiez-vous là-haut ? intervint-il.

Il s'appelait William. Très beau. Trente-cinq ou

trente-six ans, peut-être. Brun, un long nez. Sans sa livrée, il aurait pu être forestier, bûcheron. Il avait dans les yeux quelque chose de farouche, comme le regard doré d'un jaguar. Au dîner la veille, elle avait entendu les autres chuchoter à son propos et celui de Mrs King. « Bravo, Dinah », pensa-t-elle, dans un mélange d'approbation et de désapprobation.

La cuisinière parla avant qu'elle ait pu répondre :

— Et pourquoi m'en parlez-vous à *moi* ? Je ne m'occupe pas des tâches de l'étage ! Je suis en charge de la cuisine, c'est *mon* travail, et nous avons déjà largement de quoi faire. Pour l'amour du ciel, vous n'êtes qu'une foutue femme de journée…

Mrs Bone leva les mains en un geste d'apaisement.

— Je vais préparer du bicarbonate de soude.

La cuisinière claqua des doigts à l'adresse de ses filles :

— Allez chercher trois onces d'œufs, du chlorure de potassium, et qu'on donne à Sa Majesté ici présente un bol à mélanger ! Des cadres sales, poursuivit-elle, le regard flamboyant. Non mais, je vous demande ! J'aimerais bien aller voir ça de mes yeux !

Mrs Bone s'empara d'un seau.

— Restez là, madame la cuisinière. Pas la peine de vous déranger le moins du monde.

Le seau était plein d'un liquide mousseux, et elle dut se concentrer en serrant les dents pour faire attention à ne pas en renverser et tacher le marbre. Du pied, elle fit coulisser la porte de la salle à manger.

La pièce était immense, le miroir grand comme un vitrail d'église. La vue de la table l'agaça. Le meuble à une extrémité était octogonal et très petit – minuscule, en réalité. Elle éprouva un désagréable pincement de familiarité. Tel frère, telle sœur. Elle positionnait toujours son bureau le plus loin possible de la porte, ce qui obligeait les gens à marcher des kilomètres pour approcher d'elle.

Mrs Bone déposa avec précaution le seau sur le tapis. Elle avait l'œil pour les tapis, et encore plus pour les sièges. Elle reconnaissait du Louis XVI quand elle en voyait. Les pieds arqués des chaises chatoyaient à travers la pièce. Les murs ondulaient sous les tapisseries, des Gobelins, qui, de près, paraissaient presque légères. Mais elles en tireraient un bon prix, c'était certain.

Elle commençait à se sentir rassurée.

Prestement, elle fit le tour de la pièce, ouvrant les tiroirs. Elle découvrit beaucoup d'argenterie, mais rien que de très médiocre.

— Très bien, très bien, murmura-t-elle en laissant tomber dans les profondes poches de son tablier couteaux, cuillères et tout le fourbi.

Heureusement qu'elle portait une jupe aussi épaisse et grossière, qui étouffait le bruit de ferraille qu'elle faisait en marchant.

— Vous êtes là?

Elle se retourna avec un sursaut, regagna à toute vitesse son seau, tira une brosse de son tablier.

La porte s'ouvrit dans un glissement.

La cuisinière apparut, bras croisés. Elle scruta les cadres.

— Ça ne m'a pas l'air plus propre qu'avant. Vous en avez, du culot!

Mrs Bone se força à la repentance.

— J'aurais d'abord dû vous demander votre opinion, madame la cuisinière.

Celle-ci plissa les yeux.

— Oui, vous auriez dû, acquiesça-t-elle.

Néanmoins, elle bomba le torse sous la flagornerie.

Mrs Bone leva les yeux au ciel intérieurement. Comme ils étaient faciles à manœuvrer, ces gens-là.

Elle se reprit. Il ne fallait présager de rien. La catastrophe guettait au moindre tournant. Le destin n'attendait qu'une chose, lui rabattre le caquet. Pourtant, le défi lui plaisait. Elle ne l'aurait jamais admis devant Mrs King, mais il lui plaisait beaucoup.

Le lendemain, elle alla piéger le policier avec les objets volés. Mrs Bone ne prenait jamais part à un coup sans compromettre les forces de l'ordre. Inutile de se lancer dans un cambriolage si on n'avait pas un bobby dans la manche. Le chauffeur, Mr Doggett, était assis dans la cour des écuries avec deux des petits valets, en train de jouer aux cartes. Mrs Bone leur donna à chacun une cigarette en échange de leur silence.

— Vous fumez comme un pompier, remarqua le chauffeur.

— J'ai les nerfs en pelote, répondit-elle en s'esquivant dans la ruelle.

Oh, il y en avait, de l'attente, dans cette maison. À rester debout pendant des heures, jour après jour, elle allait se casser le dos. Intérieurement, elle dressait la liste des « pour » et des « contre ». Ça, c'était définitivement dans la colonne des « contre ». Elle entendit les pendules sonner au loin dans la maison.

Le bobby finit par apparaître au coin de la ruelle des écuries, effectuant sa tournée. Il la repéra, haussa les sourcils. Elle lui adressa un signe.

— Non, vous ne me connaissez pas, dit-elle en plissant le nez et esquissant une révérence. Je suis nouvelle.

— Alors comme ça, ils vous laissent fumer ici? remarqua-t-il.

Mrs Bone le menaça du doigt:

— Ne caftez pas.

Elle tendit la main:

— Vous voulez une bouffée?

L'agent se mit à rire:

— C'est une sale habitude chez une dame.

Mrs Bone lui adressa un clin d'œil.

— Il faut bien qu'une dame passe le temps. Je vous attendais.

— Vous m'attendiez?

— Je me disais que ça pourrait vous intéresser de faire quelques affaires.

— Je ne suis pas sûr de ça, répondit-il, le regard vide.

— De ça quoi?

Mrs Bone savait que, dans de telles situations, il fallait demeurer extrêmement calme, extrêmement prudente, émettre les signaux adéquats.

— Oh? fit-il enfin.

— Oh oui, répondit-elle.

Un long moment s'écoula. Puis un sourire se dessina à la commissure des lèvres du bobby.

— Donnez-moi donc une bouffée, alors, dit-il en désignant la cigarette.

Mrs Bone la lui tendit, serrant les doigts de façon que leurs mains ne se touchent pas.

— Tenez, regardez ça.

Elle jeta un coup d'œil dans la ruelle, vérifia que personne ne les surveillait, et écarta fermement les jambes. Le bobby haussa un sourcil.

— Dans mon tablier. Allez-y, regardez.

Il se pencha et émit un sifflement :

— Vous leur avez quand même laissé un petit quelque chose pour manger, non ? Oh, je vois, ajouta-t-il en se redressant et en s'éclaircissant la gorge. Vous m'avez apporté de la camelote.

Mrs Bone se déhancha.

— Ne faites pas le difficile. Choisissez ce qui vous plaît.

L'agent était peut-être malhonnête, mais il connaissait son affaire.

— Je vous donne une guinée pour le tout.

Mrs Bone se montra courtoise :

— Je ne traite pas en guinées. Et on va discuter pièce à pièce, ou rien du tout.

Il haussa les épaules.

— D'accord. Combien pour les petites cuillères ?

— Deux livres, trois shillings et six pence.

Il eut une grimace.

— Je vous en donne trente shillings. Et vous savez que c'est plus que ça ne vaut.

Mrs Bone referma son tablier.

— Je vois. Vous voulez des faux. Moi, je ne pratique pas ce genre de commerce, monsieur l'agent.

Il recula d'un pas.

— J'ignorais que vous faisiez du commerce.

Mrs Bone eut un claquement de langue impatient, fourragea dans son tablier.

— Vous voulez une salière ? Un coquetier ? Un saupoudreur ?

Une ombre se dessina au loin, et le bobby se raidit.

— Quelqu'un vient.

Mrs Bone brandit la salière en l'agitant un peu.

— Maintenant, trente shillings pour ça, je veux bien accepter.

L'agent posa la main sur la sienne.

— Rangez ça !

— Une livre dix shillings, et je vous mets une cuillère avec. Qu'est-ce que vous en dites ?

Effectivement, une silhouette traversait la cour des écuries. Une femme, qui se dirigeait vers la porte.

— Je vous ai dit de ranger ça ! intima-t-il en s'efforçant de dissimuler Mrs Bone à la vue.

— Et le saupoudreur ?

Il lui jeta un coup d'œil, regarda par-dessus son épaule, fourragea dans sa poche à la recherche de billets et de pièces.

— Une livre six shillings. Mais bon Dieu, attachez votre tablier, quelqu'un vient !

— Une livre six ? Monsieur l'agent, vous êtes un voleur ! Un vrai bandit de grand chemin !

Elle n'en sortit pas moins les articles de son tablier en empochant l'argent.

— Vous profitez d'une pauvre veuve.

Elle lui glissa une cuillère en argent dans la poche, sous les yeux de la femme qui approchait derrière eux.

L'agent de police chancela.

— Bonjour, Miss.

C'était Alice, légèrement hors d'haleine. Elle regarda le bobby, puis ses poches, et il rougit.

125

Mrs Bone lui chuchota :

— Je crois qu'elle vous a vu. Espèce de petit vaurien... mieux vaut garder ça entre nous.

L'inquiétude régnait dans le regard de l'agent.

Alice le fixa, puis se tourna vers Mrs Bone, à qui elle s'adressa d'un ton sévère :

— Nous ne nous sommes pas encore présentées. Je suis la couturière.

Mrs Bone entoura de son bras les épaules de la jeune femme.

— Oh, c'est que j'en ai du raccommodage pour vous, ma petite ! Bien le bonjour, monsieur l'agent ! lança-t-elle avec un large sourire par-dessus son épaule.

Elles regagnèrent le jardin précipitamment.

— C'est bon ? Vous l'avez eu ? chuchota Alice, inquiète. Qu'est-ce que vous en pensez ?

« Ça peut marcher », pensait Mrs Bone. Elle sentait presque Danny en train de l'observer, la fureur affleurant à la surface. Dans la colonne des « pour », trancha-t-elle en établissant sa liste.

— Ne fourre pas ton nez partout, répliqua-t-elle non sans entrain en glissant son bras sous celui d'Alice.

Toute cette affaire lui plaisait de plus en plus.

11

Plus que quinze jours

3 heures de l'après-midi

Le dimanche était le jour le plus ennuyeux, ici, de l'avis d'Alice. Le matin, les domestiques allaient à l'église anglicane, se traînant jusqu'à St George en deux files bien nettes, comme des écoliers. Madame ne les accompagnait pas. Elle récitait ses prières dans sa chapelle privée, une sorte de boîte avec une tourelle et des tas de fioritures suspendue au-dessus du jardin, ou bien elle se rendait à l'église catholique de l'Immaculée Conception sur Mount Street. Alice avait demandé à Mr Shepherd si elle pouvait avoir l'autorisation de faire de même.

«Certainement pas», avait-il répondu comme si elle avait l'intention de monter un complot papiste.

Elle prenait bien soin de dissimuler son chapelet.

Après le déjeuner, les domestiques prenaient leur après-midi de congé. Alice était restée sur place, pour continuer de travailler sur le costume de Madame.

Le calme était descendu sur la demeure. Quelquefois, Madame était la seule personne sur les lieux, à l'exception du petit valet de service. Alice avait remarqué qu'elle ne disposait pas d'une femme de chambre attitrée. Elle se contentait de faire appel tour à tour aux premières femmes de chambre pour l'habiller ou accomplir des tâches subalternes. Comme si elle préférait demeurer libre, distante : lorsqu'elle en avait assez d'une des filles, elle passait simplement à une autre. En ce moment, elle était servie par Iris, qui avait reçu une formation hôtelière et impressionnait terriblement Alice. Ses lèvres étaient bleutées, et ses boucles coiffées au fer ressemblaient à des ressorts de sommier. Conformément aux instructions reçues, Alice était demeurée dans le salon d'habillage, les yeux rivés à la porte entrouverte. *Souviens-toi, tu es notre canari,* avait dit Mrs King. *Si quelque chose ne sent pas bon, tu te mets à chanter.* Mais travailler en même temps sur le nouveau costume de Madame ne facilitait pas la tâche d'Alice. Cela occupait le moindre instant de loisir, et elle passait déjà son temps à coudre une bonne partie de la nuit. Elle n'avait jamais eu à remplir une telle mission.

« J'avais pensé à un personnage comme Cléopâtre, avait suggéré Miss de Vries. En vêtements de deuil, naturellement. Vous pouvez me dessiner quelque chose ? »

Alice ne savait par où commencer. Ses esquisses étaient toujours nées de ses propres rêveries.

« J'ai besoin d'aide, avait-elle dit lorsqu'elle était sortie dans la ruelle faire son rapport à Winnie Smith. Il faut que tu me trouves un modèle. »

Winnie s'était inquiétée :

« Je n'aime pas ça, avait-elle répliqué, dissimulée de la rue et de la maison au milieu du lierre. Madame ne devrait pas te parler. Ce n'était pas du tout prévu.

— Je n'en soufflerai pas mot, avait promis Alice,

impatiente. Mais je t'en prie ! Je n'ai pas la moindre idée de ce qu'elle veut, et je dois lui montrer une ébauche d'ici dimanche. »

Winnie avait fourragé dans son sac.

« Tiens, avait-elle dit avec réticence en sortant des coupures issues de *The Illustrated London News*. Des photos du bal des Devonshire[1]. Ça pourra peut-être t'aider.

— Merci ! » s'était exclamée Alice avant de regagner rapidement la maison.

Elle disposait de monceaux d'étoffes sur lesquelles travailler, toutes commandées à très grands frais chez la maison Worth, à Paris. Crêpe de Chine noir, plumes d'autruche délicates, et gaze teinte en noir. Elle avait étudié les photos de Mrs Paget et de la comtesse de Grey dans *The Illustrated London News* et avait confectionné la plus belle coiffe égyptienne possible en réunissant tous les colliers de jais de Madame.

« Je peux le faire, s'était-elle convaincue. Je le dois. »

À cet instant, Miss de Vries fit son apparition, venant de la chambre. Elle tenait à la main un papier, une lettre, à ce qu'il semblait, qu'elle fourra dans sa manche.

— Reprenez mes mensurations, voulez-vous ?

Alice posa son aiguille.

— Elles n'ont pas dû beaucoup changer en une semaine, remarqua-t-elle avant d'ajouter, se souvenant de ses manières : Madame.

Mrs King avait été très claire sur le sujet : *Surtout, tu*

---

[1]. Bal costumé donné le 2 juillet 1897 dans la résidence des Devonshire pour le jubilé de la reine Victoria, auquel assistèrent plus de sept cents invités, et où Mrs Paget était costumée en Cléopâtre.

dois te faire bien voir d'elle. Être aussi docile qu'une souris.

— Tout doit être parfaitement ajusté, insista Miss de Vries en s'étudiant dans le miroir, le regard perçant. Les robes peuvent devenir tellement flottantes.

— Bien sûr, Madame, acquiesça Alice.

Les yeux de Miss de Vries changeaient à la lumière, remarqua-t-elle. Tirant sur le gris certains jours, sur le vert à d'autres. Son regard balaya Alice des pieds à la tête, la transperçant. Dans ces moments-là, la jeune femme se sentait mal à l'aise. Elle n'aimait pas franchement qu'on la scrute avec une telle intensité. Elle alla chercher le mètre ruban, s'accroupit à côté de Miss de Vries.

— Ne bougez pas, Madame. Voilà, déclara-t-elle au bout d'un moment, c'est ce que je pensais. Aucun changement. Parfait, conclut-elle en repliant le mètre.

— Très bien, commenta Miss de Vries en étirant les lèvres avant de soupirer : Montrez-moi où vous en êtes.

Alice prit une inspiration et alla chercher le costume entamé, constellé d'épingles et de fragments de papier de soie, objet fragile qui avait à peine pris forme. Elle sentait les stries entre ses doigts endoloris, là où elle avait appuyé l'aiguille.

Miss de Vries eut un petit sourire narquois :

— Vous le portez comme s'il allait se désintégrer.

— Il en est à une étape délicate, Madame.

— Hum…

Miss de Vries s'avança, effleura d'un doigt hésitant la garniture de perles noires incrustées sur le corsage, la soie.

— Qui vous a appris à coudre ?

— Mon père. Il est mercier.

— Les merciers sont incapables de façonner des robes comme ça.

Alice était ravie, mais s'efforça de le dissimuler sous une moue. L'orgueil précédait toujours la chute.

— Vous ai-je offensée ? demanda Miss de Vries.

— Non, Madame.

Alice hésita, une épingle à la main. Miss de Vries regarda l'éclat du métal, la pointe acérée. Alice l'enfila soigneusement sur son tablier.

— Êtes-vous proche de votre père ?

La question était tout à fait courtoise, mais Miss de Vries n'avait jusqu'à présent jamais manifesté d'intérêt particulier pour la situation d'Alice. Celle-ci secoua la tête, marchant sur des œufs.

— Pas le moins du monde.

Elle n'avait aucune envie de penser à Père, à leur morne salon, à ses livres de prières sur le manteau de la cheminée. À la maison, les parquets étaient recouverts d'une couche de teinture rouge bon marché et de tapis effilochés. Ici, dans les appartements de Madame, tout était doux et luxueux, moelleux et pur. C'était incommensurablement plus agréable.

— Comme c'est triste.

Là, Miss de Vries la regarda franchement. Le sourire ironique avait disparu. Son regard farouche pénétrait Alice jusqu'à la moelle. Puis elle déroula la lettre fourrée dans le revers de sa manche.

— Rangez tout cela. Et lorsque vous redescendrez, dites à Mr Shepherd de venir me voir. Demain, j'ai un visiteur, expliqua-t-elle en brandissant la lettre. Je dois modifier les menus.

Le soulagement envahit Alice. Fréquenter Miss de Vries de près était dangereux : elle était au bout du compte beaucoup trop observatrice.

— Bien, Madame, acquiesça-t-elle en se retirant avant d'ajouter, pour rendre service : Dois-je lui dire qui est attendu ?

Miss de Vries parcourait le papier, articulant le texte en silence. Elle répondit avec désinvolture, mais quelque chose dans la férocité de son regard retint l'attention d'Alice.

— Lord Ashley, de Fairhurst. Mr Lockwood nous tiendra compagnie.

Les noms n'évoquaient rien à Alice.

— Très bien, Madame.

Elle entreprit d'emporter le tissu.

— Et, Alice ?

La jeune femme se retourna. Miss de Vries la regardait de nouveau. La lumière avait changé, prenant des teintes jaunâtres qui donnaient à Madame un air plus doux et gentil.

— Vous vous débrouillez merveilleusement bien, remarqua-t-elle.

C'était tellement inattendu, cela ressemblait tellement peu au ton d'habitude froid et dénué d'intérêt de Madame, qu'Alice en fut déstabilisée. Personne dans son souvenir ne l'avait jamais félicitée de son ouvrage. On lui payait son salaire – c'était tout. Même Mrs King ne lui avait jamais dit « bravo ». Alice appréciait qu'on lui passe un peu de pommade. Elle pensait le mériter.

— Merci, répondit-elle, surprise d'en avoir la gorge nouée, comme si la bonne opinion de Madame lui importait davantage qu'elle ne l'avait réalisé.

12

Cette même après-midi

Hyde Park. Winnie étudiait sa montre-bracelet en se concentrant, son carnet ouvert sur le genou.

— Donc, le minutage ? s'enquit Mrs King.

Winnie leva un doigt pour la faire patienter, puis inspira :

— D'après mes calculs, on fera descendre ces caisses de la coupole jusqu'au sol en moins d'une minute.

— Eh bien, alors, tu peux sourire, Winnie. C'est une bonne nouvelle.

Celle-ci leva la tête. Le rayon de soleil qui tombait sur son visage faisait ressortir les rides autour de ses yeux. Ni l'une ni l'autre n'avait dormi suffisamment depuis des jours. La liste des tâches à accomplir semblait s'allonger d'heure en heure. De même que leurs dettes. Toute congestionnée et l'air contente d'elle, Winnie venait de rentrer d'un rendez-vous sur Curtain Road, rapportant un reçu pour trois douzaines de machines à fumer Parenty[1].

---

1. Une des inventions curieuses de la fin de l'ère victorienne, *a priori* destinée aux fabricants de cigares et cigarettes, qui imite les mouvements du fumeur.

« Tu en as eu un bon prix », avait apprécié Mrs King d'un ton encourageant.

Bien entendu, personnellement, elle aurait mieux négocié, étant donné qu'elles achetaient à crédit. Mais inutile de contrarier Winnie. Mrs King avait passé la nuit à étudier l'Inventaire avec deux messieurs à monocle amenés – et payés – par Mrs Bone. Ils dégageaient une odeur extraordinaire de fromage et de fourrure de renard, et s'y connaissaient parfaitement en art. Les évaluations qu'ils avaient mentionnées avaient fait gonfler la poitrine de Mrs King.

Elle décida que Winnie et elle méritaient une récompense.

— Je t'offre une glace, déclara-t-elle.
— Je me fiche d'une glace.
— C'est moi qui paie, insista Mrs King.
— D'accord.

Elles étaient maintenant installées près du kiosque à musique. L'hôtel particulier de Park Lane chatoyait entre les arbres, d'une proximité alléchante. Mrs King léchait sa glace avec délectation.

— Comment Hephzibah se débrouille-t-elle avec ses machinistes ? demanda-t-elle en s'essuyant les lèvres.

Winnie leva les yeux au ciel.

— Tu la connais !

Elles avaient confié à Hephzibah la formation des hommes de main de Mrs Bone : améliorer leurs accents, corriger leurs manières, leur apprendre à se tenir droits. Elle aurait pour responsabilité de les guider à travers la demeure, le soir du bal.

— Elle terrifie tout le monde ?

— *Moi*, elle me terrifie. Elle se prend pour Sarah Bernhardt.

— Elle est peut-être encore meilleure.

Winnie baissa la voix :

— On parle d'un cambriolage, pas d'une première au Coliseum.

— Ce pourrait être les deux.

— Je ne plaisante pas.

— Moi non plus. Hephzibah fait bien son boulot, et elle peut suivre de très près le déroulement des événements.

— Moi aussi, je fais bien *mon* boulot.

— Tu parles de la couture ?

— Oui.

— On a Alice, pour ça.

— Ce n'est pas le problème.

Mrs King soupira.

— De fait, c'est exactement le problème. J'ai besoin de toi à mes côtés.

Winnie se tortilla sur sa chaise.

— Tu crois que je suis nulle en couture ?

Mrs King distingua sa petite expression préoccupée, et une bouffée d'affection l'envahit.

— Non, pas nulle.

La foule se déplaçait en petites vagues à travers le parc.

— Tout ça est horriblement fatigant, déclara Winnie.

— Fais un petit somme.

— Je n'ai pas le temps de faire un petit somme.

— Alors, prend une autre glace.

Winnie examina tristement sa glace qui gouttait avec acharnement sur le banc.

— Depuis quand es-tu devenue aussi brute ?

Mrs King lui donna gentiment un coup de coude dans les côtes.

— Et toi, depuis quand es-tu aussi dinde ?

Il y eut un long silence, que seul brisait le bruissement des arbres au-dessus de leurs têtes.

Winnie s'essuya les mains.

— Dinah, dit-elle enfin. Y a-t-il quelque chose de plus là-dedans ?

Mrs King se lécha les doigts.

— De plus que quoi ?

— Que *tout ça*. Ce braquage, dit-elle en croisant le regard de Mrs King.

— Tu veux dire davantage que gagner une fortune plus colossale que dans tous nos rêves les plus fous ?

— Oui.

Mrs King acheva sa glace.

— Pourquoi poses-tu la question ?

— Parce que je te connais. Tu es une femme orgueilleuse, mais pas orgueilleuse à ce point-là.

— Qu'est-ce que ça veut dire, ça ?

— Tu as perdu ton emploi. Pas de chance, ma pauvre. Mais tu n'es pas en mauvaise posture. Tu as les pieds bien sur terre. Tu t'en sortiras. On ne s'en prend pas à une maison tout entière chaque fois qu'on en a assez d'un emploi rémunéré, ajouta-t-elle d'un ton songeur.

Mrs King éclata de rire.

— Ah non, vraiment ?

— Non, insista Winnie. Je pose donc la question : y a-t-il quelque chose d'autre derrière ?

Quelquefois, en pleine nuit, Mrs King pensait au seul élément qui l'effrayait dans son plan : les autres. Avec toutes leurs petites peurs étranges, leurs jalousies, leurs besoins persistants. Les animaux ne se rebellaient pas comme ça contre l'autorité. Non plus que les oiseaux. Ils volaient en formation parfaite, en une confédération puissante.

— Oh, répondit-elle, probablement.

Winnie plissa les yeux.

— Dis-moi.

Par moments, un potin, une minuscule miette d'information apaisait sa belle bande féminine. C'était comme nourrir des oiseaux, dresser des chiens. Elle pivota sur le banc.

— Lorsque je suis arrivée à Park Lane, Mr de Vries m'a fait une promesse. Deux, en réalité, rectifia-t-elle en allongeant les jambes.

Le regard de Winnie s'assombrit.

— Mr de Vries ?

— Oui. Premièrement : personne ne me demanderait d'où je venais. Deuxièmement : il paierait les frais d'hôpital de ma mère.

— D'hôpital ?

— Oui. Je ne sais pas comment tu appellerais ça. Un hospice de pauvres. Un asile.

— Je comprends.

— Tu crois ? Moi, je n'en suis pas sûre.

— Je suis désolée, dit Winnie.

Des images se formèrent dans l'esprit de Mrs King, des images qui remontaient loin. Une lumière grise. Le regard de Mère, de plus en plus étrange.

— Il m'a promis que je n'aurais pas à en parler. Je pouvais tout mettre derrière moi. Mère. Et Alice, aussi.

— Tu sais, nous n'en avons jamais discuté, remarqua

137

Winnie lentement. Jamais, de toutes ces années passées ensemble. J'ai toujours pensé que c'était bizarre.

— Quoi donc ?

— Toi. Ton arrivée à Park Lane. Sortie de nulle part. Pas de famille, pas de papiers. Tu ne savais même pas comment nouer correctement ton tablier.

— Eh bien, tu étais là pour me l'apprendre, n'est-ce pas ?

Winnie pencha la tête.

— On sait bien quelle sorte de fille débarque dans une maison sans références.

Mrs King eut un rire.

— Je n'avais pas ce genre d'ennuis, Winnie.

— Non ?

— Non.

— Alors, *pourquoi* Mr de Vries t'a-t-il embauchée ?

On avait déjà posé cette question à Mrs King.

— C'était un vieil ami de la famille.

Un rire bref secoua Winnie.

— Un vieil ami, je vois. Seigneur ! fit-elle en secouant la tête. Quand je pense à la façon dont on s'est mis en quatre pour toi, dont on a fait des exceptions pour toi. Changer l'heure du petit déjeuner, du souper, te donner les corvées les plus faciles, des bougies en plus, du sucre en plus, davantage de thé. Un lit près de la fenêtre, une chambre à toi, de nouvelles coiffes, le raccommodage gratuit…

— Tu ne t'en es pas trop mal tirée non plus, avec lui.

— J'ai *travaillé*. Je me suis tuée à la tâche. Je n'ai jamais autant trimé de ma vie.

Une expression difficile à déchiffrer s'était peinte sur les traits de Winnie. Mrs King devait reconnaître que c'était vrai. Winnie avait arpenté cette maison dans tous les sens, de son pas lourd, tel un cheval de trait : infatigable, acharnée. De fille de cuisine, elle était devenue femme de ménage, puis bonne, puis femme de chambre. Lorsqu'elle avait fini gouvernante, les domestiques l'avaient saluée d'un tonnerre d'applaudissements. Même la cuisinière s'était bien comportée. Cinq ans de plus, et puis… elle était partie. Mrs King avait mis des mois à la retrouver, qui vendait des plumes d'autruche minables à un chapelier à Spitalfields.

Winnie prit une inspiration :

— Quel était son lien avec toi ?

— Qu'est-ce que tu en penses ?

— Ce que j'en pense ? Que du moment où tu es arrivée, tu as été mise sur un piédestal. Je pense que tu étais protégée. Pour quelle raison, je n'en ai pas la moindre idée. Voilà ce que je demande.

Mrs King se força à demeurer de marbre en répliquant d'un ton ironique :

— Juste ciel, inspecteur !

Winnie la menaça du doigt :

— Ne fais pas ça !

— Quoi donc ?

— Me manœuvrer.

Mrs King sentait sa patience s'amenuiser. Elle se maîtrisa avant de la perdre complètement. Elle répondit froidement :

— C'est mon travail, de te manœuvrer. Je manœuvre tout le monde. Je suis là pour ça.

Winnie garda son calme.

— Dinah. Dis-moi.

Elles avaient atteint un point de non-retour.

— Tu te mets le doigt dans l'œil, répondit Mrs King. Vraiment.

— Et dans quel œil? J'ignore même la question que je pose.

Mrs King se leva.

— Nous avons du travail. Je dois discuter des chameaux avec Sanger.

— Non.

Winnie ne bougea pas. Si Hephzibah, ou Mrs Bone, ou bien Alice, lui avait posé la question, la réponse ne serait jamais sortie. Il était facile de les distraire, de détourner leur attention. Mais Winnie restait simplement là à attendre. Elle attendait la vérité de Mrs King. Elle la méritait.

Mrs King éprouva une drôle de sensation dans la poitrine, la peur de ne pouvoir contrôler les traits de son visage.

— C'était mon père.

*

Plus tard, Winnie se demanda si elle avait eu l'air d'une imbécile. Elle se demanda si elle avait pâli, poussé un cri de surprise, l'une ou l'autre de toutes ces choses stupides. Un enfant débarla, un ballon à la main, riant aux éclats. Mrs King porta la main à sa joue.

Winnie finit par articuler:

— Ton père?

Une confirmation paraissait nécessaire, absolument vitale.

Mrs King leva lentement les yeux pour rencontrer le regard de Winnie.

— Je ne le savais pas, au début. On ne me l'a jamais dit.
— Alors comment diable...
Elle répondit d'un ton plat et curieux :
— J'ai fini par le comprendre.
Winnie demanda d'un ton hésitant :
— Tu veux dire qu'il ne te l'a jamais dit ? Tu t'es juste... interrogée...
— Non, il me l'a avoué, répondit Mrs King en croisant les mains. Au bout du compte.

Brusquement, Winnie regretta grandement qu'elles soient assises là en public. La journée paraissait trop chaude, trop éblouissante, elle se sentait défaillir. Sans doute le choc, supposa-t-elle.

— Tu le savais depuis longtemps ?
Mrs King acquiesça.
— Et tu n'as pas... tu n'as rien dit ?
— Dans ce genre de cas, on ne *dit* pas, répondit Mrs King d'un ton calme.
Winnie en eut l'estomac noué.
— Viens, dit-elle, marchons un peu.
Elle passa son bras sous celui de Mrs King, l'obligea à se lever du banc. Elles s'écartèrent des larges allées, s'éloignèrent de Park Lane.
— Les autres sont-elles au courant ? finit-elle par demander.
— Elles s'en ficheraient pas mal.
« Non – bien au contraire », pensa Winnie.
— Cela te ferait peut-être du bien de le leur confier. Cela les aiderait à comprendre. Garder un tel secret doit être un poids terrible.
— Ce n'est pas moi qui ai gardé le secret, mais tous les autres.

141

« Elle en est convaincue, se dit Winnie. Elle se cramponne à cette idée. »

— Eh bien alors, il vaut mieux le révéler au grand jour maintenant.

Elle sentit le bras de Mrs King se crisper.

Celle-ci répondit :

— Mrs Bone sait, et depuis le début. Elle est tout aussi liée à lui que moi. C'est sa sœur.

Winnie s'arrêta net. Cette fois-ci, elle ressentit le choc comme une douleur, non comme une faiblesse. Elle retira son bras. Mrs King eut au moins l'élégance de paraître embarrassée.

— Il valait mieux que tu ne le saches pas, expliqua-t-elle.

Une envie de crier s'empara de Winnie.

— Pour l'amour du ciel, Dinah ! (Elle porta une main à son crâne, où une migraine était en train de naître.) Tu aurais dû me le dire. Tu aurais dû me le dire il y a des années !

Mrs King se contenta de secouer la tête.

Winnie soupira.

— Cette discussion nous a toutes les deux bouleversées. Rentrons.

Ce qu'elles firent, sans prononcer un mot. Winnie laissa libre cours à ses sentiments en silence. Que Dinah lui ait dissimulé un secret aussi énorme était impardonnable. Mais une question la rongeait : *Ne l'avais-tu pas deviné ?*

Elle revit cet air en coin penché et espiègle de Mrs King, qui ressemblait tellement à celui du vieux maître qu'elle en avait les jambes en coton.

Elle comprenait parfaitement ce qui avait dû se

passer. Mr de Vries avait hérité d'une bâtarde. La plupart des gentlemen auraient expédié à la mère une somme d'argent, ou tout au moins une lettre de sommation, ou alors ils se seraient simplement évanouis dans la nature. Lui avait fait mieux que cela. Il avait embauché l'enfant comme domestique. L'audace de ce comportement la stupéfiait. C'était le genre d'assurance insolente qui la consumait d'envie.

Elle, pour sa part, avait à présent des secrets qu'elle ne pourrait jamais évoquer. Oui, Mr de Vries était brutal, il écrasait les gens comme un rouleau compresseur, il était perpétuellement choquant, entortillé dans ses soieries cramoisies et ses boutons jaune canari. Mais il faisait preuve de gentillesse envers Winnie. Il la traitait avec courtoisie. « Ma chère Winnie Smith, avait-il l'habitude de dire en souriant. La personne la plus intelligente de cette maison. » Car elle était intelligente, elle se pensait intelligente, tellement bien éduquée, fiable, et sachant s'exprimer. Elle avait passé des heures dans la compagnie de Mr de Vries, à lui servir de secrétaire, à prendre sous la dictée. Il lui avait offert de petits cadeaux, une indemnité, il avait même invité sa mère à prendre le thé lorsque Père était mort. Il avait un charme extraordinaire. Et elle pensait avoir mérité tout cela. Elle s'était dévouée corps et âme à cette maison. Elle avait énormément admiré Mr de Vries : bien sûr, il était vulgaire, mais, au moins, il ne s'en cachait pas.

La honte lui ravageait les tripes.

Elle reprit le bras de Mrs King.

— Je suis désolée de ne jamais l'avoir deviné.

Mrs King se tourna vers elle, les traits tirés. Elle semblait presque redouter la réaction de Winnie, ce qui

143

brisait le cœur de celle-ci, lui faisait monter les larmes aux yeux.

— Je ne voulais pas que tu puisses deviner, expliqua Mrs King. Je ne t'aurais jamais laissée le deviner. N'en parle pas aux autres, ajouta-t-elle en lui pressant le bras.

Winnie poussa un soupir.

— On ne devrait pas garder de secrets, Dinah.

L'inquiétude s'évanouit du visage de Mrs King, remplacée par quelque chose de plus dur, de plus sombre.

— C'est un ordre, Win.

13

Plus tard

Mrs King retrouva Mrs Bone en terrain neutre, dans Kensington Gardens. Comme convenu, un rendez-vous avait été pris. Il était temps de recevoir de Mrs Bone son évaluation des risques – et son financement.

Voilà qui rappelait à Mrs King le bon vieux temps, lorsqu'elle apprenait tous les trucs du métier, comment faire les poches. Mrs Bone se saucissonnait dans ses bijoux de deuil victoriens noirs[1], perles d'ébonite et de chêne des marais[2], s'asseyait sur un banc dans Regent's Park, et passait en revue le processus, encore et encore : *doucement, petite, comme si tes doigts n'étaient que des courants d'air...* Elle avait toujours assuré entretenir de grandes espérances pour Dinah, sachant reconnaître un

---

1. Popularisés par la reine Victoria après le décès du prince Albert en 1861, et le deuil se devant d'être respecté pendant de longues périodes, les bijoux de toute sorte – broches, colliers, médaillons, pendentifs – sont majoritairement en jais, onyx, obsidienne, tout ce qui peut être noir.
2. Bois qui provient de chênes fossilisés immergés dans des tourbières, de couleur noire.

œil acéré, une humeur égale et une forte personnalité. Après tout, elles partageaient toutes deux le sang vif des O'Flynn.

— Pas la peine de te lever. Bon Dieu, je suis à bout de souffle ! jeta Mrs Bone en s'appuyant de ses mains sur ses cuisses.

Les bonnes d'enfants étaient toutes de sortie, poussant des landaus modernes dont les roues n'auraient pas déparé un omnibus. Le tableau paraissait paisible, mais c'était une illusion. Mrs King s'était installée sur un banc face au palais de Kensington et aux moutons du parc, et avait compté les hommes. Un sur Broad Walk, immobile. Trois autres sous les parasols, près du chapiteau à thé. Deux autres dans un bateau glissant sur l'eau, se tenant très droits. Elle savait ce que cela révélait. Ils portaient des pistolets sanglés sur le thorax.

Mrs Bone avait amené des renforts pour la discussion, ce que Mrs King avait tendance à prendre pour un bon signe. Elle connaissait sa tante. Cela signifiait qu'elle était d'humeur à négocier. Prête à s'engager.

Mrs King reboutonna ses gants, lissa ses jupes.

— Bien le bonjour, Mrs Bone, la salua-t-elle avec amabilité.

— Oui, oui, comment vas-tu, ravie de te voir ! Pour ma part, je n'ai jamais que de l'eczéma, des ampoules et des foutus cors aux pieds, à force de me traîner pour toi dans cette satanée baraque gigantesque.

Mrs Bone se laissa tomber lourdement, ébranlant le banc, et étira ses jambes. Elle dégageait déjà le parfum des quartiers des domestiques. Ragoût de jambon et savon carbolique. Mrs King en éprouva un étrange sentiment de nostalgie, qu'elle écarta sur-le-champ : une sensation extrêmement dangereuse, inutile, et qui ne devait pas se reproduire.

— Alors? fit-elle, attendant la décision de Mrs Bone. Celle-ci expira, ferma les yeux.

— Les chances de réussite me paraissent bien minces.

Mrs King hocha la tête. Elle s'était attendue à cette réponse.

— J'apprécie votre franchise.

— Eh bien, *franchement*, petite, ce plan n'est qu'un ramassis d'inepties.

— Des *inepties*?

— Du grand n'importe quoi. Des bêtises. J'ai fait le tour, fourré mon nez dans le moindre recoin. Tu as un nombre incalculable d'étages à vider, un jardin à angle droit par rapport à la maison, une arrière-cour parfaitement visible de la ruelle, et une circulation automobile plus dense qu'aux portes de l'enfer, même quand on y expédie pour leur châtiment les maquereaux, les prostituées et les fornicateurs... (Elle s'interrompit pour inspirer profondément.) Je veux dire, pour l'amour du ciel, ma fille! Tu serais incapable de me donner une seule bonne raison pour que tout ça ne foire pas en cinq secondes.

— Bien sûr que si.

— Alors vas-y.

Mrs King contempla le plan d'eau. Observa les hommes de main de Mrs Bone qui ramaient lentement.

— Parce que c'est moi qui organise le coup.

Mrs Bone eut un sourire triste.

— Tu as le feu sacré, ma chérie, ça, je le reconnais. Mais c'est tout. Tu assures pour moi des petites combines, des à-côtés. C'est ce que tu as toujours fait. Savons bon marché et mouchoirs en soie. Ne te méprends pas, poursuivit-elle en levant un doigt, je t'en suis très reconnaissante. Tu fais tranquillement tourner ton petit business. Tous mes hommes te trouvent gentille et efficace. Mais ce projet-là est trop gros, même pour toi.

La première manœuvre de la partie. Claire comme de l'eau de roche.

Mrs King réfléchit. Ce coup était effectivement gros. Il était énorme, démesuré, personne au monde n'aurait pensé que quelqu'un comme elle puisse le réussir. C'était exactement la raison pour laquelle elle l'adorait.

— Très bien, répondit-elle. Je n'ai rien à redire. Merci de l'avoir pris en considération, Mrs Bone, dit-elle en se levant. Je vous accompagne à la gare à pied?

— À pied? Un pas de plus et je m'écroule. Je vais finir par boiter, me liquéfier comme de la glu.

Elle se leva néanmoins sans hésitation, et passa son bras sous celui de Mrs King, plantant ses doigts osseux dans le manteau de sa nièce. Là aussi, c'était un signal.

Mrs King savait quelle devait être l'étape suivante de la négociation. Un bureau de tabac tout ce qu'il y avait de plus modeste les attendait sur Queensway. Mrs Bone jurait qu'elle n'opérait pas à l'est de Cheapside. Mais même elle entretenait un ou deux petits avant-postes dans le centre. Mrs King le savait pertinemment. Au fil des ans, elle avait étudié chaque centimètre carré du territoire de Mrs Bone.

— Cela ne vous ennuie pas si j'entre chercher quelques cigarettes? demanda-t-elle lorsqu'elles atteignirent Bayswater Road.

Mrs Bone gloussa.

— Bonne fille ! Je suppose que tu étais au courant pour ma petite boutique.

— Vous me connaissez, répliqua Mrs King en lui pressant le bras. J'ai toujours l'œil sur les trafics d'appoint, les petits à-côtés.

Lorsqu'elles pénétrèrent dans le magasin, la clochette tinta furieusement. Mrs Bone, sereine, épousseta son manteau sale. L'homme derrière la gigantesque caisse ouvrit la bouche. La referma. Des bocaux de confiseries étaient alignés sur le comptoir, en une resplendissante profusion marbrée de friandises luisantes et rayées. Mrs King souleva un des couvercles.

— Vous voulez un *gobstopper*[1] ?

— Et pour toi, des berlingots, ma petite, répondit Mrs Bone avec un mince sourire.

Mrs King versa une pelletée de bonbons acidulés au citron dans un sac en papier.

— Soyez gentil, dit-elle en s'adressant au marchand, laissez-nous un petit moment, voulez-vous ?

Des ombres se dessinaient sur le mur. Les types dans la rue, d'autres dans la pièce voisine. Un craquement au-dessus de sa tête. Les hommes de Mrs Bone étaient déjà à l'étage. La preuve que celle-ci avait anticipé tous ses mouvements.

« Un autre bon signe », songea Mrs King.

Le marchand regarda Mrs Bone, pâlit, hocha la tête puis battit en retraite précipitamment.

Mrs King enfourna un berlingot. Le suçota. Savoura l'acidité du jus sur son palais.

---

1. Gros bonbon rond qui change de couleur et de goût au fur et à mesure qu'on le suce.

— Dites-moi, fit-elle, la bouche pleine. Si je devais changer juste une chose, qu'est-ce que ce serait ?

Mieux valait ne pas tourner autour du pot avec Mrs Bone. S'il existait une quelconque objection, Mrs King voulait l'entendre franchement.

L'air angélique, Mrs Bone joignit les mains dans son dos.

— Seigneur, ce n'est pas à *moi* de le dire !
— La date ?
— N'importe quel jour est un mauvais jour pour un mauvais coup.
— L'heure ?
— Non.

Mrs King transféra son berlingot d'une joue à l'autre.

— L'équipe ?

Mrs Bone secoua la tête.

— Non, elles sont parfaites. Cela dit, elles n'arrivent pas à la cheville de mes Jane.
— Je ne peux pas modifier votre part.
— Non ?

Une autre silhouette apparut sur le trottoir.

Mrs King tendit le sac en papier :

— Un berlingot ?

Mrs Bone lui écarta la main :

— Tu as les doigts sales.

Elle farfouilla dans un bocal de bonbons à la poire, en tira une poignée et en fourra deux dans sa bouche.

— Vas-y.
— Non, allez-y, *vous*.

Mrs Bone la fixa, le regard brillant, tout en suçant son bonbon avec ardeur.

— Je veux une avance.

— Vous avez eu une avance.

— Non. J'ai eu une des babioles de Danny, que tu lui as *volée*, ce qui ne t'a rien coûté, ce qui n'a aucune valeur.

Mrs King trouva ça un peu gonflé.

— Elle n'a pas de valeur symbolique ? Je l'ai choisie très soigneusement.

— Ma petite, on n'est pas dans les jardins suspendus de Babylone, ni dans les Pyramides. Je ne gribouille pas des symboles partout sur les murs. Je n'ai pas besoin d'un geste symbolique. Tu montes tout ce coup à crédit. Bravo, je ferais la même chose. Mais moi, j'ai de bons tuyaux. Si tu veux t'appuyer sur mes fonds, sur ma bonne réputation, alors j'ai besoin de liquide, pour couvrir mes risques.

— Oui, approuva Mrs King en écrasant son berlingot entre ses dents. C'est vrai.

La réflexion parut agacer Mrs Bone.

— Eh bien alors, tu comprends, n'est-ce pas ? Je ne peux pas me lancer dans de gros investissements tant que les affaires ne sont pas un peu plus florissantes.

Le deuxième coup de la partie, compta Mrs King.

— Vos affaires ne sont pas près de devenir plus florissantes, remarqua-t-elle.

Mrs Bone se servit un autre bonbon à la poire.

— Et d'après qui ?

— J'ai de bons yeux.

— Et ?

— Je sais lire des livres de comptes.

Là, ça y était : une trace de colère. « Je vous ai prise de court, n'est-ce pas ? » pensa Mrs King. Elle en était presque désolée, de devoir faire pression sur Mrs Bone.

Sa tante était la seule personne qui ait jamais veillé sur elle lorsqu'elle était enfant. Qui lui ait donné des tabliers propres, des chaussures solides, des bas neufs, quand Mère en était incapable. Mais ce n'était pas le moment de se laisser attendrir.

— Pas les vôtres, ajouta-t-elle doucement. Je ne m'immisce jamais dans les affaires d'une dame. Mais j'ai rendu visite à Mr Murphy. Sa comptabilité est excellente, Mrs Bone. Il croule sous les commandes. Alors que tout ce que je renifle autour de chez vous, c'est une pile de vieilles dettes.

— Vraiment ?

Mrs King hocha la tête.

— Des dettes et des débiteurs, qui grouillent partout sur votre territoire.

Mrs Bone ne répondit rien. Le cou tendu, comme si elle levait le menton avec effort, comme s'il lui en coûtait de ne pas retourner une gifle à Mrs King. Puis elle se maîtrisa. Sourit, mit dans sa bouche un autre bonbon à la poire.

— Dois-je t'indiquer le montant, ma chérie ? Ou bien allons-nous continuer à nous rudoyer jusqu'au coucher du soleil ?

Mrs King croisa les bras.

— Vous pouvez indiquer le montant.

Mrs Bone s'exécuta.

À l'extérieur, la lumière était insolite. Pas orageuse, comme la semaine précédente, mais faiblarde, presque fuyante : grisâtre. Mrs King n'aimait pas ça, cela la déprimait.

Elle soupira.

— Payable contre quoi ?

— Deux septièmes des recettes nettes.
— Deux ?
Mrs Bone acquiesça.
— Pour vous payer ça, il faudrait que je renonce à ma propre part.
— Ou bien à celle de quelqu'un d'autre, répliqua sa tante avec un haussement d'épaules. Ce ne sont pas mes gens.
— Alice Parker est ma sœur.
— Petite veinarde.
— Winnie Smith est ma plus vieille amie.
— Alors, largue l'autre vieille pute, si tu y es obligée, suggéra Mrs Bone en croquant dans ses bonbons à la poire.
Mrs King soutint son regard.
— Je ne largue personne, Mrs Bone. Nous sommes toutes sur un pied d'égalité. J'ai été très claire là-dessus.
— Je t'offre des conditions équitables, ma petite. Tu me donnes une avance sur les recettes futures, et avec le reste du crédit dont tu as besoin, je mets les choses en branle. Je veux dire, *correctement*.
— Je croyais vous avoir entendue dire que tout ce plan n'était qu'une absurdité.
Mrs Bone sourit, avec un regard de fouine.
— Ce pourrait bien être le cas, ma chérie. Mais c'est toi la responsable, pas moi.
Mrs King réfléchit. Elle pouvait bien entendu régler l'avance demandée. En liquide, tout à fait comme Mrs Bone l'escomptait. Cela représentait à peu près tout ce qu'elle avait économisé au cours de sa vie à Park Lane. Elle n'avait pas davantage. Ni filet de sécurité, ni garantie au-delà, rien du tout. Mais si ce coup

échouait, la perte de ses économies serait le moindre de ses ennuis. Mrs Bone ne prêtait jamais de capital sans attendre de remboursement complet. Le prix à payer pour un défaut de paiement était une punition atroce, quel que soit le lien familial.

Mrs King ne croyait pas en Dieu. La logique voulait qu'elle ne croie donc pas non plus au diable. Mais elle ressentait à cet instant la présence d'une puissance plus grande et plus obscure que la sienne, dont l'ombre se profilait monstrueusement sur le mur. Elle sentait la présence de Mr de Vries et, dans l'air, son éclat de rire.

— Marché conclu, dit-elle.

Elle déciderait plus tard de la façon dont elle allait y parvenir.

Mrs Bone eut une grimace.

— Pas ici. Je veux une signature avec des témoins. Deux septièmes, noir sur blanc.

Elle frappa bruyamment sur le comptoir. Une porte s'ouvrit à l'arrière de la boutique.

— Par là, dit-elle en se grattant le nez. Mes gars vont s'occuper de toi.

Mrs King regarda dans la cour située au-delà de la porte. Ces gaillards-là n'étaient pas les mêmes que ceux postés dans la rue. Ils étaient plus massifs : plus âgés, plus compacts, et totalement impassibles. On les aurait dits sculptés dans du granit. Ils portaient des couteaux.

Le type le plus proche de la porte fumait la pipe. Il s'écarta sur le côté pour la laisser passer. Elle aperçut plus loin une petite table. Un stylo et de l'encre. Un contrat, fraîchement rédigé, qui n'attendait qu'une signature. Dans la pièce voisine, il n'y avait pas de fenêtre, aucune issue.

Le troisième coup.

Pour se porter chance, Mrs King s'empara d'un dernier berlingot au citron, qui lui laissa de la poudre acidulée sur la main. Elle la lécha sans quitter des yeux Mrs Bone.

— Très bien, dit-elle. Je vais en finir ici. Vous, vous retournez à Park Lane.

Mrs Bone était déjà en train d'ajuster son chapeau atroce, et se précipitait vers la porte.

— Bye, bye! lança-t-elle, et la cloche résonna derrière elle d'un bruit métallique.

« Honore ta famille », se dit Mrs King avec ironie tout en allant signer le contrat.

14

Plus que deux semaines

Lord Ashley venait en définitive pour le thé. Miss de Vries l'avait invité pour le dîner, et Lockwood avait négocié pendant des heures avec les représentants des Ashley pour les faire mordre à l'hameçon. Mais le diktat était venu de la mère : le thé ou rien, à prendre ou à laisser.

« Lady Ashley porte une grande attention à notre affaire », avait dit Mr Lockwood, arrivé de bonne heure le matin même pour mettre au point la stratégie.

Miss de Vries avait eu une moue. Sur les nerfs, elle n'avait pas dormi de la nuit.

« Une mère poule... comme c'est charmant. »

Lady Ashley. Un nom dont elle hériterait, si l'affaire se faisait. Cela sonnait bien. Elle aimait plutôt ça.

Mr Lockwood avait détaillé le portefeuille des Ashley. Une imposante demeure de brique noire dans la partie la plus chic de Brook Street. Fairhurst, leur gentilhommière dans le Surrey, se trouvait dans la famille depuis le XVIIe siècle – lignes élégantes et beaucoup de pierre blanche. Leur résidence en Écosse, flanquée de drapeaux et de tourelles affreuses, arborait une couleur de terre cuite agressive. C'était une maison brute et hideuse, et elle sentait son cœur en battre de plaisir.

« Parlez-moi de leurs points faibles », avait-elle demandé à Mr Lockwood.

Il avait écarté les mains :

« Ce qu'on voit si souvent : une vieille fortune entièrement investie dans la terre. Ils meurent tout simplement d'envie de liquidités. »

Miss de Vries avait acquiescé :

« Va pour le thé, alors. »

Lord Ashley arriva à Park Lane tout seul, au volant d'une Victoriette[1] à deux places, le coude reposant sur la portière écarlate. « Papa aurait détesté ce petit véhicule automobile, pensa Miss de Vries. Il l'aurait convoité pour lui-même. » Elle se tenait derrière la fenêtre qui surplombait le porche et observa l'arrivée de monsieur le comte. À 4 heures à peine passées, le véhicule se gara le long du trottoir dans un bruit de ferraille. Elle se dirigea vers le sommet de l'escalier, se dissimulant derrière une des colonnes de marbre pour l'observer qui se précipitait à l'intérieur. Jeune – ou tout au moins pas beaucoup plus âgé qu'elle, vingt-quatre ans tout au plus. Pas grand. Sur les photos, ses traits paraissaient délicats, avec des sourcils pointus qui auraient pu être dessinés au pinceau. En chair et en os, il semblait plus compact, plus dur. Il avait un menton en galoche pesant, avec un côté mauvais.

Sa voix porta jusqu'en haut des marches.

— Seigneur, quelle odeur ! lança-t-il en ôtant vivement

---

[1]. Petite voiture découverte électrique du début du XXe siècle.

de son cou une écharpe de soie qu'il tendit au valet de pied. Putride !

C'était un timbre sec et une élocution nonchalante qui venait du fin fond de la gorge, ce que Miss de Vries enviait. Elle avait exercé sa propre voix avec beaucoup de soin, une discipline exceptionnelle, pour arriver au même résultat. Mais plus elle parlait, plus elle se fatiguait. Quelle liberté, de pouvoir simplement s'exprimer sans faire attention, sans prendre garde à l'endroit où vos paroles pouvaient atterrir.

— Quant aux courants d'air... ajouta-t-il en levant les yeux avec un froncement de sourcils. Cet endroit est épouvantable.

Miss de Vries se figea. Elle était entièrement d'accord avec lui. Mais elle lui en voulait de l'avoir énoncé. À tous égards, sa demeure était immense, plus que magnifique, édifiée à un coût inimaginable.

— Monsieur ?

Mr Lockwood était descendu pour l'accueillir.

— Il doit y avoir des rats dans cette maison. Vous ne sentez pas ? Ça pue. Quelque chose a dû crever dans un mur.

Cette réflexion aussi l'irrita. Bien entendu, ils avaient des souris. Même à Brook Street, ils devaient certainement en avoir. Ces petites bêtes se faufilaient sous les lattes des planchers, et mouraient là. L'odeur qu'elles dégageaient lui était à présent presque familière – suintante, nauséabonde, mêlée à celle du vinaigre et de l'eau de rose. Elle n'y faisait presque plus attention. Peut-être y avait-il des choses qu'elle ne remarquait pas.

Lord Ashley monta les marches deux à deux. Miss de Vries dut battre en retraite rapidement dans le salon.

Le temps que les doubles portes s'écartent, elle avait repris contenance.

— Lord Ashley, articula-t-elle en baissant la voix d'un cran, pour le figer sur place, donner le ton. Bonne après-midi.

Il entra d'un pas martial, toujours en train de pérorer :

— ... *et* les fenêtres sont orientées plein ouest – il fait ici une chaleur *effroyable*. Je ne sais pas comment vous pouvez supporter ça...

Miss de Vries n'avait absolument aucun effet sur lui.

Lord Ashley s'était assis le dos à la fenêtre. Plus elle le regardait, plus Miss de Vries trouvait qu'il n'était guère plus qu'un petit garçon. Beau ou laid, elle n'arrivait pas à se décider. Il avait un visage méchant, et sa coiffure retombait en une boucle qui paraissait collée à son front. Il étira largement les jambes, les talons glissant sur le tapis.

Mr Lockwood mena la conversation, et Miss de Vries dut reconnaître qu'il savait ce qu'il faisait. Les sujets semblaient n'avoir aucun lien entre eux. Les écuries de Lord Ashley, son opinion sur les chemins de fer, le coût des automobiles, la vulgarité des Américains. Mais Mr Lockwood les tricotait ensemble soigneusement, griffonnant de temps en temps dans son calepin, sans jamais cesser de sourire.

— Je suis d'accord, intervenait de temps en temps Miss de Vries.

Ils s'étaient entendus sur le fait qu'elle ne participerait pas davantage. Modestie, rectitude morale, dignité, elle respirait toutes ces vertus, maintenait en permanence une attitude parfaite.

— Vous ne pouvez pas apprécier la ville en été, décréta Lord Ashley en s'adressant à Lockwood, mais les yeux tournés vers Miss de Vries. Vous ne concevez sûrement pas de conserver cette demeure.

Un silence tomba, qui s'étira. C'était une remarque d'ouverture.

Miss de Vries posa sa tasse.

— Je…

— Et vous savez que nous n'apprécions pas l'allure des comptes. Les risques financiers sont beaucoup trop grands. Votre homme vous a-t-il fait part de mes vues ?

Miss de Vries vit les traits de Mr Lockwood se crisper devant l'impertinence du comportement. Que la maison de Vries soit tenue pour tellement vulgaire et basse d'extraction qu'il soit parfaitement raisonnable de la déprécier. Qu'on puisse simplement jeter aux orties les bonnes manières, croiser les jambes et boire bruyamment son thé, et tout bonnement marchander sans aucune trace de scrupules.

— Je ne suis pas douée pour les affaires, énonça Miss de Vries en se forçant à adopter une voix douce, mais je sais que mon père a laissé sa fortune en parfait état.

Un petit mensonge, tout à fait justifié.

Lockwood intervint rapidement :

— Nous gérons d'une main extrêmement rigoureuse les affaires de la maison.

Lord Ashley secoua la tête.

— Mais vous êtes toujours complètement investis dans l'or ! Vous devriez commencer par laisser tomber ça. Quant aux prêts, ils sont très mauvais, ils devraient être supprimés immédiatement.

Miss de Vries sirota son thé.

— À propos, ajouta Lord Ashley, dont l'intonation prit une nouvelle tournure. Qu'est-ce que c'est que toutes ces rumeurs à propos des affaires louches de votre vieux ?

Mr Lockwood se figea.

— Des rumeurs ? répondit Miss de Vries en étudiant ses doigts.

Mr Lockwood s'éclaircit la gorge.

— Les gens racontent toutes sortes de choses...

Lord Ashley observait Miss de Vries, regardant pour la première fois franchement dans sa direction.

— Je n'élève pas nécessairement d'objections, remarqua-t-il avec un rire nerveux.

Miss de Vries repoussa son siège.

Il y avait dans cette maison toutes sortes de boîtes. Des tiroirs, des récipients, des coffrets, des caisses en nombre incalculable, qui contenaient toutes sortes de choses. Certaines demeuraient ouvertes. D'autres étaient plombées, enfermées dans le marbre, derrière des barreaux, enfouies sous terre. Ce que Lord Ashley venait d'aborder appartenait à la catégorie des sujets tabous, mystérieux. Miss de Vries connaissait les règles : elle ne les avait pas établies ; personne ne les avait jamais énoncées à haute voix. Tout comme le souffle, c'était des choses qu'on appréhendait intuitivement. Dans de telles circonstances, on n'hésitait pas : on n'articulait pas un mot, on tournait simplement les talons et on sortait.

Elle se leva.

— Lord Ashley, dit-elle, je vous souhaite le bonsoir.

Plus tard, Mr Lockwood remonta la voir.
— Alors ? demanda-t-elle.

Elle n'appréciait pas de devoir quêter l'avis de Mr Lockwood dans quelque domaine que ce soit. Cela le rendait encore plus imbu de lui-même qu'il ne l'était déjà. Mais elle n'avait pas d'autre conseiller vers qui se tourner.

Il se gratta le menton.

— C'est un mélange curieux. Un effroyable snob, bien sûr, mais décidé à se tailler sa propre route dans le monde. Il a une compréhension lamentable, et je pèse mes mots, de l'économie. Il faudrait que nous prenions garde à toute interférence excessive. Mais aucun des points qui nous avaient auparavant valu des difficultés ne l'a ébranlé.

— C'est-à-dire ? interrogea Miss de Vries calmement.

Lockwood examina ses notes.

— Mon Dieu, par où commencer ? Querelles à propos de l'indivision, choix des curateurs, discussions sur la règle du tiers[1] et sur la dot. Les gens de son espèce négocient des contrats de mariage depuis la Grande Charte… mais Ashley est vif, il ne s'embarrasse pas des détails. Peut-être ne les comprend-il pas, ajouta-t-il avec un reniflement de mépris.

— Mr Lockwood, le réprimanda Miss de Vries, vous vous oubliez. Vous parlez à la future Lady Ashley.

On y gagnait à garder Lockwood à sa place.

Celui-ci haussa les sourcils, guère intimidé.

— Les détails inquiètent la *présente* Lady Ashley. Ses gens vont faire traîner les choses aussi longtemps

---

1. La règle du tiers garantissait aux épouses un intérêt à vie sur un tiers de la fortune du mari en cas de dissolution du mariage.

que possible. Leur orgueil y veillera, je vous l'assure. Nous allons avoir une série de négociations, si tant est que nous soyons même d'humeur à accepter une offre.

Miss de Vries sentit son cœur battre d'impatience.

— Eh bien, allez leur mettre la pression ! Vous l'avez dit vous-même : il se fiche pas mal des détails. Si les Ashley sont si désespérément à court de liquidités, alors, ils peuvent raquer et signer. Amenez-les au bal costumé. Que Lord Ashley voie le reste du monde à ma porte. S'ils ne le font pas, quelqu'un d'autre fera une offre.

Lockwood soupira, exprimant sa désapprobation.

— Ce bal...

Miss de Vries maîtrisa sa voix.

— Préoccupez-vous de vos affaires, Mr Lockwood. Je me préoccuperai des miennes.

Elle se rendit ensuite à l'étage supérieur et inspecta les cartons d'invitation. Elle avait refusé plusieurs essais. Celui-ci était le meilleur. Elle éprouva entre ses doigts l'épaisseur du carton, la gravure délicate, la bordure dorée et les volutes noires. L'or pour la noblesse, le noir pour les convenances.

— Bien, approuva-t-elle, et les domestiques se mirent à les empiler en les fourrant dans des enveloppes.

Des centaines et des centaines d'invitations.

Elle ferma les yeux, les imagina s'évanouir dans le circuit postal, poussées dans la rue à travers la ville, à l'aube. Fonçant dans South Audley Street, le long de Piccadilly, à travers Cadogan Place. Glissant, bondissant, scintillant. Déposées sur des plateaux d'argent, manipulées avec des gants couleur crème, ouvertes avec la lame d'un coupe-papier. Une centaine d'yeux prenant connaissance de la requête – puis deux cents, cinq cents, mille yeux : *La maison de Vries vous prie d'honorer de votre présence...*

Il était temps qu'elle se fasse remarquer.

De l'autre côté de la ville, Mrs King et Winnie étaient occupées à remplir leurs propres enveloppes. Courts messages et télégrammes, expédiés aux noms fournis par Mrs Bone. Des représentants à Paris, Hambourg, Naples, Saint-Pétersbourg, Philadelphie, tous avertis de l'arrivée imminente sur le marché de produits luxueux, de raretés et d'objets incroyablement splendides...

— De quel nom allons-nous les signer ? s'enquit Winnie en faisant une pause.

Les feuillets s'empilaient, se répandaient partout sur le sol de la maison de Mrs Bone à Spitalfields. Elles travaillaient dans une pièce aux fenêtres condamnées par des barreaux, et les hommes de Mrs Bone montaient la garde dans le couloir.

Surprise dans sa concentration, Mrs King se coupa inopinément avec la tranche d'une feuille. Elle suçota vivement la fine trace au bout de son index, laissant une tache sur le papier à en-tête, comme un pâle filigrane rosé. Signé de son sang.

— C'est toi la plus intelligente, répondit-elle. À ton avis ?

Le regard de Winnie brilla.

— Il faudrait quelque chose de ronflant, avec une signification. Qu'est-ce que tu penses des « Poissonnières de Paris » ? Ou bien du « Monstrueux régiment » ? Ou encore de « L'Armée de Boudicca » ?

— Nous ne sommes pas poissonnières, mais gouvernantes.

— Nous *étions* gouvernantes, répliqua Winnie avec virulence. Nous ne le sommes plus.

— On ne doit pas oublier d'où l'on vient, asséna Mrs King posément.

Elle sortit son stylo, et signa la première lettre avec un grand geste :

— *Les Gouvernantes*, ce sera parfait.

Au coucher du soleil, elles accompagnèrent le facteur *manu militari*, avec l'un des gardes au visage de marbre de Mrs Bone, pour transporter les sacs le long de la ruelle jusqu'à la boîte aux lettres.

Winnie tapota le sien lorsqu'on le lui prit des mains :

— Bon vent, murmura-t-elle.

Mrs King lui jeta un coup d'œil :

— Tout ça t'amuse.

Winnie réfléchit avec gravité.

— C'est vrai, admit-elle.

— Viens, dit Mrs King. Allons boire un verre.

C'est alors qu'elle ressentit cet éclair et ce fourmillement de plaisir, ce frisson de certitude. Elle avait son financement, ses femmes, son plan. Elle imagina que ses messages décollaient dans la nuit comme un vol d'étourneaux : tournoyant, ondoyant, rassemblant de la force comme un nuage d'orage. En direction de l'Europe, de l'Amérique, et au-delà. Répandant la nouvelle : il y avait à l'horizon un gros coup qui défiait l'imagination, une fortune à gagner…

« Bon vent », se répéta-t-elle intérieurement, tout au fond d'elle-même.

Alice descendit tandis que les autres domestiques s'acquittaient du service du dîner. Elle était à sa table de travail depuis presque quatre heures, la bouche sèche, la vue brouillée, la nuque raide d'une douleur récalcitrante. Le costume de Madame en était au point où c'était lui qui la contrôlait, et plus l'inverse. Défaire un point impliquait d'en défaire une douzaine d'autres. Les coutures des épaules étaient extrêmement délicates, aussi fines que des fils de vers à soie, et devaient soutenir un poids conséquent : la doublure somptueuse, les ornements en jais, l'ampleur considérable de la traîne. Chaque fois qu'elle la regardait, la robe semblait comme se débobiner, de plus en plus laide, de plus en plus fantaisiste, de plus en plus noire. Elle priait pour ne plus jamais revoir de crêpe de Chine de sa vie.

Miss de Vries ne l'avait pas demandée de la journée. Alice harcela les autres domestiques : Madame avait-elle fait mention de l'heure à laquelle elle voulait procéder à un nouvel essayage ? Avait-elle laissé le moindre message, des instructions pour elle ? Alice avait besoin d'être rassurée sur le fait qu'elle s'en tirait toujours bien, qu'elle excellait, qu'elle était en sécurité.

Le petit grouillot à l'air sournois, qui trimbalait un seau de charbon pour le fourneau, fixa la jeune femme sans détour :

— Et pourquoi *essque* vous posez tant de questions ?

— Dégage, espèce de petit rat! l'envoya-t-elle paître d'un ton cinglant en montrant les dents.

Il eut un sursaut, yeux écarquillés, puis détala dans la cour, son manteau loqueteux flottant dans la brise. Alice s'était surprise elle-même. Elle porta les mains à son crucifix. De toute façon, il était trop tard pour que Miss de Vries soit encore en train de dîner. De toute évidence, elle était préoccupée, absorbée par ses affaires.

Alice s'attarda dans le hall d'entrée, s'efforçant d'inventer des prétextes pour pénétrer dans la salle à manger. William, le valet de pied en chef, la remarqua en sortant.

— Vous feriez mieux de vous éclipser avant que Shepherd ne vous voie, lui conseilla-t-il en plissant les yeux, avant d'ajouter d'une voix plus douce : Qu'est-ce qui vous met dans cet état ?

— Rien, répondit-elle, inquiète.

— Hum, dit-il en détournant les yeux. Y aurait-il une tragédie dans l'air ?

Elle rougit et prit la poudre d'escampette, traversant le jardin, puis la cour. Mr Doggett et ses aides jouaient aux cartes à l'extérieur des écuries, expédiant leurs cendres d'une pichenette derrière les urnes ornementales. Ils ne remarquèrent pas Alice, ou bien elle supposa qu'ils ne prenaient même pas la peine de faire attention à elle, persuadés qu'elle n'était qu'une fille stupide et quelconque, sans objet dans cette maison, rien qui puisse la recommander. La robe de bal l'appelait en silence, lui commandait de revenir. Elle voulait l'éviter. Elle avait besoin d'une *pause*. Elle marcha d'un pas décidé jusqu'à la sortie des écuries, comme si elle était chargée d'une commission, d'une mission de grande importance. Elle franchit la porte donnant sur la ruelle au moment où les pendules sonnaient le quart d'heure.

Elle se figea.

Deux hommes se tenaient sous le réverbère, vêtus de pardessus somptueux bordés de soie. L'air embaumait le gardénia. Elle reconnut instantanément le parfum, puis leurs têtes.

Ils se dirigèrent vers la porte. Le plus grand des deux

167

souleva son chapeau et la salua, parfaitement courtois. Il affichait un sourire qu'Alice connaissait d'instinct, qu'elle aurait reconnu même si elle n'avait été qu'un nouveau-né. Danger, danger, danger.

Les agents de recouvrement l'avaient retrouvée, en fin de compte.

De toute évidence, ils ne la croyaient pas capable de s'enfuir. Ou alors, ils s'en fichaient. Ils continuèrent de lui sourire, d'un regard mesuré, comme pour dire : « De toute façon, on vous suivra à la trace. » Ils avaient un message, qu'ils lui tendirent sur un morceau de papier.

Elle ne l'ouvrit qu'une fois rentrée dans la maison, dans le couloir de la cuisine, dos au mur. Le souffle court, elle déchiffra les mots à la lumière de la lampe vacillante :

Une semaine.

15

Plus que douze jours

Il était temps de s'impliquer davantage en personne. Mrs King avait passé en revue les calculs avec Winnie. Elle avait besoin d'assez de bras pour manipuler les poulies, installer les treuils, emballer et pousser les caisses, démonter les glissières et les patins, soulever les meubles les plus lourds, et bien davantage encore. Elle se rendit alors sur les docks, à la villa de Mrs Bone, pour commencer les embauches. Le portier aux allures de spectre la dévisagea avec suspicion à la seconde où elle arriva.

— Mrs King ?

Elle leva les yeux et découvrit les deux Jane sur le seuil du salon aux inventions. Elles portaient des cols amidonnés et des tabliers à volants horribles.

— Ils sont là, annonça Jane-un.

Le long de la cour se dressait un vaste entrepôt dont Jane-un ouvrit le battant en le faisant coulisser sur son rail. Jane-deux tendit un papier à Mrs King.

— Les noms, dit-elle. Merci de le brûler après.

Elle pénétra dans le vaste espace où des lampes électriques crachotaient en projetant une faible lumière.

Tout l'entrepôt sentait le soufre. Les pavés avaient été balayés, frottés, rincés puis de nouveau balayés, et une demi-douzaine d'individus patientait sous un entrelacs géant de poutres métalliques.

— Où sont les autres ? murmura-t-elle aux Jane.

— Mrs Bone a dit d'acheter les contremaîtres, répondit Jane-deux. Ils recruteront le reste. Allez-y.

Mrs King s'en voulut : elle aurait dû savoir cela. Elle s'approcha lentement, sentit les hommes l'examiner. L'un d'entre eux avait l'air bien âgé : la peau parcheminée par le soleil, magnifiquement ridé. Les autres étaient des colosses à l'air brutal – bâtis comme des chevaux de trait et généreusement parfumés.

— Je vais vous parler du prix, entama-t-elle sans tourner autour du pot.

Ils froncèrent les sourcils, se consultèrent du regard, à la recherche d'un consensus. Le vieux secoua la tête.

— On connaît les prix.

Ils avancèrent d'un pas, puis d'un autre. De légers mouvements, tellement infimes qu'on ne les remarquait quasiment pas.

— Les risques, alors ?

Le vieux eut un nouveau hochement de tête.

— On les a aussi considérés.

Il sourit, découvrant une énorme dentition. Fausse, devina-t-elle, et payée à grands frais. Son haleine ne sentait pas l'alcool mais la viande.

Mrs King lui rendit son sourire.

— Alors, discutons de *vos* qualifications ?

À ces mots, ils se tortillèrent un peu, se grattèrent.

— Vous êtes une maligne, vous, hein ? répondit le vieux.

Mrs King soupira.

— Comme nous tous, non ?

Les yeux de l'homme, petits et insondables, étincelèrent.

— Vous devriez vous mettre davantage en valeur, ma petite.

Il tendit la main, glissa un doigt le long de la couture de son corsage.

— Si vous voulez imprimer votre marque.

— Je n'ai pas besoin d'imprimer ma marque, répliqua Mrs King sans broncher.

Il retira son doigt.

— Ah non ? Parce qu'on nous a fait venir ici pour présenter nos hommages et montrer nos qualifications, alors qu'on n'a jamais négocié avec vous de notre vie. Où est Mrs Bone ? demanda-t-il en penchant la tête.

— Elle est occupée ailleurs, répondit-elle avec un geste.

— Non, ça ne va pas le faire. Mes gars gèrent de Leman Street à Tower Hill. Joey ici présent s'occupe de tout ce qui est au nord de Crown et Shuttle. Walter Adlerian est bien au chaud à Limehouse. Et on discute les uns avec les autres. On compare nos notes, ma petite. Et qu'est-ce qu'on entend ? Du soir au matin, on entend parler d'une sympathique jeune femme qui s'active sur le territoire de Mrs Bone. Une toute petite chose, pas bien grosse, avec à peine quelques qualifications – entièrement aux commandes.

Voilà qui fit rire Mrs King. Elle aimait les négociations. Cela chassait sa nervosité.

— J'ai des qualifications.

Le sourire de l'homme s'élargit, dégageant les rebords de son dentier.

— Pour les petits boulots, pour la gratte. Piquer des plumes d'autruche et des conserves de viande. Il n'y a rien de mal à ça. Tout le monde à son niveau. Les riches dans leur château, les pauvres à l'entrée – tout est bien en ordre. (Il l'étudia de nouveau.) Mais votre venue nous amène à nous interroger.

— Sur quoi ?

— Sur l'imminence d'une tempête.

Mrs King réfléchit.

— Consultez un baromètre.

Il pencha un peu la tête.

— C'est ce que je fais, ma petite. Tous les matins. Je n'aime pas être pris par la pluie. Je n'aime pas les mauvaises surprises. Aucun d'entre nous n'aime ça.

Il leva un doigt.

— Ce dont vous avez besoin, on peut le faire. Et les yeux fermés. Nos gars, c'est le dessus du panier – vous le savez. Alors ne me demandez pas mes qualifications, poursuivit-il avec ses dents étincelantes. Mais laissez-moi vous donner un avertissement. Tout comme vous, on surveille les ennemis de Mrs Bone. On connaît Mr Murphy. Un homme d'honneur. Une bonne famille. Loyal. Très prudent. Il n'avance pas ses pions en cas de menace. Or, il est en train de les avancer sur Ruth Bone. Je le sens.

Mrs King demeura muette.

— Nos hommes sont eux aussi loyaux. Ils sont loyaux envers Mrs Bone depuis vingt ans. Mais nous, nous suivons la paie. Et si Mrs Bone court un danger, on doit réfléchir à nos options.

Mrs King comprenait parfaitement cette attitude.

— Mrs Bone ne court aucun danger, déclara-t-elle enfin. Elle sera là éternellement.

— Peut-être. Mais quelqu'un de nouveau lui fourre peut-être de grandes idées dans la tête. Lui fait prendre trop de risques. Dépenser sur son crédit. La toile d'araignée que nous tissons est une entreprise à l'équilibre subtil, fit-il avec un froncement de sourcils. Délicat. Nous n'avons pas besoin d'une nouvelle araignée pour détruire cet équilibre.

— Je ne suis pas une araignée, rétorqua froidement Mrs King.

— Alors vous êtes une mouche, répliqua le vieux, dont le regard la détailla rapidement. Ce qui fait de vous le repas de quelqu'un d'autre.

— Embauchés, annonça-t-elle aux deux Jane lorsqu'elle eut regagné la sécurité de l'intérieur de la maison.

— Avez-vous été satisfaite ? demanda Jane-deux.

— J'ai le choix ?

Les deux Jane réfléchirent, et Mrs King soupira :

— Laissez tomber.

Elles lui apportèrent du thé et des gâteaux sur le chariot à desserts qu'elles poussaient à toute vitesse, faisant tintinnabuler la théière de façon inquiétante.

— Du sucre, Mrs King ?

— Deux.

Elle avait envie d'un petit quelque chose de sucré, de réconfortant. Elle en fut surprise. Peut-être éprouvait-elle un minuscule soupçon de solitude, à poireauter sur les docks.

« Quand ce sera terminé, je pourrai aller vivre où je veux », songea-t-elle. Mais où cela pourrait il bien être ? Elle s'interdisait de trop anticiper. Cela menait à la complaisance, ce qu'elle ne tolérait pas.

Jane-un traîna des cordes qui chuintèrent sur le plancher.

— Voilà nos trapèzes, annonça-t-elle.

Mrs King les étudia. Quatre cordes, quatre guidons, deux barres de bois. Tout ça paraissait terriblement fragile.

— On a besoin d'un bon crochet solide quand on pratique le trapèze, expliqua Jane-un. Est-ce qu'on en aura un ?

Mrs King réfléchit au problème.

— On peut vous débarrasser du lustre, pour que vous vous serviez du crochet de la coupole dans le hall.

— Quelle sorte de coupole ?

— En verre.

— Renforcée par ?

— De l'acier, je suppose.

— Très bien, acquiescèrent les deux Jane avec un signe de tête.

Mrs King sentit, et ce n'était pas la première fois, que c'étaient elles qui l'éduquaient sur ce coup, et pas l'inverse.

— Bien. Alice peut s'assurer que vous y jetiez un coup d'œil.

Une lueur traversa les traits de Jane-un, et Jane-deux ferma les yeux.

— Quoi ? demanda Mrs King.

— Rien, répondit Jane-un.

Elles croisèrent les bras, impénétrables.

Mrs King se mit à rire.

— Ne me dites pas que vous entretenez de l'hostilité vis-à-vis de ma sœur !

— Elle nous semble être une personne inconstante, déclara Jane-deux.

— Rêveuse, compléta Jane-un. Une lavette.

— C'est un peu injuste, protesta Mrs King. Vous ne l'avez rencontrée qu'une fois.

— Nous avons des yeux, affirma Jane-un. Nos instincts.

— On utilise nos *voix*, rappela Jane-deux d'un ton cinglant, suivant les instructions reçues, pour souligner un risque.

— Inutile de faire descendre un canari dans la mine de charbon s'il est incapable de sentir le gaz, renchérit Jane-un. Alice Parker ouvre toujours des yeux ronds comme des soucoupes. On peut très facilement l'embobiner. Je connais ce genre-là.

— N'importe quoi, répliqua Mrs King en riant de nouveau. Alice a la tête bien sur les épaules, faites-moi confiance. Allez, retournez au travail, conclut-elle en les poussant hors de la pièce.

Néanmoins, elle réfléchit au sujet, un peu plus tard. Elle se souvenait de l'époque où elle portait sa petite sœur bébé. Alice devenait fréquemment toute rouge, se mettait à pleurer.

Des années auparavant, Mrs Bone avait été la première à le remarquer.

« Bébé a de la fièvre ? avait-elle un jour demandé.

— Je ne crois pas.

— Alors, pourquoi se met-elle dans tous ses états ? »

Alice se démenait avec frénésie, battant l'air de ses petits poings, pendant une éternité. Et puis, elle finissait par s'arrêter, toute pâle et grise, épuisée.

« On dirait une girouette, avait dit Mrs Bone. Elle ne sait pas dans quelle direction elle doit tourner. »

Mrs King détestait veiller sur Alice. Elle mourait d'envie de grimper à la gouttière, puis sur le toit, et de courir se cacher. Lorsqu'elle avait laissé derrière elle Alice, Mère et Mr Parker pour entrer à Park Lane, la perspective de ne plus avoir à s'occuper d'eux lui avait paru fabuleuse et géniale.

Elle se souvenait tellement bien du jour où elle avait quitté la maison. Mère était assise dans son fauteuil près de la cheminée. Un bourdonnement intense provenait d'un coin de la pièce, une guêpe piégée dans une toile d'araignée et qui tentait de se libérer. La poussière du foyer, solidifiée, était devenue poisseuse. Mère avait l'air encore pire que d'habitude, égarée. Un homme aux cheveux argentés et au manteau lustré était assis dans le fauteuil de Mr Parker, la main pressée sur le poignet de Mère. Le geste n'était pas amical.

« Vous n'avez aucune inquiétude à avoir », avait-il affirmé.

Mrs King, qui se tenait sur le seuil de la pièce, avait élevé la voix.

« Que lui dites-vous ? »

Elle avait enfermé sa peur tout au fond d'elle-même.

L'homme aux cheveux argentés s'était retourné. Elle se souvenait encore de son long regard, direct, indifférent.

« Beaucoup de choses, jeune dame. Qui ne vous sont pas destinées.

— Dinah… » avait soufflé Mère.

Ce n'était pas un ordre, ni même un appel – mais Mrs King était entrée, et avait soulevé Alice des genoux de Mère d'un bras ferme.

Elle avait détourné les yeux. Elle se refusait à voir le regard vide de sa mère.

« Votre fille sera dans une place excellente, poursuivit le monsieur. Une place *privilégiée*. Elle aura des gages confortables et pourra même peut-être envoyer un peu d'argent à la maison. »

Face à la fenêtre crasseuse, Mère absorbait la lumière du jour, l'aspirait.

« Je ne sais pas », avait-elle dit enfin.

Mrs King se souvenait de ce qu'elle avait ressenti en comprenant que l'on parlait d'elle. Qu'on organisait quelque chose qui la concernait.

« Parfait, Mrs Parker », avait dit l'homme.

Il lui avait relâché le poignet, avait examiné ses propres ongles.

« Nous enverrons quelqu'un chercher la jeune Dinah ce soir. »

Mrs King se souvenait d'avoir déplacé Alice entre ses bras.

« Pourquoi ? » avait-elle demandé.

Aujourd'hui, elle aurait exigé une réponse, par quelque moyen que ce soit. Et ne pas l'obtenir aurait été inconcevable. Mais, à l'époque, elle n'était encore qu'une gamine, et ce n'était pas inconcevable.

Le monsieur l'avait de nouveau regardée.

« Tenez votre langue », lui avait-il enjoint.

Mère ne l'avait pas admonesté, ne semblait même pas l'avoir entendu. Alice chouinait, comme si elle n'était pas encore décidée à se mettre à pleurer.

Inconstante, avait dit Jane-deux. Mrs King n'appréciait pas ce mot, associé à Alice. Évidemment, il viendrait un moment où Miss de Vries essaierait de se lier d'amitié avec elle. Mrs King avait déjà été témoin avec d'autres filles de cette approche paresseuse et oblique. Presque comme un alligator gobant des mouches dans un bâillement. Madame aimait former des alliances dans les quartiers inférieurs, contournant l'ordre naturel des choses : elle court-circuitait le majordome, la gouvernante, les premiers domestiques, tous ceux qui étaient sur leurs gardes. Il n'y avait pas franchement de mal à ça. Elle aimait simplement avoir dans la poche une humble petite personne. Nul doute que cela lui donnait l'impression d'être plus importante qu'elle ne l'était.

« Alice pourrait bien se faire avoir », pensa Mrs King.

Puis elle écarta cette idée. C'était peu vraisemblable. Alice partageait le même sang que Mrs King. Il y avait sûrement des filles qui se seraient laissées aller pour Miss de Vries. Qui auraient cédé à toutes sortes de fantasmes – rêvassant à son propos, lui collant aux basques, désireuses de posséder tout ce qu'*elle* possédait. Mais Alice n'était pas une imbécile. Elle savait où était son intérêt. Elle voulait sa rémunération.

La veille encore, lorsque Mrs King était allée chercher son rapport, elle le lui avait dit.

« Écoute, je suppose que je ne pourrais pas avoir une avance, n'est-ce pas ? » avait-elle demandé.

Mrs King en avait éprouvé de l'agacement. D'abord Mrs Bone, et maintenant les autres.

« Certainement pas, avait-elle répliqué. Je ne peux pas t'accorder de faveurs particulières, je te l'ai déjà dit.

— Je posais juste la question », avait protesté Alice d'un air gêné.

Mrs King s'était radoucie.

« Pourquoi ? Il y a un problème ? »

Les traits d'Alice s'étaient durcis. Mrs King avait reconnu ce comportement. C'était le sien.
« Pas le moins du monde, avait doucement répondu sa sœur. Et je n'ai rien à signaler. »

16

Plus que neuf jours

Miss de Vries entendit William et les autres valets de pied trier le courrier dans le hall d'entrée. Ils allaient chercher des plateaux supplémentaires. Elle comprit ce que cela signifiait. Les réponses arrivaient, ce qui la mettait sur les nerfs.

— Alice ? appela-t-elle à travers le salon d'habillage.

La jeune femme apparut, empressée mais fatiguée : la peau grisâtre, le cheveu tiré en arrière. Elle planta son aiguille dans la poche de son tablier, s'essuya les mains.

— Oui, Madame ?

Elle semblait avoir la gorge sèche.

— Je suis en retard. Iris a pris sa demi-journée de congé. Apportez-moi des robes d'après-midi, voulez-vous ?

Alice ouvrit grands les yeux, et Miss de Vries savait pourquoi. Les couturières cousaient. Elles ne faisaient rien de plus. Les règles dans le quartier des domestiques étaient rigoureuses, inflexibles. Mais Miss de Vries prenait toujours plaisir à ça, les déstabiliser. Cela calmait sa propre agitation.

— Certainement, Madame, répondit la jeune femme en quittant rapidement la pièce.

Elle avait très envie d'impressionner Miss de Vries, ce qui plaisait tout autant à celle-ci.

Alice revint avec deux robes.

— Peut-être celles-ci, Madame ? Le crêpe tout simple ou bien le crêpe avec du jais.

— Choisissez, répondit Mrs de Vries avec un geste du bras.

Alice hésita.

— Le simple. Il vous va mieux, ajouta-t-elle en rougissant légèrement, comme pour se mettre à l'épreuve.

Mrs de Vries se mit à rire.

— Vous auriez dû me dire qu'ils sont tout aussi seyants l'un que l'autre sur moi !

Alice rougit.

— Je vous demande pardon, Madame.

Miss de Vries tendit les poignets pour que la jeune femme la déboutonne.

— Je suppose que je vais donc devoir renoncer au jais. Prenez-la, dit-elle en croisant le regard d'Alice.

— Moi ? dit celle-ci en baissant les mains.

— Assurément. Sinon, elle finira mangée par les mites. Dorénavant, je ne peux plus la porter.

Alice recula d'un pas.

— Je ne voulais pas commettre d'impair, assura-t-elle avec un froncement de sourcils.

Miss de Vries s'étudia dans le miroir.

— Ce n'était pas le cas. Vous avez l'œil, vous le savez, poursuivit-elle en ajustant la dentelle autour de son cou. Vous pourriez en remontrer à Iris.

Elle ne regarda pas Alice, sachant quel effet produirait

sa déclaration. Chaque fois, c'était la même chose. Son interlocutrice piquait un fard, protestait, manifestait une jolie confusion. Ces jeunes servantes étaient des jouets tellement adorables. Si on les cajolait assez longtemps, elles se laissaient aller à toutes sortes de potins. Les femmes de chambre sortaient toutes du même moule, parfaitement formées, plus impénétrables. Elles avaient servi de plus grandes dames dans des maisons encore plus grandes que celle-ci. Quelquefois, elles en désarçonnaient Miss de Vries elle-même. Mais Alice était timide, une petite souris qui goberait les bonnes friandises.

— Je ne peux pas accepter ça, Madame, déclara la jeune femme d'un ton sérieux en tenant la robe à bout de bras, comme si elle en avait peur. C'est trop généreux.

Miss de Vries se retourna, surprise. De toute évidence, cette souris-là avait plus de volonté qu'elle ne s'y attendait.

— Que voulez-vous dire ?

La jeune femme avait l'air grave. Elle hésita, comme à la recherche de la réponse adéquate.

— Vous pourriez désirer la garder pour vous.

Cela paraissait peu probable à Miss de Vries. Les robes noires l'ennuyaient déjà à périr. Encore six mois à patienter avant le demi-deuil – l'attente était intolérable.

— Comme vous voudrez, répliqua-t-elle. La prochaine fois, je saurai qu'il ne faut pas vous gâter.

À cet instant, William frappa au loin à la porte de la chambre.

— Le courrier, Madame, annonça-t-il.

— Entrez.

William déposa le plateau d'argent à la porte. Les domestiques masculins ne pénétraient jamais dans son sanctuaire.

— Ouvrez-les, demanda-t-elle à Alice d'un ton négligent, l'estomac noué. Dites-moi qui nous pouvons attendre.

Elle se rendit à la fenêtre, se concentrant sur les voilages.

— Très bien, Madame.

Alice se mit à ouvrir les enveloppes. Une minute s'écoula.

— Eh bien ? s'enquit Miss de Vries.

Alice leva les yeux, et lui jeta un regard furtif.

— J'ai mis les refus de ce côté-ci, Madame.

— Les refus ?

— Et les acceptations, juste là.

— Qui a accepté ?

— Le directeur général de la Quaker Bank. Mrs Doheny et son fils. Charles Fox et Mrs Fox.

Des banquiers. Des Américains. *Des industriels.*

— Et les refus ?

Alice triait les enveloppes comme une machine.

— La marquise de Lansdowne. Lord et Lady Selborne. Les Gascoyne-Cecil. Lady Primrose.

Les voisins les plus huppés.

— Cessez, dit Mrs de Vries, je continuerai moi-même.

— Mais il y en a des douzaines, Madame.

— Je vous ai dit de les laisser.

Alice reposa les enveloppes sur le plateau

— Très bien, dit-elle d'un ton de nouveau sérieux.

Miss de Vries se retourna pour bien la regarder. La

jeune femme la fixait, et il y avait dans ses yeux quelque chose que Miss de Vries n'aimait pas tout à fait. Ni jugement ni dérision. Une minuscule lueur de sympathie.

— Souhaitez-vous toujours que je prenne vos mensurations aujourd'hui, Madame? demanda-t-elle prudemment.

Ce n'était pas une pique, mais Miss de Vries la prit néanmoins comme telle. À quoi bon reprendre des mesures, essayer de nouveau sa robe, si c'était pour n'être vue que par des poissonnières et des banquiers? La colère la démangeait.

— Non, répliqua-t-elle d'un ton sec. Certainement pas.

L'expression d'Alice trahit un éclair de résignation, et elle s'apprêta à redescendre. Comme si elle savait qu'il ne fallait pas insister, ce qui aurait donné à Miss de Vries le sentiment d'être manipulée, ou qu'on s'intéressait un tant soit peu à elle. C'était une sensation curieuse.

— Vous pouvez disposer! lança vivement Miss de Vries pour s'assurer qu'Alice partait parce qu'*elle* l'avait ordonné. Je vous ferai chercher si j'ai besoin de vous.

*

Miss de Vries se rendit ensuite dans le jardin d'hiver et demanda un thé, qu'elle but sur la banquette en coin près de la fenêtre, dissimulée derrière les fougères. Elle étudia Stanhope House, un peu plus bas dans la rue. Bien entendu, *ceux-là* viendraient. Les fabricants de savon ne posaient aucun problème. Sa soucoupe lui brûlait les doigts.

Devait-elle annuler la réception ? Non, impossible. Le bal était comme une tempête qui gagnait en intensité par sa seule force. Elle en ressentait la pression sous son crâne. C'était un pari, et elle ne redoutait jamais de parier. Elle avait déjà pris le plus grand de tous les risques. Elle en avait la preuve tous les jours.

Elle souffla sur son thé – pour le refroidir, le maîtriser, le remettre à sa place.

En contrebas, sur le trottoir, Jane-un et Jane-deux descendaient Park Lane en un quickstep bien réglé. Elles pratiquaient leurs enchaînements. L'une d'entre elles accélérait le pas, puis l'autre. Il fallait se montrer vigilant, ne pas battre des paupières. Sinon, on n'était plus synchronisé – on perdait. Elles se baissaient et serpentaient le long de la rue.

Jane-un actionna la sonnette de l'entrée des fournisseurs. Jane-deux glissa dans son sac une clé à molette tirée de sa poche.
— Prête ?
La question était presque inutile. Jane-un acquiesça :
— Prête.

Le majordome les reçut dans son bureau. Il sentait les lampes à gaz et transpirait sans interruption. Dans l'entrée des domestiques régnait un sentiment général de désordre et de confusion, que les Jane avaient immédiatement perçu. Des fournisseurs patientaient à la porte, des caisses s'empilaient dans le couloir à l'extérieur de la cuisine, des filles de cuisine s'affairaient en tournicotant frénétiquement sans but. Cette maisonnée avait perdu son Monsieur Loyal. Le chaos s'insinuait partout avec délectation.

— Nous sommes en ce moment à la recherche d'une gouvernante, les informa Mr Shepherd. C'est *elle* qui devrait vous faire passer l'entretien, mais nous n'avons pas encore trouvé de candidate satisfaisante…

Les Jane le savaient déjà. Mrs King et Hephzibah avaient rendu visite au bureau de placement préféré de Mr Shepherd. Ses missives requérant de nouvelles candidates ne cessaient de disparaître. Les Jane en avaient elles-mêmes fauché une ou deux.

Mr Shepherd leva les yeux :

— Vous avez des références dithyrambiques. Vous avez servi une… Mrs Grandcourt ? C'est cela ?

— Oui, répondirent-elles.

— Oui, Mr Shepherd, rectifia-t-il en reniflant.

— Oui, Mr Shepherd.

Il se gratta le nez.

— Vous avez été formées dans l'hôtellerie, n'est-ce pas ?

Jane-un le sentit l'étudier tel un boucher vérifiant des pièces de viande : le cou, la poitrine, les cuisses, la taille.

Elle demeura de marbre.

— Oui, monsieur.

— C'est ce que je pensais. Mais vous n'avez pas travaillé dans une grande maison auparavant ?

— Pas aussi grande que celle-ci.

— Ma foi, c'est tout à fait compréhensible. Bien peu l'ont fait, ma petite. Êtes-vous de bonnes chrétiennes ?

Elles le fixèrent.

— Eh bien ?

— Oui, répondirent-elles à l'unisson.

Mrs King leur avait également fait la leçon dans ce domaine. Mr Shepherd appréciait les élocutions bien nettes, dépourvues de tout accent révélateur d'origine sociale ou géographique. Cela dénotait une volonté d'élévation.

«Mr Shepherd est un grand partisan de l'élévation», avait ajouté Winnie Smith d'un ton plat.

— Montrez-moi vos mains.

Elles lui fourrèrent les doigts dans la figure, le faisant sursauter et renifler des relents de savon carbolique et de produits chimiques.

— Bien, très propres. Ongles soignés.

Il fourragea de nouveau dans ses papiers, et Jane-un agita les doigts.

— Oui, c'est bon... (Une idée le traversa:) Vous savez que vos gages ne comprennent pas d'allocation de sucre ou de thé?

— Nous ne buvons pas de thé, répondit Jane-deux.

Voilà qui plut également à Mr Shepherd.

— Très bien. Tout à fait économe.

— Nous sommes économes, répliqua Jane-un en pressant de nouveau les paumes sur son bureau. Nous partagerons nos rations entre nous.

— Ha ha, deux pour le prix d'une, rit Mr Shepherd, apparemment prêt à régler cette affaire. Eh bien, considérez-vous comme prises à l'essai.

Elles acquiescèrent, se reculèrent.

— Nous allons donc maintenant rencontrer la maîtresse, dit Jane-deux.

— Rencontrer la... non, certainement pas. Madame m'a délégué tout ce qui concerne les affaires de service.

— Mais engager des domestiques est une de ces tâches pour lesquelles le jugement de la maîtresse doit s'exercer assidûment.

— Tout à fait, tout à fait, répondit Shepherd avant d'ajouter un peu plus fermement : Et je respecte tout à fait consciencieusement les prescriptions de Madame en la matière. Donc, fit-il en se redressant sur son siège, pas un mot de plus sur le sujet, Miss… Miss… fit-il, s'efforçant de toute évidence de se rappeler leur nom.

— Jane, répondirent-elles de conserve avec force.

Il ne fut pas facile de tout dissimuler. Les perches extensibles, les trapèzes, l'échelle de secours, les filets, les treuils, les vilebrequins, les plates-formes, les poutrelles. Tout cela devait être entreposé dans les combles, immenses, accessibles par les tuyaux de descente, et si l'on s'y prenait rapidement, on pouvait hisser des éléments depuis le jardin. Winnie leur avait fourni des instructions détaillées.

« Vous trouverez des œils-de-bœuf ici, là et là, avait-elle expliqué en les désignant sur le plan. Vous pouvez facilement y installer des poulies pour descendre jusqu'au sol. »

Jane-un lui avait trouvé une expression bizarre.

« Vous adorez cet endroit, n'est-ce pas ? »

L'idée avait paru surprendre Winnie.

« Non, avait-elle répondu d'un air grave. Mais je le connais très bien. »

Le soir même, elles entamèrent les opérations. L'odieuse cuisinière les informa qu'elles devaient être enfermées dans leur chambre la nuit, ce qui nécessitait un examen immédiat des tuyaux de descente et des gouttières. Elles furent satisfaites des résultats. Jane-un adorait les maisons modernes. Les dimensions en étaient totalement vulgaires, bien sûr – tout le monde savait ça –, mais les travaux étaient de premier ordre. Elles patientèrent jusqu'à ce que le calme et le silence commencent à tomber sur la maison, puis se faufilèrent à l'extérieur par la fenêtre.

Elles durent s'interrompre dans leur ascension vers le toit. Jane-deux enfonça son pied dans l'épaule de Jane-un.

— Qu'y a-t-il?
— *Chut*.
— C'est *lui*?
— J'ai dit «chut».

Elles l'avaient immédiatement repéré: un petit lampiste à la tête de rongeur, qui effectuait aussi toutes sortes de courses dans la maison. Nez collé à la vitre, il regardait par la fenêtre du quatrième étage, les yeux levés vers le ciel. Jane soupira intérieurement. Ce n'était pas le moment de contempler les étoiles.

Enfin, Jane-deux lui redonna un coup de pied.

— Il est parti. Viens.

Jane-un inspira. Elle n'avait pas pratiqué l'escalade sur une aussi grande hauteur depuis longtemps. Là résidait le problème, quand on travaillait pour Mrs Bone. On se ramollissait, on oubliait son entraînement. Elle ferma les yeux.

— Tu sens une crise? chuchota Jane-deux.

— Non je sens juste ton gros popotin dans ma figure, marmonna Jane-un.

Elles reprirent leur ascension.

Une fois la poulie mise en place, elles durent installer

un rembourrage pour isoler les planchers des combles. Elles ne pouvaient se permettre que qui que ce soit dans le quartier des domestiques surprenne des grincements de pas au-dessus de sa tête. Winnie avait acheté un nombre impressionnant de tapis persans, que des hommes de Mrs Bone avaient livrés la nuit en sautant par-dessus les murs. Le plus grand avait adressé un clin d'œil à Jane-deux lorsqu'il avait atterri à ses pieds.

« Vous avez fait ça plutôt bien, avait-elle remarqué en l'évaluant du regard.

— Je fais des tas de choses plutôt bien, avait-il répliqué en lui rendant la pareille.

— Moira! avait soufflé Jane-un en titubant sous le poids des tapis. Pour l'amour de Dieu! »

La nuit suivante, elles faillirent se faire surprendre en hissant jusqu'au grenier des caisses destinées à être remplies le soir du bal. Deux des petits valets étaient encore debout longtemps après l'extinction des feux. Ils avaient entrebâillé leur fenêtre pour fumer des cigarettes de contrebande, discutant à voix basse. Jane-deux dut lancer un sifflement étouffé, sa meilleure imitation du chuintement d'une chouette. À ce moment-là, au moins deux douzaines de types crapahutaient déjà sur le toit des écuries pour accéder au jardin et à l'aile est de la maison. Ils se figèrent, accroupis sans bouger jusqu'à ce que les valets éteignent leurs lumières et que la fenêtre se referme dans un battement.

Sinon, par ailleurs, les domestiques ne prêtaient aucunement attention aux Jane. La cuisinière émettait un certain nombre d'opinions virulentes et offensantes, mais les Jane connaissaient leurs droits : elles avaient été embauchées en tant que femmes de chambre, elles étaient donc en dehors de sa juridiction. Les petits valets de pied se sentaient, soit trop supérieurs, soit trop maladroits, pour parler aux filles. Le valet de pied en chef était très beau, mais la beauté n'impressionnait jamais les Jane. Les autres femmes de chambre fumaient, surveillaient leurs rations de thé, prenaient les revues illustrées et essayaient d'échapper à leurs tâches dès que cela leur était possible. Dans la perspective du bal, un bataillon de nouveaux employés débarquait tous les jours. Serveurs, remonteurs de pendules, nettoyeurs de vitres, mécaniciens, et un type avec un magnifique toupet spécialisé dans l'art topiaire. En d'autres termes, les Jane se fondaient totalement dans le paysage.

— Ça va être facile, remarqua Jane-un.

— Trop facile, rétorqua Jane-deux. Et note ça dans le relevé. Quand on se repose trop sur un présupposé, ça se traduit toujours par un jour de retard.

Jane-un leva les yeux au ciel, mais s'exécuta.

Elles ne croisaient Mrs Bone que lorsqu'elles traversaient la cuisine. Elles la surprenaient toujours dans une position dégradante, à batailler avec un seau et une serpillière, en général à quatre pattes, totalement soumise à la tyrannie de la cuisinière.

« Une tasse de thé, les filles, je vous en supplie, avait-elle chuchoté lorsqu'elles l'avaient trouvée en train de récurer le sol de l'office, les mains pleines de cloques dues au lait de chaux, les yeux fous et injectés de sang. Je suffoque.

— Désolées, Mrs Bone, avaient-elles répondu. On ne peut pas se permettre d'être vues en train de sympathiser avec vous. »

Quant à Alice Parker, elle se trouvait en permanence

dans les appartements de Madame, à coudre toute la journée.

« Alors, les filles, avait dit Winnie lorsqu'elle était venue pour l'un des rapports journaliers. Mrs King m'a fait part de vos objections à propos d'Alice. Dites-moi quel est le problème. On ne peut pas avoir de dissensions dans les rangs.

— Nous ne souhaitons pas douter d'Alice Parker, avait répondu Jane-deux avec gravité. C'est pourtant le cas.

— Mais ce n'est pas logique. Elle n'a rien fait de mal. »

Jane-un avait soupiré.

« Elle ne descend jamais pour le dîner. Elle reste à l'étage, à rêvasser toute la journée à propos de Madame.

— Ce sont là ses instructions.

— Nous avons toutes reçu nos instructions, avait rétorqué Jane-un d'un ton cinglant. Mais inutile d'en perdre les pédales. »

Winnie avait secoué la tête, tout comme l'avait fait Mrs King.

« Pas de récriminations, les filles. Vous connaissez les règles. »

Elles avaient haussé les épaules. Pas la peine d'ameuter les foules si personne ne voulait les entendre. Pour ce qui était de Miss de Vries, elles la croisaient rarement, ce qui les soulageait. Impossible de faire confiance à une fille qui avait manifestement passé beaucoup de temps à exercer aussi bien son élocution que ses mouvements. Ici, les gens parlaient d'elle comme si elle était remarquable : prodigieusement calme, sage, sereine. Mais pour les Jane, Madame n'était qu'un tyran. Quand les petits valets laissaient tomber quelque chose par maladresse, elle en tirait du plaisir. Lorsqu'ils ouvraient la bouche, elle grimaçait, comme si leur haleine empestait. Elle isolait les gens, leur confiait des tâches inutiles.

« J'ai besoin d'un papier, avait-elle dit un jour à Jane-un. Une lettre. Je n'ai aucune idée de l'endroit où je l'ai mise. Trouvez-la, s'il vous plaît. »

Une seule feuille de papier, dans une maison aussi énorme, aux placards et tiroirs innombrables ? Le soir même, Jane-deux avait noté ça dans son relevé des risques.

« Elle est toujours en train d'inspecter quelque chose. Si on déplace un objet, elle va le remarquer. Cela peut poser un grave problème. »

Jane-un était en train de pratiquer ses appuis renversés, exercice qui l'aidait à se concentrer. Elle pouvait considérer les plus infimes recoins de la demeure, le moindre de ses atomes. Elle était capable de suivre des millions de fils, de longues successions de chiffres. Rideaux, stores, ampoules, figurines, fixateurs de tapis et bougies.

« Tu te fais trop de mouron, avait-elle répondu, la tête en bas. »

17

Plus qu'une semaine

Mrs King avait repoussé cette corvée le plus longtemps possible, mais elle ne pouvait plus attendre. Il ne restait plus qu'une semaine. Il était temps de voir William.

Certains rendez-vous l'emballaient. D'autres l'amusaient. D'autres encore étaient ennuyeux mais nécessaires. Celui-là était différent. Il impliquait de faire renaître et réveiller des sentiments.

De l'autre côté du salon à inventions de Mrs Bone, Winnie la regardait.

— Quelque chose te tracasse, remarqua-t-elle.

— Pas le moins du monde, répondit sèchement Mrs King en boutonnant ses gants.

— *Qui* vas-tu voir, as-tu dit?

Mieux valait ne pas embrouiller la situation.

— William.

— Tu plaisantes.

Mrs King boucla sa ceinture, tirant dessus d'un geste vigoureux.

— À propos d'un détail minuscule. Je ne l'aurais

même pas mentionné si tu ne m'avais pas posé la question.

Winnie se hérissa instantanément.

— Dis-moi !

Elle était de plus en plus tendue. Depuis qu'elle avait découvert le secret de Mrs King, elle se mettait facilement en colère. « La confiance est quelque chose de tellement précieux », songea Mrs King avec lassitude. Elle se rompait si facilement, et se réparait avec difficulté.

— Non, déclara-t-elle fermement. Non.

Elle aurait peut-être gardé son sang-froid si elle avait dormi correctement. Elle aurait peut-être encore davantage mis Winnie dans la confidence. Si quelqu'un pouvait comprendre, c'était bien elle. Elle compatissait aux affaires de cœur. Mais Mrs King était de plus en plus fatiguée, fébrile, et le temps lui manquait.

Winnie s'effaça pour la laisser passer. Qu'aurait-elle pu faire d'autre ? La pousser pour l'empêcher de sortir ? Elle était incapable de gagner une lutte, et elles le savaient toutes les deux.

— Bonne journée, alors, souffla-t-elle d'une voix tendue.

— Bonne journée, répondit Mrs King, encore plus tendue.

Mrs King se tenait à l'entrée du jardin de la résidence de Park Lane. La chaleur qui montait rendait la poignée de la porte brûlante. Ici, dans l'ombre de la maison, le monde était devenu silencieux, comme privé de souffle. Les branches des cyprès immobiles s'affaissaient. Le ciel, couleur de poussière, semblait plus démesuré que jamais.

Mrs Bone avait rapporté le résultat de sa surveillance : il sortait fumer une cigarette à 2 heures et demie. Tous les jours. Sans exception.

Elle avait plissé les yeux.

« Tu rendais bien visite à un galant la nuit, non ?

— Ne prêtez pas attention aux bavardages, Mrs Bone. »

Ses affaires ne regardaient qu'elle. Elle se rappela sa résolution : ceci n'était pas un rendez-vous romantique. Elle réglait les détails en suspens. Il ne s'agissait que de business.

À l'heure dite, des pas résonnèrent de l'autre côté du mur.

Une allumette qu'on grattait, le craquement de l'étincelle. Il allumait une cigarette. Pourquoi ? Pour se calmer ? Se remonter le moral ?

Un long silence suivit. Il tirait une bouffée.

De l'autre côté de la porte, elle prit une profonde inspiration – et tendit l'oreille.

Il faisait les cent pas. Elle l'entendait tourner, lentement, autour de cet endroit calme à l'ombre derrière le massif.

Le moment était venu.

— Quelque chose te préoccupe ? lança-t-elle à travers le battant.

Un pigeon s'envola du mur dans un battement d'ailes agité, brisant la tranquillité. Elle sentit plutôt qu'elle n'entendit son léger sursaut.

— Dinah ?

— Ouvre la porte.

Un nouveau silence. Les mains derrière le dos, elle leva les yeux sur la maison. Lorsqu'elle n'était encore que femme de chambre, moins embarrassée par sa propre dignité, elle avait l'habitude d'ouvrir une fenêtre des combles à la première lueur du jour. Elle grimpait sur la balustrade et déambulait lentement, tranquillement, sur toute sa longueur. Elle s'entraînait à marcher plus rapidement, puis à courir dessus sans crainte. Will l'avait une fois repérée depuis un rebord de fenêtre dans le quartier des messieurs. Il avait haussé un sourcil, eu un salut d'un geste du doigt, qui signifiait: «Bravo». Il venait d'arriver, à l'époque, avait le même âge qu'elle, vingt et un ans, et toute la vie devant lui.

Elle l'entendit marmonner de l'autre côté un «Bon sang!» puis elle perçut le raclement du verrou.

Elle quitta le monde extérieur pour pénétrer dans le jardin.

— Salut, toi, dit-elle avec un sourire en refermant la porte derrière elle d'un coup de pied.

Dès qu'elle franchit le seuil, l'atmosphère changea. S'épaissit. Elle vit des pavés inégaux, aux bords irréguliers, des fougères.

William se tenait là, grand et brun, qui l'observait. Il chassa de la main des mouches qui tournoyaient paresseusement autour de sa tête.

— Qu'est-ce que tu fabriques ici? demanda-t-il.

— Juste une petite visite.

— Une visite? répéta-t-il, incrédule.

— Je me suis dit que j'allais te faire un petit coucou.

Une lueur dansa dans le regard de William. «De la douleur, encore et encore», se dit-elle, il était loin de lui pardonner. Elle tendit la main, lui effleura le bras. Il brûlait sous sa veste. Même à travers l'épais coton bleu marine, elle le sentait. La chair brûlante et le muscle tendu à l'extrême.

Il retira son bras d'un mouvement brusque.

— Tu devrais dégager, tu n'as pas intérêt à être vue ici.

— Il n'y a pas de mal à ça.

— *Moi*, je ne veux pas être vu avec toi. J'ai déjà suffisamment de travail à essayer de rebâtir ma réputation.

Il paraissait fatigué. Ce n'était pas un gros dormeur. C'était d'ailleurs comme ça que les choses avaient commencé entre eux. Un soir, il avait proposé: «Une petite promenade?» La soirée était humide et nuageuse. «Oui», avait-elle répondu, et ils avaient escaladé le mur comme si c'était la chose la plus naturelle du monde. Ils avaient marché des kilomètres. Dans des rues désertes, où des flèches d'église blanches se dressaient dans la brume tels des fantômes. La ville leur appartenait entièrement. Et lorsqu'ils étaient rentrés, Park Lane leur avait paru encore plus petit qu'avant.

— Écoute, déclara Mrs King, je suis venue faire amende honorable.

Elle se percha sur le banc de pierre bas à côté du bassin. Le treillage parvenait à la dissimuler depuis la maison, mais tout juste.

— Amende honorable? répéta-t-il en la fixant. Qu'est-ce que tu fabriquais, Dinah?

Elle demeura de marbre.

— Je te l'ai dit. J'avais juste besoin de chercher quelque chose dans le quartier des messieurs. Je ne savais pas qu'on me surveillait.

— Chercher quoi?

Elle ne fit pas ce qu'elle aurait fait avec Winnie, ou

bien Mrs Bone, ou les autres. Elle ne lui adressa pas de sourire taquin avec un geste du doigt. Sérieuse, elle répondit :

— Je ne peux pas te le dire. Ne me pose donc pas de question.

— Je ne peux pas y croire ! s'exclama-t-il avec colère.

— La vie est belle de l'autre côté, Will. Tu devrais réfléchir à quitter le service. Réévaluer tes perspectives. Il serait peut-être temps d'essayer autre chose.

— Oh, vraiment ? répliqua-t-il d'un ton cinglant.

— Vraiment. Tu pourrais apprendre à conduire une automobile. Devenir chauffeur. Ça paye bien. Les horaires sont confortables. Et pour ta peine, tu pourrais avoir une chambre dans un grenier à foin. Imagine tout ce que tu pourrais faire dans un grenier à foin, ajouta-t-elle avec un sourire.

Il demeura muet un moment, comme s'il s'efforçait de la déchiffrer.

— Et toi ? dit-il enfin.

— Quoi, moi ?

Il pencha la tête sur le côté.

— Quel est ton projet ? Devenir couturière ? Ouvrir une épicerie ? Monter un bordel ?

— Dans ce quartier ?

Mrs King renversa la tête en arrière, la maison la dominait de toute sa blancheur éblouissante.

— Pourquoi pas ? Je ferais des affaires en or.

William écrasa sa cigarette.

— Eh bien, moi, je me porte très bien comme ça, merci.

Elle ressentit dans la poitrine un petit pincement de déception. Elle étudia William. La ride nette de son front. L'inclinaison de ses yeux écartés. Elle connaissait ses épaules, son torse, les muscles autour de sa cage thoracique. Elle savait à quoi ressemblaient ses mollets sous ses longues chaussettes, poilus, entaillés, contusionnés.

Malgré elle, elle prit le risque.

— J'ai formé des plans, tu sais, dit-elle à voix basse. Tu peux y prendre part.

William eut un rire rauque.

— Des plans ?

Il secoua la tête.

— Tu n'as aucun plan. Tu es *finie*. Tu ne portes plus chance. Plus du tout.

— On se calme, tempéra Mrs King, sachant qu'il ne fallait pas réagir.

Il crispa la mâchoire.

— Et pourquoi ça ? C'est la vérité. Ils t'ont flanquée à la porte.

— Et maintenant, je suis libre.

— Dinah, ils t'ont *virée*. Et ils ont failli me virer aussi. Je m'en suis sorti uniquement parce que Shepherd a décidé de raconter à tout le monde que tu avais une crise de *somnambulisme* ! Personne *n'était au courant* pour nous, poursuivit-il avec un regard farouche. Et maintenant, ils le sont. Et tu as rendu tout ça...

Il cherchait le mot approprié.

Elle devinait lequel. Sordide. Facile. Insignifiant.

— Laisse tomber, conclut-il d'un ton lourd. Tu ne comprends pas.

Gérer les gens était quelquefois exaspérant. Prendre en compte leurs sentiments. Quand on était sur la même longueur d'onde, alors la vie était simple – tout aussi simple que de respirer. Mais à la seconde où elle avait rompu avec William, elle avait perçu le changement. Rompu n'était même pas le mot exact. Une rupture était une chose nette. Ça, c'était différent. Elle le sentait se dégager d'elle.

— J'ai simplement besoin d'un peu de temps, expliqua-t-elle. Pour mettre certaines affaires en ordre. Ce n'est pas beaucoup demander.

Il secoua la tête, incrédule :

— Tu as mis un terme à notre relation, Dinah.

— Pour l'amour du ciel !

Mrs King se domina.

— J'ai dit que nous devrions attendre. C'est tout.

— Nous ne sommes pas des gens qui attendent. Toi, tu n'attends pas. Je t'ai acheté une bague, lui rappela-t-il à voix basse.

— Oh, ça suffit ! jeta-t-elle en se levant.

Elle sentait la colère monter, rompre ses amarres. Elle avait proposé une pause, une suspension temporaire, uniquement jusqu'au moment où cette affaire serait conclue. Elle avait besoin de *se concentrer*. Et pour lui, c'était un schisme, une trahison, une séparation irrévocable. C'était tellement *ridicule* de sa part.

Sa rage passa aussi vite qu'elle était venue, ne lui laissant que la honte habituelle. Il avait raison de la juger. Elle n'avait pas été franche ; elle n'avait pas partagé avec lui un iota de la vérité. S'il s'était conduit de la même façon envers elle, elle aurait été furieuse.

— Écoute, dit-elle. J'ai des plans. Joins-toi à moi – si tu veux.

Un long moment s'écoula. William demeura silencieux, puis parla lentement :

— La nouvelle fille de Miss de Vries. Alice ?

Mrs King se raidit.

— Qui ça ?

— Pas de « qui ça » avec moi, répliqua-t-il, les yeux flamboyants. Quel est le lien avec toi ?

Mrs King fut prise de court.

— Alors ? Elle m'a raconté qu'elle venait de ton coin, poursuivit-il d'un ton impatient. Le même quartier. Ça ne me paraît pas être une coïncidence.

Mrs King ferma les yeux.

— Dinah ?

— Comment te souviens-tu de quel quartier je viens ?

— Tu me l'as raconté.

— Il y a une éternité, objecta-t-elle avec un froncement de sourcils. Des années.

Une ombre compréhensive traversa le visage de William.

— Je me souviens de tout ce qui te concerne.

Mrs King était femme de chambre, à l'époque où William était arrivé. Bien entendu, les filles étaient toutes folles de lui – et la moitié des hommes aussi, d'ailleurs. William en était conscient, et il avait géré ça en douceur. La situation ne lui était pas montée à la tête. Il demeurait sur la réserve – difficile à déchiffrer, tout comme elle. La première fois que leurs mains s'étaient effleurées, ils portaient tous les deux leurs gants, boutonnés. Il avait inspiré profondément, comme pour retrouver son équilibre. Quoi qu'il puisse exister entre eux, ils l'avaient gardé secret. Ils ne l'avaient même pas baptisé du nom d'« amour » pendant des années. Cela leur appartenait, à eux seuls.

Au cours de leurs promenades nocturnes, ils avaient

longé Whitechapel, et il avait insisté, curieux : « Dis-moi qui tu es, d'où tu viens. » « Quelle importance ? avait-elle dit en riant. Laisse-moi demeurer un mystère. » Elle l'avait conduit en silence dans la rue où ils étaient passés devant la maison de Mr Parker. Des murs de briques gris-jaune, un réverbère brisé, et l'ombre d'un gamin qui faisait sauter des demi-pennies au bout de l'allée. Elle avait dû demeurer silencieuse, inquiète, à se remémorer Mère. Il l'avait remarqué, et pourtant, n'avait rien dit ; il ne voulait pas la faire souffrir.

Je me souviens de tout ce qui te concerne.

Elle en eut la gorge sèche.

— Ne répète ça à personne.
— Quoi donc ? répliqua-t-il.
— Tout.

Le visage fermé, elle lui tourna le dos. Elle éprouvait le sentiment du danger, qui vibrait, là, à travers le jardin.

18

Tilney Street, Mayfair. Mrs Bone leur avait loué un logement dans une rue adjacente de Park Lane, pour demeurer aussi proche que possible de la résidence de Vries.

« Elle a les moyens de payer ça ? avait murmuré Mrs King lorsqu'elles avaient visité l'endroit la première fois.

— Et pourquoi ne les aurait-elle pas ? avait répliqué Winnie.

— Oh, je disais ça comme ça », avait soufflé Mrs King sans rien manifester.

Winnie était à présent assise dans le petit salon avec une montagne de tissus, en train de coudre des tuniques. Le front plissé, elle luttait avec la machine qui vrombissait, cliquetait et sabotait sa confiance en elle. Elle n'allait pas assez vite. Elles avaient besoin d'habits pour au moins soixante hommes, et elle en était à peine au tiers de son ouvrage.

— Comment tu t'en sors, Hephzibah ? lança-t-elle en direction de la chambre.

— Tu peux m'appeler Lady Montagu ! répliqua celle-ci d'un ton impérieux.

Mrs Bone leur avait expédié un de ses propres miroirs en pied, qu'elles avaient dressé à l'extrémité du lit. Winnie jeta un coup d'œil derrière la porte. Hephzibah, noyée dans les froufrous et les ondulations de soieries roses, s'examinait. Un chapeau orné de trois rangées de roses flottait gaiement sur sa tête.

— Je suis resplendissante !

— Tu as tout l'air d'une Vénus, la complimenta prudemment Winnie.

Hephzibah lui expédia un regard perçant :

— À cause du rose ? Oui, dit-elle en reniflant, j'aime ça.

Winnie se rapprocha avec précaution. Elle effleura la nuque d'Hephzibah, vérifia le boutonnage à l'arrière de la robe. Étudia la photo qu'elles avaient fixée au miroir. La véritable duchesse de Montagu la regardait. Un solide visage ovale. Un long nez fin. Elle examina Hephzibah. La ressemblance était remarquable.

— Tu as appris ton texte ? demanda-t-elle en s'efforçant à la gaieté.

Des soubresauts nerveux agitaient les doigts d'Hephzibah.

— Ce travail requiert davantage que d'apprendre son texte !

Winnie se força à sourire.

— Tu es la duchesse jusqu'au bout des ongles.

Hephzibah soupira, se tordit les mains.

— Je suis effroyablement cabotine, n'est-ce pas ?

— Tu es magnifique, chuchota Winnie en lui pressant le bras.

Hephzibah se promena lentement dans la pièce, et Winnie se morigéna : « Non, elle ne gâchera rien, elle ne fera rien rater.» Elle continuait de sourire pour se montrer encourageante, dissimuler ses doutes.

Mrs Bone leur avait loué à un prix encore plus hallucinant une Daimler à la carrosserie bleu vif et aux banquettes de cuir à boutons d'un noir d'encre luisant. Son ombrelle levée au-dessus de sa tête, Hephzibah s'efforçait de rester sereine. Winnie lui confia une boîte de cartes de visite, et marqua la première «P.P.[1]».

— Garde le reste, mais ne t'avise pas de faire d'autres visites!

Hephzibah se sentait brûlante et moite. La sueur lui coulait dans le dos, et elle pria pour que le satin ne soit pas taché. L'automobile s'arrêta, et Winnie descendit en lui lançant un sourire nerveux.

— Bonne chance.

Hephzibah dissimula ses traits et son appréhension sous son ombrelle.

— Le talent n'a pas besoin de chance, rétorqua-t-elle d'un ton aussi glacial que possible.

Le chauffeur avait été loué avec la voiture, et il ne connaissait Hephzibah ni d'Ève ni d'Adam.

— Ici, Milady?

Hephzibah jeta un coup d'œil à l'extérieur. Elle ne s'était pas préparée à ce moment. La demeure était encore si extraordinairement monumentale, si blanche – semblable à une pièce montée de mariage. Hyde Park ressemblait à un désert de terre brûlée et de broussailles. De gros nuages de poussière tourbillonnaient en provenance de Rotten Row. Les lieux étaient affreux et désolés.

---

1. «Pour présenter».

« Je ne suis pas de taille », pensa-t-elle.

— Oui, ici, confirma-t-elle au chauffeur, qui sortit pour aller porter sa carte.

Sa propre personnalité disparut. Elle plongea dans ses froufrous soyeux, et se transforma en duchesse de Montagu.

Le valet de pied en chef la guida à travers le hall. Les domestiques s'interrompirent dans leurs tâches pour se tenir à l'écart derrière les colonnes. L'escalier était toujours aussi effroyablement laid. Elle en avait oublié les recoins, les blocs de marbre noir et rouge sang qui ressemblaient à des pierres tombales, à des panneaux indicateurs du chemin de l'enfer. Combien de fois avait-elle nettoyé les rampes, les avait-elle frottées de cirage, s'était-elle cassé les ongles sur leurs rainures et leurs volutes ?

Le valet de pied se tint à une distance courtoise.

— Plus de visiteurs, murmura-t-il à l'adresse des petits valets, qui refermèrent les portes.

Il était extrêmement séduisant. Brun, impassible, des yeux magnifiques. Un objet idéal pour se concentrer, s'occuper l'esprit.

— Par ici, indiqua-t-il en tendant une main gantée.

— Oh, je l'aurais deviné ! lança Hephzibah qui avait besoin de s'échauffer la voix, de la tester. Quand on construit une maison comme celle-ci, on ne va que dans un sens. Vers le haut, dit-elle en lui tendant son ombrelle.

Les yeux du valet brillèrent d'un éclat doré, amusés. « Bien, se dit-elle, la réplique était spirituelle. Bien pensée. Tout à la fois aimable et impolie. » Elle se demanda : une duchesse s'adresserait-elle à un valet ? Peut-être n'existait-il pas de règles pour les duchesses.

Elle s'efforça au calme. Rien de plus facile que d'oublier le personnage que l'on jouait, il suffisait d'écouter tout le bavardage qui vous traversait la tête. Elle étudia les mollets du valet, la courbe ferme de ses fesses sous sa livrée. « Joli », pensa-t-elle en s'efforçant de se remonter le moral. Une odeur de cire flottait dans l'air : le parquet de l'étage. Le souvenir de toutes ces minuscules pièces de bois qu'il fallait astiquer des heures et des heures durant lui donnait le tournis.

Les portes du salon s'écartèrent dans un glissement – très lentement. Loin au centre de la pièce, elle aperçut une petite silhouette sur un canapé. D'immenses rais de lumière tombaient en biais par les fenêtres qui faisaient face au parc. Hephzibah s'abrita les yeux de la main.

Elle avait essayé de se projeter dans le passé, de se souvenir de l'enfant qui vivait dans la nursery. Une créature boulotte, avec des anglaises couleur bouton-d'or. Un petit animal de compagnie plutôt qu'une personne, une peluche nourrie et entretenue par les domestiques les plus anciens. Hephzibah avait à peine pensé à elle, avait à peine imaginé qu'elle puisse vivre, respirer, ou même exister tout court.

Cette femme-là – droite, mince, sur le qui-vive – était tout à fait différente.

« Quoi que tu fasses, l'avait prévenue Mrs King, ne la laisse pas te harponner. »

Hephzibah marqua un arrêt sur le seuil. Elle pouvait partir, là, maintenant. Prétendre un autre rendez-vous, feindre un malaise, tout annuler.

Miss de Vries se leva posément.

— Votre Grâce, salua-t-elle d'une voix qui surprit Hephzibah, tant elle était grave et posée.

Hephzibah brûlait d'envie d'une telle voix.

Elle étudia Miss de Vries. Quelque chose bouillonnait furieusement dans le cerveau de cette petite. De la surprise, du ravissement, de la peur.

« Les autres voisins la battent froid, lui avait confié Winnie un peu plus tôt, à la suite du rapport régulier d'Alice. Elle s'en prend plein la figure, et a désespérément besoin de la visite d'une lady. Une vraie *lady*. Alors, vas-y, ne fais pas dans la dentelle ! »

— Miss de Vries ! lança Hephzibah de son timbre vibrant en tendant une main gantée.

Elle aurait voulu que celle-ci soit effleurée avec révérence – qu'on lui fasse un baisemain, comme si elle était une reine.

Au cœur d'Hephzibah tremblait violemment le pauvre fantôme ratatiné d'une souillon de cuisine, mais la duchesse de Montagu, elle, avait la main assurée.

Miss de Vries tendit la sienne.

— Comment allez-vous ?

Hephzibah sourit. « Le rideau se lève », se dit-elle.

Elles prirent le thé. Hephzibah se souvint du conseil prodigué par Mrs King :

« Ne l'énerve pas. En tout cas, pas tout de suite. Son père l'a très bien dressée. Elle est sa parfaite création. Elle observera l'étiquette.

— Alors, qu'est-ce que je fais ?

— Titille-la. Provoque-la un petit peu. Cela lui donnera le sentiment d'être ton égale. Elle aimera le jeu. »

« Facile », se dit Hephzibah, les mains tremblantes. Miss de Vries avait la peau luisante, comme si on la lui avait enduite d'huile.

— Je vous en prie, asseyez-vous! jeta-t-elle en désignant à la jeune femme d'un geste désinvolte le siège d'où elle venait de se lever.

Le regard de Miss de Vries se durcit, et ses narines se dilatèrent légèrement, comme si elle avait senti dans l'air l'odeur du sang.

— Merci.

Elle ignora le canapé doré bien capitonné au milieu de la pièce, et se percha sur un humble tabouret, se tenant aussi droite qu'un militaire.

— Ah, annonça-t-elle, les rafraîchissements.

Hephzibah se retourna vivement. Un garçon à la peau laiteuse en livrée noire se tenait sur le seuil, porteur d'un énorme plateau à thé.

— Madame?

— Oui, parfait. Apportez-le, dit-elle avec un sourire dont la gentillesse déstabilisa Hephzibah.

— Je meurs de soif, annonça celle-ci. Ne soyez pas chiche sur le sucre.

Miss de Vries inclina la tête.

— Ce n'est pas mon genre.

Elle avait les poignets petits et légèrement bleutés, comme si ses veines se touchaient. Elle ne portait ni bijou ni ornement d'aucune sorte. On aurait dit une pièce de viande bien enveloppée dans de la mousseline pour la garder fraîche à l'abri des mouches. Le liquide qui se déversa de la théière était brûlant, et un méchant nuage de vapeur s'éleva. Avec une conviction soudaine, Hephzibah songea: «Je ne resterai pas dans cette pièce un instant de plus que nécessaire.»

— Miss de Vries, entama-t-elle en rassemblant son courage, je viens vous voir aujourd'hui en tant qu'émissaire de la maison royale. J'ai reçu votre carton d'invitation, que m'a transmis le secrétaire particulier. Je suis désolée que nous ayons vraiment mis autant de temps à vous répondre.

— Pas si longtemps que cela, la rassura Miss de Vries en lui tendant tasse et soucoupe.

— Nous avons été proprement débordés. Nous avons énormément d'engagements. Mais vous savez ce que c'est...

Le garçon reprit le plateau du thé et entreprit de se retirer.

— Tout à fait, répondit Mrs de Vries avec un regard indéchiffrable, semblable à celui d'un lézard, avant d'ajouter d'une voix très légèrement altérée : A-t-elle été reçue comme une impertinence ?

— Une impertinence ?

— Mon carton, mon invitation au palais ? A-t-elle été considérée comme un affront ?

Il flottait dans le regard de Miss de Vries une sorte d'embarras. Elle doutait d'elle-même.

— Dieu du ciel ! s'exclama Hephzibah. Toutes les approches faites au palais doivent être considérées comme des affronts. Solliciter l'attention de Son Altesse Royale est par essence une impertinence, c'est inévitable. À présent, dites-moi, j'ai cru comprendre qu'il s'agissait d'un bal costumé, n'est-ce pas ?

— Tout à fait.

— C'est parfaitement enchanteur ! Et quel costume adopterez-vous ? Irez-vous en Van Dyck ? En tentatrice masquée ?

Le sourire de Miss de Vries se figea.

— Je vais devoir garder le secret, Votre Grâce.

— Mais vous devez vous confier à *moi*! Je meurs d'envie de savoir. Serez-vous en sorcière? en serpent de mer? en succube?

Miss de Vries la fixa.

— Oh, ne me laissez pas vous mettre au supplice, je me conduis comme une *gorgone*! Mais assurez-moi que vous serez dans les journaux. Avez-vous assisté au bal des Devonshire?

— Non.

— Non? Dommage. Il est utile de mesurer la compétition, je trouve. Les gens ont tendance à se blaser si facilement! Avez-vous engagé Whitman pour les divertissements?

Mrs King lui avait indiqué exactement comment poser la question. En douceur, presque comme s'il s'agissait juste d'un détail...

Miss de Vries fronça les sourcils:

— Je n'ai pas entendu parler de Whitman.

Whitman était un des plus beaux cadeaux d'Hephzibah à Mrs King: un costumier et imprésario qui venait des taudis de Spitalfields, et qui tenait parallèlement une fructueuse activité de vol à la tire. Entre Whitman, Hephzibah et les Jane, il n'y avait pas une troupe de music-hall ou de fête foraine qu'ils ne puissent embaucher pour ce coup.

— Bien entendu! Il ne fait pas de publicité, ajouta Hephzibah, qui tripota son réticule et en sortit une carte de visite. Je doute que vous puissiez l'avoir maintenant. Inutile même de poser la question. L'année prochaine, peut-être. (Elle jeta la carte sur la table, puis dégusta son thé.) Il fournit les divertissements les plus prodigieux. Et à propos, au cas où vous vous interrogeriez, j'ai tout à fait mentionné votre bal à la princesse Victoria.

— Vraiment?

— Évidemment! Elle a été terriblement choquée.

Miss de Vries réfléchit, puis répondit lentement:

— Je ne crois pas qu'il y ait quoi que ce soit dans cette invitation qui puisse choquer Son Altesse Royale.

— Oh, mais c'est si délicieusement abominable! Donner un bal alors que vous êtes en deuil, et même pas en demi-deuil! Nous en sommes bouche bée d'admiration.

Miss de Vries demeura de marbre.

— Mes réflexions étaient-elles déplacées? poursuivit Hephzibah en lui tapotant la main. Ne vous tracassez pas! Ce siècle est tout jeune, ma petite, nous sommes tous mûrs pour un chamboulement. Et pas besoin de faire des manières à propos de Son Altesse Royale. La pauvre petite glisse chaque année un tout petit peu plus bas dans l'échelle de la monarchie. Un de ces jours, vous pourrez la traîner à n'importe quelle vente de charité ou foire aux roses. Je ne la vois pas faire un grand mariage, pas vous? Enfin, pour l'instant, poursuivit Hephzibah en changeant de position sur son siège, tout est affreusement mal géré, particulièrement dans sa maison.

— Bien sûr.

— Ce sont les problèmes de sécurité qui nous agitent tous en ce moment, en réalité. Nous vivons des temps si effroyablement violents. *Si* vous teniez à vous assurer de la présence royale, il faudrait que je puisse leur certifier qu'un soin tout à fait exceptionnel serait apporté à la sécurité de Son Altesse Royale.

Seul le plus léger des craquements des jointures de Miss de Vries trahit son intérêt.

— Bien entendu.

— Vous comprenez qu'elle ne sort pas beaucoup en société.

— On m'a dit qu'elle était très proche de la reine.

— Absolument, répondit Hephzibah avec sérieux, et *bien trop souvent*, on oublie qu'ils forment avant tout une famille. La première famille de ce pays, tout autant liée par le sang et les relations que n'importe quel – elle s'interrompit, à la recherche des termes appropriés – commerçant et sa fille.

Miss de Vries accueillit cette attaque biaisée avec un mince sourire.

— En effet.

— La sécurité de la princesse est donc d'une importance primordiale. Vous comprenez, nous avons au palais nos propres policiers.

Le moment s'étira en longueur. Et puis, enfin, Miss de Vries assura :

— Si cela peut faciliter les choses, ils peuvent venir examiner les lieux en toute liberté.

— *Merci !* dit Hephzibah en reposant sa tasse avec bruit. Si quelques-uns de vos gens vident les lieux, leur laissent occuper quelques pièces, je suis certaine que cela suffirait.

— Vous voulez dire… hasarda Miss de Vries.

— Le soir de votre réception ? Nous aimerions avoir nos propres hommes dans la maison.

Miss de Vries posa à son tour sa tasse.

— Votre Grâce, la princesse pourrait-elle donc nous honorer de sa présence ?

Hephzibah puisa dans la force de toutes les duchesses passées et présentes, les fantômes de toutes les grandes dames, mortes ou vives.

Elle se redressa et déclara :

— Miss de Vries, je ne me hasarderai pas plus à prévoir les mouvements de Son Altesse Royale qu'à deviner d'où souffle le vent. Mais je suis tout à fait disposée à placer un mot en votre faveur, si vous êtes capable de me rendre un service.

Miss de Vries plissa les yeux, soupçonneuse.

— Si c'est en mon pouvoir, Votre Grâce.

Hephzibah sourit.

— Les frais auxquels on s'expose, à transporter Leurs Altesses Royales d'un engagement à un autre, sont tout à fait remarquables. Si quelque chose peut être fait pour soulager notre fardeau...

Le visage de Miss de Vries se ferma, comme si elle venait de disparaître derrière un paravent.

« Elle va détester qu'on la traite comme une vache à lait, avait dit Mrs King. C'est tout ce qu'elle méprise. Mais elle a besoin de voir un signe de faiblesse, d'avoir l'impression de maîtriser la situation. »

— Je suis bien sûr tout à fait disposée à vous défrayer, répondit froidement Miss de Vries. Si c'est nécessaire.

— *Vous êtes trop aimable*. Et dites-moi, ajouta Hephzibah en se levant, le cœur battant, presque au bout de sa mission. Qui d'autre sera présent ? J'ai posé la question à de multiples reprises, et je n'ai pas trouvé une seule âme qui ait accepté.

Deux taches de couleur naquirent sur les joues de Miss de Vries, mais elle garda son sang-froid.

— Je vous ferai porter la liste, directement.

Hephzibah se pencha aussi près de la jeune femme qu'elle en avait le courage.

— Laissez-moi faire... Je vais vous concocter une belle kyrielle d'invités. Tout le monde fait *exactement* ce que je lui demande.

L'espace d'une seconde, elle entrevit dans le regard de Miss de Vries à la fois l'extraordinaire soulagement et la colère, au rappel qu'il lui suffisait simplement de *payer* son passage au sommet de la société.

— Merci, Votre Grâce, dit-elle à voix basse.

— Bonne journée à vous ! s'écria Hephzibah – en sortant de cette pièce en quatrième vitesse pour pouvoir prendre un bol d'air, pour enfin *respirer*.

19

La veille du bal

Le dimanche se leva dans une chaleur encore plus accablante que quiconque aurait pu l'imaginer. L'air lourd empestait, charriant depuis Hyde Park l'odeur de crottin de cheval et d'herbe coupée. À l'issue de la messe, tout le personnel fut convoqué dans la salle des domestiques pour se voir confier les dernières instructions avant la réception.

Mrs Bone était troublée de constater avec quelle facilité elle s'était trouvée intégrée au fonctionnement de la maison. Les rouages précis des tâches quotidiennes avaient fini par résonner dans sa tête. La chair entre ses doigts avait d'abord rougi, avant de la démanger, puis de se craqueler – mais, au fil des jours, elle avait commencé à cicatriser, à se durcir.

Toute la journée, le portrait de Danny la contemplait de haut. Au début, elle avait évité de le regarder, puis n'avait pas pu s'en empêcher. Des rides étaient nées autour des yeux de Danny, des sillons s'étaient creusés dans sa chair.

« À part moi, personne ne sait à quoi ressemblait mon

frère dans sa jeunesse », avait-elle pensé, ce qui faisait naître dans son cœur un drôle de sentiment.

« Qu'aimait-il manger ? » avait-elle un jour demandé à la cuisinière.

Elle cherchait un aperçu de Danny, une petite part de lui. Elle voulait savoir ce qu'il était *devenu*.

Joignant les mains, la cuisinière avait eu un sourire béat :

« Des soufflés au fromage, avait-elle répondu avec un soupir. Il aimait *beaucoup* ça. »

Ce qui ne lui avait pas suggéré grand-chose. Ici, personne ne révélait rien. Shepherd, en particulier, était impossible à cerner. Une fois, Mrs Bone avait essayé de le suivre au cours de ses rondes nocturnes, mais il était trop rapide pour elle. Il s'était glissé par une porte latérale, quelque part près du salon ovale, et avait disparu. Elle avait cru le retrouver dans la bibliothèque, mais il n'y était pas, et même lorsqu'elle s'était faufilée à l'étage supérieur pour attendre dans l'immense étendue sombre de la salle de bal, elle ne l'avait pas vu. De toute évidence, il couvrait ses traces lorsqu'il se déplaçait.

Tous les jours, de nouvelles employées avaient fait leur apparition, embauchées pour aider à préparer le bal. On aurait dit que plus les ordres dégringolaient d'en haut – d'autres fleurs, de nouvelles tentures, une nouvelle couche de peinture, un nouveau lustre –, plus Mr Shepherd engageait de personnel. Il paraissait de plus en plus épuisé. La cuisinière, elle, adorait ça. Elle surgissait de l'ombre, des notes fourrées dans sa manche, et gratifiait les nouvelles arrivantes de son interminable tournée. Une des filles lui avait lancé un regard méfiant.

« Je ne reste pas, avait-elle prévenu, comme pour parer à toute amabilité. Je cherche un emploi de vendeuse. Je n'ai pris ça qu'en attendant. » La remarque lui avait valu un regard foudroyant, et la cuisinière avait pris soin de passer une demi-heure à lui montrer comment utiliser correctement la presse à serviettes.

« Emplois de vendeuse, avait songé Mrs Bone. Usines. Bureaux. Les filles intelligentes, celles qui ont les pieds bien sur terre, ne resteraient pas, chercheraient à monter dans l'échelle sociale, dehors, loin de cette maison. » De temps en temps, Mrs Bone regardait Sue – réservée, le visage pâle et grêlé – et s'inquiétait. Certaines personnes aimaient s'entourer de petites créatures silencieuses et effrayées. Cette réflexion faisait naître chez Mrs Bone une émotion singulière, un frisson le long de la colonne vertébrale. La nuit, l'odeur douceâtre, un peu sucrée, qui émanait de la jeune fille lui évoquait sa propre petite Susan, et son cœur se serrait.

Personne n'avait plus frappé à leur porte.

— Tiens-toi droite, Sue, marmonna-t-elle.

La gamine avait les mains fourrées dans les poches de son tablier. Elle finirait par avoir une bosse, à se tenir comme ça le dos voûté.

— Oui, Mrs Bone, chuchota Sue.

Mr Shepherd n'articula pas un mot au cours de la séance. Il resta assis à trôner dans son fauteuil au bout de la table. Les filles de cuisine n'avaient pas le temps de recevoir des instructions : elles étaient en retard, se passaient discrètement de main en main des casseroles, en une longue file. William, le valet de pied en chef, énuméra les tâches de chacun. Il avait le teint gris, comme s'il n'avait pas dormi.

La cuisinière interrompit les réflexions de Mrs Bone en lui chuchotant à l'oreille, avec une haleine brûlante :
— Et où sont-elles, ces deux-là ?
— Hein ?
— Les *Jane*.

Depuis des jours, la cuisinière fulminait à propos des Jane, de l'affront qu'elles représentaient, de leur existence même. Elle s'était déchaînée. Sur leur bizarrerie – leur drôle d'apparence, ces expressions idiotes. Le fait qu'elles étaient autorisées à partager leur chambre. La cuisinière n'appréciait pas du tout. Si on ne les séparait pas, des sœurs pouvaient être source d'ennuis, affirmait-elle.

— Qui les a laissées faire une chose pareille ? Sûrement pas Mr Shepherd ! Je parie qu'il n'est même pas au courant. Je devrais le lui dire.

— Eh bien, allez-y, répondit Mrs Bone en s'arrachant une squame qu'elle expédia sous la table.

— Il faudrait que je lui demande ce qui a pu lui traverser l'esprit ! Il devrait avoir honte. Et elles aussi ! Ce qui ne risque pas de leur arriver, avec tout ce qu'elles me font subir, à me fixer toute la journée, à se trimbaler comme si c'étaient elles les *ladies* et nous les *bonniches*, comme si je n'étais pas la seule personne la plus indispensable dans cette maison, surtout...

— Plus bas, madame la cuisinière, lui murmura Mrs Bone.

— Qui parle ? Le silence doit régner ! intima Mr Shepherd.

« Moi, je vais te réduire au silence, je vais te flanquer un tisonnier brûlant dans l'œil », répliqua intérieurement Mrs Bone.

La cuisinière leva la main et déclara d'un ton respectueux :

— Ce sont les *Jane*, Mr Shepherd. On disait juste qu'elles n'étaient pas là. Elles manquent toutes les consignes.

Le majordome parut contrarié.

— Mais elles doivent se joindre à nous tout de suite ! Quelqu'un doit aller les chercher.

— J'y vais, annonça Mrs Bone en se décollant du mur.

Elle savait exactement où se trouvaient les Jane : en train de vider les suites destinées aux invités – qui ne recevaient jamais d'invités – et d'en trimbaler le contenu dans des caisses. Elles avaient suggéré à Mr Shepherd qu'il serait plus raisonnable de mettre les objets en lieu sûr avant le bal. « Mes petites futées », se dit Mrs Bone. Qui prenaient de l'avance sur le coup lui-même. Éminemment judicieux.

Elle décampa, et croisa le regard de William. Il ne semblait pas juste gris – mais plutôt comme si on l'avait entièrement vidé de son sang. Il était encore plus beau lorsqu'il était malheureux. C'en était presque intéressant. Elle soutint son regard une demi-seconde et leva imperceptiblement les yeux, pour le secouer, lui signifier : « Qu'est-ce qui vous tracasse ? »

Il se contenta de froncer les sourcils, perdu dans ses pensées.

Une cloche retentit au loin. Toutes les têtes se tournèrent vers le tableau à sonnettes, et tout le monde retint son souffle. Ils imaginaient sans aucun doute Madame, toute menue, enveloppée de mousseline noire, en train d'inventer des ordres. Shepherd était livide.

«Excellent», pensa Mrs Bone. Il fallait que tout le monde soit sur les dents.

Elle ignora sa propre fébrilité, qui lui donnait la chair de poule.

Le dimanche après-midi arriva. Les domestiques de Park Lane prirent leurs congés, allèrent voir sœurs, cousins et relations masculines, tandis que le groupe de femmes se réunissait pour passer une dernière fois le plan en revue. Elles se pressèrent sur une embarcation de plaisance à six places, avec deux gigantesques aubes à pédales actionnées avec ardeur par les Jane. Mrs King, assise devant, scrutait l'horizon. Alice avait baissé son chapeau sur ses yeux, et Hephzibah avait apporté une ombrelle démesurée qui menaçait de décapiter quelqu'un.

Tout cela mettait Winnie, rattrapée par la fatigue et la tension nerveuse, d'une mauvaise humeur inhabituelle chez elle. Le matin même, elle avait rencontré des agents étrangers de la part de Mrs Bone, et tous les Danckerts[1], les Cuyp[2], les porcelaines de Sèvres et les Joshua Reynolds[3] lui avaient donné le tournis.

«Je veux que les plus grosses ventes soient bouclées en premier, avait décidé Mrs King. On ne peut pas gérer cinquante enchères. J'ai besoin de savoir qui va mettre de l'argent sur la table rapidement, dès le premier soir où nous serons sur le marché.»

Winnie s'était donc installée dans le salon de Tilney

---

1. Johan Danckerts, peintre et graveur néerlandais (v. 1616-1686).
2. Albert Cuyp, peintre néerlandais (1620-1691).
3. Joshua Reynolds, peintre, graveur et essayiste anglais, maître du portrait (1723-1792).

Street pour discuter les prix, gardée par les cousins à la mine patibulaire de Mrs Bone. Durant les négociations, elle était dissimulée derrière un paravent orné de nus voluptueux, et affublée d'une voilette. Elle avait dû prendre des notes à toute vitesse, s'assurer qu'elle n'avait pas commis d'erreur. Lorsqu'elle était partie rejoindre les autres à Hyde Park, elle se sentait complètement perdue.

— Dormir, asséna-t-elle en s'éclaircissant la gorge pour attirer leur attention. Dormir, c'est le plus important. Demain, vous devez avoir l'esprit vif. Toi particulièrement, ajouta-t-elle en se penchant pour pousser du doigt Hephzibah.

Celle-ci balança son ombrelle dans sa direction.

— Je ne vais pas fermer l'œil. Il fait beaucoup trop chaud. C'est *toi* qui as besoin de ton compte de sommeil.

« Je ne répondrai pas à la provocation », pensa Winnie.

— Souviens-toi, Hephzibah, tu dois arriver au bal tôt, pour surveiller les arrivées et t'occuper de Miss de Vries.

— Aurai-je droit à un souper ?

Winnie soupira.

— Je suppose, si tu fais assez de foin. Présente-lui les hommes de Mrs Bone, assure-toi que Miss de Vries soit convaincue qu'il s'agit de policiers de Buckingham Palace, puis ensuite, mets-toi au travail à l'étage.

Hephzibah eut une grimace :

— Vous ne pourriez pas accélérer un peu ce truc, les filles ?

Les Jane enfoncèrent les pédales, et le bateau bondit

en rugissant, fendant les flots bouillonnants. Winnie vit les autres plaisanciers ballottés par les vaguelettes manifester leur désapprobation. Le mouvement la rendait un peu nauséeuse. Elle tapota le bras d'Alice :

— Parker, tu monteras coudre Miss de Vries dans son costume. Prends ton temps. Il faut qu'elle soit tendue, stressée et en retard.

Laissant traîner une main dans l'eau trouble, Alice manifesta de l'inquiétude :

— Je ne peux pas *l'obliger* à faire quoi que ce soit.

Mrs King sourit dans le lointain.

— Tu t'en sortiras.

Ce fut tout.

« Comment fait-elle ? se demanda Winnie. Comment peut-elle être aussi calme, aussi sûre d'elle-même ? » Winnie ne pouvait s'empêcher de crisper les mains en parlant, en compulsant ses notes. Mais Mrs King était différente. Tout le plan résidait dans sa tête. Si on la regardait suffisamment longtemps dans les yeux, on commençait à le discerner, telles de petites lumières dans l'obscurité.

Mrs Bone déclara en fronçant les sourcils :

— Dites donc, j'ai examiné nos caisses. Il faut y faire quelque chose. Elles sont tellement lourdes qu'elles vont faire trembler toute la maison quand vous les descendrez avec le treuil.

— On a bien graissé la poulie, la rassura Jane-un.

Jane-deux hocha la tête.

— Et nous aurons des matelas au sol, pour l'atterrissage. Nous avons tout mesuré, même le lit de Madame.

— Hmm, alors, si vous le dites, mes Jane…

Winnie aurait aimé avoir la technique pour convaincre Mrs Bone avec autant de facilité.

— Son *lit*? intervint Alice avec appréhension. Vous avez l'intention de l'emporter, *elle aussi*, dans son sommeil?

Jane-un eut un reniflement de mépris.

— Tant que nous faisons très attention aux angles, qu'on l'accroche bien, et qu'il ne se balance pas trop...

Alice scruta Mrs King :

— Vous plaisantez.

— Je trouve tout ça très ennuyeux, marmonna Hephzibah en baissant son ombrelle.

— Je t'en prie, Hephzibah! intervint Winnie.

Alice éleva la voix :

— Dinah...

— Pas de « Dinah », répliqua Mrs King.

— *Mrs King*. À moins que tu ne chloroformes Madame, ou que tu ne la ligotes pour la vendre à un kidnappeur contre rançon, ça ne marchera pas. Elle nous prendra sur le fait, elle sera témoin de tout, elle saura exactement ce qui se passe!

Winnie étudia Alice, préoccupée. S'exprimer avec autant d'audace lui avait fait monter le rose aux joues. Mais Mrs King demeura imperturbable :

— Bien évidemment, elle va nous prendre sur le fait.

Alice pâlit.

— Que diable veux-tu dire?

Mrs King leva le visage vers le soleil, penchant le rebord de son chapeau.

— On en parlera demain.

— Demain, demain, demain, intervint Mrs Bone. Tout ça se déroule demain, n'est-ce pas?

— Oui, répondit doucement Mrs King, tout à fait.

— Je t'en prie, dis-le-moi maintenant, insista Alice, tendue.

— Winnie, poursuivit très calmement Mrs King avant de se retourner pour faire face aux arbres, continue.

— Non, persista Alice d'une voix légèrement tremblante. Je refuse de continuer.

— Elle refuse, dit Jane-deux.

— Elle n'obéit pas, renchérit Jane-un. Balancez-la dans le lac.

— Les filles…

— C'est *moi* qui vais vous balancer dans le lac, espèces de brutes…

Winnie n'appréciait pas la façon dont tournaient les choses.

— Mesdames, s'il vous plaît…

— Je vais vous rompre le cou, à toutes! s'exclama Mrs Bone. Je suis debout depuis ce matin 4 heures pour préparer le rata, faire briller les ustensiles, frotter les sous-vêtements de la cuisinière…

Les Jane pédalaient comme des forcenées, fonçant le long du lac.

— J'espère que je ne vais pas rater mon dîner, déclara Hephzibah avec un énorme soupir.

Winnie sentit qu'elle allait perdre patience.

— Bien sûr que non!

— Tu dis ça, mais l'heure du thé est déjà passée!

— Mesdames, poursuivons, les pressa Winnie.

— Poursuivre? Je suis incapable de réfléchir quand je meurs de faim à ce point!

— Alors, va donc chanter pour gagner ton dîner! aboya Winnie en s'en prenant à elle. Ou quoi que tu fasses pour gagner ta subsistance.

— Je gagne ma *subsistance* avec mon *talent*, rétorqua Hephzibah. Un talent *rare*, comme tu le sais !

La patience de Winnie avait atteint ses limites. Elle ne put s'empêcher de l'invectiver :

— Un talent rare ? Sûrement pas ! On sait toutes comment les actrices de ton genre gagnent leur vie. C'est la profession la plus vieille du monde.

Les Jane cessèrent de pédaler. Le bateau ralentit, obliquant vers la rive.

Mrs Bone haussa les sourcils. Alice jeta un coup d'œil de côté, et Mrs King eut un regard noir.

Le rouge monta au cou nu d'Hephzibah, dont les traits se décomposèrent.

— Eh bien, ça alors... commenta Mrs Bone.

Elles fixèrent toutes Hephzibah.

Winnie se sentit brusquement brûlante.

— Je...

Pendant que les Jane guidaient le bateau jusqu'à la rive, la voix de Mrs King trancha :

— Winnie ! Fiche le camp.

La honte l'envahit.

— Hephzibah...

— Fiche le camp, répéta Mrs King. Tu connais les règles. *Si tu as besoin de rabaisser quelqu'un pour te sentir plus grande...*

Mrs Bone récita le reste :

— *Alors, mon Dieu, ma chère, tu n'es personne.* Tout à fait. Je l'ai appris ça moi-même. Vous devriez toutes en prendre de la graine, mes filles.

Winnie se leva, faisant dangereusement tanguer le bateau. Il aurait mieux valu qu'elle tombe à l'eau.

20

La veille du bal

10 heures du soir

En prévision du bal, Shepherd avait enjoint à tout le monde de se coucher tôt. « Dépêchez-vous, dépêchez-vous ! » se répétait Mrs Bone, pressant la maison de s'endormir. Sa première vague d'hommes de main arrivait ce soir, en avant-garde, prête pour l'action principale. Ils seraient hissés jusqu'au toit et complètement installés dans les combles d'ici le petit matin, leurs mouvements étouffés par les tapis persans de Winnie. Elle leva les yeux vers le plafond et imagina l'odeur dégagée par quarante hommes accroupis à attendre : l'atmosphère lourde de whisky, des pieds trempés de sueur, la pisse en train de tiédir doucement dans des seaux. Si les portes n'avaient pas été fermées à clé la nuit, elle serait montée elle-même. Mrs Bone aimait inspecter ses troupes avant la bataille. Cela leur donnait un bon coup de fouet.

Sue faisait sa toilette devant la cuvette en se dissimulant, quand elle pensait que Mrs Bone ne la regardait pas, comme si avoir un peu de charbon sous les ongles était honteux.

— Dépêche-toi, Sue ! lui répéta Mrs Bone pour la troisième fois.

— Il fait chaud, chuchota la petite en s'essuyant le visage à plusieurs reprises avec un gant de toilette humide.

— C'est mieux que le froid, ma fille, rétorqua-t-elle. Mieux que de perdre ses orteils. Viens te coucher !

Sue mettait une éternité à se laver, et l'air semblait cailler comme du lait.

Lorsqu'on frappa à la porte, elle sursauta. Un bruit sourd, un poing contre le bois, pas du tout amical.

Sue se figea, les mains sur la cuvette.

— Qui est là ? lança Mrs Bone en se précipitant vers la porte, qu'elle ouvrit à la volée.

Elle découvrit le gamin, le petit à tête de fouine.

— Qu'est-ce que tu fais là ? Fiche le camp ! Venir ici, non mais ! C'est le quartier des dames.

Sans regarder Mrs Bone, il lança :

— On te demande, Sue !

Mrs Bone saisit sur-le-champ, et elle en fut révoltée. Elle avait assez vécu pour comprendre : qu'elle émane d'un vieillard ou d'un jeune homme, d'un homme riche ou d'un pauvre, une certaine sorte d'injonction adressée à une fille n'était jamais bon signe.

« Ici ? pensa-t-elle, dans la maison de Danny ? »

Sa réflexion n'était pas une manifestation d'incrédulité, mais de compréhension, une pièce du puzzle qui se mettait en place.

« Ici », se répéta-t-elle en hochant la tête intérieurement. Ici, comme partout ailleurs.

Mrs Bone avait toujours été une femme très pragmatique. Elle évaluait les affaires froidement, objectivement : elle les pesait sur les plateaux de la balance et chaque fois, choisissait les plus lucratives. Mais il y avait un business auquel elle se refusait de toucher.

Elle imagina Danny, le reflet de ses boucles. Elle en eut la chair de poule.

— Sue est malade, assura-t-elle.

Le gamin se renfrogna.

— On m'a dit d'aller la chercher.

— Eh bien, va prévenir qu'elle est malade, que c'est moi qui t'ai dit ça, et que j'ai dit que c'était pour le mieux.

Elle le fixa calmement.

— Crois-moi.

Il lui rendit son regard. La jaugea.

— Bien, dit-il enfin.

Sans perdre de temps, il tourna les talons et partit en courant rejoindre celui ou celle qui l'avait envoyé, l'écho de ses pas se répercutant dans le corridor. Et il ne referma pas leur porte à clé.

Mrs Bone poussa le battant et s'appuya dessus, les mains crispées derrière le dos.

— Quelqu'un t'a déjà demandée auparavant?

Mieux valait poser directement la question, ne pas esquiver.

Il y eut un silence. Sue eut un signe de dénégation, puis, d'un ton qui paraissait tranchant :

— Mais il m'a dit de me tenir prête, expliqua-t-elle en indiquant la porte d'un signe de tête, parlant du gamin. Il a dit que quelqu'un pourrait me demander ce soir.

Mrs Bone ne broncha pas, parut indifférente.

— N'importe quoi! Qu'est-ce qu'on pourrait bien vouloir d'une dinde comme toi?

Les mains tremblantes, elle se dirigea vers le lit, dont elle tira vivement les couvertures.

— S'il t'adresse encore une fois la parole, tu viens me voir. Au lit, Sue! fit-elle en claquant des doigts. Grimpe.

Elle examina de nouveau le plancher, les entailles, les éraflures et les marques, et se demanda combien de filles avaient tiré leur lit à travers la pièce pour barricader la porte.

11 heures du soir

Alice ressentait une douleur au milieu du dos qui irradiait sur les côtés, tous ses muscles contractés. Assise à moitié courbée à la table de travail, toutes les lumières allumées au-dessus de sa tête, se forçant à continuer. C'était là la partie la plus difficile, la plus alambiquée, la plus épuisante de l'ouvrage: exécuter les broderies tout le long du corsage, des manches et du dos. Elle aurait pu terminer en un rien de temps si elle n'avait eu que faire du résultat, si elle avait pensé que presque personne ne le remarquerait. Mais cela lui importait trop; énormément. Madame avait un tel sens de l'observation. Elle verrait immédiatement n'importe quel défaut. Elle verrait également le meilleur. *Vous serez généreusement récompensée de vos efforts*, avait-elle dit.

La motivation était suffisante.

Elle entendit un bruit de pas, la porte qui s'ouvrait lourdement.

— Alice ?

La jeune femme sursauta, laissa tomber son fil. Se passa hâtivement la main dans les cheveux, s'efforçant au calme. Elle voyait bien le spectacle qu'elle devait offrir, le visage gras et blême.

— Madame, fit-elle en repoussant sa chaise.

— Non, ne vous levez pas.

Miss de Vries avait revêtu pour complies une robe de satin noir simple, boutonnée jusqu'au menton. Les cheveux remontés sous une coiffe, elle portait une voilette noire plaquée sur le visage, dont la dentelle semblait ramper sur ses joues. Elle agrippait son livre de prières. De loin, elle regarda le costume, d'un air presque soupçonneux.

— Sera-t-il prêt à temps ?

C'était la pire des questions, celle qu'Alice redoutait le plus. Elle envisagea de dire la vérité, puis y renonça.

— Bien sûr, s'efforça-t-elle de répondre d'un ton enjoué, qui sonna davantage comme un croassement.

Madame porta une main à son menton, comme pour tester le poids et la pression de ses joues sous le voile.

— Venez avec moi à la chapelle, si vous le souhaitez. Vous pourrez y prier la patronne des couturières, ajouta-t-elle en lui lançant un regard ironique, si elle existe.

Alice se sentit rougir, hésita, puis leva la tête.

— Très bien, Madame, dit-elle avec un frisson.

Winnie et Mrs King approuveraient, se persuadat-elle. Elle se contentait de surveiller Madame de près. Même si elle se demandait quelquefois pourquoi Mrs King était tellement déterminée à *pister* Miss de Vries. Il y avait là-dedans quelque chose de sanguinaire, comme de traquer un renard ou un cerf. C'était la raison pour laquelle elle avait refusé la robe, lorsque Madame la lui avait offerte. *Surveiller* la maîtresse était une chose. Coudre pour elle, l'habiller. Mais accepter des cadeaux, se glisser dans ses vêtements, essayer sa peau, c'était complètement différent. Alice aurait accepté avec plaisir toute la garde-robe de Madame. Ses affaires étaient somptueuses, confectionnées de façon exquise. Mais elle avait hésité, sans savoir pourquoi.

À présent, Alice et Miss de Vries étaient assises ensemble dans la chapelle, à la lueur vacillante des bougies, des luminaires en cuivre se balançant doucement au plafond. Le chapelain était parti depuis longtemps : elles étaient plongées dans leurs propres prières intimes. Des volutes de fumée flottaient dans la lumière dorée et vaporeuse. Alice avait l'impression de se trouver dans une sombre boîte à bijoux : colonnes en onyx, au marbre crémeux bordé de dorures, arquées et pointues comme des lames. Des anges dorés dardaient des regards furieux depuis leurs fresques.

Alice joignit les mains, ferma les yeux. « Seigneur, pria-t-elle, Vous devez me *protéger*. » Elle avait une semaine entière de retard sur le paiement de sa dette. Qu'est-ce que cela impliquait, d'ignorer les sommations d'un agent de recouvrement, de se fourrer simplement la tête dans le sable ? Les intérêts s'accumulaient-ils heure par heure ou bien minute par minute ? Elle s'imagina les agents en train de la pister, de sortir une corde à piano de leurs manches, prêts à l'étrangler...

« Reprends-toi », se dit-elle. Elle n'avait rien d'autre à faire que de tenir la journée du lendemain et jusqu'à la fin de la semaine. À ce moment-là, elle gagnerait ses fonds et aurait assez pour payer sa dette, y compris les intérêts. Ils n'allaient sûrement pas lui infliger une punition supplémentaire, non?

La sortie en bateau l'avait fait frémir. Elle s'était efforcée de se dissimuler derrière l'ombrelle d'Hephzibah. Tête haute, s'était-elle dit. Des types ne pouvaient tout simplement pas venir l'enlever comme ça, dans la rue. Mais elle s'était tenue sur le qui-vive, de tout son corps. Elle voulait que ce coup se termine, que tout soit fini, pour toujours. Elle voulait éliminer ce sentiment d'appréhension constant et insidieux.

Miss de Vries remua sur son minuscule banc.

— Quelle est l'humeur en bas? demanda-t-elle.

— Je suis sûre que tout va bien, Madame.

Une réponse qui manquait de franchise. Et puis, de toute façon, comment diable Alice aurait-elle pu le savoir? Elle était enfermée dans le salon d'habillage et passait ses journées à se dépêtrer de mètres de crêpe de soie noir.

— Je suppose qu'ils sont dans tous leurs états pour les préparatifs.

Sous ses dentelles, les lèvres de Miss de Vries paraissaient presque noires, comme teintées, ce qui leur donnait un aspect charnu et cru tout à fait nouveau.

Alice déglutit.

— Qui ça, Madame?

— Tout le monde, dans le quartier des domestiques.

Miss de Vries jeta sur le côté son livre de prières, qui tomba sur le carrelage avec un bruit sourd. Elle se leva, et fit face à l'autel.

— Et je suppose également que vous commencez

à en avoir assez de votre existence ici, poursuivit-elle d'un ton bref. Vous allez vouloir passer à autre chose.

La lumière trembla. Alice se leva lentement. Elle était plus maladroite que Madame : elle ramassa ses jupes autour de ses bottines.

— Pas le moins du monde.

Miss de Vries se retourna, et se frotta le front de son poing.

— Mais quelles sont vos ambitions ? À moins que vous n'en ayez aucune ?

Il y avait quelque chose de blessant dans ses paroles. Alice le remarqua, et elle en éprouva un frisson.

— Je suis tout à fait contente ici, assura-t-elle froidement.

— Contente ?

— Je suis très heureuse de ma place, Madame.

Le regard de Miss de Vries s'obscurcit. Quelque chose la rendait nerveuse, aiguisait chez elle de nouveaux angles, de nouvelles pointes.

— Vous savez que *je* vais bientôt partir ? annonça-t-elle d'une voix froide. Je compte être fiancée avant la fin de la semaine.

Alice absorba l'information. Un relent de perversité flottait dans l'air lourd de la chapelle.

— Alors, je dois vous présenter mes félicitations, Madame, répondit-elle prudemment.

Miss de Vries tourna vivement les yeux vers elle :

— IImm... oui, tout à fait. Vous êtes une jeune femme intelligente, n'est-ce pas, Alice ? ajouta-t-elle avec une imperceptible grimace.

Alice déglutit.

— Je l'ignore, Madame.

— À l'œil affûté. Un regard d'aigle, dirais-je, précisa Madame avec un sourire dur. Vous avez observé le moindre de *mes* mouvements.

Des picotements semblables à une alarme silencieuse parcoururent Alice. Elle demeura muette.

Miss de Vries haussa un sourcil. Leva le bras, montra l'étoffe de ses manches :

— Je parle de mes gestes, de l'inclinaison précise de mes membres. Pour confectionner mon costume.

— Oh, fit Alice dans un souffle. Oui.

Miss de Vries eut un nouveau sourire figé.

— En temps normal, je n'ai jamais de femme de chambre attitrée. Je trouve tellement pénible d'avoir une unique personne autour de moi toute la journée. Mais j'envisage de faire une exception. Si je prends les commandes d'une nouvelle maisonnée, je vais avoir besoin des personnes idéales dans mon camp. Des femmes vigilantes, qui puissent me rendre compte franchement. Être mes yeux derrière la tête, en quelque sorte. Vous vous en tireriez admirablement, conclut-elle en soutenant le regard d'Alice.

Au loin, à travers les murs épais de la chapelle, Alice percevait l'écho d'une automobile longeant Hyde Park.

— Je n'en suis pas certaine, Madame. Je ne suis pas sûre de posséder les compétences nécessaires.

— Eh bien, vous y connaissez-vous en coiffure ? En poudres et maquillage ?

— Non.

Alice sentit se former sur sa nuque une minuscule goutte de sueur.

— Et les langues étrangères ?

— Des langues ?

— Oui, vous en connaissez quelques-unes ? Le français ? l'allemand ?

Alice secoua la tête en signe de dénégation, muette.

— Et pas l'italien non plus, je suppose. C'est bien dommage. Je vous emmènerais avec moi en voyage de noces, évidemment. Florence, naturellement, poursuivit-elle en fermant les paupières. C'est la destination logique.

Elle rouvrit les yeux :

— Avez-vous jamais vu une photo du Grand Hôtel ?

Miss de Vries ouvrit son livre de prières et en sortit une carte postale représentant un bâtiment moderne et tape-à-l'œil, avec l'inscription « Grand Hôtel Baglioni ».

— Charmant, n'est-ce pas ? Il paraît que les suites de luxe sont vraiment parfaites. Et bien entendu, je disposerais d'une chambre communicante pour vous. (Elle s'interrompit, comme pour peser ses mots :) Vous vivriez sur le même pied que moi, dans toutes mes résidences.

Alice éprouvait le sentiment que le sol se dérobait sous elle, que des sables mouvants l'aspiraient. La sensation n'était pas totalement déplaisante, et elle força son esprit à s'en détacher.

— Mais ne regretteriez-vous pas de quitter cette maison ? demanda-t-elle.

Miss de Vries lui lança un long regard, puis releva les yeux sur les anges peints, sans aucune expression.

— Si, naturellement. Ce sera un énorme déchirement, articula-t-elle d'un ton tellement sinistre qu'Alice en frissonna.

— Je n'ai aucune des qualifications dont vous avez besoin, objecta-t-elle faiblement.

— Si vous le souhaitez, je pourrais vous former. Créer une perle à partir de rien.

La lampe qui oscillait illuminait la peau pâle de Miss de Vries, faisant ressortir le relief de sa voilette.

— Vous avez un don en matière de confection. Vous devriez tirer parti de vos avantages. Profiter de vos qualités. Tant qu'il en est temps.

Alice se représenta la tête de Mrs King, les yeux sombres et inquiets. Elle connaissait la réponse la plus prudente. «C'est très aimable à vous de le suggérer, Madame.» «Voilà qui demande réflexion.» «Laissez-moi réfléchir à votre aimable proposition.» Demain soir, ce coup serait achevé, et Alice s'évanouirait pour toujours de Park Lane. Cela avait été prévu ainsi, c'était donc ce qui devait se faire.

— La suggestion est très aimable de votre part, Madame, répondit-elle, en imaginant l'expression soulagée de Mrs King.

Miss de Vries serra les lèvres, ses traits se contractèrent. Alice en éprouva un pincement de regret – une sensation fugace de culpabilité, qu'elle se devait d'essayer d'ignorer, mais qui était bien *là*, sans aucun doute.

21

La veille du bal

1 h 30 du matin

Mrs Bone patienta jusqu'à ce que Sue s'endorme, puis ouvrit la porte de la chambre. Elle s'en fichait pas mal, que quelqu'un la surprenne dans le couloir. Quoi qu'il advienne, elle allait affronter Mrs King.

Elle se rua presque en courant à l'extrémité du jardin. L'endroit vibrait d'une activité silencieuse, les hommes franchissant les murs en un flot ininterrompu. Ils se pliaient en deux en passant devant la maison, plongeant derrière les vasques et les colonnes. Mrs Bone les vit escalader la façade pâle et vierge à l'aide d'échelles de corde. En temps normal, elle les aurait observés avec une sombre satisfaction, en priant pour que la lune demeure dissimulée derrière les nuages. Mais à cet instant, elle avait de plus gros problèmes. L'air était poisseux, lui collait au crâne.

Mrs King se tenait en compagnie de Winnie près d'un des bassins au bout du jardin, dissimulée par le treillage et les plantes grimpantes. Elles sursautèrent à la vue de Mrs Bone.

— Toi! jeta-t-elle. Il faut qu'on parle.

Elle se frappa la poitrine du poing, s'efforçant de reprendre son souffle.

— Les filles, dit-elle. Qu'arrive-t-il aux filles?

Winnie pâlit, écarquilla les yeux.

Mrs Bone enfonça un doigt dans le bras de Mrs King:

— Je reconnais une sale affaire au premier coup d'œil! Je la renifle à un kilomètre. Je ne suis pas une imbécile. Quelqu'un utilise ces filles. Les fait sortir du lit à n'importe quelle heure. Je *sais* ce que ça signifie!

Elle donna un nouveau coup à Mrs King, plus fort.

— Tu m'as fait venir ici sous un faux prétexte.

— Non, Mrs Bone! intervint Winnie en inspirant vivement.

— Je me suis ridiculisée, à me mettre à quatre pattes, à torcher tout le monde. Tu aurais dû me dire où je mettais les pieds! C'est malsain, pourri. Jamais je ne toucherai du bout du doigt à ce genre de business!

Dans un premier temps, Mrs King sembla complètement déroutée. Puis quelque chose apparut dans son regard, lentement, graduellement, de la crainte.

Mrs Bone en serra les poings.

— Quelle sorte de maison gérais-tu ici?

Winnie leva la main.

— Non, je vous en prie, dit-elle, la gorge serrée. Ne rendez pas Mrs King responsable de ça. Elle ne sait rien.

— Je ne sais pas *quoi*? répliqua celle-ci d'une voix tendue.

Mrs Bone eut un bref rire rauque.

— Quelle sorte de personne ne sait pas ce qui se passe sous son propre toit?

— Winnie? fit Mrs King.

Celle-ci se laissa aller contre le mur en fermant les yeux.

— Je ne l'ai découvert qu'il y a trois ans.
— Découvert *quoi*?
— Les filles, dit Mrs Bone. Ils *touchent* aux filles.

Le calme envahit les traits de Mrs King. Elle assimila l'information, l'évalua. De toute évidence, elle comprenait la signification de ce mot, ce que voulait dire *toucher*. Bien entendu. Tout le monde comprenait.

— Non, protesta-t-elle d'un ton glacial. C'est faux.

Mrs Bone claqua des doigts à la figure de Winnie :
— Toi! Raconte-nous. Qu'est-ce que tu sais?

Winnie se frotta le visage. Sa voix était rauque, grave :
— J'étais là. Je veux dire ici, dans le jardin. À l'endroit où l'on remisait autrefois une calèche, et qui est aujourd'hui vide, un petit escalier permet d'accéder aux combles au-dessus des écuries. J'y ai vu un homme, que je n'ai pas reconnu. Vêtu d'un magnifique manteau. C'était... je ne sais pas. Gris souris. Gris foncé.

Le souffle tremblant, elle poursuivit :
— Très lisse, comme de la soie. «Quel superbe manteau», ai-je pensé. Il faisait descendre l'escalier à une fille, ajouta-t-elle après une pause. Je veux dire, il avait la main sur son épaule. Il la poussait dehors sans ménagement. J'ai su instantanément que quelque chose n'allait pas. Je l'ai ressenti de la tête aux pieds.

Tout le temps qu'elle parlait, Mrs King l'avait fixée, et elle était devenue livide.

— C'était Ida, expliqua Winnie. Une des filles de cuisine. Et l'homme m'était totalement inconnu.

Mrs Bone connaissait le bâtiment des écuries. Chaque fois qu'elle avait traversé la cour, elle l'avait vu. Une

241

façade en plâtre grise, sur laquelle le lierre commençait de grimper. Une petite fenêtre.

— Quel âge ? demanda-t-elle.

— Je ne sais pas.

— Quel âge, Winnie ? insista Mrs King d'une voix dure.

— Pas vieille, pas assez âgée. Elle paraissait... (Elle eut une grimace.) Malade. Comme si c'était lui qui l'avait rendue malade. Elle avait l'air sur le point de... de vomir.

Un silence. Mrs Bone absorba tout cela, l'information lui retournant l'estomac.

— T'a-t-il vue ?

— Non.

— Qu'est-il arrivé à cette fille ?

Winnie crispa les mains, sans répondre.

— Winnie ? la pressa Mrs King en avançant d'un pas.

Celle-ci ferma les yeux en serrant les paupières, comme pour se cacher.

— Shepherd m'a informée qu'une des servantes avait donné son congé. Que je devais prévenir le bureau de placement. J'ai dû lui demander de qui il s'agissait. Juste pour... l'éprouver. Et il a dû me le dire – il a dû me dire que c'était Ida. Comme si ce n'était qu'un détail, rien du tout.

— Shepherd, murmura Mrs Bone, dont l'esprit fonctionnait à toute allure. Mr Shepherd. Donc... Danny ne savait probablement pas non plus. Il n'avait peut-être rien à voir avec ça.

Winnie baissa la voix.

— Oh si, il savait.

Mrs Bone revit sa maison de Deal, dans le Kent. Les

trésors qu'elle y avait empilés. Le chèque de son frère, les fondements de toute sa fortune. Elle se mit à glousser, la douleur lui déchirait la poitrine.

— Quelle bande d'idiots! fit-elle, puis, avec un geste en direction de Mrs King: et d'une. Et de deux, dit-elle en montrant Winnie. Et de trois, conclut-elle en se désignant, plantant ses ongles dans sa paume.

Mrs King la regarda, puis Winnie:

— Tu ne m'as jamais rien dit.

Celle-ci parut hésiter longuement, mais Mrs Bone perdit patience:

— Qui d'autre? Qui d'autre savait? Mr Doggett? La cuisinière?

Winnie secoua de nouveau la tête.

— Vous ne comprenez pas. Vous ne pouvez pas comprendre comment c'était dans cette maison. Ce n'était pas *là*, pas à la surface des choses: c'était... (Elle s'efforça de trouver les mots justes.) C'était *souterrain*.

— Et notre bonne maîtresse? A-t-elle remarqué les allées et venues des filles? Ou bien était-elle aussi bouchée que toi?

Le visage de Mrs King se ferma.

— Winnie? dit-elle.

Celle-ci se passa la main dans les cheveux.

— Je ne sais pas – je n'ai jamais su. C'est... elle était...

— Quoi?

— Elle était toujours amie avec elles. Avec les filles de la maison.

— Amie?

— Oui, amie.

Elle tendit la main vers Mrs King:

— Tu te souviens, *toi*, comment c'était là-haut, dans la salle de classe, avant que Madame ne fasse son entrée dans le monde. Il n'y avait que les précepteurs, les gouvernantes, et la professeure de danse. Mr de Vries la laissait se lier d'amitié dans le quartier des domestiques. Je trouvais que c'était tellement *gentil*, chuchota-t-elle en fermant de nouveau les yeux.

— D'amitié ? répéta Mrs Bone.

Winnie acquiesça, d'un ton forcé :

— Cela paraissait... naturel. Qu'une fille ait envie de se lier d'amitié avec d'autres filles. Envie de connaître leur vie. Comprendre d'où elles venaient, partager avec elles un peu de l'éducation qu'elle recevait.

— Leur faire gagner une après-midi de congé, intervint doucement Mrs King.

— Et ces filles finissaient par prendre des libertés. Se montraient effrontées, se croyaient favorisées. J'ai toujours mis ça sur le compte d'un manque de discipline. Le maître se montrant indulgent, simplement pour faire plaisir à Miss de Vries.

Mrs Bone détourna le regard de la maison.

— C'était astucieux, vraiment. Un moyen très simple de les mettre à leur aise. Je suppose qu'il avait besoin qu'elles se sentent bien à l'étage des maîtres.

Un frisson la parcourut.

— Miss de Vries est-elle au courant ?

Winnie se contenta de secouer la tête.

— C'est comme je vous l'ai dit. On ne peut pas... on ne peut pas en être sûr. Personne n'en *parle*.

— Et qui était l'homme ? L'homme au manteau gris ?

— Je ne l'ai jamais su.

— Tu veux dire que tu n'as jamais demandé.
— Ce devait être un type fortuné, remarqua Mrs King. Il avait dû payer une belle somme pour cette visite.
— Danny n'avait pas besoin de davantage d'argent!
— L'argent n'est pas tout, objecta Mrs King. Ce n'est pas de l'influence.

Mrs Bone en avait conscience. Elle comprenait le pouvoir du trafic d'influence. Une chaîne ininterrompue de faveurs. Les goûts, les plaisirs, les penchants, les péchés mignons. Les poudres, les parfums, les pavots. Et dans la nuit, derrière de riches tentures, avec des lampes à huile : des filles. Danseuses, *chorus girls*, enfants abandonnées, perdues. Il fallait savoir où les trouver, comment les dresser, comment s'en débarrasser. Mrs Bone ne se contentait pas simplement d'éviter ce genre de commerce. Depuis des années, elle récupérait pas mal de ces filles. Toutes ces Jane.

Brusquement, elle s'adressa à Mrs King :
— Personne n'est jamais venu te chercher, *toi*, n'est-ce pas?

Winnie se redressa, les yeux farouches :
— Jamais! Tout ce temps, j'ai partagé une chambre avec elle. Je ne les aurais jamais laissés faire. J'ai veillé sur toi.

Il y avait quelque chose de passionné et de désespéré dans la façon dont elle s'était exprimée.
— Et toi, Winnie? demanda Mrs King d'un ton grave. Il ne t'est rien arrivé?

Winnie battit des paupières.
— Non! dit-elle vivement. Non, tout allait bien.
— Et notre belle duchesse? demanda doucement Mrs Bone.

— Hephzibah ? fit Mrs King, qui écarquilla les yeux, stupéfaite.

Il était rare de lui voir une telle réaction.

Winnie ouvrit la bouche, la referma. Hocha la tête.

Mrs Bone croisa les bras.

— Pour moi, c'est assez clair.

— Pour moi aussi, acquiesça Mrs King d'un ton grave.

Elles se regardèrent.

— Il faut faire quelque chose, décréta Mrs Bone.

— *Faire quelque chose ?* répéta Winnie d'un ton suraigu. Vous croyez que je n'ai pas essayé ? Je suis allée voir Shepherd. Je suis allée voir le maître.

— Et que s'est-il passé ?

— J'ai raconté que j'avais découvert quelque chose d'absolument épouvantable.

— Qu'a-t-il dit ? demanda Mrs Bone en redoutant la réponse.

Winnie eut un rire amer.

— Il m'a dit de ne pas être aussi *désagréable*. Le lendemain, on m'a donné mon congé. À peine une heure plus tard, je quittais Park Lane. Sans références, sans gages.

L'expression de Mrs King était difficile à déchiffrer dans l'obscurité. Mais Mrs Bone en avait entendu assez. Son cœur tambourinait dans sa poitrine.

— Eh bien ? Je veux des réponses. Je veux des *solutions* !

— Nous avons notre solution, répliqua Mrs King.

Elle détourna le regard de Winnie, tendit la main et attrapa une feuille de vigne qu'elle déchiqueta, morceau par morceau.

— On se met au travail.

Plus tard, une fois les deux femmes parties, Mrs King sonda ses propres sentiments. Les battements de son cœur s'étaient accélérés. Elle les étudia, les chronométra. Jusqu'à présent, son plan lui était apparu tel un kaléidoscope, brillant mais éparpillé en un million de minuscules fragments. À présent, il s'était figé, transformé en un objet étincelant, de dimensions précises, semblable à un diamant. Il possédait sa propre énergie, son propre élan. Elle en retirait une sensation de légèreté, sans plus de liens ni de limites.

Elle avait un goût de métal dans la bouche. Son sang lui hurlait des ordres : « Répare ça, répare ça, rectifie la situation ! »

22

Le jour du bal

Le jour du bal. L'aube se leva, chaude et capiteuse. Park Lane, cet assemblage comme à l'habitude encombré de voûtes, de cheminées et de stores rayés, se força à se réveiller et se mit à chatoyer dans la chaleur. Des nuages de poussière tourbillonnaient déjà tandis que les charrettes et les fourgons automobiles s'arrêtaient pour livrer. La maison de Vries était une véritable ruche bourdonnante d'activité.

Un des petits valets de pied tenait ouverte la porte des fournisseurs, cochant au fur et à mesure sur une liste les nouveaux arrivants, une longue file d'hommes chargés de marchandises. Caisses de vin, immenses vases de lys, tuyaux, cartons de linge. Sur le trottoir, un journaliste prenait des notes.

Mrs Bone le poussa du coude.

— Fiche le camp, marmonna-t-elle.

Une fois dans le hall d'entrée, elle se fit toute petite derrière une vasque. Miss de Vries était déjà sur le pont, flanquée de Mr Shepherd, de William le valet de pied en chef et d'une ribambelle de femmes de chambre. La maison avait pris un nouvel éclat. Les surfaces avaient été dégagées, et d'énormes paravents de fleurs dressés contre les murs – roses cramoisies, orchidées, delphiniums, une cascade volcanique de pivoines rouges. Les servantes avaient travaillé pendant des jours à faire reluire le marbre d'un éclat spectaculaire.

Mrs Bone transpirait, mais sa nièce dégageait une impression de fraîcheur tout en surveillant les arrangements, dans un nuage de mousseline noire. Elle avait la taille dangereusement serrée.

— Mr Shepherd, j'aimerais que vous gardiez l'œil sur quelque chose de délicat…

Le majordome fit signe aux autres domestiques de s'éloigner, mais Mrs Bone se glissa derrière la balustrade ouvragée de l'escalier, dissimulée par les fleurs et des papillons en verre. Tendant l'oreille de toutes ses forces, elle ne saisit qu'un fragment de l'échange.

— … Dans le jardin, en train de discuter avec William.

— Je m'en chargerai moi-même, et j'appellerai le bobby si on la revoit, Madame.

— Non, je parlerai à William en personne.

Mrs Bone regarda le valet de pied de l'autre côté du hall d'entrée, impassible, inconscient d'être le sujet de la conversation.

— Une chose, encore.

La jeune femme s'était exprimée d'une voix doucereuse, ce qui mit Mrs Bone sur ses gardes.

— Vos recherches ont-elles été fructueuses ?

La question engendra une réaction curieuse chez Shepherd : son visage se ferma.

— Je fais de mon mieux, Madame.

Du point d'observation de Mrs Bone, il était difficile de déchiffrer l'expression de Miss de Vries, mais son mouvement de menton suggérait une menace.

— Je l'espère, répliqua la jeune femme avant de s'éloigner, emportant le frisson dans son sillage.

Un peu plus tard, alors qu'elle était sortie fumer une cigarette dans la ruelle des écuries, Mrs Bone faillit bondir de surprise.

— Archie ? chuchota-t-elle, incrédule.

Son cousin rôdait sous la gouttière, en train de tripoter sa moustache, l'air paniqué.

— La rumeur dit *vrai*, vous avez perdu la tête ! s'exclama-t-il. Regardez l'état dans lequel vous êtes !

— Au nom du ciel, qu'est-ce que tu viens me casser les pieds ici ? Qui s'occupe de la boutique ?

Il sentait une nouvelle eau de Cologne – fleur d'oranger et épices. Qui payait donc pour *ça* ? se demanda-t-elle.

— On a des ennuis.

— Quelle sorte d'ennuis ?

— Il n'y a plus de boutique.

Le sang de Mrs Bone ne fit qu'un tour.

— Qu'est-ce que tu veux dire, articula-t-elle très lentement, *il n'y a plus de boutique* ?

— Les gars de Mr Murphy, ce matin dès l'aube, avant même que les marchands ne soient installés. Ils ont balancé une pierre à travers la vitrine.

Mrs Bone ferma les yeux.

— C'est juste de la rigolade.

Archie fronça les sourcils.

— De la rigolade ? Mrs Bone, c'était le signal du début des hostilités, c'est clair comme de l'eau de roche !

— Où est le livre de comptes ?

Il tapota son pardessus.

— Je l'ai. Mais on a dû abandonner le reste.

— *Abandonner ?*

— On avait déjà condamné les fenêtres derrière avec des planches. On se doutait que quelque chose allait arriver – toute la semaine, ça a senti le roussi. On a mis des verrous au bureau de derrière, mais ils ne leur résisteront pas longtemps. Pareil pour les pièces à l'étage.

« Ma planque », se dit Mrs Bone, le cœur serré. Elle agrippa Archie des deux mains, le secoua.

— Tu devrais être là-bas à les empêcher d'entrer, pas ici à me parler !

Il se dégagea.

— C'est vous qui devriez être là-bas ! rétorqua-t-il vivement. Ils ne seraient pas venus si vous aviez été à la maison. Mais tout le monde sait que Mrs Bone a disparu de la circulation.

— Cours à la fabrique, ferme à clé les foutus portails, et fais patrouiller une douzaine d'hommes !

— Une douzaine d'hommes ? Tous nos types sont ici, Mrs Bone ! Et s'ils savent qu'on a des ennuis, ils ne vont pas filer doux.

Mrs Bone lui fit face :

— Dans ce cas, tu as intérêt à tenir ta langue, non ?

Archie poussa un bref soupir.

— Les hommes ont besoin de leurs salaires, Mrs Bone.

— On va les payer cette semaine. Demain.

— On a des dettes par-dessus la tête ! On ne peut rien payer à personne, pas avant que ce coup insensé ne soit bouclé. *Si jamais* il est bouclé, ajouta-t-il en la fixant d'un air sinistre. On aura peut-être besoin d'aller voir Mr Murphy, de demander une trêve, de chercher un prêt. Quelle est votre part sur ce coup ?

Elle se redressa.

— Deux septièmes, annonça-t-elle résolument. Et il est hors de question que je demande ne serait-ce que deux pence à Mr Murphy !

Archie calculait intérieurement.

— Recettes brutes ou nettes ?

Elle demeura silencieuse.

— Mrs Bone ?

— Nettes.

Archie hocha la tête :

— Ce n'est pas assez. Vous avez signé un contrat ? s'enquit-il en lui lançant un regard prudent.

Elle mourait d'envie de lui frotter les oreilles.

— Je signe toujours un contrat, répliqua-t-elle d'un ton froid.

— Et il y a toujours moyen de se sortir de ça.

À cet instant, elle convoqua le souvenir de son frère. Elle fit ce qu'il aurait fait. Elle se dressa sur la pointe des pieds, pressa un ongle sur le visage d'Archie, lui égratigna doucement la peau, suivit son orbite du doigt et articula à voix basse :

— Ne me dis pas comment mener mes affaires, Archibald. Et la prochaine fois que Mr Murphy s'amène, sors les armes.

Elle exerça une légère pression, imaginant ses nerfs et ses muscles frissonnant en dessous.

— Mrs Bone. Si nous n'avons pas l'argent, et que nos hommes prennent peur...

— Pas un mot de plus, Archie. À personne. Compris ?
Il hocha la tête en silence.
— Et maintenant, tire-toi !
Elle regagna rapidement la maison, les idées en bataille. Elle n'aimait pas ça du tout. Brusquement, deux parts des recettes nettes n'avaient plus l'air de représenter autant d'argent.

Un attroupement commença à se former à l'extérieur de la maison. À l'heure du thé, c'était la cohue des deux côtés de la rue. Shepherd installa des hommes sur le trottoir pour garder le porche.

Incapable de rester tranquille, Miss de Vries effectuait ses rondes. Il lui fallait observer la transformation. C'était comme si la demeure endossait une nouvelle peau. D'énormes planches avaient été installées à travers le jardin, formant une vaste esplanade glissante. Les tables du dîner avaient été dressées sous les cyprès, dont les branches supportaient des guirlandes lumineuses. « Celles-ci pourraient prendre feu, se dit-elle en levant les yeux. Tout l'endroit pourrait s'embraser. »

Après la messe, elle se changea.

— Alice peut le faire, déclara-t-elle lorsque Iris vint l'aider.

Alice parut effrayée, mais acquiesça, et habilla Miss de Vries en douceur, lui effleurant à peine la peau. Miss de Vries se mit en grand deuil, sous des couches de serge et de taffetas noir, la taille serrée de velventine noire. Son voile richement brodé lui couvrait tout le buste. Elle sentit la chaleur l'envahir alors qu'elle descendait au jardin, des lys blancs à la main.

— Cher Papa, dit-elle en élevant la voix de façon que le groupe de journalistes puisse l'entendre, combien tu nous manques...

Elle s'agenouilla devant le mausolée et déposa les lys sur le seuil. Les ampoules de flashs crépitèrent, effarouchant les pigeons. La photo ferait la une des journaux. Elle avait compté là-dessus.

Ayant ainsi fait étalage de sa vertu, elle remonta à l'étage, et enfila sa robe d'intérieur.

— Bien, Alice, la complimenta-t-elle en vérifiant ses boutons et ses fermoirs.

La jeune femme n'en avait pas oublié un seul.

— Ce sera tout.

Alice lui lança un long regard pâle – et se retira.

C'était l'heure du courrier de fin d'après-midi. Miss de Vries n'en pouvait plus d'attendre. Lentement, lentement, heure par heure, les cartons avaient commencé à atterrir dans l'entrée. D'abord, les Rutland. Puis Lady Tweedmouth. L'entourage de Lady Londonderry ne fut pas long à suivre. Mr Menzies envoyait ses remerciements. De même que Lady Fitzmaurice et Lord Athlumney. « Voilà », se dit-elle. Apparemment, la duchesse de Montagu s'était surpassée. Ils venaient.

De sa chambre, elle percevait le bruissement distant des servantes en train de frotter le parquet, les bouffées de vinaigre émanant des vitres de la salle de bal. Elle garda sa porte ouverte, et aurait demandé une cigarette si elle n'avait pas eu peur de vicier son haleine.

On frappa. La voix de William s'éleva, pile à l'heure :
— Le courrier, Madame.
— Venez.

Il était tendu – elle le savait. Ces derniers jours,

l'humeur du valet de pied avait changé. Il gardait ses distances. Elle sentait toujours ces choses-là.

Il posa le plateau sur la table.

Elle vit qu'une des enveloppes portait des armoiries rouge foncé. Son cœur s'emballa.

Papa lui avait toujours appris l'art de la patience. De réprimer ses caprices, de brider ses désirs les plus profonds.

« Je ferais un bon ascète, pensa-t-elle avec ironie. Ou une parfaite religieuse. »

— William, dites-moi. Y avait-il quelque chose entre Mrs King et vous ?

L'atmosphère changea. Il prit un air circonspect.

Les gens disaient que William était très beau. Ils en félicitaient Miss de Vries comme si elle y était pour quelque chose, comme si elle l'avait gagné à une vente aux enchères. Peut-être, après tout. Mais son regard n'avait aucun effet sur elle.

Elle ajouta :

— Je ne pose la question que pour le bien de la maison. Je suis garante de sa réputation.

Debout devant elle, dans sa livrée de l'après-midi en soie couleur crème, soigné et manucuré, il rougit.

— Cela vous dérange-t-il si je garde la chose pour moi, Madame ?

— Oui, répondit-elle d'un ton léger. Cela me dérange. (Elle tendit la main en direction du plateau du courrier.) On vous a aperçu avec Mrs King dans le jardin, l'autre jour. Ce n'était pas très raisonnable de votre part, étant donné vos récentes inconduites.

— Qui m'a aperçu, Madame ? demanda-t-il d'une voix tendue.

Elle parcourut les enveloppes, s'empara d'abord de la plus petite, la moins intéressante.

— Vous ne le niez pas.

Il demeura muet.

Elle leva les yeux.

— Par moi, si vous tenez à le savoir.

Elle sortit le carton : *Tout à fait ravis d'accepter, bien à vous, Capitaine et Mrs C. Fox-Willoughby.*

— Je passe mon temps à regarder par la fenêtre, et à voir des choses que je ne devrais pas voir.

Le regard de William devint indéchiffrable, vide. « Bien, se dit-elle, il est ébranlé. »

— Ce sera tout, Madame ?

— Non, je ne crois pas.

Une nouvelle enveloppe.

Elle sourit.

— J'ai une proposition pour vous.

Il ne dit rien. Là aussi, elle approuva. Face à des événements désagréables, il valait mieux garder son calme.

— Il est possible que j'aie bientôt besoin d'un nouveau personnel. Vous comprenez ce que je veux dire ?

William plissa les yeux, juste une fraction de seconde.

— J'ai bien entendu dire que Lord Ashley venait ce soir, Madame.

— Très intelligent de votre part. Oui, c'est le cas. Et il a été porté à mon attention que Lord Ashley n'avait pas de majordome à Brook Street. Une carence, de mon point de vue. À laquelle je prendrai soin de remédier.

Il ne mentionna pas l'évidence. Il ne demanda pas : et Shepherd ? Il avait apparemment deviné la réponse. Shepherd était l'homme de son père, et le monde continuait de tourner. Nécessitait de nouvelles têtes. Une nouvelle énergie.

— Je suppose qu'il faudrait que j'y réfléchisse, Madame.

Elle secoua la tête :

— Non, il est préférable que vous me répondiez sur-le-champ.

Il s'assombrit. Elle vit chez lui l'orgueil blessé, ce qui lui plut de façon démesurée. « Ainsi sont les hommes, pensa-t-elle : si faciles à piquer au vif. »

— Qu'y a-t-il ? interrogea-t-elle doucement. Avez-vous fait d'autres plans ?

Un bruit de pas. La porte s'ouvrit. Un des petits valets passa la tête.

— Madame, Lady Montagu vient d'arriver, annonça-t-il.

— Si tôt ? fit Miss de Vries avec un sursaut.

— Oui, Madame.

— Très bien. Ce sera tout, William, conclut-elle en se levant.

Il lui lança de nouveau un long regard, serra les lèvres, comme s'il prenait une décision.

— Très bien, Madame, dit-il en reculant pour sortir.

Elle rit intérieurement. Il reviendrait le lendemain matin en rampant. Avant de partir, elle s'empara de l'enveloppe la plus lourde de la pile. Elle voulait être seule, l'ouvrir sans être vue. Elle effleura le sceau en cire d'une main tremblante. Déchira le papier.

... Vous informer avec plaisir que Son Altesse Royale est disposée à répondre à votre invitation par l'AFFIRMATIVE, et que vous pouvez attendre la présence de l'écuyer et de la première dame de compagnie...

La lumière tombait doucement à travers la fenêtre. Son cœur bondit dans sa poitrine. « Je suis touchée par la grâce, je suis en route pour la victoire… », se dit-elle.

Dans le hall d'entrée, Shepherd fonça sur elle :

— … Sa Grâce est arrivée sans prévenir, Madame. Nous n'avons pas la moindre idée…

Miss de Vries eut un geste :

— Aucune importance, pour l'instant. Peut-on lui servir un léger souper ?

— Je vais monter le consommé.

L'atmosphère était parfaite, tout embaumait l'orchidée.

— Lord Ashley doit-il bientôt faire son apparition ?

— Nous n'avons pas encore été prévenus.

Elle fronça les narines, l'haleine sèche de Mr Shepherd lui déplaisait.

— Très bien. Menez-moi auprès de Sa Grâce.

23

6 heures de l'après-midi

Six heures avant le coup d'envoi

Hephzibah étudia son costume dans le miroir. Elle s'était couverte de bijoux en strass, parée de plumes. Elle portait une imposante crinoline, ainsi qu'une perruque tarabiscotée et bouclée d'une hauteur impressionnante. On l'aurait crue peinte en rose, le satin couleur punch rosé comme une seconde peau. « Je suis un oiseau de paradis, se répéta-t-elle, les mains tremblantes. Je suis la sensation de mon époque. »

La voix s'éleva, dure et froide :

— Votre Grâce. J'espère que tout va bien ?

Hephzibah inspira du plus profond de ses entrailles, et se retourna.

— J'arrive toujours aussi tôt que possible à un bal, déclara-t-elle, ses paroles résonnant à travers la salle à manger. J'adore chaque minute d'une réception !

Le bal ne débutait pas avant 9 heures du soir. Le cambriolage en lui-même ne commencerait pas avant minuit, suivant le plan. De quelque point de vue qu'on se place, Hephzibah était effroyablement en avance. Mais il lui fallait être en position, prête à piloter ses premiers invités dans la maison. Ce qui signifiait tenir son rôle sans interruption pendant des heures. Ses mains se mirent à trembler encore davantage, et elle s'éventa violemment pour le dissimuler.

Miss de Vries jeta un coup d'œil à la pendule, haussa un sourcil. Mais Mrs King ne s'était pas trompée. Cette jeune femme avait été bien élevée, c'était une professionnelle accomplie.

— Je suis ravie de votre présence, Votre Grâce, déclara-t-elle. Je vous suis extrêmement redevable de votre compagnie.

— Oh, fit Hephzibah avec un sursaut, avant d'ajouter en reprenant ses esprits : dans ce cas, si vous le souhaitez, vous pouvez me faire un baisemain.

Miss de Vries eut un sourire reptilien, le regard froid.

— Et votre costume est tout simplement merveilleux.

— Je suis la reine de France, annonça Hephzibah. L'imprévisible et dévergondée diablesse, qui apporte l'enfer et la révolution. Je suis la mort ! La destruction ! J'espère ne pas perdre la tête !

Hephzibah sentait sa perruque danser dans les airs.

— Je vais me poster ici, pour m'assurer que nous puissions recevoir convenablement Son Altesse Royale. J'ai reçu tous les signes indiquant qu'elle sera avec nous ce soir. Les policiers du palais vont arriver d'un moment à l'autre.

Un éclair d'espérance brilla sur les traits de Miss de Vries.

— Oui, souffla-t-elle à voix basse. J'ai déjà reçu le message.

Hephzibah ne sut quelle conclusion en tirer. Elle supposa qu'Alice Parker était allée voir Miss de Vries avant elle et avait informé sa maîtresse que la princesse venait.

— Parfait ! Alors, suivez-moi, ma douce hôtesse, nous allons les retrouver !

Un groupe d'individus rasés de près, au regard vif et à l'air un peu louche, se tenait dans un coin du hall d'entrée. C'était la seconde équipe d'hommes de main de Mrs Bone. Hephzibah entrevit cette dernière qui se dissimulait derrière une colonne.

— Votre Grâce, salua le premier. Nous sommes là pour jeter un rapide coup d'œil.

— Excellent ! fit Hephzibah.

Miss de Vries les examina, avec une expression indéchiffrable.

— Vous êtes membres des forces de l'ordre ? interrogea-t-elle.

— Pour sûr, répondit le même homme.

Les yeux de Miss de Vries s'étrécirent, puis elle regarda Hephzibah.

Celle-ci affichait un sourire rayonnant, un rictus qui lui donnait mal aux joues. La sueur lui dégoulinait dans la nuque.

— Je vous en prie, messieurs, dit alors Miss de Vries.

Les hommes ne perdirent pas une seconde. Leur flot se répandit partout, autour d'elle, dans l'escalier, dans l'ensemble de la maison. En l'espace de quelques minutes, la demeure fut inondée des troupes de Mrs Bone.

*

Mrs Bone poussa un soupir de soulagement tandis que ses hommes s'éclipsaient. Elle avait filé en douce pour s'assurer qu'ils étaient arrivés sans encombre : elle aimait toujours surveiller une grosse opération. Et ils ne semblaient pas effrayés. Ils marchaient tous suivant le plan. Tout se déroulait parfaitement. «Enfin, se dit-elle, c'est parti.» Toute la journée, elle s'était sentie comme un cheval piaffant derrière la grille de départ. À présent, il lui fallait y aller, s'y mettre. Elle avait empoigné une paire de vases, les doigts agités de tics.

— Qu'est-ce que vous fabriquez?

Mrs Bone sursauta. La cuisinière venait d'apparaître derrière elle.

«Évidemment, tu es là, toi, pensa-t-elle, toujours à traîner dans mes pattes, à te gratter le cul alors que tu devrais t'occuper des petites jeunes, les protéger, les garder en sécurité…»

— Vous ne devriez pas plutôt rester en bas, madame la cuisinière? murmura Mrs Bone. Vous n'avez rien à faire?

— Si *vous* avez le droit de jeter un coup d'œil en haut, alors je suis bien sûre que moi aussi! répliqua celle-ci dans un chuchotement, tout à fait à l'aise, appuyée contre la colonne sans chercher à se dissimuler le moins du monde. Non mais regardez-moi celle-là – elle est troussée comme une dinde, non?

Hephzibah se tenait à distance. Elles entendirent Miss de Vries annoncer :

— Je crains de devoir prendre congé de vous, Votre Grâce. Je dois encore aller enfiler mon costume.

Hephzibah se retourna, parfaitement visible de la cuisinière.

— Je vous en prie, Miss de Vries. Je vais reprendre des forces en vue de la danse, déclara-t-elle.

— Oh, souffla la cuisinière. Je la connais, *elle* !

Mrs Bone sentit sa poitrine se contracter, et elle flanqua un vase dans les mains de la cuisinière.

— Venez m'aider avec ça, il faut les emporter dans la cour !

C'était prévisible. Fatalement, un des domestiques, un de ceux de la vieille garde, allait se souvenir de la petite souillon. Mrs Bone faillit laisser échapper un rire amer. Et bien entendu, ce serait la cuisinière. Elle sortit de derrière le pilier, fixant désespérément la nuque d'Hephzibah, tentant de lui expédier un message subliminal : « Sors de là, va te cacher, vite ! »

Miss de Vries, qui avait saisi la remarque, regarda fixement la cuisinière.

Mrs Bone demeura pétrifiée. Elle savait ce qui devait se produire. Ce qui ne manquerait pas d'arriver, dans des circonstances normales. Miss de Vries froncerait les sourcils, chercherait du regard un valet de pied, ou bien Mr Shepherd, quelqu'un qui sortirait la cuisinière de là. Mais elle n'en fit rien. Elle se contenta de l'étudier avec curiosité, puis lentement – effroyablement lentement –, elle se retourna vers Hephzibah.

Devinant une crise, Hephzibah écarquilla les yeux. Plus tard, Mrs Bone pensa : « Sans le courage d'Hephzibah, sans sa splendeur, si elle n'avait pas été une telle barbare peinturlurée et poudrée, ils n'auraient jamais réussi à passer la nuit. »

Hephzibah pencha la tête vers Miss de Vries et chuchota sur le ton de la confidence :

263

— Vous me semblez avoir ici à votre service une sorte de femme particulièrement passionnée…

Mrs Bone eut l'impression que l'atmosphère se ratatinait. Elle fourra le vase dans les mains de la cuisinière, prise de vertige.

— Allez-y, maintenant! lui chuchota-t-elle à l'oreille.

Elle vit Hephzibah poursuivre, imperturbable. Sentit la cuisinière se raidir, le rouge lui monter aux joues.

— Pardon, Madame, pardon Milady, balbutia-t-elle avec un semblant de révérence, pendant que le vase lui glissait des mains.

— Et on y va, marmonna Mrs Bone en lui saisissant le bras. *On y va!*

— Je…

— *Tout de suite!*

«Allez, allez, allez, cours!» Elle entraîna la cuisinière, sentant tous les regards dans son dos, le cortège de froideur qui les accompagnait à travers la pièce.

— J'ai juste pensé… pendant une seconde, dit la cuisinière. C'était curieux… je me suis dit qu'elle ressemblait à…

Mrs Bone ouvrit la porte avec fracas, leur fit quitter le hall d'entrée.

— Tenez! jeta-t-elle en balançant l'autre vase à la cuisinière. Vous feriez mieux de prendre tout ça!

Seules les feintes et les distractions fonctionnaient, avec la cuisinière.

Celle-ci fusilla du regard Mrs Bone et lui lança d'un ton mauvais:

— Et vous feriez mieux de surveiller votre langue! Et puis, qui vous a bombardée reine du château?

— Le Seigneur en personne ! répliqua Mrs Bone, le cœur battant et le souffle court. Et vous me remercierez plus tard. Mais voulez-vous bien écouter, madame la cuisinière ? Je dois vous confier une chose terrible...

24

Plus que cinq heures

Alice s'était éclipsée pour sa pause, tout en jetant à chaque instant des regards par-dessus son épaule. Winnie, le visage dissimulé par un voile violet, la retrouva au coin de Mount Street. Elle paraissait épuisée, les épaules voûtées.

— Je n'ai pas beaucoup de temps, murmura Alice. On peut faire vite?

Winnie souleva son voile, vérifia que personne ne les observait. Elle avait le regard inquiet, le teint brouillé.

— Bien. Repasse-moi le plan en revue. Je dois être sûre que tu maîtrises les détails.

Alice plongea les mains dans ses poches, jeta un coup d'œil nerveux dans la rue.

— C'est comme on a dit: je vais faire du foin, provoquer un scandale, pour faire descendre Madame au sous-sol, que les hommes de Mrs Bone puissent démarrer au troisième étage.

Winnie secoua la tête.

— Non, ce n'est pas dans ta nature. Et Miss de Vries connaît ta nature. Elle t'a déjà cernée.

Miss de Vries brillait dans l'esprit d'Alice, qui mourait d'envie de retourner au costume, de le rectifier, d'effectuer les dernières modifications. Elle attendait avec impatience de l'ajuster à Madame. Elle s'efforça de dissimuler tout cela derrière un sourire tremblant.

— Je ne travaille ici que depuis très peu de temps, objecta-t-elle.

— Et tu crois que c'est important ? Miss de Vries est une excellente psychologue. Si tu te conduis bizarrement, elle s'en apercevra tout de suite.

Alice revit les yeux de Miss de Vries. Gris, changeants, pénétrants. Alice se conduisait-elle *vraiment* bizarrement ? Toutes ses émotions lui paraissaient tout à fait extraordinaires.

— Bien. Dis-moi ce que je dois faire.

— Toi, dis-moi.

Alice se mit à transpirer. On lui avait attribué le plus facile des boulots de toute leur bande, ce qui la rendait encore plus anxieuse. *Observer* Madame. C'était tout ce qu'elle avait à faire. L'observer. Rien d'autre. Si elle se trompait, elle serait responsable de leur échec à toutes, provoquerait la ruine de l'entreprise. Elle se sentit mal.

— Alice ?

— Je suppose que je... que je devrais me montrer très mal à l'aise dans la circonstance. Je veux dire, à cafter. J'en bafouillerais en me demandant si je dois parler.

— Bien, ça me paraît bon.

— Je dirais : *Je ne voudrais pas médire...*

— Hmm...

— D'accord, je dirais plutôt : *Je ne veux pas causer de problème.*

— C'est mieux. Et tu devrais prendre l'air coupable, ajouta Winnie en lui pressant le bras. Rougis, si possible.

— Je ne peux pas provoquer ça chez moi.

— Imagine Miss de Vries en train d'essayer de t'écorcher vive.

Alice en pâlit illico. La perspective éveilla en elle une vive douleur – quelque chose de totalement inattendu. Elle expira.

— Écoute, Winnie, je ne vois pas comment je peux faire. Elle est impossible à manipuler. Je n'ai aucun moyen de l'obliger à descendre.

Winnie lui lança un regard anxieux.

— Bien sûr que si! Tu te débrouilles merveilleusement. Ensuite, une fois qu'elle en aura fini dans le quartier des domestiques, tu dois absolument la suivre à la trace. Reste accrochée à ses basques toute la nuit – à l'intérieur, à l'extérieur, partout. Les hommes de Mrs Bone ne s'approcheront pas de ses appartements avant le tout dernier moment, par mesure de précaution. À la seconde où on te donne le signal, tu nous l'amènes – où que tu sois, quoi qu'il se passe. *Fais-la venir*.

Alice avait passé en revue cette partie du plan à de multiples reprises.

— J'essaierai.

— Alice, qu'y a-t-il? Tu es affreusement pâle.

— Rien, répondit la jeune femme en secouant la tête.

— Je te l'ai dit: Mrs King est sacrément ravie. Elle te fait totalement confiance.

— Qui ça? Mrs King, ou Madame?

— Mrs King, naturellement, rétorqua Winnie avec une grimace, avant d'ajouter après un silence : Comment ça va, avec Miss de Vries ?

Une vague de malaise traversa Alice.

— Bien. Je veux dire, c'est parfait.

Était-ce le cas ?

— Je ne sais pas grand-chose. Elle se lève à 5 heures. Elle passe la matinée sur son courrier et les journaux. Elle lit de 2 heures jusqu'à l'heure du thé. Puis c'est le dîner, et le coucher. Il n'y a presque rien à dire, en fait.

Alice eut un rire creux.

Winnie l'étudia en silence.

— C'est une personnalité très captivante, commenta-t-elle enfin.

Alice détourna les yeux.

— Si tu le dis.

— Je le dis. Elle peut être vraiment charmante. Perspicace. Avec un bon sens de l'humour. Tu es nouvelle dans la maison, tu peux donc y être facilement sensible.

— Ah, évidemment, je suis la bonne poire de tout le monde !

La colère d'Alice la surprit elle-même. Elle la ravala.

— Je ne voulais pas être grossière, ajouta-t-elle. C'est peut-être... la pression.

— Alors je te suggère de prendre une profonde inspiration, répliqua Winnie avec sérieux en consultant sa montre. Parce que, mon petit oiseau, c'est le moment de te mettre à chanter.

Alice aurait désespérément voulu parler alors, se confier, dire : « Aidez-moi. » Miss de Vries n'était pas *charmante*. Elle n'était pas *captivante*. Alice et elle ne discutaient pas comme des amies; il n'y avait entre elles ni rire ni bavardage. C'était différent, une sorte de camaraderie vive et pétillante.

Du genre qui lui faisait battre le cœur à se rompre.

Les Jane se dépêchaient, portant un énorme plateau chargé d'une montagne de cartons dissimulés par un tissu blanc. Le chauffeur bataillait avec un tuyau qui déversait de l'eau avec force dans la cour intérieure.

— Qu'est-ce que c'est que tout ça ? demanda-t-il en les repérant.

— Des gâteaux ! crièrent-elles en se précipitant dans la maison.

Il ne s'agissait pas de gâteaux, mais de machines à fumer Parenty, qui faisaient un bruit d'enfer dans leurs emballages.

— Si seulement c'étaient des gâteaux, murmura Jane-deux alors qu'elles se faufilaient prudemment dans l'ascenseur.

— Ne commence pas, Moira.

Elles glissèrent vers les étages sans se faire remarquer.

Il était remarquablement facile de semer la zizanie. Comme prévu, Mrs Bone avait glissé un tout petit mot à l'oreille de la cuisinière, et comme prévu, la cuisine avait sombré dans le chaos. La cuisinière était au centre de l'agitation, brandissant sa cuillère en bois :

— Vous avez entendu ! jeta-t-elle en désignant Mr Shepherd.

Tout pâle, celui-ci leva les mains, s'efforça de calmer le vacarme et cria, tentant de surmonter les voix :

— Mesdames, ce n'est pas le moment de semer la dissension dans nos rangs!

La cuisinière leva encore plus haut sa cuillère.

— Mr Shepherd, il nous est impossible de bien travailler dans ces conditions. *Vous* devez prendre une décision!

Mrs Bone contemplait tout ceci en haussant le sourcil. «Facile, se disait-elle. On les énerve, on leur monte la tête, et ils partent en vrille...»

La cuisinière l'aperçut:

— La voilà! Posez-lui vous-même la question, Mr Shepherd!

Le majordome, en sueur, se tourna vers Mrs Bone.

— Eh bien? De quoi s'agit-il?

— Dites-lui! s'exclama la cuisinière, rouge d'indignation, agitant sa cuillère. Répétez-lui ce que vous m'avez dit!

Mrs Bone se tordit les mains, prit un air de chien battu.

— Ce sont les policiers de la princesse, Mr Shepherd. Ils n'ont pas arrêté de nous reluquer, nous les dames, en nous attribuant des notes de un à dix! C'était dégoûtant! expliqua-t-elle en jetant un regard de côté à la cuisinière.

— Vous voyez, Mr Shepherd, lança celle-ci, triomphante, les yeux flamboyants. Ils ont même reluqué *la vieille femme de journée*!

Mr Shepherd les contempla avec des yeux ronds.

— Oh, oui, Mr Shepherd! renchérit Mrs Bone en se déhanchant. Et ils m'ont touchée, ici, et là.

Mr Shepherd détourna le regard.

— Voyons, mesdames...

La cuisinière leva l'index:

— Quoi qu'on fasse, on peut les baptiser bobbies, les envoyer à Buckingham Palace, les mettre en uniforme, leur donner de grands airs, tout autant qu'on veut... Ça ne fait aucune différence, ils sont irlandais !

— Madame la cuisinière...

— *Irlandais*, Mr Shepherd ! Des coureurs de jupons impénitents !

William se rapprocha, juste derrière Mrs Bone, répandant une délicieuse odeur.

— Que se passe-t-il ici ? murmura-t-il.

Mrs Bone croisa les doigts.

— Je n'oserais pas le dire.

La main pressée sur le cœur, la cuisinière poursuivit, dans un chuchotement sévère :

— Et j'aimerais bien savoir à quoi pensent Leurs Majestés, à amener des coureurs de jupons dans leur maison pour garder leurs filles ? Autant mettre les princesses aux enchères ! Et appeler la princesse Maud une catin !

— Ça suffit, la supplia Mr Shepherd, angoissé.

— *Pas d'Irlandais !* intima la cuisinière en brandissant de nouveau sa cuillère. *Pas d'Irlandais !*

— *Ça suffit !*

Shepherd balaya l'assemblée du regard, aperçut William :

— Faites sortir les hommes de la princesse et emmenez-les aux écuries. Faites-leur servir des rafraîchissements, avec mes compliments.

— *Des compliments*, Mr Shepherd ? se récria la cuisinière.

— Et demandez-leur de se tenir à l'écart de la cuisine, et *très* à l'écart des dames.

— Ooh, je crois que je vais avoir un bleu sur la hanche, madame la cuisinière, geignit Mrs Bone, tellement ils m'ont pincée fort.
— Allez-y! rugit Mr Shepherd.
«Parfait», pensa Mrs Bone. Elle avait besoin d'un escadron près de la porte de derrière, prêt à dégager la rue le moment venu.

La cuisinière se retourna, furieuse.
— Et Mr Doggett, Mr Shepherd? Il ne va pas apprécier de voir ses écuries envahies de...

Mr Shepherd la rembarra d'un geste.
— Mr Doggett nous aide ici. William, vous réglez tout ça.
— Oui, Mr Shepherd.
— Je veux que tout le monde se remette au travail.

La cuisinière réunit autour d'elle sa troupe de filles de cuisine. Elle croisa les bras, l'air mauvais.
— Ils ne devraient pas faire ça, asséna-t-elle tandis que Shepherd battait en retraite. Madame ne va pas apprécier que des étrangers s'installent dans le jardin. Ils pourraient déverrouiller la porte!

Ce genre de réflexion n'était pas du goût de Mrs Bone.
— Ah, parce que vous êtes une sacrée détective, c'est ça? Vous trimbalez votre loupe dans votre tablier? Et votre sifflet de police?

Les filles de cuisine la regardèrent, bouche bée. Mrs Bone leur jeta un regard noir. Elle aurait bien assez tôt quitté cette maison, elle en avait bientôt fini avec ce rôle d'humble vermisseau.
— Ah, fermez-la! aboya-t-elle. Et que l'une d'entre vous vienne m'aider avec ces seaux.

La cuisinière lui lança un regard glacial.

— Servez-vous ! lança-t-elle avant de tourner les talons.

*

Les Jane avaient commencé à emballer le contenu des suites au deuxième étage – convaincues de disposer de l'endroit à elles toutes seules. Leurs paniers à linge regorgeaient déjà de bibelots. Leur système était au point. Soulever un objet, l'emballer dans du papier de soie, le laisser tomber dans le panier. Elles travaillaient à un rythme régulier, concentrées. Elles n'entendirent même pas la porte s'ouvrir.

— Hé, qu'est-ce que vous faites ?

Elles se retournèrent d'un bond. Une ombre se dessinait sur le mur.

À la vue de l'une des femmes de chambre sur le seuil, yeux écarquillés, l'estomac de Jane-deux se contracta.

— On met des choses à l'abri, répondit Jane-un du tac au tac. Donnez-nous donc un coup de main.

— Mr Shepherd a parlé des suites des invités. Pas de *toutes* les suites.

— Si vous voulez, je lui dirai que vous nous avez ralenties.

La femme de chambre se raidit.

— Je n'ai pas plus de cinq minutes.

— C'est tout ce dont nous avons besoin.

Jane-deux regretta de ne pas avoir son registre avec elle. Les risques lui donnaient envie d'éternuer.

— Je n'aime pas ça, murmura-t-elle.

— *Chut*, souffla Jane-un.

25

Plus que quatre heures

À l'extérieur, la cohue des badauds attendant l'arrivée des grands de ce monde devenait remuante. Ils étaient comme des papillons attirés par la flamme : des hommes en bras de chemise après leur journée de travail, des femmes brandissant des éventails en papier. N'avaient-ils pas de maisons pour rentrer chez eux ? Des existences à mener ?

« Pas plus que moi », se dit Winnie. Elle n'avait pour ainsi dire pas dormi depuis deux jours.

Ses mains tremblaient, alors qu'elle avait pourtant planifié ce moment avec précision et, au bout du compte, il se déroula exactement tel qu'elle l'avait conçu. Son imagination était capable d'inventer n'importe quoi. Et il le fallait. Elle avait tout à prouver. Hephzibah l'évitait. Et Mrs King aussi, sans aucun doute. La révélation à propos des filles avait changé quelque chose entre elles, avait déformé le plan, lui donnant de nouvelles dimensions ténébreuses.

Winnie était déguisée en Isis, la sœur et épouse d'Osiris. Elle descendit Park Lane en cortège, au sommet d'une pyramide ornée de dorures montée sur roues, accompagnée de nombreux hommes de main de Mrs Bone, peinturlurés et vêtus des tuniques qu'elle leur avait confectionnées. Ils étaient précédés de deux files de chameaux loués au cirque de Mr Sanger, menées par deux douzaines d'hommes eux aussi en tunique nouée à la taille par des cordes. Les autres portaient des tambours qu'ils faisaient résonner à chaque pas. Winnie surplombait tout cela, dans un vêtement blanc à paillettes chatoyant, bras écartés.

Des exclamations de surprise et de ravissement s'élevèrent de la foule. De toutes parts, la circulation s'arrêta.

Winnie ferma les yeux. Elle sentait la sueur sur son front, mais n'osait pas toucher à son maquillage. La foule l'applaudit avec des cris de joie. Elle concentra toute son énergie sur son rôle de reine. Il n'était pas facile de se tenir debout. La pyramide grondait et brinquebalait sous ses pieds. Elle s'imposa l'ordre de ne pas tomber. L'intérieur de la structure était creux, plein d'étagères et de compartiments. Ainsi que d'autres hommes invisibles : la relève. Elle se les représenta cramponnés aux poignées, grimaçant à chaque cahot de la route.

Les autres divertissements suivaient derrière elle : jongleurs, cracheurs de feu et danseuses avec des cerceaux. Des accordéonistes, des anges porteurs de clochettes. L'ensemble était à la fois magnifique et discordant, aussi bruyant et extravagant que possible.

Sa gorge se serra lorsqu'elle descendit enfin de la pyramide.

Alpaguant un homme en tunique blanche, elle lui chuchota :

— Tenez, vous pouvez porter un message à Mrs King de ma part ?

— À quel propos ?

— Dites-lui juste : *Il se passe quelque chose avec le petit oiseau.*

— Elle comprendra ?

— Dites-lui juste ça.

Un peu plus tôt, Winnie avait eu des doutes sur l'expression d'Alice. La petite avait quelque chose en tête, que Winnie ne parvenait pas à interpréter, et qui éveillait ses craintes. Elle avait besoin d'une seconde opinion.

L'homme de Mrs Bone la regarda avec désapprobation.

— Vous avez conscience que vous n'êtes pas *vraiment* une reine ?

Elle l'ignora. Les hommes lui servirent de haie d'honneur tout le long du trottoir, pour franchir le porche puis la gigantesque porte d'entrée. Elle savait qu'elle vacillerait lorsque l'odeur de la maison lui monterait de nouveau aux narines. Le bois ciré. Le verre passé au vinaigre. Ces effluves persistaient, surmontant une vaste pourriture.

« Vas-y, entre », se dit-elle en entraînant ses guerriers avec elle à l'intérieur.

Sur le tableau peint d'une nuance vert sapin foncé, des clochettes de cuivre rutilantes étaient soulignées d'étiquettes dorées désignant les pièces correspondantes : *Le bureau de Mr de Vries. La salle de bains de Mr de Vries. La bibliothèque. La salle à manger. Le salon ovale. La salle de bal.*

Enfin, une des sonnettes se mit à tinter furieusement.

Une voix s'éleva :

— Alice ? Madame est prête pour vous.

La jeune femme jeta un nouveau coup d'œil au tableau. Elle voyait briller le cuivre, le battant qui vibrait encore.

Le salon d'habillage de Miss de Vries.

— Je viens, dit-elle en lissant son tablier.

Miss de Vries reçut Mr Lockwood dans la salle de bains de Papa. Elle attendait des résultats, et elle avait bien l'intention de les obtenir. Elle avait déjà émergé de son bain, s'était couverte, était parfaitement décente. Mais elle avait encore la peau humide et rougie, et à sa vue, il haussa les sourcils :

— Ici, Miss de Vries ? Vraiment ?

Les murs étaient couverts de boiseries de chêne sombre cirées à en briller de façon invraisemblable, incrustées de centaines de miroirs et de sculptures grotesques. Il les examina, les narines pincées à la vue des nus, des statues en ivoire, des brocs à eau phalliques.

Elle remonta son châle sur ses épaules.

— Je voulais vous entretenir en privé. Avez-vous terminé les négociations ?

Il soupira.

— Les conseils de Lady Ashley sont en train de réexaminer les détails de l'indivision.

— C'était déjà le cas il y a trois jours.

— Et ce pourrait très bien être encore le cas dans trois jours, Miss de Vries. Ou dans plus longtemps encore.

Elle vida le broc, dont l'eau explosa en vagues sur les côtés du lavabo.

— Je veux que cette affaire soit conclue ce soir.

Lockwood serra les lèvres en une ligne sombre.

— C'est le cas de tout le monde. Mais ces questions prennent du temps.

Miss de Vries se retourna pour le fixer.

— J'ai besoin de certitudes, Mr Lockwood. J'ai besoin d'avancer. Je ne peux pas attendre éternellement.

— Vous pouvez attendre trois jours.

— Peut-être, mais je ne le veux pas. Donnez-leur jusqu'à minuit, ou bien je clos les négociations.

Lockwood ferma les yeux.

— Vous n'êtes pas sérieuse ?

Elle sourit.

— Non, je ne suis pas sérieuse. Mais prévenez-les que c'est ce que je ferais, dit-elle en ajustant sa cape.

— Il me faut un bakchich, si je dois serrer la vis.

— Pas de bakchich. Vous avez déjà fait bien trop de concessions.

Il pencha la tête.

— À Lady Ashley, peut-être. Mais vous poursuivez un autre gibier. Lord Ashley a ses propres faiblesses spécifiques.

Miss de Vries frotta le miroir de son poing, essuyant la vapeur, s'examinant.

— Alors, faites pression sur eux. Sur qui vous plaira.

— Il ne s'agit pas tant de pression que… *d'offrandes*, suggéra Lockwood d'une voix douce avec un sourire, le regard vide et indéchiffrable.

Elle éprouva un frisson.

— Vous voulez dire un cadeau.

— Oui.

Elle s'y attendait depuis des jours. Elle avait senti Ashley tourner autour du pot lorsqu'il était venu prendre le thé, et Lockwood avait immédiatement compris, se passant sur les lèvres sa petite langue de lézard. Cherchant le goût du sang.

— Je vois.

— En temps normal, j'aurais discuté de cela avec votre cher papa, mais...

Elle le fixa en silence.

Il haussa un sourcil.

— Miss de Vries?

— Oui?

La peau lui brûlait, de plus en plus. Jamais elle n'avait côtoyé le business d'aussi près. Elle n'avait jamais complètement franchi le cap.

Il soutint son regard.

— Vous avez un nom en tête?

Alice ne prit pas l'ascenseur, et s'engagea dans l'escalier. Le hall d'entrée se remplissait des premiers invités, les moins importants, et la demeure bouillonnait, tourbillonnait en contrebas. Le marbre luisait sur son passage, et elle distinguait son reflet, celui d'un petit fantôme nerveux se pressant vers l'étage.

« Je pourrais m'enfuir, se dit-elle. Je pourrais monter à bord d'un steamer. Ou tout aussi bien sauter d'un pont. »

« Reprends-toi », s'adjura-t-elle.

Miss de Vries avait déjà commencé à se déshabiller, à défaire sa chevelure. Elle paraissait toute rose, vulnérable à la lumière de la lampe. Alice en avait le cœur tout retourné.

— Oui? fit Miss de Vries d'une voix tendue.

— C'est moi, Madame, répondit la jeune femme en

s'efforçant au calme. Je suis venue vous coudre dans votre costume.

Madame était agile, semblable à un loup. Elle traversa la pièce à pas vifs et fermes, les bras tendus.

— Déboutonnez-moi. À quelle vitesse pouvez-vous le faire ?

Son visage frotté de crèmes brillait, la fatigue de la veille effacée. Alice se mit à défaire maladroitement sa robe.

— Dépêchez-vous !

— Je dois faire attention, répondit la jeune femme avant d'ajouter : Madame.

Miss de Vries se dégagea des mains d'Alice en se tortillant, disparut derrière le paravent tout en laissant apercevoir un éclair de baleines de corset.

— Venez m'aider, fit-elle avec un signe du doigt.

Assises sur des bancs dans un coin de Hyde Park, les femmes qui nourrissaient les oiseaux éparpillaient par terre des miettes de pain rassis. Mrs King était installée avec elles, le chapeau baissé sur les yeux, lançant ses propres miettes aux pigeons. Elle écoutait le bavardage des vieilles femmes, mystérieux et gamin, sentait la chaleur alourdir l'air du soir. Elle patientait, observant toujours du coin de l'œil la maison de Vries, rassemblant ses forces pour la nuit à venir.

De grosses automobiles roulaient au coin de Park Lane. Elle compta intérieurement les minutes, puis claqua des doigts en direction des oiseaux, qui s'envolèrent, évoluant en cercles. Voilà ce qu'elle voulait. Sentir son propre pouvoir. Être une magicienne.

Les oiseaux revinrent, se posèrent, et elle se leva du

banc. Le sang lui battant aux tempes, elle se mit en route pour traverser l'étendue suffocante du parc.

Une fois face à la maison, Mrs King la contempla. Les appartements de Miss de Vries se trouvaient au-dessus du jardin d'hiver. La grande baie vitrée de sa chambre était enveloppée de voilages qui brouillaient les contours des silhouettes à l'intérieur. Alice devait s'y trouver à cet instant, à faire exactement ce qu'on attendait d'elle. Tout se déroulait à la perfection. Impossible d'échouer.

Calèches et automobiles bloquaient la rue tout du long jusqu'à Hyde Park Corner d'un côté, et jusqu'à Oxford Street de l'autre. Mrs King percevait le sifflet strident d'un agent de police. Une foule se dirigeait vers la maison. La pyramide dorée de Winnie, énorme, étincelante, était abandonnée au milieu de la rue, obstacle magnifique.

La porte d'entrée des fournisseurs de la résidence de Vries s'ouvrait et se fermait toutes les trente secondes. Mrs King rejoignit une bande de serveurs qui riaient aux éclats dans leurs vestes immaculées. Elle franchit la porte avec eux sans que personne la remarque.

Alice apporta la robe soigneusement repliée.

Miss de Vries se leva de son divan, les mains tendues.

— Merveilleux, remarqua-t-elle doucement, suivant du doigt les bords incrustés.

Elle leva les yeux sur Alice et plissa le front :

— Le travail est meilleur que je ne m'y attendais.

Le cœur d'Alice se gonfla d'orgueil, mais elle garda les yeux baissés.

— Quand on a un modèle, ce n'est pas si difficile, remarqua-t-elle en s'efforçant à la nonchalance.

— Mais vous n'aviez pas de modèle, objecta Miss de Vries.

Alice rougit.

— Non.

Miss de Vries l'étudia un moment. Quelque chose passa entre elles, non dit, juste sous-jacent. Puis Miss de Vries rompit le silence :

— Très bien. Aidez-moi.

Le froissement de l'étoffe. La peau pâle. Ici, les lampes brûlaient bas, l'air était raréfié. Miss de Vries agrippa l'épaule d'Alice pour ne pas perdre l'équilibre. Dehors, des tambours battaient, au rythme du pouls d'Alice.

— Prenez cette ceinture, s'il vous plaît.

— Oui, Madame.

Elle fixa l'accessoire. La respiration de Miss de Vries s'était accélérée. Ce devait être l'anticipation, l'excitation, la promesse de la soirée à venir.

— Alice…

Il y avait une tension dans son ton, comme si elle s'apprêtait à demander quelque chose, à donner un ordre.

Le moment était venu. La bouche sèche, Alice parla avant que Mrs de Vries ne puisse le faire :

— Madame, je dois vous dire quelque chose…

26

Miss de Vries se précipita, maintenant en place sa coiffe à l'égyptienne dont les chaînes tintinnabulaient. Alice se hâta derrière elle, observant les ondoiements de la robe qui, en dépit de sa taille rigide comme une cuirasse, flottait avec une sorte de grâce intense.

— Je n'étais pas sûre de devoir vous en parler, Madame. Mais, sachant combien de monde est attendu ici ce soir, j'ai pensé qu'il valait mieux…

Winnie aurait apprécié le discours, se dit-elle en éprouvant du dégoût. Elle suivait le plan à la perfection, pourtant, elle avait l'impression qu'on lui écrasait la poitrine, les nerfs à vif.

— C'est à moi d'en juger, trancha Miss de Vries d'un ton dur.

Elle marchait si rapidement, plus vite qu'Alice ne s'y attendait, s'élançait en direction du palier.

Lorsque Alice l'avait informée, Miss de Vries avait serré les poings, planté ses ongles dans ses paumes, comme pour se punir. Comme si elle s'était *attendue* à une trahison dans la maisonnée, comme si elle la prévoyait depuis longtemps. Elle s'était ruée sur sa coiffeuse, ouvrant les tiroirs d'un coup sec, fouillant à l'intérieur, cherchant, comprenant ce qui manquait.

Elle s'était retournée vers Alice, livide.

« Vous avez raison. Elle a disparu. »

Elle était en colère, mais une colère plus profonde qu'Alice n'en avait jamais vu, qui l'habitait jusqu'à la moelle. Elle le percevait dans la rudesse de la voix de Miss de Vries :

— Je ne le supporte pas. Qu'on s'en prenne à moi de cette façon.

— Je devrais aller chercher Mr Shepherd, Madame, intervint Alice en sentant un frisson lui parcourir la colonne vertébrale. J'aurais vraiment dû aller le voir en premier...

La stratégie était parfaite.

— Shepherd est un imbécile ! Il ne réglera rien. On parle ici de *mes affaires personnelles*. Je vais descendre moi-même au quartier des domestiques, asséna-t-elle en renvoyant Alice d'un geste.

C'était là-dessus qu'elles avaient compté. Il fallait qu'elle se trouve tout en bas, qu'elle entraîne le personnel avec elle, que tout le monde reste là pendant que les portes des combles s'ouvraient doucement, et que les hommes de Mrs Bone commençaient à se répandre dans les étages inférieurs. Elles se hâtèrent en direction de l'ascenseur, et Alice jeta un coup d'œil par-dessus l'épaule de Miss de Vries. Étouffant un sursaut, elle aperçut les Jane sur une paire d'escabeaux dans l'une des chambres adjacentes. La porte avait dû s'ouvrir toute seule. Sur la pointe des pieds, elles étaient en train de soulever de leurs tringles les immenses rideaux de brocart.

— Je ferais mieux de vous accompagner, Madame, lança Alice en élevant la voix. Pour vous soutenir.

Elle se pressa dans l'ascenseur, dissimulant les Jane à la vue.

— On descend! dit-elle en enfonçant le bouton, le souffle court.

Plus tard, Mrs Bone se souviendrait de ce moment, de la peur et du frisson d'excitation lorsque sa nièce était descendue au sous-sol.

Elle venait de subtiliser un petit pain qu'elle fourrait dans sa bouche, essayant de se remplir le ventre avant que quelqu'un ne lui flanque une autre serpillière et un seau dans les mains. Puis il lui sembla percevoir un léger tremblement au-dessus de sa tête. Des pas, précipités.

« Nous y voilà, ça commence », se dit-elle.

Elle se frotta les lèvres de son poing pour essuyer les miettes. Déglutit. La cuisinière était plantée devant le fourneau, entourée de près par ses filles. Les autres domestiques luttaient pour se déplacer, ralentis par la cohue perpétuelle. Le raffut était effroyable, mélange du fracas des casseroles, de cris, d'éclats de rire déchaînés, dont une bonne partie avec la complicité de ses propres hommes dans leurs tenues.

Mrs Bone inspira, contracta les doigts, regarda soigneusement droit devant elle.

Ce fut une voix à la porte qui perça le vacarme. Une voix grave, furieuse.

— Mr Shepherd!

Il se trouvait à l'autre extrémité de la cuisine, mais se retourna instantanément – comme tout le monde.

Dans toute la pièce, le rythme se ralentit alors que Miss de Vries faisait son apparition.

Le niveau du bruit chuta brutalement lorsque Madame s'immobilisa, étincelante dans ses colifichets de jais, parée de noir avec une gigantesque coiffe ornée de perles, une tenue de deuil que personne n'avait jamais vue sur une lady auparavant.

Ce fut Mr Shepherd qui prit le premier la parole, dans l'obligation de le faire :

— Madame ? couina-t-il.

Miss de Vries claqua des doigts à l'adresse de quelqu'un :

— Alice ! Qui était-ce ?

La jeune femme apparut, sortant de l'ombre de Madame, le teint grisâtre. « Bonne fille », pensa Mrs Bone. Tout se déroulait comme prévu.

— Mrs Bone, articula Alice à mi-voix.

— Mrs Bone, répéta Miss de Vries. Où êtes-vous ?

« Qui aurait jamais cru ça ? » se dit Mrs Bone. Que la petite fille de Danny puisse avoir une telle voix ? D'où pouvait-elle provenir, dans une silhouette aussi corsetée ?

— Ici, m'dame, dit-elle en levant la main.

Elle aurait pu se croire le Seigneur en personne, de la façon dont la foule s'écarta devant elle. Elle ignora le tremblement de sa main, regarda droit dans les yeux de Miss de Vries. Ceux-ci étaient aussi troubles qu'un marécage, impossibles à déchiffrer. « Les miens ressemblent-ils à ça ? » se demanda-t-elle.

— Il y a un problème ? lança-t-elle avec enthousiasme.

Tout allait commencer. Mrs King observait l'afflux des invités.

Ils arrivaient en rang par deux, ayant abandonné leurs grandes capes, leurs manteaux et leurs châles dans les automobiles. Ils entraient, le teint cramoisi, se repaissant de la vue de la demeure et des autres invités. Ils portaient des fraises, des coiffes, des manches ballon, des crinolines, des perruques poudrées, des bottes mousquetaire – Londres savait vraiment comment donner un bal costumé. Dans bien des cas, ils étaient déjà passablement ivres. « Bien », se félicita Mrs King.

Elle avait enfilé son propre costume dans une tente dressée dans le jardin, en même temps que les autres saltimbanques. Une robe tunique de coton blanc à la romaine, à la taille cuirassée plaquée or, une cape écarlate drapée sur les épaules. Des sandales de cuir blanc verni, des lanières dorées, les extrémités des orteils protégées par une plaque de métal. Elle résonnait en marchant. C'était Mr Whitman en personne qui l'avait habillée.

— Tu peux respirer? murmura-t-il en assujettissant son masque en cuivre, léger et biseauté, le métal chaud contre sa peau.

— Parfaitement.

Inutile de se regarder dans une glace. Elle boutonna ses gants, et le cuir neuf craqua.

— Notre belle impératrice, remarqua-t-il avant de la laisser partir.

L'orchestre avait pris position dans la salle de bal, et exécutait une valse sur un rythme effréné. Au sommet des marches, clairons et trompettes sonnaient par intermittence chaque fois qu'un groupe d'invités atteignait l'étage. Dans la rue, la fanfare battait le tambour, faisait résonner clarines et gongs pour faire bonne mesure, et l'ensemble donnait mal à la tête. « Encore mieux », se dit Mrs King.

L'air était tellement chargé de senteurs d'orchidée que le parfum lui en paraissait collé dans sa gorge. Le gigantesque mur de pivoines rouges se dressait tout du long de l'escalier.

— Mrs King ?

Un des serveurs qu'elles avaient embauchés venait de se glisser près d'elle, sans la regarder.

— Oui ?

— Un message pour vous, de la part d'une des dames.

— Allez-y.

— Elle dit : *Vous avez quelque chose dans votre petit oiseau.*

— Je vous demande pardon ?

— C'est le message, Mrs King.

Elle l'ignora, elle venait de repérer William près des portes de la salle de bal, se tenant aussi raide qu'un Beefeater[1], rutilant en queue-de-pie et cravate blanche. Il avait le regard vide. « Comment diable faisons-nous ? » s'interrogea Mrs King. Elle en était presque abasourdie. Le nettoyage, les courbettes, toutes les tâches qui réduisaient à néant la dignité : porter les plateaux, répondre aux appels. On n'existait plus, à astiquer les couteaux à beurre, à attendre qu'il se passe quelque chose dans sa vie. Lorsqu'elle avait fêté ses trente-cinq ans, elle avait eu l'impression de recevoir un coup de poing à l'estomac. « Je ne reviendrai jamais, *jamais* en arrière »,

---

1. Gardien de la Tour de Londres.

s'était-elle juré. Elle serait comme un requin : avancer ou mourir, rien d'autre.

— Jolis bas, souffla-t-elle en se glissant près de William.

Il écarquilla les yeux. Il aurait du mal à identifier sa voix étouffée derrière le masque, avait-elle pensé, mais il la reconnut instantanément. Il maîtrisa son expression, mais son ton trahit sa stupéfaction.

— Dinah ?

— Ne fais pas d'histoires, lui murmura-t-elle à l'oreille.

Elle sentait la chaleur qui émanait de son corps, et elle savait qu'il en était de même pour lui.

— Qu'est-ce que tu fabriques ici ?

— J'aurais peut-être besoin d'une minuscule faveur de ta part, ce soir.

— *Tu* aurais peut-être besoin... Dinah, au nom du ciel ?!

Aussi immobile qu'un soldat romain, elle continua de fixer l'assistance.

— Ne me pose pas de questions – comme ça je ne te mentirai pas.

William demeura silencieux, le visage de marbre.

Puis il annonça, encore plus bas :

— Je vais peut-être m'en sortir. Madame m'a proposé un nouvel emploi.

La réflexion heurta Mrs King. Elle souligna froidement :

— Je ne vois pas en quoi ça te permettrait de t'en sortir.

— Sortir de Park Lane, je veux dire. Partir avec elle dans sa nouvelle maison.

— Sa nouvelle quoi ?
— Sa maison de nouvelle épousée.
Mrs King inspira vivement.
— Je vois, remarqua-t-elle sans pouvoir dissimuler son amertume.
— Et qu'est-ce que tu entends par « faveur » ? demanda-t-il avec un léger froncement de sourcils.
— Quoi ?
— Tu as dit que tu avais besoin d'une faveur.

Il se retourna légèrement vers elle. Elle sentait le savon noir sur sa nuque, l'odeur âcre de la cire pour les cheveux.

— Laquelle ?

Mrs King avait attendu avec impatience d'être libre. Libre de redresser les situations, de rétablir l'ordre, de dompter et de plier le monde à sa main. D'apporter des corrections là où elles étaient nécessaires. Elle en retirait le sentiment d'être intérieurement vaste et énorme ; il lui semblait que son âme était bâtie comme une cathédrale : une entreprise puissante, qui tendait au divin. Risquer tout cela maintenant était impossible.

— Laisse tomber, répondit-elle. Tu as d'autres soucis.

Elle tourna les talons et s'éloigna. Elle ne le toucha pas, alors qu'elle en mourait d'envie. Il dit quelque chose, mais elle ne s'attarda pas. Elle ne voulait pas entendre.

Mrs King descendit le *grand escalier*, fendant la foule en blanc et or. Les autres femmes étaient costumées en Aliénor d'Aquitaine, Marguerite de Valois, Mary reine d'Écosse – ornées de fraises, de rubans, de dentelles. Il y avait même une femme extraordinairement âgée venue en grande reine de Palmyre, Zénobie en personne, en velours vert des pieds à la tête, portant une gigantesque coiffe qui paraissait sur le point de lui briser la nuque. Elle était soutenue par deux hommes en grandes capes gris foncé. Gris foncé, pensa Mrs King. Elle repensa aux hommes qui venaient aux écuries, rendaient visite aux filles. Elle en serra les poings.

Mais il y avait là une seule personne en tenue civile. Elle aperçut l'éclair de la chevelure argentée, un gentleman en queue-de-pie se frayant un chemin à travers les invités.

Exactement comme elle l'avait prévu.

Elle fut plus rapide que lui. Elle le rattrapa au pied des marches, tendit une main pour lui barrer la route. Les avocats n'appréciaient jamais qu'on leur fasse obstacle. Ils ne cessaient de presser, de compter les minutes, de facturer les heures.

— Mr Lockwood.

Elle le vit émerger de ses pensées intimes, endosser sa personnalité publique. Il était tellement plus facile d'observer les gens, de vraiment les observer, quand ils ne pouvaient en retour déchiffrer votre expression.

— À qui dois-je le plaisir ? fit-il avec un parfait sourire carnassier.

Elle n'y alla pas par quatre chemins.

— Mrs King.

Ses manières disparurent, s'évanouirent tout simplement. Quelque chose de dur et de brutal se peignit sur le visage de l'avocat.

— Mrs *King*, grinça-t-il en remarquant ses gants, sa tunique.

Il retroussa les lèvres. Peut-être se souvenait-il du moment où elle avait choisi son nom. Ce qu'elle avait fait suivant ses instructions.

— Ciel !

Elle ne bougea pas. Il leva les yeux sur l'escalier, évaluant la cohue. En bas, le bruit se transformait en grondement, des centaines de personnes franchissaient le porche en se bousculant, pénétraient dans le hall d'entrée. Elle savait ce qu'il était en train de penser : que peuvent voir les gens, que peuvent-ils entendre, quelle raison pourront-ils trouver à cette discussion, quand les risques apparaîtront-ils ? Elle-même passait en revue à cet instant une liste de questions identique.

Il sourit, balaya son masque du regard.

— Miss de Vries m'a signalé que vous aviez fait une visite inopportune. Elle m'a chargé de garder l'œil sur vous. Je dois avouer que j'ai pensé qu'elle dramatisait.

— C'était imprudent de votre part, remarqua-t-elle. Car me voici. Vous m'avez mis la main dessus.

Elle était Jonas dans le ventre de la baleine. Elle pénétrait droit au cœur du problème.

Il claqua des doigts, et deux jeunes hommes se précipitèrent, costumés en dominos. Ses commis, devinat-elle, son propre petit entourage. Manifestement, Lockwood, lui aussi, aimait avoir ses propres gens dans la maison.

— Accompagnez-nous à la bibliothèque, leur dit-il. Et gardez la porte.

Ils fixèrent Mrs King. Puis ils virent Mr Lockwood lui effleurer le coude, et ils vinrent se mettre en position.

— Je crois que nous devrions avoir une discussion en privé, annonça l'avocat.

— Je suis d'accord, répondit-elle en soulevant son masque.

— Puis-je? dit-il en lui offrant son bras.

Il n'était pas son égal, c'était une notion qu'il n'accepterait jamais, mais il pouvait prétendre se montrer courtois.

— Non, répondit-elle.

Ils montèrent l'escalier, les hommes derrière elle – prise au piège, comme prévu.

27

Plus que trois heures

Le bal avait commencé. Mais la maîtresse de maison se trouvait encore au sous-sol, exactement là où elles la voulaient. Mrs Bone était confinée dans l'office du majordome, et le chauffeur gardait la porte. Mrs King avait été très claire : *Laissez-les vous interroger aussi longtemps qu'ils le souhaiteront. On a besoin d'eux dans la salle des domestiques, pour que nos hommes puissent emballer tout ce qui se trouve dans l'ancienne nursery.* Mrs Bone imagina des chevaux à bascule qui grinçaient tandis qu'on les soulevait sur des patins, des poupées gigantesques clignant des yeux alors qu'on les retournait tête en bas. La nursery était un endroit triste, comme baignant dans le formol : trop grand, fané. Le motif répété à l'infini du papier peint couleur métal était sinistre. Le lieu avait donné le frisson à Mrs Bone, qui était ravie qu'il soit vidé.

— Alice, répétez à Mr Shepherd ce que vous m'avez appris, déclara Miss de Vries, dont le visage brillait sous le reflet de la lampe.

La jeune femme se montra brève :

— Je l'ai vue, dit-elle en désignant Mrs Bone, vendre des cuillères en argent à un homme dans la rue. Elle les avait dissimulées dans son tablier.

« Jusqu'ici, tout va bien », songea Mrs Bone. Elle protesta bruyamment :

— J'étais en train de les nettoyer !

— Non, c'est faux, affirma Alice.

Suivant ses instructions de mise en scène, Mrs Bone brandit le poing :

— Sottises !

— Madame, je n'avais aucune idée... commença Mr Shepherd.

— C'est bien ce qui me trouble, Shepherd.

Celui-ci s'empourpra. Il agrippa par l'épaule Mrs Bone, qui fut surprise de la force de ses doigts.

— Dites-le-nous tout de suite ! lui jeta-t-il à la figure avec une mauvaise haleine aggravée par l'acidité du vin. Êtes-vous une voleuse ?

Elle se dégagea.

— D'accord, j'ai pris une fourchette ou deux. Et alors ?

Un silence se fit, uniquement rompu par le hoquet de Mr Shepherd.

— Il y a plein de couverts de rechange. *Elle*, elle se prélasse là-haut où elle dîne toute seule tous les soirs, lança Mrs Bone avec un geste en direction de Miss de Vries, dont le regard était devenu féroce, avec un petit couteau à fromage, un petit couteau à beurre, et je vous passe toutes les cuillères ! Et nous, on est là à les compter, à les faire reluire comme si notre vie en dépendait ! J'en ai pris quelques-uns pour qu'ils servent au moins à quelque chose. Qu'est-ce que ça peut bien faire ?

— Que quelqu'un appelle l'agent de police, s'exclama Mr Shepherd, pour appréhender cette malfaisante !

« Malfaisante ? pensa Mrs Bone en le fixant. Ça n'est pas moi la malfaisante. »

Shepherd était au courant, pour les filles. Il ne pouvait en être autrement. C'était lui le gardien des clés. Mrs Bone se le représenta, qui disparaissait la nuit dans les entrailles de la maison, dissimulant ses mouvements. Qui s'inclinait devant un gentleman se faufilant par la porte du jardin. Qui empochait un petit pourboire.

« Malfaisant », se dit Mrs Bone en se raidissant.

Elles avaient prévu que Mrs Bone se mette à délirer de peur, qu'elle détourne l'attention avec une crise de nerfs. Mais le moment venu, elle agit de la façon la plus satisfaisante qui soit : elle expédia un coup de poing à Mr Shepherd, droit dans les gencives. Le choc des articulations contre l'os. Une justice bien propre et efficace.

— Aaah ! fit-il en titubant en arrière.

Un cri de surprise s'éleva du chœur des domestiques qui observaient par la porte ouverte.

— Allez chercher... appelez le bobby... dit-il d'une voix étouffée, la main pressée sur les lèvres, les doigts ensanglantés.

Alice intervint vivement, ainsi qu'elles l'avaient répété :

— Un bobby ? Avec la princesse en route pour cette maison, et un tas de policiers installés dans la cour ? Vous êtes fou ? Mais regardez... j'ai trouvé *ça* dans sa chambre, enchaîna-t-elle en repêchant quelque chose dans sa poche.

Elle brandit une montre en argent qui scintilla

faiblement dans la lumière. Mrs Bone reconnut l'inscription gravée au revers en petites lettres : *WdV*.

Miss de Vries fit preuve d'une immense retenue. Elle ne tendit pas la main vers l'objet, mais quelque chose traversa son visage, quelque chose de dur et de furieux.

— Alice a raison, déclara-t-elle posément.

Les autres se calmèrent.

— N'envoyez chercher l'agent que demain matin. Nous ne pouvons pas nous permettre de scandale ce soir. Emmenez cette femme là-haut et enfermez-la dans sa chambre. Et allez vous nettoyer le visage, Shepherd. Vous faites peur à voir.

Miss de Vries se tourna ensuite vers Mrs Bone, implacable :

— Vous avez peut-être cru pouvoir faire ce que vous vouliez dans cette maison, mais vous vous êtes trompée, asséna-t-elle d'un ton meurtrier.

Mrs Bone était fascinée. Des vagues de colère émanaient de cette jeune femme, mais une colère maîtrisée, bridée. « Elle n'a perdu qu'une montre, songea-t-elle, une vieille montre en argent et quelques petites cuillères. Sa fureur est totalement disproportionnée. »

Néanmoins, elle la comprenait parfaitement. Elle s'imagina les hommes de Mr Murphy se frayer un chemin jusqu'à sa planque, fouiller dans ses tiroirs, renifler sa robe d'intérieur couleur pêche. Voilà qui la faisait trembler. La même chose allait arriver à cette maison : elle serait démembrée, découpée en morceaux, et les profits partagés. Arrachée à sa propriétaire actuelle. Enlevée à la famille.

Quelque chose la titillait pourtant. Une minuscule pensée mesquine. Cette demeure appartenait aux O'Flynn. À son sang. Toute la journée, elle avait traîné cette arrière-pensée. Et même depuis plusieurs semaines, pour parler franc. C'était son prêt à elle qui avait payé à Danny son billet pour la colonie du Cap, son billet pour une nouvelle vie. C'était son argent *à elle*, le fruit de son propre travail, qui lui avait permis de partir. Tout comme c'était *son* argent qui avait permis de lancer ce coup-là. « Mes charrettes, se dit-elle. Mes fourgons. Mes hommes. Mes prêts. Mes *Jane*. »

Le sept gagnant. Deux parts égales. Juste deux. Elle en avait mal aux dents, comme si on lui avait balancé un coup de poing. Comme si Mrs King était en train de se moquer d'elle, avec ses boucles brillantes, son regard dansant...

Mrs Bone savait à quoi ressemblait l'envie. Elle reconnaissait la rage et le feu nichés au fond de ses entrailles, et il était bien trop facile de se laisser entraîner. Elle se força à réintégrer la pièce. Miss de Vries rassemblait ses jupes, son costume sombre chatoyait. Elle fixa Alice, Mr Shepherd, et déclara, d'une voix suffisamment forte pour que tous les domestiques dans le couloir puissent l'entendre :

— Qu'on ne touche jamais à mes affaires.

*

Hephzibah n'aimait pas les réceptions. Ne les avait jamais aimées. Elles lui fichaient la trouille. Mais elle savait que plus jamais elle n'assisterait à un tel bal costumé. Elle se cramponnait d'une main à sa perruque, et ses jupes voltigeaient autour d'elle, balayant le sol, prenant une place folle. Les gens la fixaient du regard.

— Je sais, lança-t-elle en levant son verre. Je suis *merveilleuse*!

Elle avait bien évidemment du travail. Une fois le bal lancé, elle avait commencé à regrouper subrepticement ses actrices, puis les avait envoyées faire le tour de la salle, renversant des verres, bousculant des assiettes, provoquant la confusion.

«Du mouvement, avait dit Winnie lorsqu'elle avait passé en revue le programme de la soirée. Nous devons entretenir un mouvement constant, précipité. Il faut détourner les gens des fenêtres, qu'ils se concentrent sur le spectacle. On a des échelles de corde déployées du côté est de la maison. Personne ne doit pouvoir les remarquer.

— J'ai compris, ne t'affole pas», l'avait rembarrée Hephzibah.

Winnie s'était excusée une demi-douzaine de fois depuis la scène en bateau, mais Hephzibah refusait toujours de la regarder dans les yeux.

Pas de temps mort entre les danses, personne pour faire tapisserie et casser l'ambiance: ses actrices y veillaient.

«Je pourrais peut-être m'y mêler», se dit Hephzibah, dont la vue se brouillait. Elle observait ses hommes mener leurs cavalières sur la piste de danse, pendant que la musique enflait. On aurait dit des anémones de mer, tournoyant dans les bras les uns des autres, vibrant de concert. La valse, très rapide, lui fit battre le sang dans les veines.

«Il me faut davantage de champagne, décida-t-elle. Et de *jelly*.»

Elle aperçut un garçon qui la contemplait, bouche

bée, du coin de la salle. Un lampiste, supposa-t-elle, ou bien un gamin des rues qui servait de grouillot. Il avait un visage pointu de rongeur, et prenait bien soin de se dissimuler à la vue des autres domestiques. En temps normal, Hephzibah aurait été capable de lui lancer une demi-couronne pour le récompenser d'avoir tenté sa chance à l'étage. Mais ce n'était pas le moment que des gamins débraillés se trimbalent dans la maison. Le plan ne prenait pas en compte ce genre de considérations. Et elle n'aimait pas la façon dont il la dévisageait.

Dans une profusion de taffetas et de soieries, une des actrices d'Hephzibah passa en virevoltant.

— *Mon Dieu!* s'écria-t-elle en jetant son verre de champagne par terre, où il éclata en mille morceaux. C'est assez de tumulte pour toi, ma chère? murmura-t-elle à Hephzibah tandis que les serveurs se précipitaient pour nettoyer et que les danseurs continuaient de tourbillonner autour d'elles.

Le gamin plissa les yeux.

« Ai-je été percée à jour? » se demanda Hephzibah avec un frisson d'inquiétude.

— Petit! s'exclama-t-elle en évitant l'actrice. Va me chercher une coupe!

Peut-être avait-elle parlé un peu plus fort qu'elle n'en avait eu l'intention. Un petit valet de pied, ou bien un serveur, fit son apparition, plateau à la main.

— Madame? dit-il en lui barrant le chemin.

Elle s'écarta vivement.

— Ce garçon peut aller me la chercher! Il a besoin d'une leçon. Il m'a fait une grimace. C'est un petit rat effronté!

— Je n'ai jamais... articula le gamin en silence.

— Dites-lui... dites-lui de descendre à la cuisine et de me rapporter... un gant de toilette froid !

« Oh, j'ai vraiment la tête qui tourne », pensa-t-elle. Peut-être était-ce la chaleur. Ou bien le champagne. Elle pouvait sûrement laisser ses actrices gérer la situation, juste pour un petit moment.

— Tiens, aide-moi ! dit-elle en chancelant, saisissant le gamin par l'épaule.

Il gigota furieusement sous sa prise.

— Mène-moi à un siège.

Les valets de pied avaient échangé un regard, puis observé la foule.

— Emmène Sa Grâce dans la bibliothèque, dit l'un d'eux au gamin. Je vais lui apporter un verre d'eau.

Il était très difficile de contenir tous ces gens. Ils se déplaçaient si rapidement, dans des directions si inattendues, se glissant le long des pièces. Elle chercha ses magnifiques valseurs perturbateurs. Mais ils avaient disparu, aspirés dans la chaleur et le bruit de la salle de bal.

— Ne bouge pas d'un pouce, enjoignit-elle au grouillot, ne t'avise pas me laisser toute seule !

« Je dois décider de ce que je vais faire de toi », pensa-t-elle.

Il se tortilla, crachant presque.

— Mr Shepherd ! appela-t-il.

Hephzibah se tint immédiatement sur ses gardes.

Elle ne l'avait pas vu en bas. Les valets de pied lui avaient ouvert la porte d'entrée, l'avaient assise, escortée jusqu'à la salle à manger, lui avaient servi du vin. Pas Shepherd. Elle s'était préparée à la rencontre. Il ne pouvait en être autrement – il était inévitable qu'elle le croise. Ce serait comme de se faire arracher une dent, se disait-elle. Une douleur vive, inéluctable, qui disparaîtrait aussi vite qu'elle était apparue. Voilà ce qu'elle voulait. Quelque chose de net et tranchant.

Mais pas de Shepherd. Elle s'était prise à espérer, à croire qu'elle ne le verrait pas. C'était une demeure gigantesque, pleine de centaines de gens. Il était possible que leurs chemins ne se croisent plus jamais.

La dernière fois qu'elle était allée voir Mr Shepherd, elle avait failli glisser sur le parquet. Ce n'était pas pour rien qu'elle détestait ce sol. Dix-huit ans auparavant, alors qu'elle se précipitait vers les escaliers, elle avait dérapé, avait failli tomber sur le visage. Encore aujourd'hui, l'odeur de la cire lui était insupportable.

Shepherd avait fait ce qu'il faisait toujours. Il avait rédigé son rapport. Il avait une façon de poser des questions sans utiliser les mots requis. Cela n'en rendait pas les choses moins révoltantes, mais bien pires, au contraire, comme si la discussion en était vidée de toute substance. Elle se souvenait du grattement de son crayon, du sentiment de nausée, comme si quelqu'un lui avait fourré les doigts dans la gorge.

Cette nuit-là, elle avait quitté Park Lane. La terre avait englouti la souillon du nom de Dolly Brown. Elle s'était dissoute, avait disparu. Elle ne reviendrait plus jamais.

Quelquefois, quand une situation était trop douloureuse, il était plus facile de battre en retraite. Ce qu'elle fit à cet instant. Sans relâcher le lampiste, elle s'écarta de la porte. Elle distinguait Shepherd de l'autre côté du battant.

De toute évidence, il se pressait dans la direction opposée, et n'avait pas l'air ravi d'être détourné de son but. Il jeta un coup d'œil dans la pièce, l'aperçut. Hephzibah l'entendit s'adresser au valet de pied, *sotto voce*, troublé :

— Qui est…

— Hephzibah Grandcourt, déclara-t-elle en se levant et en lui faisant face. C'est mon nom.

Les premières heures d'un bal étaient un événement fébrile, angoissant. La situation pouvait basculer dans deux directions opposées : l'ennui ou bien l'extraordinaire. Il n'y avait pas d'entre-deux. Lorsque Winnie pénétra dans la maison, abandonnant derrière elle dans la rue sa pyramide flamboyante, elle se dirigea vers le jardin où allaient se dérouler les divertissements les plus spectaculaires. Elle monta avec inquiétude sur son radeau, se balançant en équilibre instable, alors que les tuyaux d'arrosage inondaient la cour intérieure à présent métamorphosée en Nil. Elle distinguait son reflet fardé dans les fourreaux et les lances des autres artistes. Les façades scintillaient de mille lumières.

Quelqu'un lança de la terrasse :

— Miss de Vries ! Vous devez être la première à traverser le Nil !

Les applaudissements s'élevèrent, et une foule ravie fit son apparition en haut des marches. Les canots d'apparat, des radeaux réunis avec des chaises peintes et dorées, flottaient joyeusement. Une odeur d'humidité régnait dans l'air, due à l'excès d'eau tiède dans un espace confiné.

— S'il le faut, répondit Mrs de Vries en émergeant de la foule.

Transformée en Cléopâtre des pieds à la tête, corsetée

et ornée de crêpe noir, ses colifichets de jais se balançant dangereusement au moindre de ses mouvements, elle paraissait pâle mais calme.

— Je suis Isis ! lança Winnie, la gorge sèche, pagayant pour rapprocher son radeau des marches.

Elle n'aimait pas se trouver près de Miss de Vries. N'avait jamais aimé ça. Cette leçon-là, elle l'avait retenue de son dernier jour dans la maison. Sa maîtresse avait tout juste vingt ans. À cette époque, elle avait les joues encore un peu rebondies. Elle n'avait pas commencé à réduire, à se débarrasser de ses kilos superflus, à vider son corps de son sang. Mais son regard était vieux comme le monde, semblable à celui de son père. Les servantes arrivaient et repartaient, et Winnie en était malade. Contrairement à ce qu'assurait Mr Shepherd, ce n'était pas parce qu'elles avaient trouvé des emplois de vendeuses qu'elles quittaient les lieux.

« Cela ne vous paraît-il pas étrange, Madame ? » avait-elle alors remarqué.

Miss de Vries l'avait fixée, totalement dénuée d'expression. Elle n'avait même pas prononcé un mot. Elle n'avait pas dit : *Je n'ai pas la moindre idée de ce que vous voulez dire*. Savait-elle ou non ? Il y avait dans cette maison quelque chose de silencieux, d'indicible, d'invisible – et l'absolue immoralité de tout cela donnait la chair de poule à Winnie.

Le canot tremblait maintenant sur l'eau. Miss de Vries se retourna sans reconnaître Winnie, ne voyant que le visage fardé, les saphirs, les paillettes blanches.

— Apprêtez-vous ! lança Winnie dans son rôle d'Isis, tendant une main. Je suis venue vous conduire à votre mort !

Mais Miss de Vries se saisit d'une autre main, grimpa sur son propre canot.

— Charmant, remarqua-t-elle vaguement tout en dérivant de son côté.

Des acclamations retentirent, et les vaguelettes vinrent lécher tristement le rebord du canot de Winnie. «Oh, pensa-t-elle, je vais dévaliser cette maison. Je vais la dépouiller jusqu'à l'os.»

28

Plus que deux heures

Alice consulta la pendule. Elle avait déjà vérifié l'heure à plusieurs reprises, scruté l'avancée de l'aiguille des minutes. Il était temps de préparer les hommes de Mrs Bone, dans la cour des écuries. Ils allaient bientôt devoir ouvrir les portes sur l'arrière.

Dans le salon d'habillage, elle se fraya un chemin au milieu des cartons. Des articles flambant neufs avaient été livrés le matin même. Rouleaux de satin blanc, dentelle de Honiton. Linge de maison, robes de chambre en velours, ombrelles incrustées de jais. Madame assemblait déjà son trousseau, en prévision de ses fiançailles. Alice s'imagina une ombrelle à la main, la peau hâlée. Vêtue de linon blanc, tenant un sac à main plein d'argent. Une dame de compagnie, loin de l'Angleterre, totalement protégée par sa maîtresse. Résidant dans une belle suite dotée de tout le luxe, près de Madame elle-même. Madame, moins anguleuse, son drapé de plus en plus doux et malléable jour après jour.

«Arrête», se dit Alice. Ses pensées s'égaraient sur une pente sinueuse et dangereuse.

Elle descendit, s'efforçant d'adopter un pas régulier. Elle savait exactement ce qu'elle avait à faire. Winnie l'avait maintes fois entraînée. La frénésie régnait dans l'escalier de service, des hommes chargés de plateaux montant et descendant de la cuisine au jardin. « Les écuries, se répéta-t-elle. Va aux écuries. » Elle se glissa par la porte du jardin, s'assurant que personne ne l'observait. Ici, de l'autre côté du mur, il semblait faire plus frais. La ville grondait au loin. Alice jeta un coup d'œil dans la ruelle. Là-bas, au coin, sur le qui-vive, se tenaient une centaine de conducteurs de fourgons prêts à fondre sur la maison et à entamer la liquidation totale.

Une silhouette bougea à quelque distance. Quelqu'un ne la quittait pas des yeux depuis une petite voûte au milieu de la ruelle. Quelqu'un qui se détacha dans l'ombre, tel un éclat de ténèbres.

Un homme.

Une des saltimbanques, une femme en robe argentée hissée sur des échasses colorées, contemplait Winnie en contrebas. Elles se trouvaient sur la terrasse, la maison dressée derrière elles. Winnie surveillait la foule, à l'affût du moindre trouble, du moindre problème. Il n'y en avait aucun, ce qui faisait battre son cœur d'excitation.

— Joli maquillage, remarqua la femme en se penchant pour effleurer le front de Winnie.

Celle-ci esquiva :

— Merci.

Elle gardait le dos au mur. Miss de Vries allait d'invité en invité, gérant parfaitement la situation. Serrant les mains, échangeant des chuchotements, pressant un bras, admirant une robe. Un homme se tenait en permanence derrière elle.

— Ne les fixez pas – vous allez les faire rougir, déclara la femme sur ses échasses.

— Pardon ?

— Ces deux-là. Les tourtereaux, dit-elle en pointant ses échasses sur Miss de Vries. On a lancé les paris. Avant la fin de la nuit, il y aura une demande en mariage, sous le feu d'artifice.

Winnie plissa les yeux, étudiant le jeune homme qui accompagnait Miss de Vries. Il était costumé en Charles Ier, avec un chapeau à larges bords ornés de plumes. Il avait un menton méchant, une expression distante, l'air de s'ennuyer.

— Lord Ashley, bien entendu, expliqua Les échasses sur le ton de la confidence. On l'appelle « Mains baladeuses ». Moi, je m'en fiche – je suis là-haut, hors de portée.

Elle s'éloigna, ses jambes démesurées faisant fendre l'air à sa robe, et lança :

— Vous n'aurez peut-être pas la même chance !

L'humeur de Winnie s'assombrit. Lord Ashley n'observait pas Miss de Vries. Il parlait aux femmes de chambre, toutes en uniforme, dispersées sur la terrasse. Elles gloussaient pour lui faire plaisir, feignant d'être émerveillées par les divertissements. Mais c'était bien de l'affectation, car elles étaient au-delà de l'épuisement. Cela se lisait dans leurs épaules. Une lassitude de l'âme, chronique. Quelques livres par an et du collier de mouton à Noël, c'était tout ce qu'elles pouvaient espérer.

Sa poitrine se serra.

Miss de Vries consulta une minuscule montre fixée à son costume, qui brilla brièvement dans la lumière. Elle s'adressa rapidement à Lord Ashley, attirant son attention. Il se retourna brusquement, marcha sur sa robe, la clouant sur place. Elle baissa les yeux, laissant transparaître un éclair de contrariété. La robe s'était déchirée.

Lord Ashley poursuivit son chemin sans y prêter attention. « Pas vraiment des tourtereaux, à mon avis », pensa Winnie.

Miss de Vries demeura un moment immobile à inspecter sa traîne. Puis elle se reprit, réarrangea les plis du crêpe et se dirigea vers la maison.

Elle s'y prit de façon si subtile que la foule s'écarta à peine devant elle: simplement, d'un instant à l'autre, elle n'était plus là.

« Quelqu'un doit la suivre, se dit Winnie, avant de se demander: Pourquoi Alice n'est-elle pas là? »

Les Jane étaient en sueur, à présent, emballant du mobilier précieux dans des housses, ficelant tout ensemble avec de la corde. Du bois verni, beaucoup de noyer, des vitrines Queen Anne aux centaines de loquets de cuivre brillants.

— En quoi tu irais, toi? demanda Jane-deux.
— Hein?
— À un bal costumé.
— Comme celui-là?
Jane-deux acquiesça.
Jane-un réfléchit:
— Je n'irais pas.
— Moi, j'irais.
— Comme quoi?

Jane-deux réfléchit :
— Hélène de Troie.
Jane-un pouffa :
— Oh, très bien ! Voilà ton cheval de bois.

Elle fit rouler la caisse suivante, pleine à ras bord de trésors, le long des rails qu'elles avaient posés dans le couloir, et passa rapidement la main dans sa chevelure. « Ne t'arrête pas, se dit-elle. Même pas une minute. » Inutile de regarder, elle savait ce qu'indiquait la pendule : minuit approchait rapidement.

— On doit accélérer, marmonna-t-elle.

*

À la seconde où elle l'avait aperçu, Alice avait reconnu l'homme dans la ruelle. Il était venu sans son acolyte habituel. Sans savoir pourquoi, cela l'effrayait encore davantage. Un homme seul, sans contraintes, le col de sa chemise desserré. « Même les agents de recouvrement souffrent de la chaleur », se dit-elle en étouffant un éclat de rire désespéré.

D'habitude, il se montrait d'une courtoisie parfaite et la saluait en soulevant son chapeau. Mais ce soir, il était tête nue. Il paraissait encore plus fort, et son crâne chauve luisait sous la lumière du réverbère.

Elle chercha ses mains du regard, mais elles étaient fourrées dans ses poches.

À sa vue, il laissa échapper un soupir. Elle en éprouva encore plus de faiblesse. Juste une minuscule réaction, un petit halètement de... de quoi ? De colère ? Il était impatient de mettre un terme à sa mission, d'achever sa tâche.

311

Elle distinguait un objet dissimulé dans sa poche. Un tuyau de plomb, une corde, ou bien un couteau? Son imagination s'emballa, la laissant tremblante de peur.

— Vous êtes en retard pour votre paiement, dit-il.

Alice parcourut la ruelle du regard. Elle jeta un coup d'œil par-dessus son épaule, dans la cour. Personne. Personne pour venir à son aide.

Sans hésitation, sans réfléchir, elle tourna les talons et se mit à courir, droit vers les écuries. *Cours*, lui disait tout son corps, *cours et va te cacher!*

Elle se précipita dans les offices du sous-sol, évitant les serveurs et le valet de pied. «Réfléchis, se dit-elle. Réfléchis, *réfléchis*!»

— Alice?

Un visage venait d'apparaître au coin du couloir de la cuisine, qui la fit sursauter, pantelante.

Un des petits valets de pied lui lança un regard inquisiteur:

— Du calme! Madame vous demande juste. Elle a déchiré sa robe. Courez donc là-haut et allez la lui repriser, hein?

«Madame», se dit Alice, le cerveau en ébullition. Oui: Madame. Quelqu'un de féroce, de responsable, qui pouvait offrir une protection immédiate...

La poitrine d'Alice était plus comprimée que dans un corset. Le valet de pied plissa encore davantage le front:

— Qu'est-ce que vous attendez? Allez!

29

Mr Lockwood fit patienter Mrs King pendant presque une heure, mais elle ne se laissa pas entamer par l'attente. Elle demeura calme et bien droite dans un des grands fauteuils à oreilles dans le coin de la bibliothèque. L'endroit était parfait pour une conversation privée. Les bibliothèques, les couches de papier vélin et les reliures de cuir aux gravures dorées étouffaient les bruits. Le brouhaha des invités parvenait à Mrs King comme à travers de l'eau, dans un grondement distant.

Assis en face d'elle, Mr Lockwood l'ignorait, rédigeait une lettre. Sa patience égalait la sienne.

Les femmes de Mrs King ne savaient pas qu'elle était montée ici. Cette conversation ne faisait pas partie du plan général, uniquement de *son* plan, à elle. L'objectif de Mrs King était parfaitement clair. S'assurer, de façon certaine, qu'aucune information vitale ne lui avait échappé, avant que la maison ne soit entièrement vidée. Elle mettait tout en œuvre pour ne rien laisser filer.

Elle finit par demander :

— Qu'écrivez-vous donc, Mr Lockwood ?

— J'ai bien cru que vous ne poseriez jamais la question, murmura-t-il en retour.

Il sécha le papier avec un buvard, eut une moue et se retourna pour lui faire face.

— Un affidavit, annonça-t-il avec un sourire figé et inflexible.

À la lecture des formules préparées qu'il mettait dans sa bouche, Mrs King se sentit bouillir. La promesse servile de ne pas porter tort à la maison de Vries par quelque mensonge, scandale ou honte que ce soit...

Elle leva les yeux pour rencontrer le regard de l'avocat.

— Je présume que vous êtes là dans votre propre intérêt, déclara-t-il. Pour embarrasser votre ancienne maîtresse. Pour exiger un paiement. Ou bien, poursuivit-il en penchant la tête, avez-vous en tête un projet extraordinaire et secret que j'ignorerais ?

Mrs King en sourit intérieurement. Mais demeura de marbre.

— Je ne signerai pas cela.

— Je suis tout disposé à discuter d'un arrangement. D'une compensation. Si c'est ce qu'il faut, pour... (Il s'interrompit, comme pour chercher la meilleure formulation.)... vous éloigner.

Mrs King repoussa le papier dans sa direction.

— Au lieu de cela, peut-être pourriez-vous me fournir un renseignement ?

— Je suis bien certain de n'avoir aucun renseignement pour vous.

— Ça alors, je ne vous ai pas encore précisé ce que je voulais !

Il exprima sa désapprobation avec impatience :

— Vraiment, je ne saurais vous dire à quel point je trouve cette affaire pénible ! Réparer les indiscrétions d'un gentleman est une chose, en revanche, les voir réapparaître et créer des problèmes en est une autre. Même si, bien entendu, j'ai déjà vu cela. Les bâtards viennent toujours déranger les hommes sur leur lit de mort.

Mrs King étudia Mr Lockwood, sa gorge, à la peau d'une pâleur fantomatique.

— Je ne suis la bâtarde de personne, répondit-elle posément.

— Mon Dieu, je regrette que vous n'ayez pas mis ça par écrit. Mieux encore, que vous n'ayez pas signé l'affidavit qui en témoigne.

Mrs King l'observa.

— Mr de Vries a eu une très longue conversation avec moi avant sa mort.

Il lui lança un regard flamboyant :

— Non, *vraiment* ? J'aurais parié que vous alliez dire cela. Vous a-t-il fait toutes sortes de promesses fantastiques ? Vous a-t-il offert des cadeaux, des objets de famille particuliers ? Je vous en prie, dites-le-moi ! La chose a dû m'échapper dans sa lettre de dernières volontés. Son testament ne vous mentionne *pas du tout*, dit-il en soutenant son regard.

— Vous pensez que mon témoignage n'a pas de valeur ?

— Oui, je le pense. Et un tribunal penserait de même.

— Eh bien, nous ne sommes pas au tribunal, Mr Lockwood. Nous n'avons pas besoin de déterminer ce qui nous paraît admissible.

— Effectivement. Même si, en ce cas, vous auriez besoin d'un témoin. En avez-vous ? Quelqu'un se trouvait-il avec vous pendant cette conversation remarquable ?

Mrs King éprouva une pointe d'agacement.

— Non, répondit-elle platement sans manifester la moindre émotion.

Mr Lockwood ferma de nouveau les yeux un instant.

— Eh bien alors, dit-il d'un ton las, nous n'avons vraiment rien de plus à discuter.

Mrs King tapota l'affidavit de son ongle.

— Je serais tout à fait disposée à mettre mon nom sur quelque chose, Mr Lockwood. C'est simplement *le ton* de ce papier que je ne peux pas tolérer. Toutes ces allusions à de la calomnie, de la diffamation, du scandale… Ça n'est pas du tout ma tasse de thé. Concoctons quelque chose de plus simple, et je le signerai sans l'ombre d'une hésitation.

L'atmosphère se modifia. Il sentait le danger.

— Oh?

— Rédigez-moi quelques lignes maintenant, si vous le souhaitez. Quelque chose du genre : *Je ne suis pas la bâtarde de Wilhelm de Vries. Je n'ai jamais pensé l'être. Je n'ai jamais entendu dire une chose pareille.*

Elle vit un muscle tressauter au coin de sa bouche.

— Voulez-vous que j'aille chercher un stylo et de l'encre ? demanda-t-elle aimablement.

— Je ne suis pas certain de vous faire confiance, Mrs King.

— Dieu du ciel, il n'y a pas plus honnête que moi ! Inutile de vous inquiéter pour ça. Et puisque nous parlons de *vérité*, j'avais une petite, une toute petite question. Un peu en lien avec le sujet.

Elle choisit ensuite soigneusement ses mots. C'était le cœur du problème.

— Disposez-vous du certificat de mariage de mon père?

Lockwood se raidit. Elle le vit plisser le front. Devina de la confusion.

— Mr Lockwood?

Un silence. Elle l'avait déstabilisé.

— Oui ou non? Vous devriez avoir *tous* les papiers de famille.

Il prit une brève inspiration, puis:

— Que voulez-vous dire?

— Mon Dieu. Je suppose que je vais devoir retourner à l'état civil.

— Et pourquoi diable voudriez-vous faire cela?

Mrs King avait une alternative: l'agacer juste pour s'amuser, ce qui pouvait avoir des conséquences imprévisibles. Ou bien jouer la montre, ce qui éprouverait sa propre patience. Elle décida de l'agacer.

— Je préfère avoir cette conversation avec Miss de Vries.

— *Pourquoi?* demanda-t-il, les yeux rivés aux siens.

— C'est un sujet personnel.

Il s'adossa à son siège pour réfléchir à sa réponse. Il y avait chez lui quelque chose de grossier, sous son lustre et son vernis. En témoignaient ses mains calleuses, aux ongles noircis.

— Je vous conseille de me parler.

Mrs King sourit.

— Non.

Mr Lockwood se leva.

— Dites-le-moi tout de suite! lui intima-t-il d'une voix grave.

Un filet de salive brillait au bord de ses lèvres.

— Restez calme, Lockwood.

Il se rapprocha :

— Prenez garde à vos manières ! Je vais vous reposer la question, dit-il en se léchant vivement les lèvres, tel un reptile.

Mrs King sentait ses poumons se remplir, se contracter, de façon parfaitement régulière. Il se pencha et posa les bras sur son siège.

— Ne faites pas ça, Mr Lockwood.

Son haleine était trop sucrée, sentait la vanille et le miel, ce qui lui retournait l'estomac.

— Alors, répondez à ma question.

— Vraiment, non.

Ses dents de devant étaient bien disposées et régulières, mais elle apercevait celles du fond, un amalgame noir et argenté.

— Vous voulez que je vous l'arrache de la gorge ?

Elle le fixa.

— Je ne vous le recommande pas.

— Levez-vous, jeta-t-il en tendant la main et en la saisissant par le bras.

Mrs King le repoussa violemment d'un coup dans la poitrine. Il tituba en arrière, les yeux écarquillés sous le choc.

Elle se leva doucement et le gifla d'un revers de main à travers la figure. Le genre de coup qu'on expédiait à l'hospice, ou à l'asile. Net, puissant, dénué d'émotion, et qui résonna.

Mr Lockwood trébucha et s'écroula par terre, comme elle s'y attendait. Mrs King était toujours surprise de la facilité avec laquelle les hommes chutaient. Même ceux qui étaient aussi robustes que Lockwood. Ils ne s'y attendaient jamais.

Il se contorsionna, agita ses mains sales.

— Debout! Avant que quelqu'un ne vienne et ne vous voie tombé aussi bas.

Elle l'observa, tandis qu'il mettait un moment à reprendre ses esprits, à se remettre sur ses talons. Il demeura accroupi, le regard habité de fureur.

Il y eut un bruit sec à la porte, une brusque bouffée de lumière et de bruit.

Un parfum de fougères, d'orchidées. Une voix grave fendit l'air.

— *Mrs King*.

L'éclairage du couloir encadrait la silhouette de Miss de Vries. Derrière elle, le bal était un feu d'artifice de couleurs, de chaleur et de bruit. Mr Lockwood se leva, écarlate.

Mrs King demeura là où elle était, parfaitement prête.

À présent, ils pouvaient vraiment passer aux choses sérieuses.

— Asseyez-vous, Mr Lockwood, dit Miss de Vries dans un froissement de crêpe noir.

Elle ajusta ses jupes, dissimulant la déchirure dans l'amas noir nuageux qui constituait sa traîne.

— Vous n'avez pas l'air dans votre assiette.

Mrs King trouva que Miss de Vries paraissait en forme. Le teint lumineux. La chevelure couleur sable. Il y avait de la force dans son regard : elle projetait de l'assurance, une sensation de domination. Sa présence dans la pièce était pesante, les lames de parquet semblaient ployer sous son poids.

Mrs King sourit :

— Mr Lockwood a perdu son sang-froid, j'en ai peur.

— Je ne vous ai pas demandé de parler, Mrs King, répliqua Miss de Vries.

— Je parlerai quand j'en ai envie, répondit-elle d'un ton égal. Et qu'est-ce qui vous amène ici ? Quelqu'un vous a-t-il signalé ma présence ?

— J'ai des yeux derrière la tête, dit Miss de Vries en croisant les bras.

Un des commis, alors, en déduisit Mrs King. Bien. S'ils n'étaient pas allés chercher la maîtresse de maison, ainsi qu'elle l'avait prévu, alors elle y serait allée elle-même. Il y avait des semaines qu'elle attendait cette discussion.

— Eh bien, je suis ravie de vous voir. Je n'ai pas eu l'occasion de prendre congé.

— Miss de Vries, intervint Mr Lockwood, livide, mais celle-ci leva un doigt pour lui intimer de se taire.

Il y eut un long silence, une pulsation régulière dans l'atmosphère. Miss de Vries se rapprocha, posa la main sur le masque de cuivre de Mrs King.

— Extraordinaire, remarqua-t-elle.

Mrs King découvrit alors pour la première fois la robe de Miss de Vries. Elle fut surprise de sa somptuosité, de la délicatesse de son exécution, de l'apparence poudreuse du crêpe. Elle n'avait jusqu'alors jamais pris la mesure du talent d'Alice.

Ou bien de son dévouement.

— Accompagnez-moi, Mrs King.

Celle-ci réfléchit. Elle pouvait refuser, essayer de coincer Miss de Vries sur son siège, de l'interroger. Mais la jeune femme était bien plus forte que Lockwood, au moins aussi forte qu'elle. Mieux valait se jouer d'elle en douceur, dérouler l'écheveau petit à petit.

— Très bien, acquiesça-t-elle.

Miss de Vries ouvrit la porte, et le bruit enfla, dans une brusque sonnerie de cors de l'orchestre.

Le bal rugissait de plaisir, les attirant en son sein.

À cet étage, les pièces disposaient de grandes portes coulissantes, qui avaient été ouvertes. La réception se déployait sur toute la longueur de la demeure, et Mrs King avait l'impression de voir l'ensemble de ses équipes en mouvement, de pouvoir les sentir emplir à ras bord tout l'espace. Elle sentait les Jane transporter des caisses à travers les suites d'invités dans les étages supérieurs, savait que les « policiers » de Mrs Bone montaient la garde à la porte de derrière, voyait les serveurs faire couler à flots de dangereuses quantités de champagne, repérait les actrices d'Hephzibah en remontrer aux évêques et aux avocats. Les *véritables* invités étaient déjà tous cramoisis, ivres. Ils saluaient Miss de Vries sur son passage :

— Vous êtes absolument *merveilleuse* !

— Cléopâtre, quelle bonne idée !

— Merci, murmurait-elle, tendant une main d'un côté et de l'autre.

Les tableaux à l'extérieur du salon dominaient la cohue. Huiles bleues, hommes en perruque poudrée, arbres courbés dans la tempête. Mrs King repéra des invités qui grattaient les dorures pour estimer le coût. « Je pourrais vous en donner le prix », pensa-t-elle. Winnie les avait évalués, les acheteurs étaient prêts. Ils étaient d'une valeur quasi incalculable, et pourtant, paraissaient mornes et ternes à côté des arches de fleurs et des soieries qui tapissaient les murs. Un palmier de la taille d'un omnibus les effleurait doucement, trempé d'humidité, les gouttes de condensation coulant tout le long du tronc.

Mrs King n'était pas du genre à s'attarder. Elle vit que Miss de Vries consultait elle aussi la pendule.

— Si nous passions aux choses sérieuses ? suggéra-t-elle.

Miss de Vries acquiesça d'un brusque signe de tête.
— Oui.
— Votre père m'a parlé, juste avant sa mort. Je suppose qu'il s'est également entretenu avec vous.

Miss de Vries avança d'un pas rapide.
— C'est exact.

Aucune tension, aucune expression sur les traits de la jeune héritière. Voilà qui était dangereux. Les deux femmes firent halte au seuil de la salle de bal et contemplèrent toutes les deux leur triomphe.

La foule était immense, l'air sentait le musc, le parfum et la transpiration. Sous les lustres, les murs brillaient d'une nuance rose saumon toute neuve. La valse se déployait en boucles et tourbillons, les danseurs tournant autour de la pièce en formation parfaite. Miss de Vries avait les yeux brillants. Mrs King devait lui rendre justice : le bal était certainement le plus magnifique de la saison.

Lockwood s'approcha, s'éclaircit la gorge.
— Mrs King est prête à jurer qu'elle *n'est pas* la fille de Mr de Vries, articula-t-il dans un souffle.
— La fille *illégitime*, précisa Mrs King avec un sourire.

Elle attendait de voir avec intérêt comment Madame allait réagir.

Miss de Vries n'émit pas un son. Mais une légère irritation crispa son visage. Ce qui la vieillissait. Elle croisa le regard d'un groupe d'hommes agglutinés près de la porte, déguisés en Cavaliers et Têtes rondes[1]. Ils la saluèrent d'un grand moulinet de leur chapeau, et elle inclina la tête en réponse.

Mr Lockwood eut un rire nerveux.

— Ce sont de *bonnes* nouvelles, Miss de Vries.

— J'ai besoin d'un verre, annonça-t-elle. Et vous, Mrs King ?

Celle-ci réfléchit. Était-ce cruel, d'avoir cette discussion maintenant, ce soir – *ici* ? en public ? Peut-être. Mais elle percevait un éclair de provocation dans les yeux de Miss de Vries.

— Tout à fait, acquiesça-t-elle.

Miss de Vries se déplaçait lentement dans les ondulations de son costume. Les rafraîchissements avaient été installés dans le vestibule, une abondance de limonades, de sorbets, de gaufrettes, de bonbons. Elle s'empara de deux coupes de champagne sur un plateau et en tendit une à Mrs King.

— Alors, allez-y, dit-elle en buvant une gorgée et en fermant les yeux avant de déglutir. De toute évidence, vous mourez d'envie de me dire quelque chose. La parole est à vous. Allez-y.

Mrs King scruta sa propre coupe, les minuscules bulles de champagne qui éclataient une par une.

---

[1]. Surnoms donnés aux partisans respectifs de Charles Ier, les royalistes, et de Cromwell, les puritains soutiens du Parlement d'Angleterre.

— Je voyais la situation à l'envers, déclara-t-elle. Tout comme vous. Votre père vous a dupée.

La musique monta en puissance, et les danseurs se déplacèrent à l'unisson.

— Nous avons vécu nos existences à l'inverse. Vous avez dû trouver que j'étais une femme effroyable. Ici, dans cette maison, à prendre vos gages, alors que la honte pesait sur moi.

Miss de Vries demeura un long moment silencieuse avant de répondre :

— C'est ce que j'ai pensé.

— Je ne vous en veux pas. J'ai fait de même. J'ai pensé : « Qu'est-ce que je *fabriquais* ici, tout ce temps ? » Mais j'ai toujours été curieuse, voyez-vous. J'ai toujours senti qu'il y avait quelque chose d'autre…

Elle ajouta, le regard direct :

— Vous êtes une fille intelligente. Vous aussi, vous avez dû le remarquer.

Il semblait y avoir un mur autour de Miss de Vries, une absence d'oxygène.

— Je ne vois absolument pas à quoi vous faites allusion.

— Bien entendu. Vous connaissez les secrets de votre père tout aussi bien que n'importe qui. Vous savez que c'était un imposteur. Vous savez qu'il avait été marié auparavant.

30

Deux mois plus tôt

La maison était plus silencieuse que d'habitude. On veillait à ce que tous les bruits soient étouffés et amortis pour s'assurer que le maître ne soit pas dérangé, qu'il puisse dormir. Mr Shepherd attendait à l'entrée de la chambre alors qu'elle approchait, mains jointes.

— Bonsoir, Mrs King, la salua-t-il d'un ton sombre.

— Bonsoir, Mr Shepherd, répondit-elle, avant d'ajouter, voyant qu'il ne s'écartait pas : Il m'a fait demander.

— Je ne vois vraiment pas pourquoi. Il doit se reposer. C'est à quel propos, Mrs King ?

Celle-ci sentit sa patience s'épuiser. Elle n'avait plus l'énergie nécessaire pour amadouer, gérer Mr Shepherd.

— C'est mon anniversaire, déclara-t-elle en le contournant et en ouvrant la porte. J'imagine qu'il veut me faire mon cadeau.

Dès l'instant où il était revenu du continent, la pièce avait changé. Le mouvement de déclin ne s'était plus jamais inversé. Les volets des fenêtres avaient été tirés, les tables couvertes de tout l'attirail d'une chambre de malade : boîtes de médicaments, serviettes, cuvettes prêtes à être ramassées par l'infirmière. Il régnait une odeur de soufre. Elle se demanda si le maître l'avait rapportée avec lui depuis les tables de jeu et les bars des villes thermales.

Elle se força à regarder le lit à baldaquin.

Mr de Vries était étendu là, adossé à des coussins de soie, les rideaux écartés. Même à cette distance, elle percevait sa respiration, le sifflement de ses poumons.

— Bonsoir, Monsieur.

Il avait les yeux fermés, mais prit une petite inspiration douloureuse.

— Venez ici.

De toute évidence, il n'allait pas se fatiguer à parler. Mrs King traversa la pièce, se déplaçant sans un bruit, l'écho de ses pas absorbé par les tapis.

— Votre cadeau, dit-il en posant une main sur un missel à côté de lui sur le lit.

Il avait les doigts fins, presque élégants, avec néanmoins quelque chose de grossier, couverts de bagues, avec des articulations proéminentes et des touffes de poils broussailleux. Des mains pour toucher, aiguillonner, dévoiler. Des doigts qui transportaient la maladie sous leurs ongles.

Elle ne toucha pas à l'ouvrage. Quelqu'un le descendrait plus tard. L'empilerait avec les autres, à côté de sa porte.

— Merci, dit-elle, parce que le mot pouvait passer pour une gentillesse, et ne faisait de mal à personne.

— J'ai rédigé une lettre, annonça-t-il d'une voix rauque. Si vous voulez connaître la vérité.

Elle se sentit devenir complètement immobile.

— Quoi ?

— Elle se trouve dans la maison. La lettre.

Plus tard, elle s'efforcerait de se souvenir du moment, de repérer précisément ce qu'elle avait ressenti. De la surprise ? De la curiosité ? Un tortillement à l'estomac, sans aucun doute, mais qui était plutôt... un malaise. Il se montrait avare de paroles, et elle aussi. Ne pas en dire trop requérait de la prudence, de l'habileté et de la précision. À le voir allongé contre les oreillers, un froid glacial lui serra le cœur. « Il n'est pas loin de basculer, comprit-elle. Il règle ses dernières affaires. »

— Quelle lettre ? demanda-t-elle enfin.

La question fit vaciller son regard. Il n'avait pas perdu le goût du jeu, celui de la taquinerie.

— Trouvez-la, et vous le saurez, n'est-ce pas ?

Elle mourait d'envie tout à la fois d'aller vers lui et de s'éclipser. Comme si le sang parlait au sang, attirant et repoussant à parts égales.

— Vous ne souffrez pas ? interrogea-t-elle enfin.

Elle posait la question par curiosité. Elle se demandait ce qu'on pouvait ressentir, là, au bord du précipice. Car c'était certainement la fin, non ? On n'en était pas loin, non ? Il suffisait de scruter son cou, ratatiné, la façon dont ses joues s'étaient creusées. Ses mouvements étaient de plus en plus ralentis, la dégradation impossible à arrêter.

Il souffla légèrement, tourna les yeux en direction de la masse confuse du meuble à médicaments, les cuvettes, les boîtes de comprimés.

— Je *m'ennuie*, chuchota-t-il.

Elle le détesta à cet instant, tout en ayant envie de rire. « Moi aussi, je m'ennuierais, songea-t-elle. Mon Dieu, cela m'ennuierait tellement, de mourir. »

— Parlez-moi de cette lettre, dit-elle en se redressant.
— C'est à propos de votre pauvre mère, répondit-il dans un souffle.

Mrs King s'immobilisa.

C'était extraordinaire, n'est-ce pas, à quel point les gens pouvaient vous surprendre ? Même si elle avait entrepris de dénombrer toutes les années vécues dans cette maison, toutes les heures, les minutes et les secondes – et elle pouvait les compter, elle avait parfois l'impression de toutes les abriter dans son esprit, comme des petites tranches dotées d'étiquettes à bagages –, il ne lui revenait pas une seule occurrence où il aurait mentionné Mère. Dans cette maison, dans son monde à lui, celui dans lequel elle était entrée, Mère n'existait pas. Lockwood s'était chargé de le lui faire rentrer dans le crâne dès le premier jour de son arrivée.

Un frisson la parcourut.

— De quoi diable voulez-vous parler ? dit-elle à voix basse.

Une sensation dangereusement proche de la peur l'envahit. Car elle connaissait le fonctionnement des jeux : il devait y avoir un soupçon d'ironie, une part de souffrance. Quelqu'un devait perdre pour que quelqu'un d'autre gagne.

Mrs King savait qu'elle était une bâtarde, le résultat d'une indiscrétion, une tache de honte. Elle avait enfoui cela à l'intérieur d'elle-même il y avait bien longtemps. Aujourd'hui, ce devait donc être quelque chose de différent.

— Ceci est à vous, dit-il en soulevant un doigt d'à peine un centimètre. Tout ceci.

Pour Mr de Vries, un centimètre pouvait signifier

des océans, des prairies, de vastes étendues de terres. De l'argent. De l'or. Des montagnes constellées de diamants. Tant de possessions, sous son nom, dans son empire. Elle aurait dû ne pas comprendre, être désorientée, prise de vertige devant l'étendue de la chose. Mais elle ne ressentit que de la nausée, au plus profond d'elle-même. Elle comprit instantanément. « Ha ha », se dit-elle, lugubre. Un rebondissement, une ruse, à la toute fin.

— Vous étiez *marié* à Mère.

Il ne nia ni n'acquiesça. Il se contenta de la fixer.

Mère avait toujours affirmé qu'elle était veuve, ce que Mrs King n'avait jamais cru. Elle avait imaginé Mère comme une jeune femme excitée et écervelée, déjà enceinte, qui avait eu un galant, Danny O'Flynn : un bel enjôleur, un beau parleur qui semait les ennuis dans le quartier. Il donnait une alliance à toutes les filles, avait un jour dit Mrs Bone d'un ton dur. Pour calmer les voisins.

Mrs King l'avait parfaitement compris. Les apparences comptaient énormément. Tout le monde s'en servait comme d'une première ligne de défense. Mais une fois qu'elle avait pénétré dans cette maison, Dinah avait reconstitué l'histoire : la bizarrerie de sa situation, les fonds attribués pour garder Mère à l'hôpital. Mr de Vries avait engendré une bâtarde, comme des milliers d'hommes avant lui et des milliers après lui. Elle était marquée par cette honte, et le serait toujours.

N'est-ce pas ?

L'idée que Mère ait pu dire la vérité, qu'elle ait pu être veuve aussi bien légalement que sentimentalement, équivalait à un coup de poing à l'estomac. Et la culpabilité – celle de n'avoir jamais envisagé, qu'il ne lui ait même jamais traversé l'esprit de croire sa mère – lui serrait la gorge.

— Pourquoi me racontez-vous ça maintenant ?

Il ne répondit pas. Se contenta de rester allongé à respirer, à l'observer avec une lueur bien particulière dans le regard.

— Trouvez la lettre. Et ensuite, dites-le à qui vous voulez.

Cette nuit-là, Mrs King se mit à la recherche de la lettre. Commence par le sommet, décida-t-elle. Les combles.

Mais la maison était impossible. Chaque fois que Mrs King l'abordait, la maison restait victorieuse. Elle n'était qu'une succession de compartiments, de boîtes secrètes, de récipients bien fermés. Bocaux, cartons à chapeaux, caisses de déménagement, vases, bibliothèques, secrétaires, cadres de tableaux, miroirs, placards à double fond, chambres, montants de lits, sommiers...

Elle devait se livrer à une inspection plus approfondie.

Le plan lui apparut comme ses plans lui venaient toujours : en formes et en couleurs, pas en mots. Mais celui-ci était plus grand, plus majestueux que tout ce qu'elle avait imaginé auparavant. Il était pour l'instant transparent, flou : elle ne voyait que des dorures et du verre, des visages excités et des hommes hurlant dans la confusion.

Comme d'habitude, elle était montée voir Madame avec les menus. Lors du voyage de Mr de Vries sur le continent, elle avait perdu cette habitude. Maintenant qu'il était de retour, la routine était revenue.

« Un soufflé, avait dit Madame avec nervosité. Voyez avec l'infirmière ce que voudra Père. »

Mrs King avait rangé son crayon.

« Y a-t-il quelque chose d'autre ? » avait demandé Miss de Vries.

« Elle ne sait pas », avait-elle pensé.

Elle déchiffrait très bien Madame. Elle voyait à quel point la jeune femme se donnait en permanence du mal pour maîtriser ses pensées et ses sentiments. Elle semblait fatiguée : le retour de son père était comme un nuage d'orage au-dessus de sa tête. Mais elle ne se rendait pas compte de la vérité.

« Non, rien d'autre », avait-elle répondu en omettant le « Madame ».

Mrs King avait gardé l'information par-devers elle, l'avait dissimulée. C'était comme de se déplacer avec une bombe prête à exploser sous ses jupes. « Je refuse de me laisser brusquer, se disait-elle. Je dois *planifier*. » Elle sentait le maître s'impatienter, mourir d'envie de la voir déclencher les hostilités. Elle se refusait à lui donner satisfaction.

Bien entendu, elle s'était demandé s'il ne mentait pas. S'il ne s'était pas lancé dans une formidable partie, lui brodant un conte de fées qu'il aurait réduit à néant une fois qu'elle s'y serait laissé complètement entraîner. S'il avait bien épousé Mère, il devait exister une preuve authentique. Elle dressa une liste des églises éparpillées dans l'East End, et se mit à éplucher les registres de mariage les dimanches après-midi. Elle emportait son sac Gladstone avec son calepin, sa loupe, un buvard et de bons stylos pour prendre des notes. Puisant dans ses économies, elle faisait don aux recteurs d'un bon paquet d'argent pour la quête, afin qu'ils ne posent pas de questions.

Elle ne trouva aucune trace d'un mariage. Évidemment, ils avaient peut-être utilisé de faux noms. En fait, c'était même quasiment certain. Les O'Flynn auraient désapprouvé le choix de Mère. La famille formait des alliances stratégiques avec des épiciers, des prêteurs sur gages et des quincailliers. Ils n'épousaient pas des filles à l'esprit faible, avec une case de vide – et c'est ainsi qu'ils auraient vu Mère. Même Mrs Bone n'avait jamais laissé entendre, n'avait jamais suggéré une seule seconde que Danny ait pu réellement se marier. Dans ce cas, elle l'aurait fait chuter de son piédestal en un rien de temps.

Danny O'Flynn avait de la chance. Il lui était tellement facile de disparaître, de se remodeler ainsi qu'il lui plaisait. Mrs King le voyait bien en train de soupeser ses options, de les brasser négligemment comme un jeu de cartes. Elle aurait voulu ne pas reconnaître ce même trait chez elle.

Deux jours plus tard, elle entendit l'appel : il convoquait Madame. Le maître voulait parler à sa fille.

Mrs King n'avait jamais su ce qui s'était passé entre eux. Miss de Vries était redescendue, avait regagné ses appartements sans adresser la parole à qui que ce soit. Elle n'avait pas demandé de souper ; n'avait donné aucun ordre. Mrs King était demeurée assise dans son propre petit salon à attendre. Elle sentait quelque chose en gestation dans la maison, une tempête sur le point d'éclater.

Leur père mourut cette nuit-là. Une brusque dégradation, parfaitement prévisible dans un cas de tuberculose comme celui-ci, assura plus tard le médecin. La nouvelle explosa comme un fleuve pulvérisant un barrage. Mrs King sentit la vague dévaler d'étage en étage, les lustres siffler et crachoter, les domestiques devenir livides à la réception de l'information. Le service du dîner fut interrompu, les petits valets de pied se figèrent, bouche ouverte. La cuisinière alla se coucher. On entendait même les chevaux s'agiter dans la cour. Mr Lockwood et les autres avocats déboulèrent, armés de papiers, brandissant des stylos, accouchant de notes. L'infirmière débarrassa les boîtes de médicaments, les cuvettes et les serviettes sur des chariots qui firent un bruit d'enfer tout le long du couloir de l'étage. Tout le monde entendit Shepherd gémir et pleurer dans l'office du majordome.

Miss de Vries ne quitta pas sa chambre.

Mrs King compta les brassards noirs, un par un. «Ça y est», se dit-elle, le sang battant à ses oreilles. À dire vrai, elle ignorait la nature du «ça». C'était trop énorme, trop inimaginable pour qu'elle puisse le concevoir. La possession de cette maison, de tout ce qu'elle contenait, lui hantait l'esprit.

Les termes du testament étaient précis et ne donnèrent prise à aucune observation. *Je lègue tout, l'ensemble de ma fortune, à ma fille véritable et légitime.*

«Malin», pensa Mrs King lorsqu'elle l'apprit, sentant la colère dévaler dans ses veines. Habile, très habile, un joli stratagème, un joli jeu. Les avocats ne trouvèrent bien entendu rien à redire à une formulation aussi claire. Madame ne la contesta pas; personne ne dit mot. Ils pensaient comprendre l'ordre naturel des choses. Il revenait à Mrs King de les détromper.

Elle s'imposa un ordre :

Ratisser la maison. S'emparer de *chaque* boîte, de *chaque* tiroir : les secouer, les fouiller. Dénicher, *trouver* cette lettre.

Une fois Alice en place, et Winnie partante pour l'opération, elle s'était rendue dans le quartier des messieurs. Elle n'aurait qu'une seule occasion d'y enquêter. C'était le pire endroit où une femme puisse mettre les pieds, si elle tenait à sa réputation. Mr de Vries s'était toujours montré particulièrement sourcilleux sur la moralité de ses domestiques. Des missels en cadeau d'anniversaire, l'église tous les dimanches, le bénédicité au petit déjeuner. Les femmes dormaient d'un côté de la maison, les hommes de l'autre. Même Mrs King et William n'avaient jamais tenté de franchir ce fossé. Il avait néanmoins accepté de garder la porte du quartier des messieurs déverrouillée.

« Mais pourquoi ? avait-il demandé, très intrigué. De quoi peux-tu donc avoir besoin ? »

Elle avait ignoré sa question. Les ennuis avaient l'art de se multiplier quand d'autres personnes s'y mêlaient. Quand bien même, évidemment, elle l'y avait mêlé et lui avait attiré des ennuis. Quelqu'un était assis sur une chaise près de la porte de William, en train de donner des coups de pied. Un gamin à la tête de rongeur, chargé de veiller à ce qu'il n'y ait pas d'intrus. Mrs King connaissait les règles. Elle savait qu'elle risquait d'être surprise, mais était montée quand même. C'était son coup de semonce, un signal destiné à qui aurait besoin de l'entendre.

« Qu'*esse* vous faites ici, Mrs King ? Vous rendez visite à votre galant ? »

Elle avait éprouvé une conscience aiguë de son corps, de son immobilité. De son sang, mélange de sa mère et de son père. Du danger qui l'habitait, des forces qu'elle avait héritées des deux.

Elle avait fait baisser les yeux au gamin, le transperçant du regard jusqu'à la moelle, mais il ne s'était pas enfui. Il l'avait bien sûr dénoncée, était allé la moucharder auprès de Mr Shepherd. Mrs King n'avait pu achever sa fouille du quartier des messieurs, et n'avait pas dormi cette nuit-là. Il lui semblait que des fissures invisibles traversaient la maison, que les murs se fendaient de haut en bas, et le sang lui martelait la poitrine.

« *Lésée*, s'était-elle dit. J'ai été *lésée* de ce qui me revient *de droit*. »

31

Maintenant

— Vous savez qu'il avait déjà été marié, affirma Mrs King.

Miss de Vries demeura muette, sirotant son champagne.

— J'imagine qu'il a fait face aux mêmes choix que tous les hommes qui se sont mariés secrètement. (Mrs King énuméra sur ses doigts :) Avouer. S'enfuir. Ne rien dire. Il a choisi la dernière option, n'est-ce pas ? Même *Lockwood* l'ignorait ! Les hommes comme lui se tirent de presque toutes les situations, remarqua-t-elle avec un sourire et un regard de commisération. Et puis, ils vendent la mèche. Comme si, en fait, ils *voulaient* être pris. Comme s'ils ne pouvaient pas s'en empêcher.

Miss de Vries leva le menton vers le plafond, lèvres serrées.

— Et il s'est épanché, n'est-ce pas ? poursuivit-elle. Auprès de ses plus proches, de la chair de sa chair. Auprès de vous et moi.

En dépit du risque, elle avait attendu ce moment avec impatience. Il aurait été plus prudent de garder la chose pour elle, de rester discrète. Mais l'envie irrépressible d'affronter Miss de Vries, de tout faire éclater au grand jour, était trop grande. De plus, elle avait une crainte, une profonde inquiétude. Mr de Vries avait-il parlé de la lettre à son autre fille ? L'avait-elle trouvée ? Si Miss de Vries l'avait détruite, il fallait que Mrs King le sache.

Elle aurait voulu que quelque chose se peigne sur les traits de Miss de Vries, se lise dans ses yeux. Mais rien.

— Je meurs de faim, annonça simplement la jeune femme, parfaitement imperturbable. Allons manger.

Cette fois, elle avança plus vite, le champagne déborda de son verre, et elle glissa la main au creux du bras de Mrs King. Lockwood bondit à leur suite.

La salle à manger, située à l'opposé de la salle de bal, ouvrait sur la terrasse, d'où une volée de marches descendait vers le jardin. Des lumières dansaient dans les arbres. De la soie blanche bâillonnait les murs. Les tables avaient été dressées à la parisienne, en de longs buffets. Des tranches de volaille s'empilaient sur des plats en argent. Des saladiers pleins de glace pilée accueillaient des fruits. Mrs King effleura une pêche, ressentit le froid comme une brûlure.

Miss de Vries s'empara d'un couteau, choisit une portion de viande.

— Vous avez quelque chose d'autre à me dire, Mrs King ?

— Non.

Miss de Vries inclina son couteau et déclara, le regard étincelant :

— Vous avez clairement perdu la raison.

— Non, répondit Mrs King en prenant son temps, surveillant sa colère. Ainsi que vous le savez bien.

— Prouvez-le.
— Prouver quoi ?
— Ce que vous avez dit. Ce qu'il vous a dit.

Un frémissement parcourut Mrs King.

— Vous reconnaissez donc qu'il m'a dit *quelque chose*.

Un silence.

— Eh bien, je ne peux pas, reconnut Mrs King. Je n'ai rien noté. Je n'ai pas de témoins. Je préférerais savoir ce qu'il vous a confié, à vous.

Miss de Vries détourna le regard.

— À moi ?

Il fallait la pousser, la provoquer.

— Allons, Madame. Racontez-moi tout. Dites-moi l'effet que ça fait. De savoir que votre père pouvait être aussi méchant.

Autour d'elles, le tapage de la salle de bal enflait puis s'écrasait comme une vague. L'expression de Miss de Vries changea. Les paroles l'avaient blessée. Mais elle se contenta de hausser les épaules.

— Il n'était pas méchant. On peut dire des choses *méchantes* sans le vouloir, quand on ne peut pas tenir sa langue, par exemple.

Elle examina son couteau, y étudia son reflet.

— Là, c'était entièrement délibéré. Papa m'a fait venir. Juste après vous, je pense. Il m'a annoncé qu'il avait *un petit quelque chose à me dire*.

Sa bouche se tordit.

— Juste une *petite* chose.

Le cœur de Mrs King tambourinait dans sa poitrine. «Continue», la pressa-t-elle intérieurement. Lockwood se rapprocha d'un pas. Il contemplait curieusement Miss de Vries, la réévaluait.

— Il avait commis une *erreur*, a-t-il déclaré.

Lockwood ne bougeait plus.

— Une erreur ? répéta Mrs King.

— Il m'a appris qu'il était père d'un autre enfant. Je lui ai répondu que cela n'était pas mon affaire.

Un silence. Mrs King laissa la déclaration peser entre elles un long moment.

Il était singulier, si incroyablement singulier d'entendre Miss de Vries aborder ce sujet. Mrs King s'efforça d'imaginer la conversation entre son père et elle : une fille à qui la vérité apparaît, l'ampleur de la trahison.

— Vous avez dû éprouver un choc, remarqua-t-elle avec douceur.

Miss de Vries se tourna vers elle, avec dans le regard un éclair de dérision.

— Pas vraiment. Voilà des années que nous dédommageons votre mère. Les factures d'hôpital s'empilent, vous savez. Ils envoient des quittances.

Elle inspira vivement.

Mrs King n'avait jamais vu Miss de Vries manifester une douleur quelconque. Même enfant, elle ne pleurait jamais ; elle était trop bien dressée pour cela. Mais là, il s'agissait d'une souffrance, très précisément, que Mrs King identifia immédiatement. Elle comprenait ce que cela faisait, de saisir brusquement quelque chose d'énorme, qui bouleversait totalement votre univers. À cet instant, elle éprouva un sentiment fulgurant de parenté avec Miss de Vries.

Ce fut la raison pour laquelle elle posa franchement la question suivante, sans esquiver, sans circonvolutions.

— A-t-il fait allusion à une lettre ?

Miss de Vries se retourna :

— Papa a dit un tas de *sottises*.

Ce n'était pas un démenti.

Mrs King s'avança :

— Alors, je vais deviner ce qu'il vous a confié. Il s'est excité, a assuré qu'il ne pouvait pas garder un secret. Qu'il ne pouvait pas rejoindre son Créateur sans avoir mis ses affaires en ordre.

Miss de Vries réfléchit.

— Non, répondit-elle en tendant la main pour prendre une poire qu'elle astiqua distraitement sur sa manche.

— Non ?

— Ce n'était pas le salut de son âme qui le préoccupait, Mrs King.

Elle secoua de nouveau la tête, un sourire flotta sur ses lèvres, curieusement proche du dégoût.

— Il pensait à sa postérité.

Elle se mit à éplucher la poire avec des gestes parfaits. Elle manœuvrait la lame du couteau avec une telle dextérité, une précision si absolue. Mrs King ne pouvait s'empêcher de reconnaître également ce trait-là.

— Sa postérité, répéta-t-elle.

— Son nom, son précieux nom, cette chose merveilleuse qu'il avait créée.

— Mais il n'y avait aucun risque que qui que ce soit puisse oublier ça, objecta Mrs King avec une moue.

Les yeux ronds, Miss de Vries recula d'un pas, laissa échapper un rire moqueur :

— Aucun risque ? répéta-t-elle en levant les mains. C'est trop merveilleux ! Vous êtes *vraiment* comme lui. Tout aussi bête et égocentrique que lui. Vous croyez que tout ceci durera éternellement ? poursuivit-elle alors que son visage s'assombrissait. Cet endroit, cette maison ?

Le nom « de Vries » ? S'il ne tient qu'à moi, je ne serai plus là à la prochaine Pentecôte.

Mrs King la dévisagea. À cet instant, elle se souvint de l'enfant qu'avait été Miss de Vries. À l'époque où elle vivait encore dans la salle de classe, la chevelure ébouriffée, la peau grasse et pleine d'écorchures. L'époque où elle était encore dressée, quand la gouvernante lui attachait des baguettes dans le dos pour qu'elle se tienne droite et lui fourrait des billes dans la bouche pour améliorer son élocution. Le regard dur, étincelant, furieux, la voix tremblante, anguleuse de partout.

— Je vois, dit-elle en tendant la main, désireuse de la toucher, de franchir le fossé qui les séparait.

Il y avait toujours eu entre elles comme une vitre, qu'elles avaient parfaitement préservée.

— Je comprends.

D'un geste vif, Miss de Vries se recula. Le couteau en équilibre entre les doigts, elle déclara, avec un semblant de rire :

— Vous savez ce qu'il m'a dit ? « C'est tout l'inverse de ce que tu crois. C'est Mrs King qui a des droits sur *toi*. »

Lockwood en demeura bouche bée, pantois. Des invités pénétrèrent dans la salle à manger, se dirigeant vers les buffets, dans un concert de voix stridentes. Miss de Vries les ignora, conservant un maintien parfait, bien droite. Elle transperçait Mrs King du regard, bouillonnante de colère.

Mrs King se souvint des paroles de Mr de Vries : *Dites-le à qui vous voulez.* Il pressait en réalité Mrs King de le faire. Il n'avait qu'une envie, qu'elle anéantisse son autre fille.

— Il voulait vous punir.
— Oui.
— Parce que vous vouliez vous marier.
— Parce que je voulais être *libre*.
— Et? demanda-t-elle doucement. Que lui avez-vous répondu?

Miss de Vries posa le couteau.

— J'ai dit: «Je ne veux pas en discuter.» Il n'a pas apprécié. Je ne lui avais jamais parlé de cette façon. Il s'est mis à tousser.

Un éclair brilla dans ses yeux.

— Vraiment?
— Oui. Il ne pouvait plus parler. J'ai pensé que l'infirmière allait venir; il faisait un tel boucan! Mais vous savez comment c'est, là-haut. Lorsque les portes sont fermées, on n'entend rien.

Les invités se servaient de viandes froides, de jambon, de tranches de langue. Ils coulaient des regards de côté à Miss de Vries en s'efforçant d'identifier Mrs King. Lockwood leur souriait, pâle, les yeux vitreux, tentant de leur boucher la vue. Son cerveau moulinait furieusement: Mrs King reconnaissait les signes. Son teint luisait légèrement, et il cherchait frénétiquement du regard ses commis en se demandant s'il avait besoin de témoins.

Mrs King se retourna vers sa sœur. Après tout, c'était bien ce qu'elle était. Faite de la même étoffe. Son égale, au bout du compte.

— Il ne vous a rien dit d'autre?

Miss de Vries sourit.

— Pas un mot de plus.

Elle joignit les mains. Tout était bien net, bien carré.

Les aspérités du problème tranchées et balayées sous le tapis. Trop carré, songea Mrs King.

Puis Miss de Vries ajouta à voix basse :

— J'aurais dû me débarrasser de vous il y a des années. J'aurais dû y veiller.

Mrs King haussa les épaules pour dissimuler sa colère.

— Peut-être est-ce moi qui aurais dû me débarrasser de *vous*.

Elle vit Miss de Vries réagir. Elle en éprouva du plaisir, mordant. Le besoin de se battre.

— De moi ?

— Nous aurions pu le faire. Les filles et moi.

Miss de Vries marqua une pause. Une ride minuscule lui plissa le front. Elle ne comprenait pas.

— Les filles ? répéta-t-elle.

— Un nombre illimité de filles, à ce qu'il semble, souffla Mrs King à voix basse.

Elle sentit Mr Lockwood se figer à côté d'elle, vit Miss de Vries se raidir encore davantage, le visage fermé.

— Êtes-vous au courant de cela, Madame ?

Une ombre étrange apparut dans ce regard prudent et attentif.

— Ne faites pas ça, dit Miss de Vries d'une voix tendue.

Elle lança un bref regard de côté à Mr Lockwood, puis détourna de nouveau les yeux. Mais Mrs King avait tout de suite compris. C'était de la peur. Miss de Vries avait enterré son père, et elle tenait à ce que tout ce qui le concernait demeure caché profondément, six pieds sous terre.

Mr Lockwood porta une main à sa bouche, effleura sa lèvre meurtrie.

— À votre place, je ferais attention, Mrs King.

Celle-ci eut un rire de colère.

— À quoi? dit-elle en se retournant pour le regarder bien en face.

Ses lèvres remuèrent, il cherchait des insultes, y renonça, répondant finalement:

— À tout, dit-il d'un ton grave.

Miss de Vries recula très légèrement pour s'écarter de la discussion. La foule qui assiégeait les buffets avait grossi, s'était rapprochée, les encerclait. Lockwood semblait avoir perdu son calme. Il calculait tout, avec des gestes nerveux, lançant des regards vers la salle de bal, faisant signe à ses commis. À cet instant, Mrs King s'interrogea: peut-être n'était-ce pas Madame, l'ennemi? Sa fortune pouvait représenter le plus formidable des adversaires. Elle était plus énorme qu'elles deux réunies, formait un ouragan à elle toute seule. Elle avait enflé à grands traits, balayant tout sur son passage, d'immenses intérêts commerciaux ravageant le monde. Mais au centre, en son cœur, il y avait toujours un œil calme, surveillant tout. Les Lockwood et les Shepherd de ce monde. Et lorsqu'ils se déplaçaient, la tempête se déplaçait avec eux.

— C'est *vous* qui devriez faire attention, rétorqua-t-elle.

Miss de Vries était silencieuse, ou bien réduite au silence. Lockwood ignora totalement Mrs King.

C'est alors qu'une voix rompit la tension.

— Madame?

Un des petits valets de pied avait traversé la salle à

manger, inconscient du malaise qui régnait autour de sa maîtresse.

— Votre robe, Madame. J'ai amené la couturière, annonça-t-il.

Miss de Vries baissa les yeux, se souvenant. Elle souleva sa traîne, ouvrit des plis, révéla la déchirure de l'étoffe.

— Oui, dit-elle à voix basse. Réparez-la.

Mrs King sentit le mouvement se ralentir dans la pièce. Une silhouette émergea de la foule. Pâle, l'air fatigué.

Alice.

Pas un tressaillement n'échappa à Mrs King. Elle se maîtrisa, détourna vivement le regard. Elle sentit Alice la fixer. «Non, ne me regarde pas», pensa-t-elle. C'était le moment le plus mal choisi pour les réunir. C'était trop dangereux.

Miss de Vries était un peu dissimulée aux yeux de la foule.

— Là, murmura-t-elle en claquant des doigts à l'adresse d'Alice et en désignant l'accroc de quelques centimètres. Là, en bas.

Mr Lockwood observait Alice.

— Ah oui, fit-il. La petite couturière…

Il regarda Miss de Vries, qui lui rendit vivement son regard.

Mrs King remarqua l'échange, et en éprouva comme une brûlure.

— Vous avez un talent rare, jeune fille, déclara Mr Lockwood alors qu'Alice se baissait, aiguille à la main, pour étudier la robe de Miss de Vries. Vous devriez venir me raconter d'où vous tenez cela.

Alice leva les yeux, s'efforça de sourire, désarçonnée.

Elle était en train de perdre ses moyens. Elle paniquait. Elle en ressemblait complètement à Mère.

«Non», se dit Mrs King avec une douleur à la poitrine.

Miss de Vries fixait le mur.

— Monsieur ?

Les commis les entouraient, toujours déguisés en dominos. Mais leurs costumes étaient plus effrayants qu'extravagants. Mrs King était acculée.

— Escortez cette personne dehors, jeta Mr Lockwood en lançant un rapide regard derrière lui à Mrs King. Immédiatement.

— Mais notre situation est-elle claire ? intervint Miss de Vries.

Lockwood mit un moment à répondre, mais finit par redresser les épaules.

— Cette discussion n'a rien révélé d'autre que des ragots et des preuves indirectes.

Les commis entourèrent Mrs King.

— Attendez, dit-elle en tendant la main vers Alice.

Mais la foule bougea, avalant celle-ci, clouant Mrs King sur place.

Dans ce centième de seconde où Alice disparut à sa vue, Mrs King sentit un poids lui tomber sur l'estomac. Elle avait dit à ses femmes qu'elles étaient toutes égales dans cette affaire.

Et elle venait juste d'en jeter une aux chiens.

Miss de Vries demeura derrière son mur protecteur, sa cage d'hommes.

— Je vais faire repriser ma robe, et m'occuper de mes invités, Mrs King, déclara-t-elle d'un ton menaçant. Je pense que je ne vous reverrai pas.

32

Plus qu'une heure

Mrs Bone était assise dans sa chambre, attendant qu'une des femmes vienne la faire sortir. Combien de temps fallait-il pour vider l'ancienne nursery ? Elle tendit l'oreille en fixant le plafond. Elle savait que ses hommes, suivant ses instructions, quittaient les combles. La chaleur s'accumulait, se dilatait à travers toute la maison, remontait de ses talons à son crâne.

Elle regrettait qu'on l'ait laissée toute seule. Ses pensées la rattrapaient. La fatigue, l'attente – c'était tout. Mais la question ne cessait de lui vriller l'esprit : à quoi servait-il de gagner deux septièmes de quoi que ce soit quand on pouvait rafler l'ensemble ? La remarque d'Archie lui revenait : *Il y a toujours moyen de se sortir d'un contrat…*

— Serait-ce possible ? s'interrogea-t-elle à haute voix.

Dévaliser cette maison était une chose. S'emparer de *tout* le bel empire de Danny était totalement différent. Les mines d'Afrique du Sud, les propriétés en Amérique du Nord, les participations dans les compagnies maritimes, les brasseries, l'acier et l'or. Park Lane n'était rien à côté de tout cela. Peut-être existait-il un moyen. Il lui faudrait mettre la main sur toute cette opération. Mener une négociation solide avec sa nièce, Miss de Vries. Se partager l'empire entre elles deux, de façon pertinente. Il méritait de rester du bon côté de la famille.

Dans tout son ensemble.

Elle ressentit de l'écœurement.

Cette maison était bâtie sur des fondations pourries. De même que tout l'empire de Danny. On n'obtenait pas de prêts aussi conséquents sans moyens de pression. On ne se hissait pas au sommet sans piétiner sur son passage des millions de simples individus, sans détruire l'existence d'autres personnes. Mrs Bone revit Sue, et les autres filles avant elle. Sa propre fortune était corrompue par association.

De même que son sang.

« Va-t'en, monstre aux yeux verts », se dit-elle avec un frisson. Ce n'était pas le moment d'éprouver de la jalousie, mais celui de chercher l'absolution.

Sniff.

Elle bondit.

— Qui est là ?

Elle jeta un œil par le trou de la serrure. Des iris pâles lui rendirent son regard.

— Sue, dit-elle dans un souffle.

La petite chuchota :

— Je peux vous aider !

Mr Lockwood souriait, bien que de toute évidence il soit furieux. Il guida Miss de Vries dans l'une des antichambres, à l'écart du gros des invités.

— Il est inconcevable que vous ne m'ayez pas tenu au courant de tout ceci !

— Pourquoi ? répliqua Miss de Vries.

Elle s'arrêta, ressentant la masse de la foule dans la salle de bal derrière eux. Alice et le petit valet de pied se tenaient en retrait, et l'observaient en écoutant.

— Quelle différence cela ferait-il ?

Il la fixa, incrédule, et baissa le ton :

— Comprenez-vous comment tout ceci fonctionne ? Vous me *confiez* vos affaires. Vos intérêts sont les miens. Si vous vous élevez, nous nous élevons tous. C'est le contrat qui nous lie. Il n'y avait pas un détail de ses affaires que votre père ne partageait avec moi, expliqua-t-il, tout rouge.

Miss de Vries, elle, ne prit pas la peine de baisser la voix :

— Vous n'avez pas écouté, Lockwood ? Mon père ne vous a absolument pas mis dans la confidence. Peut-être avait-il l'intention de se passer de votre conseil, ajouta-t-elle avec un sourire.

Le visage de Lockwood se tordit. Il était le plus redevable de tous à la maison de Vries.

— Envoyez-moi Lord Ashley, poursuivit-elle.

— Quoi ?

— Je ne vois pas que *vous* ayez fait de quelconques progrès avec lui. Je vais devoir prendre les choses en main.

— En main... (Il écarquilla les yeux.) Vous n'êtes pas sérieuse.

Elle pressa son visage contre le sien, sans s'inquiéter de ce que les domestiques puissent la voir. Il l'épuisait, elle le détestait.

— Et pourquoi pas ? grinça-t-elle. *Pourquoi pas ?*

La meurtrissure de sa lèvre avait pris une couleur affreuse. Elle regretta de ne pas l'avoir frappé elle-même.

Elle claqua des doigts à l'adresse d'Alice.

— Venez !

Elle sentit plutôt qu'elle ne vit sa femme de chambre lui obéir, se rapprocher, tendre la main pour achever de recoudre l'accroc. La forte odeur de transpiration émanant de la nuque de la jeune femme lui parvint aux narines. Miss de Vries en éprouva un brusque soulagement. Là au moins, il y avait quelqu'un sur qui elle pouvait compter. Elle voulait garder Alice auprès d'elle. Ni avec Lockwood, et encore moins avec Lord Ashley.

Ce sentiment la fit sursauter : elle s'efforça de le balayer, baissa les yeux sur sa robe.

— Vous l'avez réparée ?

Alice était pâle. De toute évidence, la chaleur et l'excitation de la soirée lui étaient montées à la tête. Elle ouvrit la bouche comme pour parler. Puis la referma et hocha la tête. La déchirure avait été reprisée : la robe était parfaite.

Miss de Vries était prête.

Lord Ashley se trouvait toujours dans le jardin, à plaisanter avec des pasteurs, des ecclésiastiques et de vieux juges austères, à leur donner des bourrades dans la poitrine en tirant sur leurs pourpoints et leurs toges. Sa propre bande d'amis arrogants le suivait en gloussant et en approuvant la moindre de ses railleries. Il était apparemment de bonne humeur, ce qui semblait prometteur. Dans le jardin moite, aux allures de marécage, il régnait dans l'atmosphère comme une attente.

— Monsieur le comte, dit Miss de Vries en élevant un peu la voix. Je vous ai abandonné. Pardonnez-moi.

Il se retourna et la jaugea, avec un petit salut brusque de la tête. Miss de Vries éprouva une satisfaction féroce.

— Vous êtes toute pardonnée, répondit-il tout en rougissant légèrement.

« Il est incapable de parler aux femmes », se dit-elle, ce qui la ravit. Cela confirmait ce que tous ses sens lui dictaient : c'était elle qui décidait.

— Messieurs, dit-elle en s'adressant aux autres, peut-être pourriez-vous nous excuser ?

Ils hésitèrent. Lord Ashley jeta des coups d'œil alentour, à la recherche de quelqu'un : ses avocats, ou bien ceux de Miss de Vries.

— Il vous faudrait un chaperon, déclara-t-il avec une sorte de galanterie méfiante.

« Comme si vous pouviez me séduire », pensa-t-elle avec un rire intérieur, tout en demeurant très solennelle.

— Il est très aimable à vous d'y penser.

Elle se tourna vers l'homme le plus âgé et le plus ratatiné qu'elle puisse trouver :

— Votre Honneur... vous nous accompagnerez bien si nous faisons un tour dans le jardin, n'est-ce pas ?

La lèvre du juge trembla, mais il acquiesça – *assurément, assurément* – et les autres s'écartèrent, se fondant dans la foule. Le juge leur adressa un léger sourire tout en dents.

— Lord Ashley, déclara Miss de Vries en lui donnant le bras et en le tirant pour l'emmener. Je serais honorée d'être votre femme.

Ce fut comme si elle l'avait frappé. Elle éprouva

351

comme la sensation de se trouver sur les docks, comme si elle s'était frotté les poings à la craie en prévision d'un combat. Père aurait exactement agi comme ça : un coup vif et net. Elle sentit Lord Ashley reculer.

— Il n'y a aucune dignité à être pauvre, ajouta-t-elle d'un ton plus bas. Et je n'attendrai pas toute la saison de conclure cette affaire. Vous devez me répondre tout de suite.

Il se raidit à ses côtés :

— Ce n'est pas à *nous* de discuter de cela.

Elle afficha un air doux. N'importe quel spectateur penserait qu'il venait de lui adresser un beau compliment. Elle le guida le long de la terrasse, consciente de sa masse et de sa densité. C'était comme de tirer un rocher.

— Je ne laisserai pas votre mère gérer cette affaire. Ceci doit être votre choix, à vous seul.

Elle lui lança un coup d'œil : il avait l'air surpris.

— Ma mère ? Elle n'a strictement rien à voir avec tout ça.

À cet instant, Miss de Vries comprit les règles de ce jeu. Il était sincèrement convaincu que ses désirs étaient les siens propres, qu'il pensait par lui-même. Son entourage s'était débrouillé pour lui faire croire qu'il en était ainsi. Il pencha la tête vers elle :

— Bien entendu, vous comprenez que vous devez vous soumettre à ma personne, si nous poursuivons ? Vous devez m'obéir en tout.

Si elle avait été superstitieuse, elle aurait peut-être croisé les doigts dans le dos.

— Naturellement, répondit-elle. Mes vœux constitueront une provision suffisante pour cela.

Il eut un rire, et toute tension s'évanouit de son visage. « Il est inconstant », se dit-elle. Enclin à prendre les choses comme une conquête. Peut-être pas une mauvaise nature.

— Alors, venez danser, dit-il. Mes gens régleront les détails.

Il n'était qu'un tout petit peu plus grand qu'elle. Elle pouvait fixer son front, lui pénétrer le crâne du regard, lire toutes ses pensées. Un sentiment de victoire l'inonda.

— Votre Honneur, je vous remercie, dit-elle en inclinant la tête en direction du juge.

— *Mes petits*, répondit celui-ci, aux anges, en leur tendant les mains. Toutes mes félicitations !

Pendant tout ce temps, Hephzibah était restée dans la bibliothèque, à reprendre ses esprits. Mr Shepherd n'avait pas compris lorsqu'elle avait prononcé son nom, qui ne lui évoquait rien. Et de toute façon, elle avait eu la bouche tellement sèche, collante, qu'elle en avait déformé les mots. « J'ai la bave aux lèvres, ils vont devoir me couper la langue », se dit-elle.

Mais le grouillot, qui n'avait probablement jamais mis les pieds dans un théâtre de sa vie et qui ne gagnerait probablement jamais assez pour même envisager d'acheter un billet, l'avait dévisagée :

« Qu'*esse* vous avez dit ? »

Sa vision devenue floue, elle avait baissé les yeux. Il avait un regard sombre et affamé. De semblables gamins fichaient le bazar devant le Paragon, à se battre et se flanquer des coups de pied dans la poussière. Il y en avait toujours un pour ramasser un programme avec un

353

rire moqueur et se pavaner en imitant la dame poudrée et corsetée de l'illustration.

Elle avait pressé un doigt tremblant sur sa bouche. Elle sentait la situation lui échapper.

Avant de partir, Mr Shepherd avait déclaré :

« De toute évidence, cette dame ne va pas bien du tout. Que quelqu'un aille chercher le médecin.

— Non », avait-elle protesté en s'efforçant de maîtriser sa voix.

La vue de Shepherd lui était douloureuse. Et au bout du compte, cela ne ressemblait pas à l'arrachage d'une dent, plutôt à une plaie ouverte, à vif et cuisante.

« Laissez-moi. »

Il était parti. Il avait battu en retraite, distrait, frottant sa lèvre enflée, et l'avait abandonnée dans la bibliothèque.

« Vous devriez vous asseoir, avait marmonné le gamin. *Madame*.

— Qu'est-ce que tu veux? avait-elle dit en l'agrippant par la manche. Pour la fermer? »

Il avait eu une hésitation.

« Trop tard. Si tu dis un seul mot, je te fais pendre au réverbère. »

Le regard du gamin s'était encore assombri.

Hephzibah avait poussé un soupir, regardé par la fenêtre. « Il n'y en a plus pour longtemps », s'était-elle dit. C'était presque terminé, achevé. Elle avait presque atteint son but. Mieux valait rester ici, avait-elle décidé, où elle n'éveillerait pas encore davantage de soupçons. Ses actrices se débrouilleraient sans elle pour l'instant. « Tu vas juste t'accorder un petit repos, s'était-elle dit en essayant de se calmer. Ne t'enfuis pas en courant. »

La bibliothèque, avec ses bow-windows, surplombait le porche de l'entrée et faisait face à Hyde Park. Une automobile gigantesque, plus grande même que la Daimler, était venue lentement s'arrêter le long du trottoir.

« Qui cela peut-il être ? » s'était demandé Hephzibah avec un regard scrutateur.

Une silhouette en costume sombre avait bondi du siège passager, puis s'était précipitée en faisant signe à la foule de reculer. Elle était allée ensuite ouvrir la portière.

Une femme émaciée coiffée d'un turban couleur orange pressée était sortie.

« Une personne de qualité », s'était dit Hephzibah d'un air songeur. Les vieilles fortunes se repéraient à plus d'un kilomètre. Une soie exquise, pas le moins du monde mitée. Peut-être une vicomtesse. Elle aimait bien dire « vicomtesse », le mot roulait sous la langue.

« Quoi ? avait grommelé le garçon.

— Silence ! » lui avait-elle ordonné.

C'est alors que le turban avait remué, que la femme s'était penchée pour parler à l'autre personne assise dans la voiture, et que brusquement, le monde s'était figé. Il ne tournait plus sur son axe, il s'était immobilisé, de façon effroyable.

Car il était clair, aux yeux d'Hephzibah comme à ceux de ces gens sur le trottoir, que cette automobile était somme toute trop majestueuse, trop anonyme pour abriter quelqu'un d'ordinaire. Des rideaux ornés de glands dorés qui dansaient étaient tirés contre les vitres. Hephzibah avait senti un frisson parcourir la foule, et vu la circulation ralentir.

355

« Sûrement pas », avait-elle pensé. Ce n'était pas possible. Pas la...

La vicomtesse au turban orange avait reculé, puis lentement, le dos bien droit, elle avait entamé une révérence. La foule avait poussé un soupir d'anticipation.

Hephzibah était resté clouée sur place. Quelqu'un d'autre avait émergé de l'automobile. Une chevelure lustrée tirée en arrière, plaquée par la cire. Un cou orné d'un collier serré, comme si les perles avaient été cousues directement sur la peau, la chair décorée du menton à la clavicule. Pas de costume, pas même un semblant. Mais une écharpe, drapée en bandoulière sur l'épaule, d'un bleu royal dont l'éclat avait ébloui Hephzibah.

Et puis un visage. Un visage familier. Que l'on voyait sur des cartes postales. Long et anguleux. Des sourcils fournis. Des paupières lourdes, de même que le menton.

Hephzibah s'était sentie trembler.

« Ah, avait-elle lancé légèrement au galopin, comme si de rien n'était, la princesse Victoria est bien là, en définitive. »

Elle avait réfléchi à toute vitesse. Comment, comment, comment *diable*...

Hephzibah s'était dirigée vers la porte de la bibliothèque en chancelant. Avait jeté un œil au salon, aux portes ouvertes de la salle de bal. Elle avait pris en pleine figure le bruit et l'odeur viciée du champagne.

« Tu es la plus grande actrice de ta connaissance, s'était-elle dit. La meilleure. Alors, vas-y, *joue*. »

33

Plus que dix minutes

Miss de Vries ploya la nuque en arrière, le dos arqué. Les doigts de Lord Ashley étaient plantés dans ses omoplates, ses ongles crissaient sur la mousseline noire. Elle maintenait sa traîne d'une main, prenant garde à ne pas trébucher. Au-dessus de leurs têtes, les lustres crachotaient, et la foule rugissait de plaisir lorsqu'ils passaient à toute vitesse. Lord Ashley l'avait menée à l'intérieur pour danser, pendant que la nouvelle de leurs fiançailles se répandait à travers toute la maison.

— Ils nous offrent leurs félicitations, lui glissa-t-elle à l'oreille alors qu'il la ramenait en tournoyant au centre de la pièce.

De près, elle voyait que ses boucles étaient luisantes de graisse, plus foncées que son blond pâle habituel. La valse était la plus échevelée de la soirée, l'orchestre épuisé et congestionné.

— Écartez donc vos jupes du chemin, maugréa-t-il en lui dégageant la taille.

« Il veut faire étalage de ma personne », se dit-elle. La pièce tournait autour d'eux, un ballet de colonnes couleur saumon dans l'odeur de transpiration. Miss de Vries distingua néanmoins deux silhouettes qui se frayaient laborieusement un chemin dans sa direction.

Shepherd et Lockwood.

Elle sourit, radieuse, riant à destination des invités.

— Arrêtons-nous, voulez-vous, monsieur ? dit-elle en reprenant sa respiration.

Il la lâcha si brusquement qu'elle faillit en tomber. Il se retourna, les cheveux en bataille, bras levés, et les plus grandes familles de Londres l'acclamèrent. Elle lutta pour ne pas perdre l'équilibre.

Shepherd surgit, Lockwood juste derrière lui.

— Son Altesse Royale est là, madame.

— Quoi ? Où ça ?

— Sa voiture vient de s'arrêter devant la porte.

— Excellente nouvelle, Miss de Vries, commenta Lockwood, toujours un peu pâle.

— Où est Lady Montagu ?

— Indisposée, Madame, répondit Shepherd avec un froncement de sourcils. Nous l'avons emmenée dans la bibliothèque pour...

— Ah, la voilà ! coupa Miss de Vries en apercevant dans la foule une lueur de satin rose familière et les embardées d'une jupe à crinoline, en même temps qu'une perruque poudrée dansait furieusement dans les airs. Venez !

Ils emboîtèrent tous le pas à la duchesse, qui dévala presque en courant le *grand escalier*.

Hephzibah remerciait le ciel de ses jupes à cerceaux, qui tenaient les gens à distance. Tout le monde la rattrapa au pied des marches, en une parfaite mêlée.

Descendant derrière elle, Miss de Vries, accompagnée du majordome et de l'avocat. À l'opposé, l'entourage de la princesse Victoria, agglutiné sous le porche, dans l'attente que quelqu'un vienne les accueillir. « Oh, mon Dieu », pensa-t-elle.

— Lady Montagu ?

Miss de Vries fonçait sur elle à toute vitesse.

Hephzibah se retourna. « Je refuse d'être bousculée », se dit-elle en tentant de dissiper son vertige. Des hommes se tenaient sous le portique. De véritables policiers, comprit-elle avec une brusque nausée.

— Miss de Vries ! Fantastique, vous êtes là.

Des invités à droite, des invités à gauche. Aucune issue. Pouvait-on se faire arrêter pour imposture ? Évidemment. Mais sur les lieux, sans accusation bien claire ? L'esprit d'Hephzibah tournait comme en roue libre. À cet instant, elle regretta de ne pas avoir à ses côtés quelqu'un de solide, pour la rassurer.

Si elle avait été là, Winnie l'aurait aidée.

« Hephzibah, secoue-toi ! Secoue-toi, bon sang ! »

— Vous n'allez pas à la rencontre de la princesse, Votre Grâce ? s'enquit Miss de Vries.

Hephzibah convoqua toute la sévérité dont elle pouvait faire preuve :

— C'est *vous*, la maîtresse de maison, Miss de Vries ! Son Altesse Royale vous attend, *vous*, répliqua-t-elle avec un grand geste du bras qui signifiait : « Dépêchez-vous. »

On n'avait jamais dressé Hephzibah à être une lady. Elle n'avait jamais reçu de leçons de danse, de posture, d'élocution. Elle s'était éduquée toute seule, pour les planches – en gardant son sang-froid, les yeux ouverts, à observer les autres, à *apprendre comment faire* : comment *vivre*, comment *être*. Mais Miss de Vries, elle, avait été formée. Ceintures, colliers, dentelles, sangles. Elle était sur le qui-vive, prête, en permanence.

Elle lança à Hephzibah un regard dur et pénétrant.

Celle-ci se planta les ongles dans les paumes, afficha un visage tranquille. Elle haussa un sourcil.

Une seconde de plus, et elle aurait échoué. Miss de Vries aurait vu le filet de sueur couler sous sa perruque. Elle aurait senti l'odeur âcre qui émanait du corps d'Hephzibah : la peur. Elle-même commençait à la sentir.

Mais Mr Shepherd se pencha, inquiet, le regard sur la pendule. Hephzibah distingua la salive sur ses lèvres.

— Madame…

— Oui, dit celle-ci brièvement avant de se mettre en mouvement.

Hephzibah la suivit. Elle n'avait pas d'autre choix.

« Oh, mon Dieu. Oh, *mon Dieu* », songea-t-elle.

Winnie aurait dû se douter que quelque chose allait mal tourner. Tout avait été trop simple. De son poste d'observation depuis la terrasse, elle avait vu les acolytes d'Hephzibah rassembler la foule, la déplacer vers l'est puis vers l'ouest, distrayant complètement son attention pendant que des échelles de corde commençaient à se déployer sur le côté est de la maison. Le plan était impeccable ; tout se déroulait sans accroc. Elle avait commencé à sentir battre son cœur avec une certitude, une assurance inébranlables.

Mais brusquement, un des serveurs avait claqué des doigts : « Faites sortir ces animaux de leurs boxes ! »

Les portes-fenêtres en haut de la terrasse s'ouvrirent lentement. Winnie distingua un mouvement, une masse qui émergeait de la maison. Elle sentit l'atmosphère changer, un frisson d'excitation traverser l'assemblée dans le jardin en contrebas.

Miss de Vries était en première ligne du groupe qui descendait les marches, et elle avait ôté sa coiffe, ce qui la faisait paraître toute petite, semblable à une icône peinte d'un noir de jais. À côté d'elle marchait une femme d'une taille tout à fait ordinaire, sans doute d'une bonne trentaine d'années, peut-être quarante, avec une écharpe bleu vif en bandoulière. On la guidait le long d'une sorte de marée humaine, qu'elle attrapait comme du bois mort : invités, parasites, des gens qui plongeaient dans des révérences sur son passage. Elle ressemblait presque à...

« La princesse Victoria », souffla une petite voix dans la tête de Winnie.

Elle faillit en rire d'incrédulité.

Elles avaient évoqué une lettre. Une invitation expédiée à la maison royale. Mais c'était un conte de fées, une histoire inventée par Hephzibah. Elles avaient filtré le courrier de Miss de Vries, l'avaient vérifié toutes les heures. Aucun carton n'avait jamais quitté Park Lane pour le palais. Hephzibah avait répété ce qu'elle allait raconter à Miss de Vries, une fois qu'elle aurait détalé : la princesse souffrait d'une migraine royale, elle était royalement indisposée, toutes ses excuses, quel dommage...

Et pourtant, elles avaient raté quelque chose. Une lettre était bien *partie*. Manifestement, indéniablement, indubitablement. Car il y avait là, en grand apparat, une princesse du Royaume-Uni, parée presque négligemment de diamants, entourée de courtisans, d'officiels du palais, d'intendants et d'hommes en pardessus noirs qui ressemblaient incontestablement à des policiers. De toute évidence, la nouvelle de ce bal costumé spectaculaire et inégalé s'était répandue comme une traînée de poudre, et avait échappé à leur contrôle.

« Où est Hephzibah ? » se demanda-t-elle avec un frisson. Elle aurait dû être en train de gérer cette foule d'invités.

— Allons, ma belle, attention derrière vous !

Une main la poussa sur le côté. Une odeur âcre et brûlante parvint aux narines de Winnie, une bouffée qui évoquait un pelage. Elle perçut un bruit de sabots pesants. L'esplanade en bois trembla. En d'autres circonstances, elle aurait pu en rire. Mais elle n'éprouva que de la panique. C'étaient les chameaux de Mr Sanger qui s'avançaient lourdement pour accueillir Cléopâtre et la princesse. Les applaudissements s'élevèrent autour d'eux.

Elle vit Miss de Vries se pencher, s'adresser à la princesse avec humilité et révérence. Elle vit à côté d'elle Lord Ashley, qui jubilait, le menton brillant sous la lumière.

Voilà qui ne faisait pas partie du plan. Si Hephzibah avait été démasquée, si personne ne s'occupait des actrices, si les « policiers » de Mrs Bone étaient découverts...

Hephzibah demeura avec l'entourage de la princesse. Elle n'avait pas d'autre endroit où aller. La vicomtesse en turban orange, la dame d'honneur qui avait accueilli la princesse au sortir de son automobile, avait des yeux partout, et eut une petite grimace à la vue de la foule qui se rapprochait.

— Je ne suis pas sûre que Son Altesse Royale puisse

rencontrer tous ces gens, l'entendit-elle dire à Miss de Vries.

Ces gens étaient les voisins directs : producteurs de laine, fabricants de savon, banquiers. Les hommes costumés en centurions, leurs épouses en reines celtiques. Les invités les plus recherchés, ministres, membres du corps diplomatique et évêques, s'étaient tous regroupés à l'extrémité opposée de la terrasse. Ils se gavaient joyeusement devant la tour de raisins, sachant que la princesse serait propulsée dans leur direction.

Miss de Vries rougit, coupa court aux présentations.

— Nous devons vous montrer les divertissements, Madame.

La princesse se laissa manœuvrer fermement vers les jardins pendant que les invités la contemplaient depuis l'escalier, les yeux ronds. La dame d'honneur au turban orange toussait en permanence dans sa main gantée.

« Tu dois reprendre la main avant que quelque chose ne déraille », songea Hephzibah.

— *Ma chérie*, lança-t-elle avec un geste en direction du turban orange. *Vous voilà enfin !*

La dame d'honneur sursauta, surprise. Elle se retourna, mais les jupes d'Hephzibah lui bouchaient le passage. Elle leva des yeux larmoyants sur une Hephzibah chargée de bijoux, poudrée et perruquée, qui la dominait de sa taille.

— Qui êtes-vous ? demanda-t-elle en fronçant les sourcils.

Le beau valet de pied aux yeux dorés, qui se tenait tout près, jeta un regard vif en direction d'Hephzibah.

— Lady Montagu ! lança-t-il d'une voix bien audible. Puis-je vous aider à traverser la cohue ?

La dame d'honneur soupira :

— Lady... ? Oh, *Bea*, pour l'amour du ciel, vous m'avez fait peur !

Elle toussa de nouveau, tâtonna à la recherche d'un mouchoir.

La gorge d'Hephzibah se serra.

— Vous savez, quelqu'un m'a dit : vous ne devinerez jamais, c'est trop drôle, Beatrice *Montagu* va assister à cette réception. J'ai répondu que je n'y croyais pas une seconde, que Bea Montagu n'avait pas mis les pieds dans un seul bal de ce siècle, et qu'il y avait fort à parier qu'elle n'irait pas à celui-là ! (Elle passa son bras sous celui d'Hephzibah.) Mais vous êtes là ! Que vous est-il passé par la tête ? Charles était-il trop exaspérant ? Mon Dieu, regardez-moi ce costume ! Je ne vous aurais pas reconnue. Enfin, je suppose que « À Rome, fais comme les Romains ». Ces gens ne sont-ils pas tout simplement merveilleux ? Il y a une telle concentration de vautours...

Hephzibah pressa le bras de la vicomtesse en retour.

— Attendez de voir ce qui va se passer, chuchota-t-elle. On en parlera pendant des années.

— Vraiment, vous croyez ? fit la vicomtesse avec un soupir en fourrant son mouchoir dans sa manche. Comme tout cela est ennuyeux...

Elles se rendirent au jardin.

Hephzibah, dont le courage revenait, comprit qu'elle était en train de parvenir à ses fins. « Je suis sur le point de gagner, ici. »

Peut-être allait-elle réclamer une autre coupe de champagne ?

Winnie était à la recherche de Mrs King dans les jardins. Elle entendait les invités discuter entre eux, observer les événements.

— Vous croyez qu'ils avaient vraiment des cirques dans l'ancienne Égypte ?

— Oh, naturellement ! Et aussi des guignols.

— Et des clowns !

— Et des funambules !

— Ne soyez pas infects. Cela a dû lui coûter les yeux de la tête.

— C'est Ashley qui va payer, maintenant.

— Tout à fait.

— Tout à fait atroce, vous voulez dire ! Vous imaginez cette fille maîtresse de Fairhurst ? *Pauvre* Lady Ashley !

— Pauvre rien du tout. Pensez aux réceptions du week-end. Aux trapézistes ! Aux danseuses !

— Et les *chameaux*, ma chère !

Ils éclatèrent de rire en se resservant du vin.

— Hé, fit une voix à l'oreille de Winnie.

Elle se retourna. Derrière elle se tenait un des hommes de Mrs Bone, mâchoire crispée, les yeux plissés. Winnie recula derrière le chapiteau.

— Qu'est-ce que vous faites ? murmura-t-elle.

— On se tire.

— Quoi ?

— On se tire d'ici. L'endroit grouille de flics.

Winnie chercha des yeux Mrs King.

— N'importe quoi. Tout se passe très bien. Retournez à l'intérieur.

— Pas possible, dit-il avec un signe de tête en direction de la silhouette distante de la princesse, qui traversait lentement la foule. Pas maintenant qu'*elle* est là.

— Alors, improvisez ! lui intima Winnie en soutenant son regard. Vous ne quittez pas cette maison tant que Mrs King ne vous en donne pas l'ordre.

L'espace d'un instant, elle crut qu'il allait l'envoyer paître, lui dire d'aller chercher Mrs King. « Si seulement je le pouvais », se dit-elle, désespérée.

C'est alors qu'il acquiesça, avec un bref petit mouvement de menton :

— Bien, madame.

« Égales, pensa Winnie, presque incrédule. Nous sommes toutes égales… »

Les commis de Lockwood entraînèrent sans ménagement Mrs King au rez-de-chaussée.

— Je peux sortir toute seule ! lança-t-elle avec colère en se dégageant.

— Mr Lockwood a dit…

— Au diable Mr Lockwood !

Mais ils la conduisirent à travers le hall d'entrée, évitant une masse d'invités qui semblaient se diriger vers le jardin. Mrs King ne parvenait pas à voir qui venait d'arriver. Elle sentait les mouvements de la foule, mais celle-ci n'était ni canalisée, ni dirigée. Hephzibah était apparemment occupée ailleurs. Une frayeur soudaine s'empara de Mrs King. Sa présence était indispensable ici, pour diriger l'opération. Mais elle devait d'abord s'occuper d'Alice.

« Espèce d'âne bâté, se dit-elle en retournant sa colère contre elle-même. *Imbécile.* » Même les Jane avaient senti le risque que représentait Alice, mais pas elle. Elle était incapable de comprendre les sentiments des autres. Il en avait toujours été ainsi.

Ce qui s'était produit était évident. Elle avait vu la

façon dont Alice penchait la tête vers Miss de Vries, portée par l'émotion, en train de réparer cette affreuse et magnifique robe. Elle était tombée dans le piège. Alice n'était pas le canari, mais une souris prise dans la souricière. Lockwood l'avait jaugée. L'instinct de Mrs King lui soufflait tout ce qu'elle avait besoin de savoir. Elle était effrayée, en avait la nausée.

— Allez, dehors ! lancèrent les commis en se débarrassant d'elle sur le seuil, la poussant presque sur le trottoir.

Elle se retint de répliquer et se précipita vers l'entrée des fournisseurs, dans l'espoir de retourner à l'intérieur avant qu'ils ne la repèrent. Cette fois-ci, ce fut plus difficile : des caisses de vin obstruaient la porte, les serveurs fumaient une cigarette. Elle dut se frayer un chemin à travers la multitude des domestiques, grimper l'escalier de service à toute vitesse en haletant.

Lorsqu'elle atteignit le deuxième étage, l'écho de l'orchestre s'atténua. Une porte était entrouverte, laissant pénétrer une légère brise. Mrs King poussa le battant de l'orteil.

Vide.

« J'aurais dû prévoir ça », se dit-elle. Elle aurait dû prendre des dispositions pour sortir Alice des griffes de cette maison si la nécessité s'en faisait sentir.

Si elle perdait Alice, rien de tout cela n'avait d'importance. Lorsqu'elle était entrée ici, elle avait abandonné Mère, avait permis qu'elle soit retenue, cachée au loin, oubliée... parce que c'était plus *facile*, plus pratique pour *tout le monde*.

Elle ne laisserait pas la même chose arriver à Alice. Elle s'y refusait – sur son honneur, en tant que sœur, elle s'y refusait.

— Winnie ?

Jane-deux émergea des arbustes. La princesse se trouvait sur la terrasse. Les cracheurs de feu expédiaient des étincelles dans le ciel sous les applaudissements. Winnie n'avait cessé de parcourir la foule des invités à la recherche d'Hephzibah, de Mrs King, de quelqu'un avec qui décider de la suite des événements.

— Seigneur ! Qu'est-ce que tu fais là ? Aucune importance, dit-elle avec un geste, sans attendre la réponse. As-tu vu Mrs King ?

Jane-deux plissa le front :

— J'ai examiné la ruelle. Les policiers – les vrais ? C'est elle qu'ils surveillent, expliqua-t-elle avec un signe de tête de l'autre côté du jardin en direction de la princesse. Pas la sortie derrière. L'issue est dégagée jusqu'à la rue. On devrait lancer l'opération tant qu'on a l'avantage.

Elle fixa Winnie, pétrifiée sur place :

— Quelqu'un doit donner l'ordre.

Winnie contempla tous ces gens qui se pressaient dans le jardin, se balançant dangereusement près du bord du Nil. Les lumières qui se déversaient depuis la salle de bal, les ombres tourbillonnant derrière les vitres. Les braseros qu'on allumait, le cracheur de feu avalant sa flamme une dernière fois, la foule braillant de joie. Elle aperçut la lueur d'une bougie vaciller derrière les fenêtres des combles.

Les carillons retentirent depuis la maison, depuis chaque étage.

Minuit.

« Ma voix porte », pensa-t-elle.

— Alors, allez-y, dit-elle.

34

Minuit

L'heure du départ

Winnie déboula dans la cuisine. Elle ne l'avait jamais vue dans cet état. Le lieu tout entier vibrait, empli de fumée, de bruit et de gens constamment en mouvement. Elle était entourée de serveurs aux plateaux miroitants, dont les bottines résonnaient sur les dalles. L'air sentait le vin, la graisse d'oie et la sauce.

Le moment était venu de trouver Shepherd, de récupérer les clés et de libérer Mrs Bone.

Shepherd était appuyé contre la longue table de la salle des domestiques, soutenu par sa suite de cireurs de chaussures, en train de s'éponger le front et d'engloutir un verre de sherry. Il ajusta son gilet. Winnie le vit attacher et détacher ses clés. Au bout du compte, ce n'était pas difficile, et elle n'hésita pas une seconde. Suivie d'un acrobate et de trois serveurs, remerciant le ciel pour son déguisement, elle se rapprocha de lui. La cuisinière hurlait sur le chef français. Les filles de cuisine tournicotaient autour de la cuisinière. Les serveurs se passaient en douce des bouteilles de vin sous la table. En d'autres termes : le chaos, celui qu'elles avaient appelé de leurs vœux. Winnie tendit la main et subtilisa les clés de la ceinture de Mr Shepherd d'un geste léger.

Il le sentit. Winnie recula, le vit chanceler. La foule l'entourait. Il se tapota la taille, émit un bruit. Se pencha.

— Attendez, poussez-vous de mon chemin, j'ai laissé tomber mes…

Une fois passé le coin du couloir, Winnie prit ses jambes à son cou. Lorsqu'elle atteignit les quartiers des domestiques au dernier étage, elle avait le souffle complètement coupé. Elle compta les portes, cherchant celle de la chambre de Mrs Bone. Elle tripota les clés, essaya la serrure.

Instantanément, la voix de Mrs Bone s'éleva :

— Qui est là ?

— Winnie ! Une seconde. Je cherche quelle est la clé qui…

— Je suis sacrément contente que tu sois venue nous chercher, répliqua Mrs Bone à voix haute en frappant sur le battant, interrompant Winnie.

— *Nous* ?

— *Derrière toi.*

Winnie se retourna. Aperçut une silhouette au bout du couloir, qui reculait pour échapper à son regard.

Le chuchotement de Mrs Bone lui parvint de l'autre côté de la porte :

— Notre Sue m'a raconté des choses *très intéressantes*.

Winnie perçut un froissement. Une feuille de papier passée sous la porte, qu'elle ramassa. Distingua une multitude de lignes manuscrites soigneusement tracées.

370

Une liste de noms.

Winnie trouva la bonne clé, ouvrit la porte. Mrs Bone lui tomba dessus en une seconde :

— Ça n'est pas trop tôt ! C'est réglé au troisième étage ?

Winnie ne pensait pas vraiment au troisième étage à cet instant.

— Mrs Bone ? *Que fabrique cette fille ici ?*

Celle-ci secoua la tête.

— Tu n'as pas prêté attention ! Tu ne vois pas ce que c'est ? dit-elle en tapotant la feuille.

— Mrs Bone, il faut se débarrasser de cette fille.

— Cette *fille* est notre *porte-bonheur*. Notre petit bijou.

Elle arracha la feuille des mains de Winnie, la lui agita dans la figure :

— Tu n'as pas lu ça convenablement ?

Winnie étudia la liste, comprenant petit à petit. Des noms banals, ordinaires : Agnes, Sylvie, Molly, Eunice... chacun accompagné de celui d'un gentleman inscrit dans la marge, avec des dates, des heures...

— Tu y es ? On peut porter ça à la police. Aux journaux. Atteindre les gens de Danny là où ça fait mal. Sur leur *réputation*. Sans réputation, on ne peut rien faire. On peut détruire tout son foutu empire !

— Mais Mrs King dit...

— Au diable Mrs King.

— *Mrs Bone* ! fit Winnie en l'attrapant par le bras. Souvenez-vous de nos instructions : pas d'idées de génie. On ne dévie pas du plan. Pas d'un iota.

Les narines de Mrs Bone frémirent.

— Tu as eu l'occasion de remédier à la situation, ici.

À quoi cela a-t-il servi? On doit faire *quelque chose* pour ces filles.

Winnie revit les femmes de chambre se tenant sur la terrasse. Coiffes, tabliers, franges brodées, plis et ruches. Elle hocha la tête, des points noirs dansèrent devant ses yeux. Elle consulta de nouveau la feuille.

— Très bien, acquiesça-t-elle en sentant le regard de Mrs Bone la transpercer. Très bien. On va se débrouiller entre nous.

La bouche de Mrs Bone n'était plus qu'un trait déterminé.

— Bravo, déclara-t-elle, tout autant pour elle que pour Winnie, avant de se retourner vers Sue : Toi, mets ton tablier. On a du ménage à faire.

Alice se dissimulait dans le salon d'habillage de Miss de Vries, un lieu sûr et familier, dans les étages, loin de l'homme du côté des écuries, loin de qui que ce soit. Elle savait ce qu'on attendait d'elle : se coller à Madame, la pister comme un chien de chasse. Mais lorsqu'elle referma la porte du salon, elle sentit la compression de l'air, l'écho solide du battant qui retombait, et elle sut qu'elle n'allait plus bouger de là. Elle n'était pas en sécurité à l'extérieur.

Elle n'était pas là depuis une minute qu'elle perçut du mouvement dans la chambre. Un bruit de pas aussi furtifs que le sien. Ce n'était pas Madame. Elle, elle se déplaçait vivement, sans le moindre souci au monde. Alice recula précipitamment dans le placard, et s'accroupit par terre en retenant son souffle.

— Alice?

La jeune femme reconnut immédiatement cette voix.

Mrs King. Puis une grande vague de honte la submergea lorsqu'elle comprit qu'elle se tapissait là comme un animal pris au piège. Une petite chose totalement inutile.

Les pas s'interrompirent. Un silence. Puis un nouveau petit bruit sec, la poignée de la porte qui tournait, et une flaque de lumière se répandit sur le tapis.

Elle ne pouvait pas voir sa sœur, mais sentait son regard balayer la pièce. Alice retint sa respiration.

Les secondes s'écoulèrent. Elle mourait d'envie que Mrs King entre, la découvre, la délivre.

La porte ne grinça pas. Elle était bien trop huilée pour cela. Mais il y eut un souffle d'air, la lumière se rétracta, et un « clac » résonna lorsqu'elle se referma.

*

Miss de Vries eut l'honneur de mener la princesse à l'étage de la salle à manger. Les serveurs apportaient *jellies* et fondants. « Donnez-moi plutôt de la viande rouge », songea Miss de Vries. Du sang. Elle avait l'impression d'approcher de l'autel, prête à être convertie. L'air était lourd d'eau de toilette et de parfum. Un intendant lui offrit un siège dont les accoudoirs brillaient, et qui ressemblait quasiment à un trône.

Miss de Vries se demanda combien de gens avaient les yeux fixés sur elle. Elle sentait une avidité dans l'atmosphère. Ils attendaient qu'elle se démasque, qu'elle échoue. Elle serra sa fourchette, sourit tout en se mordant l'intérieur de la lèvre jusqu'au sang.

De très près, on distinguait les veines de la princesse, qui lui donnaient des reflets bleutés. Ses yeux étaient moins frappants en réalité que sur les photos – plus petits, plus vaporeux. Les coins de sa bouche tombaient légèrement. «Elle ressemble à son père», pensa Miss de Vries, ce qui fit naître chez elle un curieux sentiment.

— Madame!

Juste derrière elle, une voix assurée. Une main sur le dossier de son fauteuil, qui le secouait.

La dame d'honneur au turban orange sourit.

— Ashley? Petit vilain! Encore en retard...

Miss de Vries se retourna. Elle avait abandonné Lord Ashley dans le jardin, espérant qu'on lui servirait assez de vin pour le distraire. Cet événement consacrait son ascension à *elle*. Elle voulait en profiter seule, avant d'être rivée à son bras pour toujours. Mais il ne semblait pas du tout distrait. Il baissa le menton et, l'espace d'un instant ahurissant, elle pensa qu'il allait l'embrasser sur la tête. Mais il ne fit que saluer la princesse Victoria.

— Pardonnez-moi, déclara-t-il avec un sourire en se glissant sur son siège.

Il ne la regarda pas, ne dit pas un mot. Ne lui demanda pas la permission de se joindre à elle, ne la remercia pas pour le repas. Il s'empara de sa fourchette comme s'il s'installait à sa propre table.

Les yeux baissés, la princesse se plongea dans ses pensées. Les dames se tournèrent toutes gracieusement vers la gauche et entamèrent une conversation avec leurs voisins. Bien entendu, cela ne leur demandait aucun effort, ils se connaissaient tous. Miss de Vries se retrouva assise à côté d'un colonel chétif et décrépit, qui tripotait son mouchoir et inspectait les fourchettes, sans dire un mot. Quelqu'un avait modifié le plan de table sans la consulter: peut-être un membre de la maison royale. Ou bien Lord Ashley. Miss de Vries fixa le mur dans un silence forcé, sentant une rougeur lui envahir la nuque, perdant brusquement pied. La foule se tenait haletante à la porte de la salle à manger.

« Ceci est mon triomphe », se rappela-t-elle fermement, affamée mais ne touchant à rien.

Pendant ce temps, les Jane consultaient les instructions glissées dans leurs jupons. C'était à présent la partie la plus délicate de l'opération : dévaliser les pièces situées dans les parties publiques de la demeure. Elles se mirent au travail dans la bibliothèque, les faux invités d'Hephzibah montant la garde juste devant la porte. Les hommes de Mrs Bone, encore vêtus de leurs tuniques, étaient grimpés sur des échelles extensibles, passant les livres de main en main et les empilant. L'opération prenait plus de temps que Winnie ne l'avait escompté.

— Allez, allez, marmonna Jane-un, les yeux rivés sur la pendule.

— Quelle heure est-il? s'enquit Jane-deux.

— Est-ce que je te le demande?

Les hommes l'entendirent. Le tout premier frisson de peur parcourut la pièce.

Quelqu'un laissa tomber un livre. Jane-un en fut témoin. L'objet glissa simplement de la main d'un des hommes, dégringola sur une pile de volumes reliés de cuir déjà posés par terre.

Elle savait ce qui allait suivre. Plusieurs secondes à l'avance, elle déroula les événements dans son esprit. La première pile tomba sur la suivante... « Comme des dominos », se dit-elle, très calme.

Les hommes demeurèrent pétrifiés, atterrés, pendant

que les piles s'écroulaient les unes derrière les autres. Jane-un ressentit la secousse alors que des centaines de livres chutaient sur le sol. Le grondement se répercuta à travers les murs, dans toutes les directions.

— Fermez cette porte à clé! lança-t-elle. Tout de suite!

Un poing s'abattit sur la porte de la bibliothèque :
— Ouvrez!

Probablement un des valets de pied, se dit Jane-un. Ils avaient dû entendre le vacarme et s'étaient précipités, passant outre les actrices d'Hephzibah. Elle posa un doigt sur ses lèvres. Les hommes la regardaient tous, pâles et suant à grosses gouttes. Ils étaient pris au piège. Les livres gisaient éparpillés sur le sol autour d'eux.

Un silence de l'autre côté.

— Ohé? dit le valet de pied avec une hésitation. Tout va bien?

Jane-un pressa le doigt sur le trou de la serrure pour l'empêcher de distinguer quoi que ce soit. De l'autre main, elle désigna la fenêtre, et articula en silence à l'adresse de Jane-deux :

— *Le numéro de perche.*

Jane-deux fronça les sourcils :
— *Tu plaisantes?*
— *Tu as une autre idée?*

Jane-deux réfléchit très sérieusement. Puis soupira. Marcha jusqu'à la fenêtre, qu'elle ouvrit en grand. Tendit la main à l'extérieur, à la recherche du tuyau de descente.

Jeta un coup d'œil par-dessus son épaule, et articula :
— *Deux minutes.*

Jane-un fit signe à l'un des hommes de couvrir le trou

de la serrure. Gagna sur la pointe des pieds le centre de la pièce, et leva un doigt, qu'elle fit tourner dans les airs.

Tout d'abord, les hommes ne comprirent pas. Puis elle retira ses chaussures d'un coup de pied, passa son tablier par-dessus sa tête, déboutonna sa robe de sergé noir. Ils restèrent bouche bée.

Elle se tenait là en chemise et en culottes bouffantes.

Ils se retournèrent précipitamment.

Les muscles de Jane-un se mirent à fourmiller, et elle entama ses étirements.

35

1 heure du matin

Un nouveau problème se présentait à Hephzibah. Un homme se dirigeait vers les étages.

Elle reconnaissait la lueur argentée de sa chevelure. L'avocat de la famille. Mr Lockwood.

Dès que la princesse avait rejoint la salle à manger, il s'était éclipsé de la réception royale. Hephzibah l'avait observé filer en direction de l'escalier. Elle avait placé plusieurs de ses meilleurs éléments près de la rampe, pour détourner du chemin les véritables invités qui voulaient quitter l'étage des salons, mais la cohue était trop grande – impossible de l'intercepter.

« Non, non ! » se dit-elle.

Elle se précipita à ses trousses.

Il montait les marches quatre à quatre, comme pressé. Hephzibah dut se cramponner à la rampe pour ne pas trébucher.

— Monsieur ! s'exclama-t-elle d'une voix aiguë.

Il ne l'entendit pas. Il tourna au sommet de l'escalier et disparut.

Sa première pensée fut : « Il va chercher quelque

chose pour Miss de Vries. » Mais la chambre de celle-ci se trouvait sur le devant de la demeure, face au parc. Il avait tourné à l'opposé, en direction de l'énorme suite située au-dessus de la salle de bal.

Il avait pénétré dans la chambre à coucher de Mr de Vries.

Lorsqu'elle aperçut les hommes de Mrs Bone qui arrivaient, venant de l'autre côté de la maison, prêts à entamer l'évacuation de toutes les affaires que contenaient les appartements de Mr de Vries, elle crut que son cœur se décrochait. Elle remonta ses jupes et se mit à courir dans le couloir.

Les doubles portes étaient ouvertes. Les lumières brillaient faiblement dans la gigantesque suite qui s'étendait derrière. Lockwood était déjà là.

Les hommes firent halte et la regardèrent.

— Faites comme moi! lança-t-elle à bout de souffle.

Jupes contre le mur, elle se colla derrière un battant à moitié ouvert. L'avocat ne semblait pas avoir remarqué que la moitié des objets de la pièce étaient recouverts de housses, ou bien posés sur des caisses de déménagement. Il était penché sur le bureau, ouvrait des tiroirs, fouillait à l'intérieur, les refermait.

Il cherchait quelque chose.

Un des hommes se pencha sur l'épaule d'Hephzibah. Son haleine sentait très légèrement la bière et son avant-bras était horriblement musclé.

— On doit le sortir de là!

Hephzibah passa en revue mentalement le contrat. Pas de bâillons, pas de bandeaux. Mais il n'était aucunement fait mention de *frayeur*...

Elle ouvrit en grand les portes coulissantes et se mit à hurler :

— Mort ! Destruction ! Ruine !

Lockwood eut un sursaut de surprise et un mouvement de recul. Sequins au vent, Hephzibah marcha sur lui à grandes enjambées.

— Seigneur, fit l'avocat, rouge de contrariété.

Il avait une méchante contusion sur la lèvre supérieure.

— Nous vous mènerons à votre perte ! cria Hephzibah.

Les hommes, futés, comprirent immédiatement. Ils formèrent un cercle étroit, le regard mauvais, les cuisses poilues et huilées sous leurs tuniques, tout en grognant : « Ruine ! »

— Vraiment, Votre Grâce, protesta Lockwood, les divertissements devraient rester au rez-de-chaussée.

— Venez avec nous ! tonna Hephzibah. Jusque dans l'antre – elle réfléchit un instant – de la terreur !

— De la terreur ! répétèrent les hommes en chœur.

Ils formaient encore un cercle autour de lui, puis se mirent à le tirer vers la porte en une marche emboîtée.

— Mon Dieu ! s'exclama Lockwood. Votre Grâce, je…

Il se trouva sorti *manu militari* de la pièce.

— Voulez-vous… voulez-vous bien… dégager de mon chemin !

— Il sort de son plein gré ! lança Hephzibah d'une voix forte, comme si les assureurs grouillaient dans la charpente.

Lockwood fut transporté hors de la pièce, laissant derrière lui les tiroirs du bureau grands ouverts.

De toute évidence, il n'avait pas découvert ce qu'il cherchait.

Se glissant le long du tuyau de descente, Jane-deux tomba sur deux gentlemen plongés dans une conversation intime dans les arbustes. C'étaient de véritables invités, costumés, et tous deux arboraient d'énormes fraises qui semblaient anormalement enchevêtrées.

— Je vous demande pardon! lança Jane-deux en fourrageant dans les buissons, à la recherche de sa perche extensible.

— Ça ne se fait pas, de surprendre les gens en douce comme ça! se récria un des hommes en rajustant son pourpoint et ses chausses.

— En douce, en douce, ce n'est pas moi qui ai commencé! rétorqua Jane-deux d'un ton sévère. Et votre braguette est ouverte.

Elle mit la main sur le cracheur de feu alors qu'elle regagnait l'intérieur de la maison. Il était bien entendu de leur côté. Elle l'avait elle-même entraîné.

— Maintiens la foule de ce côté-ci du jardin, lui dit-elle. Si quelqu'un s'approche de moi, crache-lui du feu dessus!

L'homme avait des yeux magnifiques, d'un bleu cristallin, et était beau parleur. Il examina ses culottes bouffantes.

— Ma douce Moira, mon trésor, mon ange! Un mot de toi, et je meurs!

— Pas question de mourir. Contente-toi de cracher le feu!

Jane-un entendit les cris qui s'élevaient du jardin en contrebas, et jeta un coup d'œil à travers la fenêtre. Il y eut un rugissement, une grande lame de feu, et elle vit la foule s'éparpiller dans le jardin. « C'est pas vrai ! » se dit-elle alors qu'on frappait de nouveau lourdement à la porte.

Et là, surgie de l'obscurité, se dressa la perche extensible.

— Vous tous, descendez le long du tuyau ! ordonna-t-elle.

— Le long de *quoi* ?

— Et vous deux... passez-moi les livres, dit-elle en s'adressant à deux des hommes les plus vifs et les plus adroits.

En une fraction de seconde, elle fut debout sur le rebord de la fenêtre. Elle sentait Jane-deux loin en contrebas, solide comme un roc, qui maintenait la perche bien droite. Elle se balança dessus, serra les cuisses.

— Descendez ! jeta-t-elle aux hommes. On n'a pas toute la nuit.

Il fallait reconnaître ça aux hommes de Mrs Bone : ils avaient du cran. En un rien de temps, ils dégringolèrent le long du tuyau, récupérant les livres dans des filets de sécurité de cirque.

Trois minutes plus tard, elle remontait à l'intérieur et ouvrait la porte de la bibliothèque.

Des valets de pied scandalisés l'attendaient. Ils tentèrent de jeter un coup d'œil derrière elle, mais elle leur boucha la vue.

— À votre place, je n'irais pas, conseilla-t-elle en secouant la tête. Des invités. *In flagrante delicto*.

— Et vous, alors, qu'est-ce que vous faisiez là ?

— Je protégeais ma vertu, répliqua-t-elle avec un regard noir.

Elle les laissa mariner et spéculer tout en collant l'oreille à la porte.

Le temps filait.

La princesse était fatiguée. La chose semblait avoir été décrétée par la vicomtesse, ou bien par ses intendants, et elle se leva de son siège tandis que ses domestiques ramassaient capes, gants et fourrures. Avoir été honorée de la présence royale pendant presque deux heures constituait une réussite extraordinaire. La multitude des invités se mit à dériver vers le grand escalier, semblable à des excursionnistes se traînant sur la plage, et Miss de Vries accompagna la princesse. La conversation était impossible. Son Altesse Royale s'entourait d'un mur. « Je fais la même chose », se dit-elle.

L'orchestre se tut, la foule recula, il y eut une brillante salve d'applaudissements. La fanfare reprit alors l'hymne national, sur un rythme trop rapide d'une demi-mesure, et la princesse regarda autour d'elle, momentanément déconcertée.

Elle croisa le regard de Miss de Vries.

— Je vous félicite pour vos fiançailles, déclara-t-elle par-dessus la musique.

— Merci, Madame, murmura la jeune femme en saluant de la tête.

L'hymne s'interrompit alors qu'il commençait à prendre de l'ampleur, et l'escorte de la princesse se mit à pousser les curieux en se frayant un chemin vers la porte. La princesse elle-même jeta un coup d'œil par-dessus l'épaule de Miss de Vries. Lord Ashley bataillait de son côté pour descendre les escaliers derrière eux, le chapeau de travers, le panache dansant.

— Vous seriez bien mieux toute seule, déclara la princesse de but en blanc.

Elle s'était exprimée sans aucune émotion – comme si la façon dont ses paroles seraient perçues ne lui importait guère. C'était une remarque incroyablement insultante, qui réduisit Miss de Vries au silence.

— Madame, par ici... intervint la vicomtesse dont le turban se balançait.

La princesse poursuivit son chemin, sans aucun remerciement ni adieu. Apparemment, elle ne pensait qu'à une chose, son coucher, et à regagner les hauteurs poussiéreuses et glorieuses du palais de Buckingham. Il y eut un éclair de diamants, une détonation de feu d'artifice dans le jardin, un branle-bas collectif de révérences et de saluts tandis que Son Altesse Royale quittait Park Lane. À travers la foule, Miss de Vries vit la grande automobile s'éloigner du trottoir. Dans le hall d'entrée, un grondement s'éleva, hommes et femmes retirant leurs gants, laissant échapper d'énormes soupirs de soulagement, réclamant du champagne à cor et à cri. La fanfare se mit à battre du tambour. Une ampoule éclata dans l'un des lustres avec un « bang », et il y eut des cris de ravissement. Les voisins de Miss de Vries l'écrasaient, la touchaient, elle était submergée.

Elle ne bougea pas.

Lord Ashley bondit sur les marches de l'entrée, lui lançant d'un ton insouciant :

— Bon Dieu, quelle corvée cela a dû être pour la princesse ! Heureusement, vous m'aviez sur place. Sinon, elle n'aurait pas dit un mot.

Les ténèbres tombèrent. Miss de Vries sentait le regard de son père dans son dos, depuis le portrait qui la contemplait sous son angle habituel. À cet instant, elle détesta Lord Ashley. Elle s'exhorta à ne pas laisser ce sentiment s'enraciner chez elle. Éprouver rien moins que de la joie serait une preuve d'échec.

Il y eut un éclat de satin rose, un parfum d'amande et d'eau de rose. Lady Montagu se pressait vers la sortie.

— Une migraine terrible, je dois y aller, pardon, pardon… une magnifique soirée, bonne nuit à tous !

Miss de Vries sentit une main sur son coude. Lockwood, meurtri et en colère.

— Remerciez monsieur le comte pour la danse, déclara-t-il. C'est ce qu'on attend de vous.

Lord Ashley, la tête rejetée en arrière, rugissant de rire, se tapait sur les cuisses et lançait une plaisanterie obscène.

Elle ne souhaitait pas le remercier. C'est *lui* qui aurait dû la remercier, de le sauver.

— Non, répliqua-t-elle.

Ashley lui retirait son triomphe, le polluait, se l'appropriait.

— Je vais me coucher, annonça-t-elle.

Lockwood plissa les yeux.

— Il y a encore beaucoup de gens à qui vous devez parler…

— J'ai conclu toutes mes affaires. Et je suis fatiguée.

Elle regarda Lord Ashley, puis détourna les yeux. Elle s'efforça de savourer le goût du succès, mais celui-ci était amer. Elle se dirigea vers l'escalier, les pivoines écarlates déchaînées au-dessus de sa tête, et ne jeta pas un regard derrière elle.

36

2 heures du matin

En l'absence de Mrs King, Winnie allait devoir gérer toute seule l'étape suivante. Elle se trouvait de l'autre côté de la maison, dans les suites des invités du deuxième étage. Elle rangea la boîte d'allumettes dans sa poche et scruta la machine à fumer, tout en essuyant la sueur de son front. Les deux Jane se mirent à fourrer des draps tout autour du chambranle de la porte de la chambre, bouchant les interstices pour contenir la fumée. Même s'il ne semblait pas y avoir beaucoup de fumée.

— Ça va prendre combien de temps ? demanda Winnie.

Les machines fonctionnaient, les pistons pompaient, l'air bouillonnait dans les réservoirs à eau. Mais les cigarettes n'éjectaient que de petites volutes de fumée.

— On revient toutes les cinq minutes pour remplacer les cigarettes, déclara Jane-deux. Et on a vérifié les jauges, elles sont poussées au maximum.

— Tout ça ne me dit rien du tout.

— Ça dit que vous devriez vous préparer, répliqua fermement Jane-un.

Alice s'était glissée dans la chambre à coucher de Miss de Vries. Elle imaginait les autres femmes à sa recherche, de plus en plus contrariées de ne pas la trouver. Elle voyait le visage de Mrs King, sa déception, sa confusion. Alice était à bout de nerfs, les doigts tremblants. On aurait dit une petite souris, à zigzaguer, toucher le secrétaire de Miss de Vries – l'objet était solide, rafraîchissant. Son crucifix était brûlant, moite, la chaîne lui écorchait la gorge. Elle fut tentée de le jeter par la fenêtre. À quoi servait-il maintenant ?

Un pas léger résonna dans le couloir. Elle sursauta, se retourna vivement. Les grandes portes de la chambre s'écartèrent lentement.

La silhouette de Miss de Vries se dessinait dans la lumière de la lampe. Alice porta une main à son front, plissant les yeux. Le mouvement dut alerter Miss de Vries. Elle l'entendit articuler dans un souffle :

— Ah.

Miss de Vries se tenait de l'autre côté du lit. À la vue de la jeune femme, si familière, le cœur d'Alice se mit à battre la chamade. Elle connaissait le moindre centimètre de peau de Madame, le moindre trait, le moindre creux. Elle l'avait observée suffisamment longtemps. «Bien, se dit-elle, l'esprit fonctionnant à toute allure. Garde-la ici. Garde-la avec toi, à l'écart de tout le monde. Tout comme Mrs King l'aurait voulu.»

Mais ce n'étaient pas les ordres de Mrs King qui lui firent traverser la pièce. Ce n'était pas à cause du *plan*.

C'était quelque chose de différent, au plus profond d'elle-même.

Pour une fois, l'expression de Miss de Vries était facile à déchiffrer. La colère. Une colère qu'Alice ressentait également. Se sentir si effrayée, poussée à ressentir cela, la mettait en rage.

— Que diable faites-vous ici ? jeta Miss de Vries.

— Je... je ne me sentais pas bien. Je ne voulais pas faire d'histoires.

Miss de Vries recula d'un pas.

— Vous devriez être dans votre chambre, pas dans la mienne.

Sa coiffe étincelait, ses épaules étaient pâles dans la lumière.

— Vous avez fait un malaise ?

Alice ne bougea pas.

— Oui, répondit-elle.

— Alors, asseyez-vous, pour l'amour du ciel ! Je vais envoyer quelqu'un vous aider.

— Non ! dit Alice en élevant la voix. Non. S'il vous plaît.

Miss de Vries la dévisagea. Elle réfléchissait, et il était difficile d'interpréter ce qu'elle avait à l'esprit. Elle porta une main à son front. Ses gestes étaient nerveux, irrités, l'atmosphère autour d'elle crépitait.

— J'espère que vous n'allez pas vous montrer désagréable. La soirée a été très longue.

Elle était assez proche pour qu'Alice puisse sentir son parfum. Piquant, amer, comme une odeur de brûlé, qui persistait dans les reflets blond argenté de sa chevelure.

Alice inspira :

— Madame ? Votre costume.

Un silence. Miss de Vries croisa son regard.

— Quoi, mon costume ?

Alice s'assura de ne pas laisser transparaître de faiblesse dans sa voix.

— En êtes-vous satisfaite ?

Miss de Vries eut l'air surprise. Elle se regarda dans le grand miroir. Elle était semblable à une colonne de crêpe noir et de bijoux de jais, sa traîne formant comme une flaque d'huile derrière elle.

— *Satisfaite ?* répéta-t-elle en agitant les poignets, presque nerveuse.

Alice rassembla son courage.

— Vous avez dit, Madame, que je serais récompensée. Pour mon travail. Que je serais payée.

Miss de Vries se figea.

— Payée ?

Alice se représenta l'homme dans la cour des écuries. « Vas-y, finis-en et va-t'en. » Cela ne faisait pas partie du plan, y contrevenait totalement.

— Oui, Madame.

Miss de Vries eut alors une réaction étrange. Elle ferma les yeux.

— Vous voulez être *payée.*

Elle se mit à rire, un petit rire bas et troublant.

— Je vois. Bien sûr. En tout point prévisible.

Alice se sentit devenir brûlante. Elle avait envie de reculer, mais tint bon.

— Je vous suis très reconnaissante de l'occasion que vous m'avez offerte.

— Vraiment ? Vous n'en avez pas l'air.

Les yeux de Miss de Vries flamboyaient dans la pénombre. Son ton se durcit.

— Et mon autre offre ? Qu'en dites-vous ?

Alice hésita. Elle sentait la morsure dans ses entrailles, la tentation.

— Je ne suis pas faite pour être femme de chambre, Madame.

Le regard de Miss de Vries était féroce.

— Je vous offre quelque chose de beaucoup mieux. Vous seriez ma dame de compagnie. Je vous montrerais le monde. Florence, New York. Vous auriez un salaire, puisque c'est si important pour vous.

Cette expression, *dame de compagnie*, faisait trembler le cœur d'Alice.

— Je ne vous servirais à rien, Madame. Je n'ai rien à offrir dont vous ayez besoin.

— Le besoin n'a rien à voir là-dedans, répondit Miss de Vries d'une voix rauque. Je n'ai *besoin* de rien. Je *souhaite* vous garder. Vous comprenez ?

Le bal aurait pu se dérouler à des milliers de kilomètres de là. Le brouhaha était distant, contenu sous une couche de sédiments et de rochers.

— Me garder ? répondit Alice en s'efforçant de rire. Vous ne pouvez pas me *garder*.

L'expression de Miss de Vries changea.

— Et pourquoi pas ? Vous n'aimeriez pas cela ? demanda-t-elle d'une voix tendue.

La jeune femme était maintenant si près que l'on distinguait le battement de son pouls, plus intense, plus fiévreux, égalant le rythme de celui d'Alice.

Miss de Vries tendit la main vers Alice. Une main non pas fraîche, mais pleine de fièvre. Alice vit les lèvres de Madame : douces, légèrement teintées par le vin.

Aimerait-elle cela ? se demanda la jeune femme. La pièce retenait son souffle.

Les yeux de Miss de Vries s'agrandirent, comme si elle se contenait. Alice n'avait jamais vu cette expression sur les traits de Madame auparavant. L'incertitude : délicate, qui frémissait dans la chaleur.

Alice tendit la main pour effleurer les endroits les plus fragiles de la robe de Madame, autour des épaules. Elle seule savait où étaient les coutures, où se trouvaient les fermoirs. Ce fut la force qu'elle avait en elle qui les desserra.

Miss de Vries ferma les yeux, mais ne bougea pas. Elle se rapprocha un peu plus, d'une minuscule fraction quasiment imperceptible.

Alice alla plus loin. Elle combla la brèche entre elles. Elle embrassa sa maîtresse, dans l'air qui embaumait l'orchidée, sous la lumière vacillante.

Winnie s'écarta des machines à fumer, les narines brûlantes. Son crâne luisait de transpiration, ses mains brillaient de fard.

« Maintenant, se dit-elle. Maintenant. »

Les Jane hochèrent la tête.

Winnie inspira à pleins poumons, ouvrit une des portes et hurla :

— Au feu !

Son cri sortit comme un croassement.

— Au feu, au feu !

Des silhouettes apparurent au pied des escaliers, et elle ouvrit les portes en grand.

La fumée tourbillonnait autour d'elle. Bleutée, puante, sucrée – en plus grande quantité qu'elle n'aurait pu le souhaiter. Elle se couvrit la bouche, puis dégringola l'escalier, bras levés au ciel :

— Au feu !

*

Les Jane suivirent Winnie, et observèrent l'agréable majesté du spectacle. La course des valets de pied. Les nez qui se levaient vers les étages. L'incrédulité. L'orchestre qui se taisait, la valse brusquement interrompue.

— Au feu, au feu ! clama une voix.

C'est alors que la peur prit corps, se déroula tel un ruban. Les invités ressemblaient à des étourneaux en plein vol, une ruée ivre et épouvantée de chevelures poudrées, de couronnes de travers et de traînes en hermine.

Jane-deux éprouva sa voix :

— Au feu ! brailla-t-elle. Tout le monde dehors !

— Oh, arrête ! murmura Jane-un en se bouchant les oreilles.

Ensemble, elles galvanisèrent la foule, à pousser, bousculer, affoler, précipitant presque les gens dans l'escalier. Les hommes de Mrs Bone, ceux qui jouaient les invités, se mirent de la partie :

— Dehors, dehors, dehors ! scandaient-ils, et il fut remarquable de voir à quel point tout le monde leur obéissait, de plus en plus épouvanté.

— J'étouffe ! cria quelqu'un. J'ai de la fumée dans les poumons !

Lorsqu'elles atteignirent le porche d'entrée, elles entendirent Lord Ashley. Apparemment, il était difficile de faire pire en situation de crise : il hurlait, ordonnant d'aller chercher des chevaux, des seaux, des tuyaux d'arrosage, provoquant encore davantage de confusion. Jane-un observa le chaos sur le trottoir, les comtesses hélant leurs maris, les ministres en hélant d'autres, et une centaine de voitures coincées à tous les carrefours.

— Il faut prévenir les pompiers ! s'exclama Lord Ashley. Maintenant !

— Je suis sûr que c'est déjà fait, répondit Mr Lockwood.

— Cette foutue pyramide ! fit Ashley. Elle bloque toute cette foutue rue !

Jane-un repéra le lampiste tapi derrière les grilles, avec sa tête de rongeur tout en dents.

— Toi, le gamin ! lança Lockwood en le désignant de la main. Cours à la caserne de pompiers !

— Monsieur, il y a des gens à l'intérieur. En haut. Je les vois bouger...

Lockwood le secoua sans ménagement :

— Tu m'écoutes ? Va leur dire d'envoyer les camions !

Une fenêtre s'ouvrit. Un des hommes de Mrs Bone fit son apparition, agita les bras, terrorisant la foule.

— Qui est-ce ? dit Ashley. Qui est à l'intérieur ?

— Écartez-vous de la maison ! vociférait l'homme.

Un cri retentit, et les gens se mirent à reculer dans la rue, à se replier vers Hyde Park.

— On va faire descendre les rideaux !

— Vite, allez-y ! leur cria Lord Ashley. Dépendez ces rideaux !

Jane-un entendit Mr Lockwood demander :

— Où est Miss de Vries ?

Winnie déboucha dans le hall d'entrée.

— Parés ? murmura un des hommes en jetant un coup d'œil en l'air.

Au-dessus de leurs têtes, une poulie tournait à toute vitesse, entraînant une longue chaîne avec elle. Les poulies avaient été passées dans les entretoises en acier qui soutenaient la coupole vitrée. Elles permettaient de maintenir en suspension une plate-forme assez large pour déplacer une demi-douzaine de grandes caisses depuis les étages supérieurs jusqu'au rez-de-chaussée, qui fonctionnait comme une version gigantesque de l'ascenseur électrique. L'effort fourni par des dizaines de bras pour retenir toutes les cordes se lisait sur les visages. La coupole miroitait au-dessus du hall.

« Seigneur, par pitié, faites que ça tienne », pria Winnie. Elle sentait presque le verre trembler.

— On n'attend plus que votre signal, dit le premier homme.

Tout s'embrouillait dans la tête de Winnie. Plans, papiers, schémas, calculs, machines, poulies, inventaires. Main-d'œuvre et receleurs. Les prix inscrits dans le registre. Les stratagèmes, les histoires, les mensonges, les magnifiques illusions. Comme des pièces d'un puzzle ciselées et éparpillées par Mrs King, qu'elles devaient assembler. Un jeu de femme.

« Mais pour moi, ce n'est pas un jeu », pensa Winnie.

La veille, elle avait rêvé de Mr de Vries, qu'elle poursuivait à travers de longs couloirs blancs et brillants, cherchant à le rattraper pour le faire tomber. Elle s'était réveillée en sueur, haletante, entortillée dans ses draps. Cette partie de l'opération était censée constituer la fin de l'histoire. Dévaliser la maison, couper le souffle à tout le monde, c'était là le but. Remettre tout le monde sur le même plan, à ras de terre, de façon terrible.

Et ensuite ?

Elle avait *un* plan, un plan risible. « Une boutique de modiste, se dit-elle, incrédule. Je voulais ouvrir une boutique de modiste. »

Ce n'était pas suffisant. Loin de là. La liste de Mrs Bone était incrustée dans son cerveau.

Si seulement une de ces filles, une seule d'entre elles, s'était fait des *amies*, alors, elle n'aurait pas eu d'ennuis. Shepherd n'aurait pas pu les exploiter. Mais lorsqu'on était seule, on pouvait se faire tailler en pièces.

— Alors, allez-y, dit-elle en levant la main, donnant le signal.

Les hommes acquiescèrent, échangèrent des regards, rassemblèrent leurs forces. Et dans un mouvement silencieux parfait, les caisses se mirent à descendre jusqu'au sol, prêtes à être embarquées au jardin et jusqu'à la ruelle des écuries au-delà.

Winnie sortit la liste de Mrs Bone de sa poche, la déplia. Elle devait trouver Hephzibah, et entreprendre de redresser la situation.

Hephzibah avait changé de costume à Tilney Street, ôtant sa perruque puis regagnant la maison de Park Lane dans une simple robe de coton et un grand voile. Elle dirigeait ses comparses avec adresse.

— Veillez à ce que tout le monde se déplace en permanence, leur rappela-t-elle.

Un valet de pied alluma un nouveau brasero. Les voisins avaient envoyé du ravitaillement : Brook House avait livré une douzaine de tables à tréteaux et Stanhope House avait fourni plusieurs caisses de vin. Le bal avait entièrement migré dans Hyde Park : la foule n'était pas disposée à se disperser.

— Regardez-moi ces femmes ! lança Lord Ashley à quelques mètres d'Hephzibah. Superbes !

Des filles du cirque dans de gigantesques roues Cyr, en fraises et collants, ondulaient et dansaient entre les arbres.

Les invités – ceux de Miss de Vries et ceux de Mrs King mêlés – s'étaient mis à danser dans l'herbe, bras levés vers le ciel, ravis de la pure gaieté hédoniste de tout ceci. Seule la maison de Vries, la plus vulgaire de Londres, pouvait offrir ce genre d'événement.

Mr Lockwood fixait la demeure, intrigué.

— Il n'y a pas de feu, remarqua-t-il.

— Pas de feu ? s'exclama Hephzibah dans un accès de panique. Je l'ai vu de mes propres yeux !

Le valet de pied en chef se tenait non loin, le regard scrutateur, les mains derrière le dos. Lord Ashley alla le secouer par le bras, ce qui le fit sursauter : il eut une grimace de mécontentement.

— Allez chercher votre maîtresse ! ordonna Lord Ashley. Assurez-vous qu'elle soit en sécurité.

« Non, n'y allez pas », pria Hephzibah. Mais le valet acquiesça de la tête et se dirigea vers la maison.

37

2 heures et demie du matin

— Quelqu'un a-t-il crié *Au feu*? interrogea Miss de Vries en tendant la main vers la colonne de lit.
— Ce doit être une fausse alerte, murmura Alice.
Des bruits provenaient de la rue, ou bien du parc, distants et étouffés.
Miss de Vries bougea.
— Je vais voir. Allez chercher ma robe de chambre.
Alice s'empara de la main de Miss de Vries.
— Non, ce peut être dangereux!
Madame avait la peau sèche et crevassée autour des phalanges, avec des sillons et des ondulations, comme si le savon l'avait brûlée, gercée. Cela la rendait plus fragile, plus délicate.
Le regard sombre, Madame la fixa. Elle poussa un long soupir frémissant, mais ne répondit pas.
— J'y vais, décida Alice en lui embrassant la main. Attendez ici.
Elle se glissa entre les rideaux du lit à baldaquin, qu'elle referma étroitement derrière elle. Elle entendit Miss de Vries remuer, ramener autour d'elle ses draps

somptueux, mais sans la suivre. Les tapis absorbaient les pieds d'Alice, l'air ouaté s'enroulait autour de sa gorge. Les mains tremblantes, elle examina la pièce, toutes ces choses familières et magnifiques : la table en noyer vernie, le gigantesque miroir, l'écritoire. Le secrétaire aux serrures brillantes lui faisait de l'œil. Toute la pièce lui indiquait quoi faire.

Mrs King approchait des chambres à coucher au moment où Alice se faufila par la porte de Miss de Vries. À l'autre bout du couloir, elle se retourna lorsqu'elle entendit le déclic et le roulement des portes coulissantes, et entrevit une silhouette qui dévalait les escaliers.

— Alice, souffla-t-elle.

De peur d'être découverte, elle n'osa pas l'appeler à haute voix.

Mrs King remonta en courant le couloir sans faire de bruit. Elle n'allait pas laisser Alice seule dans cette maison une minute de plus. Lockwood, Shepherd – elle ne pouvait pas leur permettre de poser la main sur elle. La pourriture naissait sur l'épiderme. De la terre sous les ongles, des coupures, des entailles, des ampoules qui durcissaient. Il fallait les traiter rapidement, avec du savon carbolique et de la gaze, avant que la putréfaction ne s'installe. À l'idée qu'on puisse enlever, évaluer, vendre Alice, Mrs King manquait d'air.

Mais Alice était rapide. Elle dévala l'escalier de service, et Mrs King dut accélérer le pas. Elle ressentait les turbulences de l'opération en cours, cette chose qui était sa propre création : elle se répercutait dans les murs alors qu'elle s'enfonçait dans les profondeurs de la maison.

Le grincement des poulies, le souffle des caisses, le crissement et le ronronnement des câbles. Elle évita la foule des hommes de Mrs Bone poussant des chariots, pénétra dans le jardin étouffant et aperçut Alice au loin, qui courait vers les écuries, son tablier comme un clin d'œil dans l'obscurité. Mrs King distinguait des hommes sur le toit, sur des échelles de corde, en train de grimper sur le tuyau de descente. Ils grouillaient sur la maison tels des insectes. C'était miraculeux. Mais sans aucune importance, si Alice était en danger.

— *Dinah.*

Une main lui saisit le bras.

Elle aperçut le reflet d'yeux dorés.

— Non ! cria-t-elle en s'arrêtant, chancelante.

Sa voix porta dans les airs alors qu'Alice disparaissait au coin, dans la nuit. Les hommes autour d'elle qui tiraient des caisses se figèrent.

Tout le monde la fixa.

Et William, stupéfait, les yeux écarquillés, s'accrochait à elle.

Winnie transportait l'Inventaire comme une prêtresse son livre de prières, parcourant les pièces de réception, surveillant l'opération de ratissage. La demeure vibrait autour d'elle en un mouvement incessant, en nage. Les événements ne se déroulaient pas comme elle l'avait prévu.

Elle avait imaginé que la maison se contenterait de se défaire de ses trésors, qu'elle serait ravie de les donner. Ce n'était pas le cas.

Les hommes pullulaient dans les escaliers, trébuchaient sur les câbles et les rampes. Plusieurs cartons faillirent s'envoler. Le cœur au bord des lèvres, Winnie vérifiait l'absence de marques et d'entailles quelconques sur les murs. Elle avait rentré ça dans le crâne de tout le monde : il était indispensable que la maison demeure totalement intacte.

« Attention, suppliait-elle, et, lorsqu'ils l'ignoraient, elle élevait la voix : Faites attention ! »

« Oui, m'dame », marmonnaient-ils.

Il y avait si longtemps que personne n'avait obéi à Winnie sans élever d'objection. Le plaisir grandissait chaque fois qu'elle testait son pouvoir.

— Continuez, dit-elle.

Elle comptait les articles. Les tapisseries descendues des murs. Les coussins, les couvertures, les édredons, les glands, les ciels de lit, expédiés dans des glissières. Les tableaux passés par les fenêtres. Brusquement, quelqu'un laissa échapper un hurlement d'effroi. Winnie sentit un souffle d'air d'une intense vélocité. Un piano à queue dégringolait dans leur direction.

— Le câble ! cria-t-elle avec un geste du doigt, la gorge glacée de peur.

Les hommes se précipitèrent, se jetant sur les cordes. Il y eut un craquement sinistre lorsque les câbles se tendirent, que la plate-forme tangua, le couvercle du piano s'ouvrant avec fracas.

Un silence ébahi, trois douzaines de têtes. Le piano fixé à sa plate-forme se balançait follement en grinçant. C'était bon.

Les objets grotesques, eux aussi, partaient : la tête de cerf, les ours empaillés. Chaises, tabourets, petits canapés, tables d'appoint, vasques grandes comme des hommes. Mrs Bone jaillit du salon, une peau de tigre drapée sur les épaules.

— Allez, les Jane ! cria-t-elle. À votre tour, maintenant !

« Ne ferme pas les yeux », s'intima Winnie. Les Jane avaient fixé une paire de trapèzes sous la coupole. C'était là-haut que se trouvaient les plus belles œuvres d'art : les panneaux, les triptyques et les anges. On aurait pu grimper à une échelle et les descendre une par une, si on avait eu une journée à perdre. Les hommes s'interrompirent pour regarder. Winnie ne les réprimanda pas. Elle croisa les doigts, pressa les mains sur son cœur.

— Ne t'inquiète pas, la rassura doucement Mrs Bone. Mes Jane sont capables de tout.

Winnie en eut l'estomac retourné lorsque les filles grimpèrent sur leurs trapèzes, et qu'elles se mirent à osciller lentement. Les hommes avaient les yeux braqués sur elle, subjugués. Lorsque Jane-un lâcha la barre de son trapèze, et s'envola dans une immense courbe, fendant les airs, ce fut d'une beauté indicible.

Jane-un s'éleva et, dans un plongeon renversé, atterrit parfaitement sur le rebord juste sous la coupole, qui ne devait pas faire plus de cinq centimètres de large. Elle ne marqua pas un temps d'arrêt. Souleva un cadre du mur. Sans se retourner, elle plongea en arrière dans les airs, l'or brillant dans sa chute. Jane-deux s'élança de l'autre côté, l'attrapa par les pieds. Ensemble, elles se balancèrent en direction des portes-fenêtres. Et le tableau s'envola à travers d'un seul jet, jusqu'au filet et aux mains qui les attendaient au-delà.

Retour aux trapèzes. Cette fois-ci, ce fut Jane-deux qui s'élança.

« Nous sommes en train d'y arriver », pensa Winnie, habitée d'un extraordinaire sentiment de légitimité, de détermination. Peut-être était-ce de l'orgueil.

— Peuvent-elles aller plus vite ? demanda-t-elle à Mrs Bone.

Les deux jeunes femmes l'entendirent-elles ? Jane-deux était en train de soulever du mur un diptyque dont les charnières grincèrent. Les panneaux enluminés durent s'ouvrir au moment où elle décolla, rompant son équilibre, brisant son plongeon.

Winnie suffoqua à la vue de la jeune femme glissant de son trapèze.

Un hurlement perça le silence. Jane-un s'était déjà élancée de son propre trapèze. Un cri de Jane-deux, que le diptyque et la gravité entraînaient vers le sol de marbre.

Sans pouvoir s'en empêcher, Winnie ferma les yeux.

— Aah... grogna Mrs Bone, paralysée à côté d'elle.

Winnie ouvrit les yeux.

Jane-un s'était accrochée au deuxième trapèze par les chevilles. Elle s'était élancée pour attraper Jane-deux, et elles se balançaient toutes les deux ensemble, le diptyque planant en toute sécurité au-dessus du sol.

— Plus vite, mon cul ! souffla Mrs Bone en s'accrochant au bras de Winnie.

Dans le jardin, Mrs King repoussa la main de William. Les hommes de Mrs Bone les encerclaient, le regard peu amène.

— Tu ne devrais pas être là ! haleta-t-elle.

Il recula.

— Tu crois que je ne le sais pas ? répliqua-t-il, le

regard flamboyant. J'ai observé ta bande toute la soirée. Tu crois que je ne sais pas ce que ça signifie, quand une demi-douzaine de caisses de déménagement monte dans l'ascenseur sans raison ? Quand la moitié des invités passe son temps à m'envoyer chercher davantage de vin pour le jeter discrètement par la fenêtre ? Quand quelqu'un déboule en criant « Au feu » parce qu'il fume une clope ?

Les hommes se rapprochèrent.

— Pour l'amour du ciel, Dinah, de quoi as-tu besoin ?

Son cœur se serra. De gratitude. Qui la traversa tout entière.

— Eh bien ?

— Donne-nous un coup de main, dit-elle en poussant un soupir. Je dois retrouver ma sœur.

Elle fit demi-tour et partit en courant.

Alice s'était précipitée vers Hyde Park.

Elle avait traversé Rotten Row, ses bottines laissant des empreintes dans le sable. Elle n'avait pas pris la peine de les effacer. Quelle importance si elle laissait des marques de son passage, maintenant ? Elle percevait l'écho de la foule des invités réunis à l'extérieur de la maison sur la grande pelouse à l'opposé de Stanhope Gate. Elle s'en tenait soigneusement à l'écart.

Elle s'était souvenue des précisions de Winnie. Il n'y avait que quatre issues à la demeure. L'entrée principale. Celle des fournisseurs. Celle des écuries et celle du jardin. Elle avait choisi celle des écuries.

Elle avait bien entendu été suivie, comme elle s'y attendait. Elle ne fit d'abord que le pressentir, avec un frisson. Puis, une brindille craqua sous un talon.

Cette voix.

— Vous l'avez ?

L'agent de recouvrement, le ton rauque, comme s'il mourait d'envie de boire un verre, comme si sa patience était à bout.

Environ trois mètres derrière elle, lui dicta son cerveau.

— J'ai dit : « Vous l'avez ? »

Elle se retourna. Un platane dont les branches pointaient vers le ciel s'élevait au-dessus de lui. Il avait dû faire une grande boucle à travers le parc pour l'intercepter.

Elle s'approcha lentement.

— Quel est le montant de ma dette ?

Elle déboutonna son tablier. Son uniforme lui donnait l'air tellement inutile, tellement petite, elle ne se sentait plus du tout spéciale, plus du tout semblable à un soldat. Elle fouilla dans sa poche.

Il lui donna le chiffre, qui faillit la faire rire de désespoir. Le prix de son salut. Le prix de la trahison. N'y avait-il donc que cela ? Sa peur disparaîtrait-elle tout simplement lorsqu'elle aurait payé sa dette ? Elle avait l'argent dans son tablier.

Lorsqu'elle avait quitté le lit de Madame, elle avait ouvert le secrétaire. Elle avait fouillé aussi silencieusement que possible dans les bourses de soie et les enveloppes contenant des billets de banque et des pièces. Elle savait quel tiroir ouvrir : elle l'avait déjà vu à de multiples reprises. Elle savait exactement où Miss de Vries conservait ses fonds personnels.

Derrière elle, une silhouette se déplaça à travers les arbres.

— Ne vous approchez pas d'elle !

L'homme se retourna vivement. De même qu'Alice, dont la honte à cet instant prit corps, comme si la nuit omnisciente s'ouvrait autour d'elle.

— Dinah, souffla-t-elle avec angoisse.

Car Mrs King était là, pantelante, le chapeau de travers. De toute évidence, elle avait poursuivi Alice en courant à travers le parc.

— Je ne plaisante pas, jeta Mrs King. Écartez-vous d'elle !

Elle brandissait un couteau.

L'homme étudia l'arme. Il regarda Alice.

— Qui est-ce ? s'enquit-il en haussant un sourcil.

Alice secoua la tête, leva les mains :

— Non, Dinah ! Ce n'est rien – tout va bien.

Les yeux de Mrs King flamboyaient dans l'obscurité.

— Non, ça ne va pas *bien*, répliqua-t-elle d'une voix étranglée, effrayée, qui ne lui ressemblait pas du tout.

Elle se tourna vers l'agent de recouvrement :

— Qui êtes-vous ?

— Par politesse, je vais vous demander de dégager, répondit l'homme. Et je ne le répéterai pas.

Alice n'avait jamais vu sa sœur se comporter de cette façon. Elle en avait seulement entendu parler. Les voisins racontaient que Dinah pouvait être violente. Qu'elle était capable de faire fondre en larmes des durs à cuire. Alice n'avait jamais pu y ajouter foi. Et pourtant, à cet instant, alors que Mrs King s'avançait rapidement vers l'agent de recouvrement, elle comprit. C'était comme de voir un démon, une sorte de diable au pied léger. Mrs King rengaina son couteau, se jeta sur lui sans une ombre de peur et le poussa, de ses poings gantés de blanc.

— Ah! fit l'homme en battant des bras pour ne pas perdre l'équilibre, plongeant la main dans sa poche.

Alice entrevit un éclat mat argenté, l'œil noir qui lui faisait face.

Un pistolet.

Une bourrasque rugit à travers les arbres, faisant osciller le parc. Mrs King chancela.

Calmement, le souffle rapide, l'homme se concentra. Son bras ne tremblait pas.

— Vous n'auriez pas dû faire ça, déclara-t-il en levant le pistolet.

— J'ai l'argent! jeta Alice d'une voix étranglée.

Elle sortit de son tablier une poignée de billets, les yeux fixés sur l'arme.

— Là, là! Vous voyez? Vous pouvez compter. Prenez ce que je dois.

Il se rapprocha lentement. Il dégageait une odeur âcre, comme s'il avait eu besoin d'un bain, mais une légère senteur de gardénia flottait encore sur son pardessus.

— Montrez-moi ça.

Il continua de pointer son arme sur Mrs King, et Alice déplia les billets d'une main tremblante. Il renifla, tendit la main. Fourra le tout dans la doublure de son manteau.

— Ça, c'était une sale affaire, dit-il en la fixant dans les yeux. Vous avez de la chance.

Il fit pivoter son arme, adressa un salut du doigt à Mrs King:

— Bien le bonjour.

Alice ne le regarda pas s'éloigner à travers les arbres. Elle ne ressentait aucun soulagement. Elle ferma les yeux. Les platanes chuchotaient d'un air inquiet au-dessus de sa tête.

La voix tendue de Mrs King s'éleva, lointaine.
— Alice, es-tu en sécurité ?
— Dinah, répondit-elle, j'ai eu des ennuis.

Miss de Vries finit par sortir du lit. À cause d'un bruit. L'écho de quelque chose de cristallin et pur, loin quelque part aux frontières de sa conscience.

Un cri.

Elle passa une main sur la surface froissée des draps, tandis que son instinct s'éveillait.

Lorsqu'elle écarta les portes de la chambre, elle éprouva comme la sensation d'un vide infiniment expansé. Comme d'habitude, l'éclairage brûlait dans le couloir. Mais elle perçut immédiatement ce qui n'allait pas. Le sol : une peinture laquée, d'un noir d'obsidienne. Elle en eut un vertige. Quelqu'un avait emporté ses magnifiques tapis, ne laissant en dessous que les lames de parquet nues et tachées.

Elle effleura le sol de l'orteil. Il était froid.

Du mouvement au-dessous. Des pas, des centaines de pas, facilement reconnaissables.

Mais pas de voix.

Elle sortit dans le couloir.

38

3 heures du matin

Winnie contempla la cour intérieure. Celle-ci était encore pleine d'eau, les canots abandonnés flottant de façon inquiétante à la surface du Nil. L'activité régnait dans le jardin, et du côté des écuries s'élevait un grand vacarme : voitures, brouettes, carrioles, garçons chargés de sacoches sur les épaules. Une à une, des charrettes s'éloignaient bruyamment de Park Lane, hors de vue de Hyde Park, prenant les rues adjacentes, les ruelles d'écurie et les passages de Mayfair. D'imposantes automobiles attendaient devant les grilles, pour faire disparaître discrètement dans la nuit les anges, les triptyques et les diptyques. Winnie vit leurs hommes observer les événements depuis l'entrée. Toute la pègre était de sortie ce soir.

Elle rentra dans le hall. Les Jane apparurent en boitant.

— Combien de temps vous faut-il encore ?
— Cinq minutes.

Winnie essaya de se calmer.

— Encore *cinq minutes* ?

Elle avait espéré que toute l'opération soit terminée à 3 heures. Réussir à contenir la foule dans Hyde Park, même pour quatre-vingt-dix minutes, même avec la pyramide et les fourgons bloquant soigneusement les carrefours, avait déjà paru quasiment impossible.

— Passez le mot à Alice. Il faut faire descendre Madame.

— Nous n'avons pas vu Alice depuis des heures.

— Alors, trouvez-la ! Il faut qu'elle aille chercher…

Une voix hors d'haleine s'éleva sous la coupole :

— *Ah*.

Winnie se retourna, leva les yeux, et découvrit Miss de Vries immobile.

*

Miss de Vries était descendue à travers la maison comme elle le faisait toujours, passant devant la salle de bal et le salon, absorbant la courbe du grand escalier.

Elle baissa les yeux sur le hall d'entrée. Pas un hoquet ne lui échappa. Plus tard, elle se félicita de n'avoir manifesté aucun signe de faiblesse. Mais en réalité, ce fut parce que ses poumons s'étaient vidés. Le silence, l'immensité, le vide, lui avaient coupé le souffle.

L'éclairage était trop éclatant, le marbre blanc trop brillant. Les dimensions du hall, semblable à l'intérieur d'une cathédrale, en paraissaient presque obscènes. Les cordes pendant depuis le toit. Des relents de transpiration.

Elle comprit. Tout lui avait été volé.

Ce que le cerveau humain est capable d'appréhender, les réalités qu'il peut absorber, est extraordinaire. Il avait toujours été peu probable qu'on permette à Miss de

Vries de régner sur cet endroit, qu'elle l'aime ou non. Cette existence avait été passagère, transitoire. À moitié réelle seulement, depuis toujours. Elle se souvenait à quel point elle avait été furieuse, à peine quelques heures auparavant, quand cette femme effroyable avait volé la vieille montre de Papa. Une montre, un objet minuscule. Rien du tout. Une envie de rire s'empara d'elle, un sentiment de dérision atroce.

Qui finit par se dissiper. Elle descendit lentement toutes les marches.

Un bruit de pas. Une silhouette parmi d'autres, scintillante, en contrebas.

Isis, maquillée, pailletée, qui grimpait sur une énorme caisse, au pied du *grand escalier*. La silhouette s'adressa à Miss de Vries :

— Je vous avais dit que j'allais vous mener à votre mort !

Lorsqu'elle s'était réveillée, Miss de Vries avait sonné. Pas la sonnette habituelle, celle du hall des domestiques. Mais la sonnette d'urgence, le bouton de cuivre dans la chambre de son père, celui qui résonnait dans la chambre de Mr Shepherd.

Mais personne n'était venu. La maison était vide.

— Je vais appeler l'agent de police, déclara-t-elle, parce qu'il fallait bien qu'elle parle, ne serait-ce que pour éprouver sa voix, qui monta dans les aigus et trembla presque. Je vais le faire appeler tout de suite !

*

Mais Mrs Bone avait pris soin de neutraliser le bobby. Trois de ses hommes les plus costauds l'avaient cloué au sol, ignorant ses gémissements et ses grognements. Elle lui caressait les cheveux en chuchotant :

— ... *Et* une salière en argent, tout ça bien noté, bien enregistré. Alors, s'il faut que vous alliez chercher de l'aide, vous allez courir *sacrément* lentement, n'est-ce pas ?

Winnie observa Miss de Vries qui marchait sur elle aussi posément qu'une lionne en train de se lécher les babines.

« Retarde-la. Avant qu'elle ne te tue », se dit Winnie.

— Nous aimerions vous proposer un arrangement, dit-elle.

Un silence.

Puis, cette voix. Grave, prudente :

— Nous ?

Winnie n'ajouta rien de plus.

— Quel arrangement ? demanda Miss de Vries, d'une voix plus grave encore.

Winnie se redressa.

— Les biens que contenait cette maison ont disparu. C'est chose faite, qui ne peut être défaite. Ce ne sera jamais récupéré, en tout cas pas par vous.

Miss de Vries la dévisageait, la face semblable à un masque, les yeux opaques et vitreux comme ceux d'un chat.

— Nous n'avons pas touché à votre chambre. Même si nous avons soigneusement enregistré ce qu'elle contenait. Si vous vous conformez à nos souhaits, nous vous permettrons de conserver les éléments de votre trousseau, et nous protégerons la confidentialité des circonstances de votre... éviction.

— Quelles sont vos exigences ?

Winnie se déplaça. Elle s'était attendue à plus de résistance de la part de Miss de Vries.

— Premièrement : démolir cette maison.

Silence.

Puis :

— Pourquoi ?

— Elle engendre de la souffrance. C'est un fléau pour vous. Elle a fait du tort à beaucoup d'autres gens. Et je crois que vous en avez conscience.

Winnie s'interrompit, puis reprit d'une voix plus affirmée :

— Abattez-la. Elle ne doit plus jamais être un fardeau pour qui que ce soit.

— Quoi d'autre ?

De la même voix froide, avec la même expression.

— Nous attendons que vous vous retiriez complètement de la société. Vous comprenez pourquoi. Nous ne pouvons prendre aucun risque.

— Quels risques craignez-vous ?

Winnie la fixa :

— Une répétition des crimes commis ici.

Elle vit cet esprit vif et affûté se concentrer. Un éclat de crainte, cherchant à éviter quelque chose, qui disparut aussi vite qu'il était apparu.

— Autre chose encore ?

Winnie secoua la tête :

— Non.

— Que dois-je faire ?

— Tenir vos invités à l'écart. Nous allons en finir ici, dit Winnie en croisant les mains.

Dans ce genre de parties, les risques, c'est ce qui

comptait. C'était ce que disait Mrs King. Ce n'était pas comme lancer un dé ou bien jouer à pile ou face. Les probabilités offraient de multiples facettes, tout pouvait retomber suivant plusieurs hypothèses. Winnie n'appréciait pas du tout ça. Elle avait essayé de raisonner Mrs King, s'était disputée avec elle : *elle appellera le bobby, les valets de pied, elle nous fera arrêter, elle ne laissera jamais faire ça...*

Winnie se souvenait que Mrs King avait hoché la tête :

« Si, elle laissera faire, avait-elle affirmé. Elle considérera ses options. Toutes ses options. Je peux prédire très exactement ce qu'elle fera », avait-elle ajouté avec un sombre sourire.

Winnie en avait presque désespéré. Mais elle avait vu danser dans les yeux de Mrs King ces petites lueurs, et avait renoncé.

Le silence de Miss de Vries indiquait des délibérations intérieures. Si jamais elle avait reconnu la voix de Winnie, si celle-ci avait déclenché un souvenir, une compréhension, alors, elle ne le montra pas. Elle ne montrait rien du tout.

— J'ai des fonds personnels, déclara-t-elle enfin. Des réserves en cas d'urgence, qui ne sont pas inscrites dans les comptes de la maison. J'aurais besoin de garder cet argent, ajouta-t-elle après une pause.

Winnie ne s'attendait pas à ça. Mrs King n'en avait pas discuté avec elle. « Combien d'argent peut-il y avoir ? se demanda-t-elle. Assez pour constituer une dot, ou une nouvelle maisonnée ? Assez pour faire un pacte avec le diable ? »

— Gardez mes possessions, déclara Miss de Vries, mais donnez-moi mon indépendance.

Ces paroles touchèrent Winnie. Elle ne put s'empêcher d'être émue.

— Très bien. Nous avons votre accord ?

Miss de Vries demeura silencieuse, puis demanda :

— Qu'avez-vous fait du portrait de mon père ?

Winnie chercha des yeux aux alentours, le cœur serré. Mrs Bone, cachée derrière la foule, lança :

— On l'a jeté sur le tas d'ordures !

Miss de Vries contempla les rangs d'hommes silencieux, son regard passant sur Mrs Bone sans même ciller.

— Je m'exécute, dit-elle.

Elle se dirigea vers le porche, semblable à un spectre, encore dans ses vêtements de deuil.

— Allez, souffla Winnie aux autres.

Puis, plus fort :

— *Allez !*

39

4 heures du matin

Hephzibah assista à la scène depuis le trottoir. Miss de Vries émergea de la maison, épaules nues, et contempla la foule. Un cri s'éleva : *Êtes-vous saine et sauve ? L'incendie !*

— Il n'y a pas d'incendie, annonça-t-elle à ceux qui se trouvaient là. Et aucune matière à inquiétude. Tout le monde devrait rentrer chez lui.

Incrédulité et perplexité parcoururent l'assistance. Hephzibah trouva l'apparition de Miss de Vries extraordinaire : cette minuscule créature défendant le porche. Ce furent les hommes qui tentèrent d'abord de forcer le passage. Shepherd. Puis Lord Ashley. Mais, avec un petit sourire, elle écarta les bras entre les montants de la porte, barrant l'entrée. Hephzibah n'entendit pas ce que disait Lord Ashley, et ne vit que ce dont tous les autres furent également témoins. Sa fiancée ne s'inclina pas devant lui, ne céda pas : elle le congédia.

Ce fut ensuite le tour de Mr Lockwood, qui fendit l'attroupement sur le trottoir. Mais Hephzibah lui sauta dessus, s'agrippa à son bras :

— Non, non, murmura-t-elle. Venez avec moi, ajouta-t-elle lorsqu'il se retourna, surpris.

Il résista en se dégageant :

— Qu'est-ce que... ?

— Je vous assure que c'est dans l'intérêt de votre cliente, dit-elle à voix basse.

Un peu plus tôt, alors que tout le monde se ruait hors de la maison, Winnie avait retenu Hephzibah. Elle lui avait donné le papier, le lui avait fourré entre les mains.

« On va réparer les torts, lui avait-elle dit, hors d'haleine, le regard farouche, se cramponnant à l'Inventaire. Je te le promets. Sur mon honneur. »

Hephzibah avait déplié la feuille, lu les noms... *Eunice, Eileen, Ada...* Elle en avait eu le souffle coupé.

« Quand ? avait-elle demandé d'un ton sec.

— Maintenant, avait répliqué Winnie. On va réparer ça *maintenant*. »

Hephzibah conduisit donc Mr Lockwood à Tilney Street. Sur le chariot à desserts s'empilaient les gâteaux, qui sentaient l'aigre, comme s'ils avaient commencé à tourner dans la chaleur. La porte se referma derrière l'avocat avec un petit bruit sec ferme et intransigeant.

— De quoi diable s'agit-il ? dit-il.

Hephzibah maintenait son voile en place. Elle sortit une feuille de papier de sa manche.

— Traînez-vous là-bas, jeta-t-elle avec dédain, et lisez ça !

Il lui prit le document des mains, le parcourut soigneusement de haut en bas. Les avocats procédaient probablement toujours ainsi, se dit-elle. Elle l'avertit :

— C'est une copie. Pas la peine de tenter quoi que ce soit.

Il lui fallut manifestement une très longue minute pour saisir de quoi il s'agissait, pour comprendre véritablement, ligne à ligne. Nom après nom.

— Que voulez-vous ? dit-il enfin en levant les yeux, blême.

Hephzibah se pencha. Une sensation l'envahit, qui n'était ni de la joie, ni un vertige, mais de la fatigue. Un profond épuisement. Du chagrin : pour elle-même, et pour toutes les autres.

— Ne sous-estimez jamais les filles de cuisine, Mr Lockwood. Elles ne sont pas plus bêtes que les autres. Elles voient les allées et venues de *tout le monde*.

Miss de Vries demeura à l'entrée un très long moment. Les gens ne cessaient de venir prendre des nouvelles : *Miss de Vries, allez-vous tout à fait bien ? Miss de Vries, vous portez-vous bien ?* Elle les ignora. Elle contemplait le vitrail de la porte et s'efforçait de ne pas écouter les bruits derrière elle. Elle se demanda distraitement s'ils allaient venir la prévenir qu'ils avaient terminé. Bien sûr que non. Le bruit des pas s'éteignit peu à peu, jusqu'à ce qu'il ne reste plus rien, et qu'elle demeure toute seule dans sa vaste maison désolée.

Elle monta directement au deuxième étage. Le froid la surprit : la salle de bal ressemblait à une glacière, toutes les fenêtres sur le jardin ouvertes dans la brise du matin. Elle chercha des signes de dégâts, mais il n'y en avait aucun. Tout ce qu'elle possédait avait disparu sans laisser de traces. Elle éprouva l'envie étrange de rire, de hurler.

Sa chambre était telle qu'on le lui avait promis : intacte. Seul le secrétaire avait été dérangé. Avant toute chose : réunir ses fonds personnels.

Le tiroir du haut était vide.

Elle fouilla à l'intérieur du compartiment, comme si les billets de banque avaient rétréci comme par magie, comme si quelqu'un les lui avait gentiment roulés.

Ce ne fut pas de la peine qu'elle ressentit. Elle s'assit sur son immense lit froissé.

Miss de Vries avait déjà été trahie auparavant, par Papa, mais elle avait alors éprouvé quelque chose de totalement différent, une sensation de brûlure dans le cœur, sur sa chair, comme si on l'avait plongée dans le white-spirit. À cet instant, elle se sentait simplement le souffle court, comme si on venait de l'enfermer dans une boîte sans air.

« Je considère cet arrangement caduc », décida-t-elle avant de retourner au rez-de-chaussée.

Elle resta assise à l'intérieur dans le grand escalier, et attendit le retour de Lockwood. Elle entendit la cuisinière le haranguer alors qu'il franchissait la porte :

— Madame est-elle ruinée, monsieur ? criait-elle. Serons-nous payés ?

Miss de Vries n'entendit pas la réponse. Il claqua la porte, et l'écho se réverbéra à travers la maison. Il avait l'air d'un déterré. Le teint grisâtre, les traits tirés, et pourtant un regard fou. « Espèce de vautour », pensa-t-elle. Il prenait plaisir à cette situation. Le chaos, cela signifiait davantage de travail pour lui, pour ceux de son monde.

— J'ai besoin que vous alliez voir Lady Ashley, déclara-t-elle sans se soucier de formules de politesse.

Il sursauta. Peut-être s'attendait-il à la trouver à l'étage, pâmée sur son lit.

— Pourquoi? demanda-t-il, s'abstenant également de civilités.

— Je veux m'assurer que tout se déroule comme prévu.

— Pour ce qui est relatif à...?

Elle le fixa de toute la puissance de son regard.

— Mon mariage.

— Je ne suis pas sûr que ce soit le moment le plus propice.

— Il n'y a pas mieux qu'aujourd'hui, Mr Lockwood.

— Vous vous êtes montrée très brusque avec Lord Ashley, souligna-t-il enfin. Vous lui avez refusé l'entrée de cette maison.

— C'est ma maison. Mes prérogatives.

— Vous lui avez barré le chemin. En public. Tout le monde vous a vue.

— Et qui pourrait bien m'en blâmer? J'ai souffert du plus terrible des chocs.

— Vous n'avez pas l'air choquée, remarqua-t-il.

— Allez voir Lady Ashley, lui ordonna-t-elle. Allez-y maintenant.

Il lui lança un long regard curieux, presque comme s'il prenait ses mesures en se demandant où il allait l'accrocher.

— Une dame qui réside très près d'ici a en sa possession certains documents, déclara-t-il alors. Qui détaillent les visiteurs de cette maison.

— Les visiteurs?

Il ne répondit pas.

Elle ne comprit tout d'abord pas. Puis elle vit la façon dont il serrait les lèvres, prenant bien soin de ne pas prononcer un mot tant qu'elle n'aurait pas parlé.

— Ah, fit-elle.

Elle sentit le monde basculer, tourner, prêt à l'entraîner dans ses rouages.

— Vous allez avoir besoin d'un avocat, bien entendu.

Après une nuit sans sommeil, l'aube se leva, nuageuse et irréelle. À 9 heures, un flot d'avocats s'était entassé dans le jardin d'hiver vide, qui résonnait. Ils étaient sortis des égouts comme des rats se précipitant sur une carcasse. Miss de Vries rôdait autour de Lockwood.

— Je suis innocente, martela-t-elle.

Lockwood ne dit rien. Personne ne l'avait accusée de quoi que ce soit. Mais elle savait pertinemment qu'on était en train de rédiger une histoire, d'en peaufiner les termes. Une histoire de jeunes filles et de gentlemen qui s'étaient amusés avec elles, et de ceux qui avaient été complices...

— Je suis *innocente*, répéta-t-elle en étudiant la rangée d'hommes au teint gris en costume gris devant elle. Je n'ai fait de mal à personne. Je ne sais rien.

— À quel propos ? demanda Lockwood, dont le visage était indéchiffrable.

À ce moment-là, Miss de Vries souhaita sérieusement être seule. Elle quitta son siège pour aller jusqu'aux vastes fenêtres en saillie qui donnaient sur Hyde Park. Lockwood s'écarta d'elle, comme si elle était contagieuse, comme s'il avait affaire à une pestiférée.

Elle posa les mains sur l'appui de la fenêtre et fixa la rue en contrebas. Autrefois, Papa arrivait dans sa calèche, puis plus tard dans son immense automobile, et elle lui faisait signe de la main. Il enfonçait son chapeau sur sa tête, faisant semblant de ne pas la voir, ce qui la faisait rire de plaisir. Il jouait et lançait des plaisanteries en permanence. Tout ce qu'elle aimait, quand elle était petite. Avant qu'elle ne comprenne en grandissant qu'il ne s'agissait pas de plaisanteries. Qu'il ne lui prêtait pas attention, pensait à peine à elle.

Cela aurait été plus facile si elle s'était apitoyée sur son sort. Si elle avait ressenti le besoin de pleurer. Ainsi, elle aurait pu exister dans son propre corps. Mais elle n'éprouvait rien d'autre que de l'effroi.

Rien n'avait encore changé. Lockwood, l'air sévère, était néanmoins clair. Toute question à propos de commerce illicite devrait faire l'objet d'une procédure d'accusation correcte, passer devant les tribunaux en temps voulu, et les parties impliquées avaient les meilleurs avocats de Londres. Oui, il y aurait des journalistes devant la maison du soir au matin, des vagues d'inspecteurs de Scotland Yard, et pas un des voisins ne lui rendrait visite. La maison serait salie par les ragots, la spéculation, des tas de choses horribles. Mais au bout du compte, cela passerait, non ?

— Allez faire une promenade, lui conseilla Lockwood. Que les voisins vous voient. Inutile de vous terrer à l'intérieur.

« Pourquoi pas ? » pensa-t-elle. Elle avait encore son chauffeur, sa voiture, et son valet de pied fidèle. Ainsi que son trousseau, d'ailleurs. Elle choisit la robe de crêpe avec le jais. « Alice ne l'a donc pas emportée », se dit-elle, la gorge nouée. La jeune femme avait disparu. Le souvenir des mains d'Alice, de l'odeur de sa peau, lui revint, et sa poitrine se serra. Elle enfila ses gants, mit un chapeau, et William marcha en silence derrière elle le long de la rue.

Une petite automobile bruyante vint se placer à côté d'eux, incognito – et de toute évidence, de propos délibéré. Elle entrevit le cuir bordeaux, les taches sur la carrosserie. «Tout est sali», se dit-elle en riant intérieurement. Tout est pourri dans le monde.

— Lord Ashley, le salua-t-elle d'une voix ferme.

Elle était stupéfaite de le voir là. À sa place, elle serait restée chez elle. Elle aurait mis le plus de distance possible entre elle et cette maison, pour sa sécurité, sa réputation.

William l'observait. Il tendit une main vers elle, un minuscule geste de bonté.

Elle l'écarta et monta dans la voiture de Lord Ashley avec un sourire.

Au volant de la Victoriette, Lord Ashley affichait une expression dangereuse. Il ne lui demanda pas comment elle allait, ni comment elle se sentait. Il ne dit pas un mot de la maison, ni de ce qui s'était passé, rien du tout.

— Un beau garçon, que vous avez là, à porter vos affaires.

— William? s'étonna-t-elle.

— Bien grand. Je n'aime pas tellement la façon dont il vous regarde.

— Je le remarque à peine.

— Je ne laisserai pas ma femme garder un type aussi beau dans la maison. Vous allez devoir vous habituer à des porcs ventripotents si vous avez l'intention de faire un mariage convenable.

— *Si?*

Elle serra les lèvres, se maîtrisant.

— Votre homme, Lockwood, est venu voir Mère, ce matin.

Miss de Vries se figea.

— Vraiment? dit-elle en regardant le parc.

— Qu'est-ce que c'est que cette histoire de liste?

La voiture fit un bruit de ferraille en prenant le virage serré de Hyde Park Corner. Miss de Vries demeura silencieuse, mais il attendait qu'elle parle.

— Une liste? dit-elle enfin, la gorge sèche.

— Je n'y figure pas, remarqua-t-il en lui coulant un regard de côté. Naturellement.

Son impudence, son assurance inouïe la stupéfiaient.

— Et votre Lockwood assure qu'il en demeurera ainsi. Il voulait offrir son aide.

— Son aide? répliqua-t-elle, sans pouvoir réprimer son ton mordant. Pour cela, il va vous imposer des conditions.

— C'est nous qui lui avons dicté *nos* conditions. Mère est très stricte sur ce genre de choses. Nous ne voulons aucune tache sur la famille, rien qui laisse penser que *nous* puissions couvrir quoi que ce soit. Nous avons tous entendu les rumeurs à propos des affaires louches de votre père, dit-il en lui lançant un regard vif. Quelqu'un devrait aller voir la police.

Elle se retourna, cramponnée à la portière.

— Et pourquoi diable voudriez-vous faire cela?

— C'est mon devoir de chrétien, répondit-il suavement.

Il fonça comme une flèche dans Hyde Park, roulant sur un terrain accidenté.

— Lockwood viendra vous raconter le reste lui-même,

je suppose. Nous avons déchiré le contrat. Avec vous, veux-je dire.

Il freina brutalement, et Miss de Vries eut un sursaut.

Il se retourna, avec une expression aussi neutre que celle qu'elle s'efforçait d'afficher.

— J'ai pensé que ce serait plus convenable de vous l'annoncer moi-même.

Lockwood l'attendait dans le hall d'entrée. Il n'avait pas ôté ses gants.

— Miss de Vries, j'ai le regret de vous annoncer que je pense être obligé de me retirer de la gestion de vos affaires.

Elle aurait voulu lui enfoncer les pouces dans la gorge, l'empêcher de respirer. Elle savait en être capable.

— Vous allez vous en tirer, *vous*, n'est-ce pas ? Espèce de misérable petit cafard.

Lockwood eut une grimace et leva la main pour la faire taire :

— Ah, Shepherd !

Une porte venait de s'ouvrir, et Mr Shepherd entra pesamment. Il jeta un coup d'œil à Lockwood, puis à sa maîtresse.

— Les clés, dit-il.

L'atmosphère devint glaciale.

— Quoi ? fit Miss de Vries.

Le regard enflammé, Shepherd débita furieusement :

— Les clés, Madame ! J'ai besoin de prendre vos clés, pour les mettre en lieu sûr. Pendant que la police enquête.

Il fallait reconnaître qu'elle n'avait pas réagi comme

si l'on venait de lui couper le souffle, se dirait-elle plus tard. Elle mit la main dans sa poche.

— Je n'ai que celle-ci, objecta-t-elle en tirant son unique clé, celle qui ouvrait la porte du jardin. Ainsi que vous le savez bien.

Elle ploya légèrement les genoux, et la lança à travers le hall. La clé heurta le marbre avec un léger bruit métallique, et glissa jusque derrière les pieds de Shepherd.

— Allez chercher, jeta-t-elle avec mépris.

Tout ceci n'était pas fini, se promit-elle, les mains tremblantes. Ce n'était pas la fin.

40

Le lendemain du bal

Cette nuit-là, les femmes festoyèrent. Pas à Tilney Street, mais sur les docks, dans la pièce à inventions de Mrs Bone, où les coucous sifflaient toutes les heures.

L'air vibrait d'une énergie étrange. Les recettes commençaient déjà à arriver, tel un flot d'eau noirâtre à travers des tunnels souterrains. Elles arrivaient plus vite que Mrs Bone ne pouvait les comptabiliser, les commandes se répandant comme un feu de brousse le long des lignes téléphoniques, du parcours des steamers, des trains, des express – pour Paris, Marseille, Christiania, Venise, Prague. Mrs Bone avait commandé du pâté de gibier, du chapon désossé, des escalopes aux petits pois et de l'aspic de poulet. Elle les régala de melons et de figues vertes, de puddings, et d'une génoise d'au moins trente centimètres. Il y avait également des oranges confites, des glaces, un panier de reines-claudes et des meringues.

— C'est trop ! geignit Hephzibah en se tenant le ventre. Mrs Bone, je vous prenais pour une radine.

— Je peux en faire venir davantage, autant que vous voudrez ! s'exclama Mrs Bone, les yeux brillants.

Elle savait que ces largesses étaient presque indécentes, mais elle en éprouvait le besoin.

Mrs King avait étudié la comptabilité avec elle.

« Deux parts pour vous, avait-elle murmuré. Moins votre avance. Pour l'instant, nous gardons la mienne de côté. »

Mrs Bone avait rougi, s'efforçant de dissimuler sa honte.

« Une part suffira largement, avait-elle dit. Une grande fortune, ça ne m'arrange pas, ça me rend dingue. En fait, ajouta-t-elle, donne une autre part à mes Jane, elles en feront meilleur usage que moi. »

Elle avait eu du mal à réaliser qu'elle avait réussi. Mais dès l'instant où elle l'avait compris, cela lui avait paru extraordinairement juste. Elle avait dit aux Jane de brûler leurs uniformes. Elle voulait qu'elles s'offrent des fourrures, des manteaux pour l'opéra, des ombrelles, des chaussures en cuir verni. Elle expédia un de ses hommes dans un grand magasin leur acheter des chapeaux en forme de bateaux fourrés de roses blanches. Elles les portaient à table.

— Vous êtes mes meilleures filles, dit-elle en les étreignant, les larmes aux yeux.

Elles répondirent, imperturbables :

— Merci, Mrs Bone.

Elles écartèrent leurs chaises pour laisser un peu de place à Alice, qui s'installa entre elles.

Elle les remercia dans un chuchotement, et pâlit lorsque Winnie raconta sa triomphante négociation avec Miss de Vries

— Mais je l'ai pris, intervint Alice d'une voix rauque. J'ai *pris* l'argent de Madame.

Le silence qui tomba était atroce. Winnie se tendit. Mrs King ouvrit la bouche – pour protéger sa sœur, aplanir les choses. Mais Jane-deux parla la première, solennelle :

— Tu as fait ce qui était nécessaire pour ta propre protection, dit-elle à Alice. Il y a de l'honneur là-dedans.

Mrs King effleura le bras de Winnie.

— De toute façon, Miss de Vries serait revenue sur le marché. Elle veut de la grandeur, pas la liberté.

— Tu n'en sais rien, rétorqua Winnie.

— Si, je le sais, assura Mrs King, l'air sévère.

— Je rembourserai Madame, assura Alice, tourmentée. Je le promets.

— En définitive, il s'avère que tu as du courage, remarqua Jane-un en plantant sa fourchette dans sa *jelly*. Bravo.

— Du courage ? dit Winnie en se ressaisissant et en désignant Hephzibah. En parlant de courage, je n'ai jamais vu plus belle interprétation de ma vie !

Hephzibah devint aussi rose que sa robe de bal et lui adressa un sourire tremblant.

Mrs King demeurait raide comme un piquet, sans rien manger.

Mrs Bone finit par se pencher vers elle :
— Eh bien ? Qu'est-ce que tu as ?
— Rien.
— Ne me raconte pas d'histoires.
— Il manque quelque chose, dit Mrs King. C'est tout.

Elle avait passé en revue chaque article. Transportés, soulevés, traînés, débarrassés de leurs housses, ils avaient été soumis à son inspection un par un. Un travail rigoureux, rude.

La lettre n'était pas là.

« Y a-t-elle jamais été ? » se demandait-elle. Elle revoyait le regard pâle de Mr de Vries. Peut-être était-ce encore un stratagème, un mensonge, le délire d'un malade...

Assise sur une caisse renversée dans la cour, alors que le soleil se couchait sur la fabrique, elle passa la main dans ses cheveux.

— Tout va bien ? demanda une petite voix.

Alice l'avait observée tout en gardant ses distances, comme hésitant sur l'humeur de sa sœur.

Celle-ci s'arracha à ses pensées, se leva, et alla la saisir par les épaules :

— C'est un drôle de monde, tu sais, lui dit-elle. Ne le laisse pas te miner.

Sa sœur lui retourna la remarque :

— Ne le laisse pas te miner, *toi*.

Mrs Bone leur avait attribué à chacune une chambre à coucher blindée, archi-protégée, presque dépourvue de lumière.

« Faites profil bas. Ne bougez pas une oreille, leur avait-elle dit. Il me faut trois jours pour fourguer les plus belles pièces. Et une semaine pour me débarrasser du reste. »

Elles lui avaient obéi. Mrs Bone savait ce qu'elle faisait.

Mrs King, face au mur, allongée sur un vieux sommier grinçant, étudiait ses propres émotions. Elle était déjà riche, et le serait encore plus, mais éprouvait une sensation de vide.

D'échec.

Qui lui donnait le frisson.

Quelqu'un frappa doucement à sa porte. Elle se retourna.

— Entrez.

Le battant s'ouvrit, laissant passer un rayon de lumière orangée. Winnie portait une longue chemise de nuit et des cheveux en papillotes qu'Hephzibah lui avait tressées.

— Je peux?

Mrs King avait envie de refuser, mais répondit néanmoins :

— Bien sûr.

Winnie referma la porte et traversa la pièce sur la pointe des pieds pour venir s'asseoir avec précaution à côté de Mrs King sur le lit.

— Dinah.

— Oui?

— Tu te souviens de ce que je t'ai dit? Quand nous avons commencé tout ça?

Mrs King la regarda.

— Sur le fait que tu dois me parler. Me consulter. Me dire ce qui se passe.

— Il ne se passe rien, Win. C'est terminé. On a réussi.

Mrs King entendit résonner sa propre voix, glaciale.

Winnie lui lança un long regard scrutateur, puis ajouta :

— Allez, reprends courage!

Mrs King sentit son cœur se serrer à ces paroles. Elles venaient comme en écho, comme un rappel de ces premières nuits en terre inconnue à Park Lane, vingt ans auparavant. Assise dans cette chambre minuscule tout en haut de la maison, à s'efforcer de comprendre ce qu'elle avait fait. Elle avait quitté sa mère, sa sœur, laissé toute son existence derrière elle – pourquoi ? Pour un mystérieux bienfaiteur, le genre dont toute fille rêvait. Elle se souvenait de toutes les choses *non* dites, inexpliquées, sans réponse, lorsqu'elle demandait : *Pourquoi suis-je là ?* Lockwood avait mis un terme à tout cela. *Pas de questions*, lui avait-il dit. *Soyez reconnaissante, c'est tout.* Elle se souvenait de Winnie qui la fixait, ignorante de tout, le regard franc. *Reprends courage*, lui avait-elle dit avec un sourire.

— J'avais des papiers, dit-elle. Des frais. Les menus pour le bal. (Elle fit une pause avant d'ajouter :) Des lettres.

Shepherd l'avait vue. Il était avec elle, dans sa chambre de gouvernante. Il l'avait vue les jeter au feu. Avec tout cela, pliées au milieu des factures, des reçus et des notes pour le bal, se trouvaient les lettres à Mère. Les lettres qu'elle n'avait jamais envoyées. Celles qui demandaient pardon, qui témoignaient de l'amour, des choses impossibles à dire de vive voix.

Le paquet lui avait-il paru plus lourd ? Ne serait-ce qu'un tout petit peu ? Quelqu'un y avait-il ajouté une autre lettre, dissimulée au milieu ?

Elle avait tout *brûlé*. Elle se souvenait du ruban en train de disparaître, de se transformer en cendres.

— Qu'est-ce que tu veux dire ? Quelles lettres ? demanda Winnie, intriguée.

Mrs King fit ce qu'elle n'avait encore jamais fait. Elle se pencha, les bras raides le long du corps, et posa la tête sur l'épaule de Winnie. Elle avait l'impression de ne plus pouvoir se tenir droite.

— Dinah, souffla Winnie, comme effrayée pour elle. Oh, Dinah…

Autour d'elles, la nuit régnait, vaste et noire.

Trois jours plus tard

Les avocats émergeaient d'un bureau dans la City, près de Middle Temple. Mrs King s'était rendue là-bas avec William pour les garder sous surveillance. Les propositions avaient commencé à affluer dès la première nuit. Les espions de Mrs Bone avaient rapporté l'existence de plusieurs offres pour s'emparer de l'empire de Vries. Les plus grands magnats avaient proposé des montants ridiculement bas, promettant d'effacer les dettes de la famille de Vries – en prenant le contrôle des mines de Kimberley, en se retirant des participations dans l'or et les territoires nord-américains, en vendant toutes les positions dans les compagnies maritimes. Tout ce que Mr de Vries avait laissé derrière lui serait détruit. Il resterait à peine de quoi hériter. Mrs King se répéta intérieurement : *Trouve la lettre*.

Madame ne vint pas, n'émit aucune objection. Personne ne savait où elle avait disparu. Pour certains, elle avait quitté le pays, pour d'autres elle était en prison. La maison de Park Lane grouillait d'enquêteurs, des hommes en imperméable avec d'innombrables questions, qui examinaient fenêtres et serrures en tentant de percer le mystère du cambriolage le plus spectaculaire dont ils aient jamais été témoins. Un ou deux d'entre eux étaient là pour une affaire plus sensible. À la recherche des filles de cuisine, pour leur poser les questions les plus délicates. Mais la plupart des domestiques s'étaient dispersés, ayant renoncé à tout espoir d'être payés de leurs gages.

— Tu avais raison, déclara William. À propos des moyens de s'en sortir.

Mrs King pencha son chapeau.

— C'est maintenant que tu le dis ?

Il soupira :

— Je me suis montré têtu comme une mule.

Elle se souvenait du moment où il lui avait offert la bague. Sur la pelouse, dans le parc, tous les deux encore imprégnés de la puanteur de la maison, elle lui avait dit «non». La chose aurait dû se dérouler le soir, au bord de la rivière, dans leurs coins secrets de la ville.

— Moi aussi, admit-elle.

Un groupe de gentlemen chargés de documents passa devant eux en toute hâte. Mrs King abaissa le rebord de son chapeau.

Il lui tendit la main. Elle le regarda, puis prit celle-ci et lui pressa les doigts. Ce n'était pas une réponse, mais néanmoins, c'était mieux que rien.

— Quand ? demanda-t-il.

Il voulait dire : *Quand nous reverrons-nous ?*

Il y avait derrière elle une automobile imposante, une Daimler. Immense, et qui ronronnait doucement. Elle mourait d'envie de conserver sa main dans la sienne, de ne pas la lâcher. Mais elle réprima le sentiment. Trop tôt. Ce n'était pas sûr. Rien n'était *réglé*.

— Je disparais de la circulation pendant un moment, déclara-t-elle avec flegme.

Elle retira sa main, se refusant ce réconfort.

— Mais je te tiendrai au courant.

Devant le bureau de poste, Alice vit les journaux empilés sur le trottoir en paquets noués avec des ficelles. Ils affichaient tous la même histoire, celle qui devenait de plus en plus folle de jour en jour : le plus grand cambriolage de l'époque, la plus grande enquête de l'histoire...

Elle jeta un coup d'œil par-dessus son épaule. Elle s'attendait presque à entrevoir un homme au bout de la ruelle. Ses narines palpitaient, cherchant à flairer un soupçon troublant de gardénia.

Personne.

Elle pénétra dans le bureau de poste.

Envoyer une carte postale à Florence coûtait très cher. Et virer une grosse somme d'argent à une banque étrangère encore plus. Elle choisit l'établissement qui se trouvait devant le Grand Hôtel.

— Pas de message, précisa-t-elle. C'est inutile.

Une fois que ce fut fait, elle se sentit plus légère. Elle se sentit libre.

Le lendemain matin à l'aube, à cinq minutes de Mile End Road, Alice retrouva sa sœur. Le jour se levait, le chœur des oiseaux résonnait bruyamment. Il régnait dans le cimetière une atmosphère de fraîcheur et de pureté qui n'avait rien de lugubre.

Mrs King arriva vêtue d'une robe blanche, et non noire ou bleu marine. Elle paraissait curieusement détendue, libre, les cheveux dénoués, les joues bien colorées. Alice se demanda si elle n'était pas sortie toute la nuit, pour marcher, tout simplement.

— Où est-ce ? demanda Mrs King.

Sa sœur la mena à la tombe. Elle arrangea son crucifix.

— C'est très paisible, n'est-ce pas ?
— Ne sois pas morbide, Alice.
Celle-ci mit ses mains dans ses poches.
— Tu veux rester un peu seule ?
— Oui.

Mrs King demeura là un long moment, à fixer la pierre tombale. La brise faisait voleter ses jupes, et, de loin, elle paraissait presque comme une petite fille. Alice dut détourner les yeux.

Ensuite, elles marchèrent ensemble au milieu des tombes.

— Je pars à l'étranger, annonça Alice.
— Bien, approuva Mrs King, qui dégageait une impression de calme. J'aurai peut-être besoin de faire de même.
— Je veux dire, *vraiment* à l'étranger. En Amérique, si j'y arrive. Pour étudier les dernières modes.
— Tu peux y arriver. Tu peux réussir ce que tu veux, assura Mrs King en la regardant avec sérieux.

Alice réfléchit soigneusement à ce qu'elle voulait dire.

— Je regrette que Mère n'ait pas pu voir l'océan. Je regrette qu'elle n'ait pas eu le loisir de faire quoi que ce soit.

Cette idée portait en elle sa propre douleur, immuable, sourde, juste au milieu de la poitrine. Mrs King acquiesça, lèvres serrées. De toute évidence elle ressentait la même chose.

— Nous écrirons-nous ? demanda Alice.

Mrs King s'arrêta, rectifia ses manchettes.

— Tu aimerais cela ?

Alice se mit à rire, nerveuse.

— Je ne sais pas. Nous sommes de la même famille. Je suppose que nous devrions rester en contact.

Mrs King tendit la main pour lui presser le bras.

— Écris si tu le souhaites.

Alice embrassa doucement Mrs King sur la joue. Sa sœur ne semblait plus de marbre. Sa peau était tiède, comme celle de n'importe quel autre être humain, comme celle d'Alice.

— Tu es merveilleuse, déclara-t-elle d'un ton solennel avec sincérité.

Mrs King rit, surprise.

— Mon Dieu, non ! (Son expression changea, s'obscurcit.) Comment cela serait-il possible ? Sachant de qui je viens ?

Elle faisait allusion à son père. Alice hésita. Les deux femmes contournaient le sujet, l'évitaient. Il semblait trop écrasant, trop dangereux pour en discuter. Toutes deux attendaient que Mrs King se lance, explique ce que cela signifiait, dise ce qu'elles étaient censées penser. Et pourtant, elle n'en avait rien fait, jusqu'à présent. Elle semblait se replier sur elle-même, comme si elle avait en permanence un souci en tête.

Alice cherchait encore à formuler la bonne réponse lorsque Mrs King s'écarta. Ses yeux s'étaient posés sur les pierres tombales derrière Alice. Un petit temple avait été érigé là, un monument commémoratif voyant.

— Qu'y a-t-il ?

Mrs King ferma les yeux.

— Je dois voir Mr Shepherd.

41

Winnie dut demander au chef de train de faire un arrêt à la gare. Qui ressemblait davantage à une halte qu'à une vraie gare. Sinon, le convoi aurait poursuivi son chemin à toute vapeur.

Il fallait presque deux heures pour arriver là depuis Londres.

«Je préfère l'omnibus», avait-elle demandé au guichet. Elle voulait voir le paysage se dérouler à son propre rythme. Elle voulait s'assurer d'avoir choisi le bon endroit.

Elle avait pris un billet de première classe. Les trajets importants exigeaient un investissement approprié. Ainsi qu'un chapeau de prix. «Je ne sais pas confectionner un beau chapeau, avait-elle reconnu stoïquement, mais je peux en *acheter* un.» Elle avait fait l'acquisition d'un immense chapeau aux extrémités magenta, avec une grande coiffe centrale et des rosettes tout autour. Cela lui donnait un peu des allures de banquier en même temps que de poney primé. C'était quelque chose.

Elle se demanda si on la traiterait différemment à la gare, ce qui ne fut bien entendu pas le cas. Elle aurait pu se planter au milieu du quai en balançant des billets de banque à tout-va, les gens auraient continué à l'ignorer. Elle était toujours elle-même. Ce n'était pas la reine.

— C'est bon, madame ? demanda le chef de train lorsqu'elle descendit sur le quai.

— Oui, merci, dit-elle en sentant voleter ses rosettes, mais il était déjà de retour sur sa plate-forme, levant la main à destination du conducteur, et le train s'était remis en marche en haletant.

Lorsque le dernier wagon eut disparu dans le virage, le bruit s'évanouit brusquement, et il ne resta plus que le chant des oiseaux.

Winnie défit son chapeau, et sentit le soleil sur sa nuque.

— C'est l'endroit idéal, articula-t-elle à haute voix pour éprouver le fait.

Elle avait recopié les détails mais n'avait pas besoin de les vérifier : elle les avait retenus. Tourner à droite à la gare, suivre la route jusqu'à un embranchement, puis monter la colline.

Elle s'engagea sur le chemin en répétant pour s'en convaincre : « J'ai confiance en moi, je sais où je vais. »

Un marronnier montait la garde à la grille. À travers ses branches agitées par la brise, on entrevoyait la maison, un éclair blanc et bleu pâle, un miroitement de vitres à losanges.

Winnie alla chercher une clé chez la voisine.

— Non, ne venez pas avec moi. Je jugerai mieux par moi-même.

La voisine portait un tricot merveilleusement épais et de minuscules lunettes à monture métallique. Elle examina Winnie d'un œil perspicace – et sourit. Ses très grandes dents semblaient indiquer une force tranquille.

— Bien sûr.

Winnie inspecta d'abord les chambres à coucher. Pour en vérifier la taille, le confort, l'intimité. Elle s'obligea à ignorer les douces courbes du jardin, le jaune des primevères éparpillées, le bel enchevêtrement des haies denses. Elle devait se montrer très raisonnable. Elle mesura les placards et les penderies. Elle compta les noms de la liste de Sue. Celles qu'elle n'avait pas perdues de vue, celles dont elle savait qu'elles avaient des ennuis. Celles qui avaient quitté Park Lane précipitamment, sans explication, à la nuit. Celles qui auraient peut-être besoin d'un abri.

« C'est une longue liste », avait remarqué Mrs King lorsqu'elle l'avait consultée.

Winnie lui avait délicatement pris la main.

« Si jamais tu as besoin d'un endroit pour toi, tu n'as qu'à demander. »

Mrs King lui avait retourné la pression de ses doigts.

« Merci. »

Winnie regagna la maison de la voisine. La femme lui ouvrit en regardant par-dessus ses lunettes :

— Vous la prenez ?

— Je mène une vie tranquille, répondit-elle, mais j'aurai de temps en temps des visites. Des dames. Des personnes qui ont besoin d'un refuge. Pour se remettre sur pied. Je ne veux pas d'ennuis à ce propos. Pas de commérages.

La femme réfléchit, faisant tournoyer la clé autour de son doigt. Il y avait des bibliothèques dans l'entrée, et empilés près de la porte, des journaux et des brochures. Elle regarda Winnie d'un air compréhensif.

— Exactement ce dont nous avons besoin par ici, assura-t-elle. Un peu de thé?

Une semaine après le bal

Hephzibah fit ce qu'on devrait faire quand on entre en possession d'une grande fortune : elle commanda du champagne. Puis en commanda de nouveau.

C'était un de ces soirs où sa poitrine se serrait à tel point qu'elle avait l'impression que son cœur allait cesser de battre, quand les murs bougeaient et zigzaguaient autour d'elle. Cela lui arrivait encore. Elle avait espéré que cela ne se produirait plus lorsque le coup à Park Lane serait terminé. Les autres étaient tellement heureuses, tellement exaltées : Winnie rayonnait de détermination. Grand bien lui fasse! Hephzibah s'était installée dans un restaurant comme une femme aux revenus douteux, puis elle était rentrée chez elle toute seule. Sans savoir comment elle y était parvenue.

Le lendemain matin, elle vécut une expérience profondément troublante. Elle s'éveilla avec la sensation de flotter au-dessus de son corps, comme suspendue au plafond par deux petits fils. Il ne lui vint pas à l'esprit qu'elle était morte, mais simplement qu'on lui avait offert l'occasion de s'examiner de près. Elle en éprouva d'abord de la peur, voulut fermer les yeux très fort.

Puis ensuite, elle regarda.

Elle vit son corps, au teint gris et fardé, la bouche ouverte. Cela dit, tout bien considéré, elle avait l'air remarquablement bien. Elle s'était allongée avec un certain soin, raide comme une planche, avant de s'évanouir.

« Je suis belle, se dit-elle avec intérêt. Je suis mignonne. »

Elle flottait là-haut, émerveillée, puis elle se réveilla.

D'habitude, le matin, sa première impression était la honte. Mais ce jour-là, elle n'éprouva qu'une légère curiosité, une sorte d'intérêt scientifique pour elle-même. Elle toucha sa chevelure, cette structure impressionnante, brillante, d'un châtain profond, et en ressentit de la fierté.

Elle était bel et bien *là*. Elle avait survécu – elle survivait – en dépit de tout.

« Comme je suis intelligente, se dit-elle. Comme c'est remarquable. J'adore être moi. »

Cette prise de conscience signifiait quelque chose. Ce matin-là, elle alla se promener dans le parc, vêtue de sa cape brun foncé, avec une ombrelle rose, et, lorsqu'elle rentra chez elle, elle se mit à la recherche d'un crayon. Ce qui lui prit une éternité, et elle dut retourner la moitié de ses placards pour trouver du papier à lettres. Écrire était difficile, presque douloureux, et les lettres presque indéchiffrables. Mais les mots lui venaient.

« Qu'est-ce donc ? » se demanda-t-elle en contemplant ce qu'elle avait écrit. Un roman ? Une lettre ? Une confession ?

« Une pièce, décida-t-elle. Je vais écrire une pièce. »

Cette nuit-là, elle dormit comme elle ne l'avait pas fait depuis des années, ce qui la fortifia immensément. Elle s'éveilla avec un appétit dévorant et s'octroya un énorme breakfast.

Elle pensa au Paragon Theater. Lui manquait-il?

«Je pourrais construire un très bon théâtre. Je le gérerais très bien. Mieux que n'importe qui», se dit-elle.

Elle tendit la main vers son crayon pour procéder à des calculs.

Mrs Bone avait passé une semaine épuisante à faire les comptes. Les chiffres étaient hallucinants, prodigieux, incroyables. Archie entreprit de régler les dettes, distribuant les paies, faisant passer le mot: Mrs Bone était de retour aux affaires. Et de *grosses* affaires. Les autres grandes familles contemplaient la chose, impressionnées. À la fin de la semaine, Mr Murphy lui rendit visite à la fabrique, apportant les clés de la boutique de prêt sur gages. Tout pâle, il rampa dans son salon sur les genoux, et lui baisa la main.

— Je ne vous pardonne pas, déclara Mrs Bone en lui enfonçant ses ongles dans la chair et en l'éjectant de la pièce.

Ses hommes s'occupèrent de lui dehors, dans la cour.

Le dernier jour des comptes, elle fit quelque chose de très important. Elle pratiqua une légère rectification dans ses livres, la seule petite fraude qu'elle ait jamais commise, et glissa un ordre de virement dans une enveloppe. Elle rangea celle-ci dans son sac et prit l'omnibus pour Lisson Grove.

Mrs Bone savait comment retrouver les gens. Elle le fit comme à son habitude, à l'instinct. D'abord le bobby, puis le type qui tenait la pâtisserie. Ensuite, dans les ruelles derrière, là où les filles suspendaient le linge. Elle entendait des petites voix chanter des comptines. Sentait les égouts, une odeur ici un peu différente, comme si dans cette partie de la ville, l'eau était plus dure.

Ces gens la dévisagèrent comme une curiosité, une excentrique, mais ils lui indiquèrent la bonne direction. Elle repéra une maison sombre et misérable à l'extrémité de la rue. Les marches du seuil penchaient dangereusement, comme si les fondations jouaient un tour au propriétaire.

— Sue ? appela Mrs Bone en frappant à la porte.

Il y eut une longue attente. Puis un bruit de pas, un grincement de gonds. Quelqu'un passa une tête.

Ses yeux ! Immenses et tout à fait effrayés.

— Voilà pour toi, petite dinde, déclara Mrs Bone en passant la main dans l'interstice, tendant une enveloppe. Ta rétribution.

Sue la regarda, les yeux ronds.

— Ma quoi ? fit-elle d'une voix rauque.

— Tu sais pourquoi, répliqua Mrs Bone en croisant les bras. Ne prétends pas le contraire. Je paye bien les gens qui tiennent leur langue. Ouvre-la, fit-elle avec un signe de tête en direction de l'enveloppe.

Park Lane, au crépuscule.
— Aha !
Mrs King baissa ses jumelles.
— Tu l'as vu ?
— La fenêtre en haut.

Elles s'emparèrent de l'échelle et escaladèrent le mur du jardin. Minuit passa. Puis 1 heure du matin. Puis 2 heures. Le monde devint silencieux, changea de dimension.

Mrs Bone toussa dans le creux de son coude.

— Vous pouvez encore rentrer chez vous, Mrs Bone.
Celle-ci renifla.
— Écoute, je dois te dire quelque chose. Je pensais… je pensais qu'ils *faisaient semblant* d'être mariés… je n'ai jamais cru que Danny puisse jamais vraiment…
— Ne vous inquiétez pas, répondit doucement Mrs King.

Mrs Bone secoua la tête, ferma les yeux :
— Tu n'aurais jamais dû rentrer dans cette maison.

Mrs King aurait pu répondre à cela beaucoup de choses. Beaucoup de gens auraient pu changer sa situation. Ils ne l'avaient pas fait : parce que Mr de Vries était un homme riche, et qu'être riche était une vertu qui l'emportait sur tout le reste. Même Mrs Bone, quelque part, avait dû penser cela.

— Je suppose que vous avez raison.

Inutile de faire des histoires.

— À présent, regardez bien, poursuivit-elle. Je vais me le faire.

Mrs King traversa le jardin en direction de la maison. Elle devinait où pouvait se trouver Shepherd. Dans l'ancienne chambre du maître. Elle ramassa une poignée de graviers, visa la balustrade du deuxième étage. D'un geste vif et précis. Un gravier. Puis un autre.

Ce ne fut pas long. Elle perçut le grincement du bois. Une fenêtre qui s'ouvrait. Vit une lueur pâle et vacillante.

— Mr Shepherd, appela-t-elle. C'est Mrs King.

Autour d'elle, le jardin vide était plongé dans l'obscurité. La lumière oscillait au-dessus d'elle, craintive. Elle se demanda quel effet cela pouvait faire à Shepherd de vivre tout seul dans la maison. Quelqu'un devait la garder jusqu'à ce qu'elle soit vendue. C'était le candidat le plus logique. Elle se demanda s'il dormait par terre, la joue contre le marbre froid.

La fenêtre se referma avec une vibration. La lumière s'éteignit.

Il descendait.

Cela lui prit un moment. Enfin, elle perçut au loin le déclic des portes-fenêtres, distingua à la lumière d'une lampe une silhouette en manteau sur les marches. Il avait perdu du poids.

Il ne ressemblait plus à un prêtre, ni même à un majordome. Il ressemblait plutôt à ce qu'il était : un maquereau, ou le représentant d'un maquereau, vivant dans les bas-fonds.

— Bonsoir, dit-elle.

Mrs Bone demeura dans l'obscurité.

Mr Shepherd joignit les mains. Sa voix était aussi mielleuse que d'habitude.

— Mrs King. Quelle heureuse surprise !

Elle ferma les yeux un moment, se représentant les nuits les plus terribles à Park Lane, imaginant ce que cela avait dû être. Shepherd, verrouillant la porte du jardin. Une faible lueur se répandant du bâtiment des écuries. Une fille qui traversait le jardin obscur d'un pas chancelant. Le reflet blanc fantomatique de son tablier dans le noir.

— Vous détenez quelque chose que je veux, Shepherd.

Mrs King en avait pris conscience alors qu'elle se trouvait dans le cimetière, en train de penser à son père. Le mausolée derrière Alice était gigantesque et vulgaire, un festival de mélancolie funèbre.

Elle avait immédiatement pensé à celui de Park Lane.

Un minuscule éclair de mépris jaillit dans les yeux de Mr Shepherd. Il passa la lampe d'une main à l'autre, dans la lumière vacillante.

— J'en doute.

— Vous savez où se trouve la lettre.

Il ne répondit pas, se contentant de la foudroyer du regard.

— Je sais que mon père vous l'a donnée, dit-elle. Vous l'a confiée, devrais-je dire. Vous lui étiez complètement loyal. Vous étiez le seul.

Shepherd eut un mouvement de menton, mais ne dit pas : *je ne sais pas de quoi vous parlez*.

— Mais vous n'avez pas fait ce que l'on vous demandait. Non, car vous ne me l'avez pas remise, alors que l'on a dû vous en donner l'ordre. Vous avez désobéi à cet ordre. Vous pensiez savoir mieux que les autres. Il était impossible que vous me laissiez voir la preuve de mes droits.

Shepherd lui lança un regard belliqueux.

— Je n'ai pas de temps à perdre avec tout ceci. J'ai une maison à gérer.

— Ça ne m'en a pas l'air. Il n'y a plus de maîtresse de maison. Et d'ailleurs, pourquoi n'a-t-elle pas la lettre, *elle* ? Quand votre maître est mort, vous auriez dû aller la voir directement.

La lampe brillait. Shepherd ne répondit rien.

— Vouliez-vous la punir ? Avez-vous senti qu'elle avait l'intention de se débarrasser de vous ?

Shepherd serra les lèvres.

Mrs King hocha la tête.

— Donc, vous me détestiez, vous la détestiez, vous

détestiez ses deux filles. Quelle pauvre petite créature vous faites, Shepherd. Je suppose que vous avez caché cette lettre là où personne ne la trouverait, dit-elle avec un sourire.

Il aurait été facile d'attraper Shepherd par la peau du cou, de secouer comme un prunier toute cette masse molle. Mrs King pouvait le bourrer de coups de pied, lui briser la mâchoire. La tentation, très forte, la traversa en un éclair.

— J'ai fouillé chaque centimètre carré de cette maison, dit-elle. J'ai ouvert le moindre placard, tapé sur chaque mur. Nous ne sommes pas dans un château, ici. Il n'y a pas de passages secrets, de panneaux dissimulés. Pas de chambre forte, pas de salle des coffres.

Mrs Bone émergea des ténèbres, et Shepherd écarquilla les yeux.

— Vous, espèce de mauvaise femme! dit-il en la reconnaissant.

— C'est celui qui le dit qui l'est, Mr Shepherd, répliqua-t-elle posément.

— Elle est dans son cercueil, n'est-ce pas? dit Mrs King.

Il y eut un petit éclair de méfiance dans son regard. Il ne la respectait toujours pas. Il la méprisait. C'était là sa faiblesse. Il contracta les mains, comme s'il avait l'intention d'en faire quelque chose : la repousser, la frapper...

— Je vous briserai les doigts, dit Mrs King. Vous ne pourrez plus jamais vous en servir, vous pouvez me croire.

— Je l'ai mise dans son manteau, déclara-t-il enfin.

Mrs King sentit les ténèbres se déchirer autour d'elle.

Elle ne s'était pas trompée. Bien entendu, Shepherd s'était chargé du maître, avait aidé les croque-morts à l'habiller. Il avait fait la chose la plus raisonnable du monde, glissé une petite feuille de papier dans une poche où personne ne pourrait la trouver.

— Et *vous* ne pouvez pas mettre la main dessus, ajouta-t-il avec un petit sourire mauvais.

Mrs Bone porta les doigts à ses lèvres et siffla.

Un mouvement au bout du jardin. Le claquement des échelles dressées contre les murs. Des silhouettes escaladant le bâtiment des écuries. Des ombres dégringolant au sol. Les hommes remontant le chemin, qui les encerclaient. Les visages dissimulés par des capuches, des pioches et des pelles à la main.

Des pilleurs de tombes.

La peur envahit les yeux de Mr Shepherd.

— Les clés, s'il vous plaît, dit Mrs King.

Le mausolée semblait trembler à la lumière de la lampe. Shepherd mit la main dans sa poche. Sa poche la plus banale, ni la doublure de son manteau ni une cachette. Il souleva la petite clé, délicatement crénelée, comme le rebord d'une dent.

— Vous n'oseriez pas!

Mrs Bone lui arracha l'objet des mains.

— Pas *elle*, non. Mais vous, *oui*. Donnez-lui une pelle, les gars.

Les hommes l'avaient pris par les bras et le clouaient au sol. Il resta bouche bée.

Mrs King prit la clé des mains de Mrs Bone, et pénétra sous le petit portique devant le mausolée. Elle pressa les doigts sur la porte de métal froide. Tâtonna à la recherche du trou de la serrure.

Les autres attendaient un peu plus loin, retenant leur souffle.

La clé tourna dans la serrure. Récemment huilée.

La porte s'ouvrit en grand.

Un air frais. Elle se prépara à la puanteur, mais bien entendu, il n'y en avait aucune. Ni feuilles, ni brindilles au sol. Le caveau était intact, sombre et silencieux. La gigantesque tombe de marbre surgit de façon menaçante de l'obscurité. Elle tendit la main pour la toucher. Des anges agenouillés.

Une onde de peur la balaya. « Je vais le revoir », se dit-elle.

— Apportez la pioche !

Shepherd tenta de s'enfuir. Elle perçut le bruit de lutte, son grognement alors qu'on le faisait tomber par terre.

Mrs King se retourna. Elle sentait le sang des O'Flynn bouillonner dans ses veines.

— Venez, dit-elle.

Ils avaient arraché la lampe des mains de Shepherd, la lumière oscillait violemment, et elle vit le choc qu'il éprouvait, le désespoir dans ses yeux. Mrs Bone le fit avancer à coups de pied.

Mrs King croisa son regard :

— Combien de temps cela va-t-il prendre ?

Mrs Bone jeta un coup d'œil à l'intérieur :

— Il y a une sacrée quantité de marbre.

Les hommes brandirent leurs pioches et leurs burins.

Elle vit le spectacle tel qu'il allait se dérouler, grotesque et monstrueux. La tombe éventrée, d'énormes fragments de marbre éparpillés au sol, le cercueil traîné sur le seuil. Le bois éclaté. Des mains évitant la chair, tripotant un gilet, prenant un couteau pour ouvrir les coutures. Mrs King conservait toujours sur elle de bonnes lames.

Tout ça pour trouver un bout de papier.

Elle devinait ce que dirait la lettre. Quelques lignes. Quelques formalités. *J'écris ceci le vendredi cinq mai de l'année mille neuf cent cinq, parfaitement sain d'esprit, et uniquement désireux de répandre la vérité, qui est que j'ai épousé légalement Catherine Mary Ashe en...*

S'ensuivrait le nom de l'église, St Anne à Limehouse, ou bien Christ Church à Spitalfields, ou bien St Mary à Whitechapel. Ainsi que la date, et les noms utilisés sur le registre de mariage. Les avocats et les tribunaux l'éplucheraient tout à loisir.

Un bout de papier.

L'empire de son père, pas encore vendu, encore intact...

Les anges étaient agenouillés devant elle. Quel lieu effroyable pour y être enterré. Désolé, oublié. « C'est là qu'on m'enterrerait si je vivais ici », pensa-t-elle. Elle vit son propre cercueil placé dans le caveau de famille. « La famille », se dit-elle en éprouvant un frisson. Elle prit la lampe et se pencha pour étudier la plaque de cuivre.

Elle était vierge.

Pas de nom, constata-t-elle. Avait-il manqué de temps ? Ou bien ne savait-il pas comment s'appeler ? S'était-il méfié du *de Vries*, au bout du compte ? Elle s'en fichait. Elle n'éprouvait plus aucun désir de le comprendre, plus du tout.

Elle poussa un soupir.

— Laissez tomber, dit-elle.

Mrs Bone lui saisit le bras :

— Tu n'obtiendras rien sans preuve, Dinah !

Elle se détourna du mausolée, perçut le souffle rauque de Mr Shepherd. La demeure était vide. Le plus important avait été rectifié.

— Je n'ai besoin de rien d'autre, assura-t-elle.

42

Neuf mois plus tard

— C'est elle, affirma Winnie.
— Tu en es certaine ? demanda Mrs King.
Elles se tenaient toutes les deux devant un magasin de confection de Bond Street.
Winnie ne répondit pas, mais son expression ne laissait aucune place au doute : *Oui*.
— Faites attention ! lança une femme à l'allure chic qui bouscula Winnie en sortant de la boutique.
Mrs King scruta l'intérieur à travers la vitrine. Une des couturières sortait de l'arrière-boutique, portant dans les bras un rouleau de tissu.
Oui, c'était elle. Qu'importait la façon dont elle était habillée, ou dont elle s'était déguisée, c'était indubitablement Miss de Vries. Ou quelle que soit la personnalité en laquelle elle s'était métamorphosée, les cheveux coupés plus court, teints et relevés de façon à laisser voir la ligne rigide de son cou.
— Attends-moi là, dit Mrs King, qui ouvrit la porte.
Miss de Vries leva les yeux au tintement de la sonnette. Elle avait le regard éteint, et ne reconnut tout

d'abord pas Mrs King. Elle ne jouait pas la comédie : elle n'avait vraiment aucune idée de qui cela pouvait être. « J'ai changé », pensa Mrs King avec intérêt. Elle avait revêtu un manteau d'une vive couleur moutarde joyeuse pour l'hiver, garni de dentelle et de fourrure. C'était un peu trop, reconnut-elle en se regardant dans la glace.

— Oui ? fit Miss de Vries.

Elle ne dit pas « Madame ». Visiblement, c'était au-delà de ses capacités. Elle portait une robe verte terne, aux manches ornées tout du long d'une broderie fatiguée, étrangement informe et mal ajustée.

— Regardez où vous avez échoué, déclara Mrs King avec un sourire. Qui l'eût cru ?

Retrouver Miss de Vries n'avait pas été facile. Mrs King avait épluché les journaux, ce qui ne lui avait rien appris, et Mrs Bone avait discuté avec tous les domestiques de sa connaissance, ce qui lui en avait appris encore moins. Ce qui s'était passé à Park Lane les excitait tous, ils adoraient les histoires salaces, se répandaient sur les perversions abominables, les filles cachées de maison en maison. Mrs King en était exténuée. Ils ne comprenaient rien.

Elles avaient supposé que Miss de Vries avait quitté Londres, peut-être même l'Angleterre. Mrs King l'imaginait bien sur le continent, à faire marcher les tables de jeu. C'était toujours la fille de son père, après tout, de quelque lit que ce soit. Et puis, Winnie avait entendu dire par un de ses anciens contacts dans la confection qu'il y avait dans un magasin de Bond Street une prétentieuse bizarre qui causait des ennuis.

« On m'a raconté que c'était une travailleuse acharnée infernale.

— Une couturière ? C'est peu probable, avait objecté Mrs King.

— Une apprentie. Je crois que ça vaut la peine d'aller jeter un coup d'œil. »

Elles étaient donc venues. Le magasin était situé sur le côté sud de Bond Street. Remarquablement proche de Park Lane. Un trajet de dix minutes à pied, si on coupait par les petites rues. Mais Winnie avait raison : c'était bien Miss de Vries, avec ses yeux bleu-gris froids familiers, qui se plissaient à présent en reconnaissant Mrs King.

— Je suis occupée, dit-elle, mais d'un ton mal assuré.

Elle semblait bizarrement voûtée, plus petite. Mrs King éprouva brusquement le désir de la redresser, de corriger sa posture. Ce sentiment la fit hésiter.

— Êtes-vous venue vous moquer de moi ? demanda enfin Miss de Vries.

— Pas le moins du monde.

— Moi, je pourrais me moquer de *vous*. Vous faites peur à voir.

Mrs King examina ses manches. Elle avait acheté ce manteau pour plaire à Mrs Bone, qui avait formé un amour délirant pour les fourrures, les ruches et les motifs criards.

— Ceci était très cher, déclara-t-elle avec douceur.

— Tant mieux pour vous, répondit Mrs de Vries sans aucune émotion.

Ses mains paraissaient crevassées et douloureuses, comme celles d'Alice l'avaient toujours été.

« Elle a dégringolé dans le monde, pensa Mrs King. Elle est devenue l'une des nôtres. » Mais cela n'avait rien d'une victoire, plutôt d'une grande injustice.

— Qui vous a rendue aussi dure ? demanda-t-elle. Notre père ? Ou bien vous toute seule ?

Miss de Vries ne souhaitait pas répondre à cela, de toute évidence. Elle ne tenait pas à sonder ces abîmes pour qui que ce soit, pour quelque raison que ce soit.

— On ne peut pas dire que *vos* méthodes soient non plus très douces, Mrs King, contra-t-elle d'une voix rauque.

Cela fit sourire Mrs King.

— Vous auriez fait la même chose. Vous auriez pris toutes les mesures nécessaires pour obtenir ce qui vous revenait.

Miss de Vries demeura immobile. La combativité ne disparut pas complètement de son regard, mais battit en retraite.

— Vous êtes bien passée à l'action, n'est-ce pas ? dit Mrs King.

Quasiment à l'instant où elle avait appris la mort du vieux maître, cette idée avait tourné dans son esprit. Miss de Vries lui lança un regard prudent. Son expression changea du tout au tout, profondément insolite : presque timide.

— Non, répondit-elle d'une voix qui paraissait également très différente.

Sa légère rougeur, un vague éclat d'autosatisfaction, indiquèrent à Mrs King qu'elle mentait.

— J'aurais compris, si cela avait été le cas.

Elle était sincère. Elle se souvenait de la chambre à coucher de Mr de Vries. Les oreillers de soie gonflés de plumes d'oie. Une lueur fauve qui se reflétait partout. Mr de Vries qui s'agitait violemment, qui luttait. Aussi petite soit-elle, Miss de Vries avait toujours été dotée d'une charpente solide. Elle aurait aisément pu presser un oreiller, étouffer les bruits, éteindre le souffle dans la poitrine de son père. Pour l'empêcher de répéter cette calomnie : *Mrs King a des droits sur toi*.

— Si j'étais vous, souffla doucement Mrs King, j'entreprendrais de me chercher de nouveaux amis. Des protecteurs. Au cas où quelqu'un comprendrait ce qui s'est passé.

Miss de Vries n'apprécia pas, ce qui se lut sur son visage.

— Je n'ai pas besoin de protection.
— Je peux vous aider.
— Comment ?

Mrs King tira de son manteau une petite montre en argent. Les lettres gravées scintillèrent : *WdV*. Miss de Vries eut un petit hoquet.

— Vendez-la, déclara Mrs King. Si vous voulez. C'est un bijou de famille. Il aura une très grande valeur.

— Vous êtes folle, je pourrais vous dénoncer.

Dans l'arrière-boutique, il y eut un raclement de pieds de chaise. Les filles quittaient leur établi, prêtes à aller déjeuner.

Mrs King tendit la montre, mais Miss de Vries demeura immobile.

Mrs King éprouva un soupçon d'irritation. « Vas-y, se dit-elle. Bats-toi. Dis quelque chose. » Elle avait pris tant de soin à choisir sa tenue, son apparence, désireuse de communiquer quelque chose : de la force, de l'honneur. De toute évidence, elle ne transmettait rien à Miss de Vries. Elle ne valait rien.

— Prenez-la, dit-elle. J'y tiens. Vous méritez quelque chose.

Miss de Vries hocha la tête.

— Je préfère parier sur moi-même.

Paris, jeux, risques, cotes : à long terme, à court terme. L'éclat qui brillait dans les yeux de Miss de Vries rappelait tellement leur père à Mrs King qu'elle en éprouva un nœud à l'estomac. Mais si Mr de Vries était présent dans la pièce, en tant que spectre ou en tant que souvenir, il ne laissait quasiment aucune empreinte, il était presque entièrement oublié. Son nom mourrait, s'éteindrait tout simplement.

— D'accord, dit Mrs King.

À quoi s'attendait-elle donc ? À discuter, à parler de leurs propres trahisons, à comparer leurs notes ? Mrs King voyait quasiment la scène : deux ladies de même taille et de même nature, en train de faire une bonne promenade autour du parc. Mrs King comprit qu'elle était venue là chercher une sœur, mais qu'il n'y en avait pas à trouver.

Elle plongea la main dans sa poche. En sortit une enveloppe.

— Ce n'est pas de ma part, annonça-t-elle. Et ce n'est pas un cadeau.

Alice lui avait communiqué ses instructions. Effectivement, elle avait acheté tous les billets. Le train jusqu'à la côte, la cabine pour la traversée depuis Plymouth, les trains de France en Italie.

« Ne dis rien, avait-elle enjoint à Mrs King. Contente-toi de les lui donner. »

Miss de Vries prit l'enveloppe, perplexe. Elle ne

l'ouvrit pas. Mrs King n'en fut pas surprise. Elle non plus ne l'aurait pas fait – pas en public, pas sous surveillance.

— Bonne journée, dit-elle simplement.

Et puis elle quitta le magasin, sans regarder en arrière, même pas une seconde.

43

Juin 1906

Mrs King battit des mains pour écarter la poussière dans l'atmosphère. Elle regarda de l'autre côté de la rue, où des secrétaires, avocats, hommes de la salle des ventes se pressaient sur le trottoir. Beaucoup de chapeaux hauts de forme reluisants.

Une voix s'éleva :

— Tous les charognards sont de sortie.

Mrs King se retourna dans un élan. Mrs Bone était là, appuyée aux grilles. À côté d'elle, une bicyclette avec un panier tellement grand que Mrs King se mit à rire.

— Qu'avez-vous besoin de ça? Vous avez volé un jambon?

— Tu aimerais bien le savoir, n'est-ce pas?

— Ne me dites pas que vous êtes venue jusqu'ici sur cette bicyclette.

— Il faut que je fasse marcher mes articulations!

Mrs King l'étreignit avant que Mrs Bone ait pu protester ou bien s'écarter.

— Tu t'es ramollie, décréta Mrs Bone d'une voix étouffée.

— Et vous, vous êtes devenue une vraie lady. (Mrs King se redressa, et fit un pas en arrière.) Qu'est-ce que c'est ? Un parfum français ?

Mrs Bone eut une grimace :

— Rectifie ton voile, ma fille.

Mrs King ajusta sa voilette à larges mailles nouées sous son menton. Elle savait que son visage était parfaitement dissimulé.

— Merci.

Mrs Bone tendit brusquement la main vers elle d'un geste affectueux.

— Écoute. Je n'aime pas me mêler des affaires des autres. Et je ne servirai pas d'intermédiaire.

— Très bien. Où est-il ?

Mrs Bone hocha la tête en un vif mouvement de côté, et Mrs King regarda par-dessus son épaule. Son cœur se gonfla.

— Bien. File, veux-tu ?

Elle leva une main, d'un geste solennel, et William – un peu plus loin, le chapeau baissé bien bas – leva lentement la sienne en retour.

— Tiens-moi au courant, hein ? dit Mrs Bone en levant les yeux sur la demeure de Vries avec un soupçon d'inquiétude. Sur ce que tu décideras.

William progressa dans sa direction d'un pas direct et résolu en traversant la pelouse. Mrs Bone déguerpit avec sa bicyclette cahotante et disparut entre les arbres.

Mrs King prit la parole la première :

— Je n'ai pas demandé d'homme de main.

William la salua d'un coup de chapeau.

— Et un petit ami ?

— Je n'ai pas non plus mis de petite annonce pour ça.

— D'accord.

— Regarde-la, dit-elle en désignant la maison.

Il suivit son regard. Colonnades, plâtres. Les grandes fenêtres en saillie, les marquises. La masse et la hauteur gigantesques.

— La maison la plus chic de Londres, remarqua Mrs King.

— C'est ce qu'on dit.

— Et elle est en vente, en plus.

Les commissaires-priseurs s'éventaient dans la chaleur.

— Oui, fit William d'un ton prudent.

Mrs King sentait la brise chaude en provenance de Hyde Park, percevait le grondement de la circulation dans le virage. Distinguait le scintillement aveuglant des fenêtres.

Puis William déclara :

— Je pensais que nous nous retrouverions plus tôt.

— Je t'avais prévenu : je devais me retirer de la circulation, dit-elle avec un sourire sous sa voilette. Temporairement.

Il lui toucha le bras, et les battements de son cœur s'accélérèrent. Elle avait pris soin, tellement soin, de se tenir à l'écart de lui. Elle l'avait fait pour préserver sa sécurité à elle, et celle de William. Mais maintenant, enfin, elle se sentait fléchir. Il lui avait manqué, et elle laissa le sentiment l'envahir, ce frémissement qui lui traversa la poitrine, lui parcourut la peau.

— Hmm.

William aurait pu poser des questions, un tas de questions, mais il ne le fit pas. Elle l'en aima pour cela. Il se contenta de déclarer :

— Je ne veux pas que tu croies que j'en veux à ton argent.

Mrs King joignit les mains.

— De l'argent? Qui dit que j'ai de l'argent?

Elle sentait le poids de son chapeau, surmonté d'un empilement de roses. La dentelle coûteuse sur sa gorge, le rubis à son petit doigt.

Les traits de William se crispèrent:

— Dinah. Ce qu'on raconte à propos des filles... (Il l'étudia.) Tu étais au courant?

— Et toi?

Il réfléchit.

— Non. Mais ce n'est pas pour ça que je m'en porte mieux.

— Alors, tu ferais mieux de te repentir. Comme moi. Allons parler aux vautours.

Pour la première fois dans son souvenir, toute une foule de gentlemen leva son chapeau pour la saluer à son approche. Après tout, elle avait un rendez-vous. Elle devait avoir l'air insolite, à leurs yeux. Une lady, mais une anomalie. Tirée à quatre épingles, les lèvres grenat. Elle leur avait donné un faux nom, bien sûr. Elle resserra sa voilette.

La maison était silencieuse et tranquille. Il lui sembla qu'une chose de brique, de plâtre et de grès ne pouvait véritablement faire de mal à personne. Elle ne disposait d'aucun pouvoir, bon ou mauvais. Elle ne possédait rien – ce n'était rien. Et pourtant, elle exerçait quand même une certaine attraction. Elle faisait naître une petite tentation. Elle devait s'éprouver, ne serait-ce que pour voir si elle faisait les bons choix.

— Voulez-vous entrer à l'intérieur? demanda un gentleman en remettant son haut-de-forme.

Elle acquiesça:

— Seule.

Elle pénétra par le porche, et non par l'entrée des fournisseurs. Ni par la porte du jardin. Ni par les écuries. Par la grande porte.

— Tu peux m'attendre? demanda-t-elle à William à voix basse.

— Aussi longtemps que tu le souhaites, répondit-il, et elle sentit la pression de ses doigts.

Elle le laissa sur le seuil.

Elle parcourut la maison toute seule. Elle se permit de toucher à tout, au marbre et aux ferronneries. Quelqu'un avait ouvert toutes les fenêtres, et l'air circulait dans tous les sens, en une pluie de particules en désordre. La maison dégageait une odeur différente. Une odeur de propreté.

Elle n'avait pas été tout à fait honnête avec Miss de Vries. Il restait un objet dans la maison, un coffret en bois, dissimulé dans un renfoncement derrière la vieille chambre de la gouvernante. Elle eut une grimace en l'extrayant péniblement de sa cachette. Elle dut l'épousseter de sa manche.

— Dinah?

La voix de William l'appelait de loin. Il lui semblait que les planchers vibraient sous ses pas, qu'il y avait dans l'air un sifflement aigu.

Elle sortit, le coffret sous le bras. Elle perçut le doux ronronnement d'un moteur, celui de sa magnifique et énorme Rolls qui l'attendait le long du trottoir. Les hommes en chapeaux hauts de forme la fixèrent d'un air interrogateur. Elle pouvait certainement s'offrir cet endroit, se dit-elle. En dépensant tout ce qu'elle avait gagné, jusqu'au dernier penny.

William se rapprocha, et lui pressa le bras.

— Tout va bien?

— Tu la veux? demanda-t-elle en parlant de la maison.

— Est-ce que *toi*, tu la veux? répliqua-t-il tranquillement.

Elle secoua la tête, sérieuse.

— Non.

Elle souleva sa voilette. Glissa la main au creux de son coude. L'embrassa.

Il lui rendit son baiser.

Un commissaire-priseur les contemplait, ahuri.

— Elle n'est pas pour moi, je pense, lui dit-elle avec douceur.

William eut un petit rire bas. Elle sentait sa chaleur, sa proximité.

— Viens.

La maison chatoyait derrière elle. Elle éprouva un soupçon de doute, une minuscule envie, qui se dissipa. Winnie et Hephzibah l'avaient invitée pour le déjeuner. Alice était rentrée de New York par bateau. Les Jane dévoilaient leur nouveau brevet pour un miraculeux aspirateur. L'après-midi allait être très occupée.

Ils montèrent dans sa Rolls. Elle installa le coffret sur ses genoux alors que la voiture démarrait.

— Qu'est-ce que c'est? demanda William à côté d'elle.

Elle frotta la boîte de ses mains gantées pour ôter la poussière. Défit le clapet de fermeture. Replia le velours. Examina ses couteaux.

Mrs King les sortit, un par un, les inspecta. Pas pour impressionner William, même si elle savait qu'il le serait, simplement pour marquer le coup. Elle entretenait bien les couteaux. Elle en prenait un soin extrême. Elle était prête à tout.

Ils s'éloignèrent à toute allure de Park Lane, abandonnant la maison derrière eux.

Note de l'auteur

Il est à la fois étrange et merveilleux de lancer pour la première fois une histoire dans la nature : un rêve nourri depuis longtemps, bien sûr – et un peu intimidant. Permettez-moi donc d'abord de vous adresser le plus énorme des remerciements pour m'avoir rejoint dans le monde des *Gouvernantes*. J'espère que vous l'avez apprécié, et j'aimerais vous en dire plus sur sa genèse.

Je pense que tous les écrivains reviennent régulièrement à des histoires qui les habitent au plus profond : des environnements, des conflits et des rêves qui les poussent vers le clavier, même lorsque la rédaction – et l'achèvement ! – d'un roman paraît presque insurmontable. J'adore les livres pleins de grandes demeures, de familles désunies, d'amitiés loyales et d'ambitions démesurées – tout cela mêlé aux odeurs, aux sons et aux magnifiques décors du passé.

Lorsque j'ai commencé *Les Gouvernantes*, j'avais envie d'écrire un roman qui se déroulerait au début du XXe siècle. J'avais en tête ces immenses chapeaux et ces réceptions qui peuplent un imaginaire très répandu : de vastes pelouses où l'on joue au croquet; des couchers de soleil dorés; cette impression d'un Royaume-Uni se gavant d'une dernière bonne cuillerée de luxe avant d'entrer en guerre. Bien entendu, avec le recul, ainsi qu'avec une historiographie intelligente, nous avons maintenant une vue plus nuancée de l'époque, qui saisit les innombrables forces en mouvement – changements sociaux, nouvelles technologies, conflits politiques, guerre. Le 12 mai 1905, alors que nous imaginons Mrs King en train d'élaborer les premières étapes de son audacieux cambriolage, Emmeline Pankhurst menait les suffragettes à leur première manifestation à Westminster. Le 27 juin, alors que nous nous représentons notre bande en train de célébrer un braquage réussi, festoyant de bons vins et d'aspics de poulet, des soldats se rebellaient à bord du cuirassé Potemkine. Ce soulèvement suivait de près les débuts de la première révolution russe, en février de cette même année. En d'autres termes: le changement était en route, et tout ce qui brillait n'était pas or.

Nous avions donc là un décor parfait, luxueux, complexe; un monde dans lequel se délecter. Mais quid de l'histoire? J'ai toujours adoré la mécanique habile d'une savoureuse intrigue de braquage, et je mourais d'envie d'écrire la mienne. J'étais en train de faire la vaisselle – ce qui s'est révélé après coup tout à fait approprié! – lorsqu'il m'est apparu que les salons de marbre somptueux du Londres Édouardien avaient tout l'éclat d'un casino de Las Vegas, et pouvaient constituer l'arrière-plan parfait d'un braquage de haut vol. Mon cerveau s'est lentement tourné vers une porte capitonnée verte, et une foule de domestiques a commencé à émerger de l'ombre, chacune avec son propre désir de vengeance.

Les Gouvernantes est un ouvrage de fiction, mais le somptueux hôtel particulier de Park Lane au cœur de cette histoire s'inspire d'une série de demeures extraordinaires qui s'élevaient autrefois dans les quartiers les plus riches de l'ouest de Londres. En se tenant aujourd'hui devant le Dorchester Hotel de Park Lane, on peut encore deviner l'ancienne Stanhope House, avec ses gargouilles et ses tourelles, commandée par le fabricant de savon Robert William Watson en 1899. Elle faisait face à une époque au 25 Park Lane, un luxueux hôtel particulier construit par Barney Barnato, un acteur de music-hall qui avait amassé une fortune impressionnante grâce aux mines de diamants, avant de disparaître mystérieusement en mer. C'étaient des résidences bâties pour des hommes de pouvoir, qui abritaient les trésors les plus coûteux et les plus décadents, et entretenues par une réserve apparemment inépuisable de domestiques obéissants. La joie et l'excitation de l'écriture de ce roman furent d'imaginer ce qui se serait passé si certaines des femmes travaillant dans les étages inférieurs avaient décidé de revendiquer une partie de ces privilèges pour elles-mêmes.

Des ouvrages comme *The Lost Mansions of Mayfair*, d'Oliver Bradbury, et *The Rise of the Nouveaux Riches* de J. Mordaunt Crook – qui ressuscitent, en détails particulièrement vifs, les excès et les forces financières à l'œuvre dans la haute société – m'ont été d'une grande aide pour concevoir l'empire et la demeure gargantuesque de Mr de Vries. De même que les archives de *The Illustrated London News*, qui détaillaient soigneusement la collection de meubles et d'objets d'art de Park Lane du politicien et mondain anglais Sir Philip Sassoon, et m'ont donné une idée délicieusement tangible des richesses accumulées dans de telles maisons. Isabella Beeton m'a fourni des instructions parfaites pour le nettoyage des cadres de tableaux. Et je suis éternellement redevable à Listverse pour avoir déniché ma découverte préférée, la bizarre Machine à fumer Parenty. Sur ce point, je dois réclamer l'indulgence du lecteur, et vous demander de présumer que dans l'univers de ce roman, Winnie a pu acheter en masse ces engins loufoques, à des prix de gros défiant toute concurrence, et a pu s'en servir pour simuler un incendie suffisamment convaincant pour pousser les invités de Miss de Vries à se ruer hors de la maison. Là comme ailleurs, ma représentation de 1905 prend des libertés avec la réalité historique pour se mettre au service de mon intrigue – et bien entendu, les erreurs sont entièrement de mon fait. Pour prendre un exemple, la duchesse de Montagu de ce roman est un personnage de fiction, le duché de Montagu s'étant éteint à la fin du XVIIIe siècle. J'ai ajusté la météorologie quotidienne pour servir mon propos, et même si George Sanger aurait véritablement pu prêter des chameaux de son cirque légendaire, des personnages aussi douteux que ceux de Mr Whitman n'existent que dans l'univers de Mrs King.

Une dernière réflexion. Dans le monde des *Gouvernantes*, décadence et opulence sont nées sur un terreau de corruption et d'actions répréhensibles. Rien ne laisse supposer que les personnages historiques qui ont inspiré certains aspects de Mr de Vries et de ses agents aient été impliqués dans le type d'abus et d'exploitation dévoilés dans ce roman. Mais je suis redevable à des auteurs comme Julia Laite, dont le brillant ouvrage, *The Disappearance of Lydia Harvey*, est un récit poignant et pénétrant des dangers tout à fait réels que devaient affronter les jeunes femmes qui entraient en domesticité au début du siècle.

À présent, j'expédie Mrs King et sa bande dans le soleil couchant – ou bien vers leur prochaine entreprise. Leur volonté farouche d'imprimer leur marque sur le monde, de rectifier les torts dont elles sont témoins, et de profiter au maximum de l'aventure – sur un trapèze, idéalement ! – ont fait de ce livre un extraordinaire plaisir d'écriture. Je les aime pour cela – et je vous remercie d'avoir pris le temps de lire leur histoire, et la mienne.

J'aurais plaisir à rester en contact et à savoir ce que vous en pensez. N'hésitez pas à me joindre via Twitter ou Instagram (@AlexHayBooks) ou bien à www.alexhaybooks.com. Et, un autre jour, je vous ferai part d'une des histoires passées sous silence dans le monde des *Gouvernantes* – toute une galaxie d'arnaqueuses, d'imprésarios odieux et de servantes en fuite…

REMERCIEMENTS

Tant de gens ont aidé à donner naissance aux *Gouvernantes* qu'il faut me pardonner de tenter d'en remercier le plus grand nombre possible.

Des remerciements colossaux à mon agente, Alice Lutyens. Faiseuse de rêves, franche, experte en intrigues, vous avez apporté à ce livre et à ma personne tant de vos compétences impressionnantes et de vos soins, et je vous en suis tellement reconnaissant. Sincères remerciements à Shanika Hyslop pour son incroyable soutien au début de cette aventure folle et joyeuse, à Flo Sanderson et à toute l'équipe superstar de Curtis Brown – avec une mention spéciale à Luke Speed, Anna Weguelin et Theo Roberts pour avoir emmené Mrs King jusqu'à L.A. et plus loin encore.

Énormes remerciements à mes éditeurs phénoménaux : Frankie Edwards chez Headline et Melanie Fried chez Graydon House. Vos lectures attentives, vos ingénieuses suggestions et votre bonne humeur inébranlable ont fait du processus éditorial une joie créative et collaborative. Frankie, merci pour avoir guidé tous les membres de « L'équipe *Gouvernantes* » avec une telle vision, imagination et talent ; dès le premier jour, vous avez tout simplement compris, et ce livre, et moi, et vous en avez fait une expérience tellement spéciale. Melanie, énormes remerciements pour votre incroyable aide et votre œil averti, qui a considérablement renforcé cet ouvrage ; ce fut un tel plaisir ! Remerciements particuliers à Jessie Goetzinger-Hall pour votre incroyable contribution et la meilleure (et la plus motivante) des correspondances. Merci à Samantha Stewart et Greg Stephenson pour leurs relectures méticuleuses, ainsi qu'à Shan Morley Jones et Nikki Sinclair, Leigh Teetzel, Sasha Regehr, and Erin Moore, pour leur sensationnel travail de correction.

Chez Headline, les plus vifs remerciements doivent aller à : Rebecca Folland, Flora Mc Michael et tout le monde au service des droits ; Becky Bader, Chris Keith-Wright et tout le service commercial ; Caitlin Raynor à la presse ; Lucy Hall au marketing ; Hanna Caves aux livres audio ; Louise Rothwell à la fabrication. Merci à Mari Evans, Jennifer Doyle et Sherise Hobbs pour votre accueil des plus chaleureux et pour votre soutien. Chez Graydon House, remerciements particuliers à Diane Lavoie et Ambur Hostyn pour la communication et Sophie James and Leah Morse à la presse, et tous ceux qui, au commercial, à la fabrication et aux droits secondaires, ont œuvré dans les coulisses pour soutenir *Les Gouvernantes* avec tant de brio. Merci à Andrew Smith et à Quinn Banting pour la conception des magnifiques couvertures. Tant de créativités, d'énergies et de talents se sont consacrés au lancement des *Gouvernantes*, des éditeurs du monde entier ! Je leur en suis infiniment reconnaissant.

À la communauté incomparable des auteurs, blogueurs, chroniqueurs et premiers lecteurs qui ont manifesté dès le début leur soutien aux *Gouvernantes* – mille fois merci !

À Wendy Bough et au Caledonia Novel Award – figurer dans la sélection du prix 2022 a donné à ces *Gouvernantes* un élan que j'aurais été incapable d'imaginer, et a fait toute la différence ; merci.

À tout le monde chez Curtis Brown Creative : merci.

Remerciements affectueux du fond du cœur à Anna Davis pour ses conseils généreux et malins au fil des ans ; à Norah Perkins pour ses encouragements précoces ; à l'incomparable Erin Kelly pour une si grande gentillesse et inspiration ; et à mes bien-aimés camarades de classe d'écriture pour de fantastiques dîners, une magnifique amitié, et pour avoir lu au fil des ans de multiples requêtes WhatsApp à propos de livres/idées/e-mails/urgent sur l'utilisation du suivi des modifications.

À mes chères Amy, Anneka, Fran, Sacha – je vous aime au-delà de toute expression, et merci du fond du cœur pour m'avoir encouragé tout au long de ce voyage. Un merci tout particulier à Richard, compagnon résident des Towers, pour sa solidarité et ses encouragements au fil des ans.

Des remerciements incommensurables à ma merveilleuse mère (et tout aussi merveilleuse autrice), Dale Francis Hay. Tu m'as inspiré, encouragé et soutenu de mille façons trop nombreuses à énumérer ou à qualifier, je me contenterai donc du plus sincère *Merci*, avec tout mon amour.

Enfin, le cœur gonflé de tout l'amour du monde, merci à mon merveilleux mari, Tom. Tu as été à mes côtés, au propre et au figuré, tout le temps que j'ai écrit ce livre. Tes questions et tes conseils ont amélioré *Les Gouvernantes* avant même qu'il ne soit soumis à qui que ce soit, et ta patience, ta gentillesse et ton soutien ont été fondamentaux au cours de ces journées/semaines/mois/années de tension à attendre de voir si tout cela allait porter ses fruits. Merci pour avoir ouvert le prosecco à l'instant idéal : un *Moment Parfait* qui n'aurait pas eu la même signification sans toi. Merci, compagnon – Je t'aime.

Composition réalisée par Soft Office

Achevé d'imprimer en décembre 2024, en France par
La Nouvelle Imprimerie Laballery
58500 Clamecy (Nièvre)
N° d'impression : 412449
Dépôt légal 1re publication : octobre 2024
Édition 04 - décembre 2024

LIBRAIRIE GÉNÉRALE FRANÇAISE
21, rue du Montparnasse – 75283 Paris Cedex 06

60/7738/5